소설 동북공정

중국의 음모를 분쇄하라

초판 1쇄 발행 2012년 8월 15일

지 은 이   김경도
펴 낸 이   최대석
펴 낸 곳   행복우물

편   집   디자인여우야(umbobb@daum.net)
표   지   김새롬(heyrom@daum.net)

등록번호   제307-2007-14호
등 록 일   2006년 10월 27일

주   소   경기도 가평군 가평읍 경반리 173
전   화   031)581-0491
팩   스   031)581-0492
이 메 일   danielcds@naver.com

ISBN 978-89-93525-17-5
정가 13,000원

소설 동북공정

중국의 음모를 분쇄하라

김경도 지음

행복우물

차례

1. 다시 서울이다 · 6

2. 우려했던 일이 터졌다 · · · · · · · · · · · · · · · · 18

3. 믿음의 메시지 · 33

4. 한 고비를 넘길 수 있었다 · · · · · · · · · · · · · 42

5. 고구려여, 일어나라 · · · · · · · · · · · · · · · · · · 56

6. 배 교수의 피맺힌 절규 · · · · · · · · · · · · · · · 68

7. 백두산의 넋이 된 배 교수 · · · · · · · · · · · · 83

8. 낭떠러지로 떨어지다 · · · · · · · · · · · · · · · · 96

9. 연길공항에 내렸다 · · · · · · · · · · · · · · · · · 103

10. 난장판이 된 분기토론회 · · · · · · · · · · · · · · 112

11. 중국청년 마오 · 122

12. 아버지의 벽 · 132

13. 조잡한 수준의 동북공정 · · · · · · · · · · · · · 147

14. 벽을 무너뜨릴 우군을 만나다 · · · · · · · · · 165

15. 동북공정의 교육장 · · · · · · · · · · · · · · · · · 178

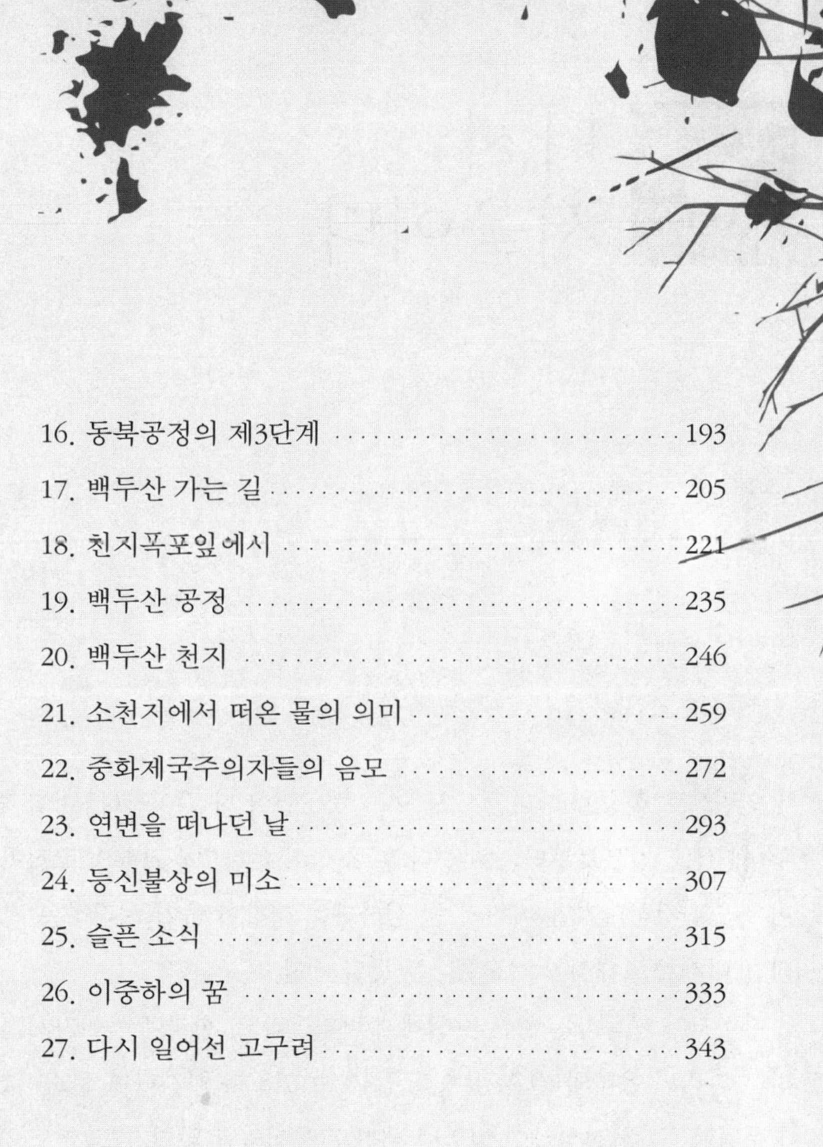

16. 동북공정의 제3단계 · · · · · · · · · · · · · · · 193

17. 백두산 가는 길 · · · · · · · · · · · · · · · · · 205

18. 천지폭포앞에서 · · · · · · · · · · · · · · · · · 221

19. 백두산 공정 · · · · · · · · · · · · · · · · · · · 235

20. 백두산 천지 · · · · · · · · · · · · · · · · · · · 246

21. 소천지에서 떠온 물의 의미 · · · · · · · · · · · 259

22. 중화제국주의자들의 음모 · · · · · · · · · · · · 272

23. 연변을 떠나던 날 · · · · · · · · · · · · · · · · 293

24. 등신불상의 미소 · · · · · · · · · · · · · · · · · 307

25. 슬픈 소식 · 315

26. 이중하의 꿈 · 333

27. 다시 일어선 고구려 · · · · · · · · · · · · · · · 343

글을 마치며 · 360

다시 서울이다

　연변으로 출장을 다녀온 지도 어느 덧 2년이 다 되어간다. 며칠 후면 추석인데도 창우로부터는 이렇다 할 소식이 없다. 배 교수의 고집이 제 아무리 완강하다지만 어쩐지 좀 심하다는 생각이 들기 시작하는 건 그만큼 내가 초조해지기 시작했다는 뜻일 게다.

　아버지를 설득하는 일은 자신에게 맡겨달라고, 한국에 돌아가서 잠시만 기다리면 은하와 결혼 날짜를 잡을 수 있도록 하겠다며 큰소리쳤던 창우였다. 그를 철석같이 믿었던 내가 잘못이었단 말인가. 그래도 작년까지는 두세 달에 한 번씩은 내게 전화를 걸어왔고 조금만 더 기다려달라고 하면서 미안하다는 말도 잊지 않았다. 그런데 금년 들어서는 내가 전화해도 안부만 물어볼 뿐 별다른 애기도 없고 더구나 그가 먼저 전화하는 일은 거의 없다.

나는 지난주에 동북아역사재단의 연구실에서도 볕이 가장 잘 드는 창가 쪽의 작은 방 하나를 배정받아 옮겨왔다. 과분하게도 연구2실의 제3팀장으로 승진발령을 받은 것이다. 제3팀은 연구보다는 중국의 동북공정에 대응하는 정책수립을 주 임무로 하는 팀이기 때문에 그간의 국내외 사정으로 볼 때 그만큼 바쁜 나날을 보내야만 했다.

오후의 잠시 한가한 시간, 연변을 떠나올 때 배 교수가 선물해 준 백두산야생차가 담긴 대나무 통을 서랍 맨 밑에서 꺼냈다. 배 교수, 아니 은하 아버지가 백두산자락에서 손수 채취했다는 귀한 야생녹차인지라 책상서랍 깊숙이 숨겨둔 채 가끔씩 이렇게 나 혼자서만 우려내 먹곤 한다.

솔직히 말하자면 이 야생녹차야 말로 은하의 체취가 느껴지는 유일한 물건이었기에 차를 마시고 있노라면 은하가 마치 옆에 있는 것 같은 착각이 들기도 한다. 그래서 은하가 그리울 때면 이렇게 조용히 나 혼자만의 의식을 치르고 있는 것이다.

내 책상위에는 2년 전 백두산정상 천지에 올랐을 때 찍은 사진액자가 놓여있다. 행여 들킬세라 창우가 아버지 몰래 나와 은하에게 팔짱을 끼게 하고는 최대한 다정스런 모습이 되었을 때 찍어 준 사진이다. 그 옆에는 은하가 내게 선물해 준 손바닥만 한 큰 녹차 잔이 놓여있다.

찻잔의 뚜껑을 열고 책상 앞으로 옮겨놓았다. 왼손으로 부여잡은 대나무 통을 톡톡 흔들어 오른손바닥에 조금 쏟으니 투박하게 볶아진 녹차가루 냄새가 코끝으로 밀려왔다. 녹차가루를 조심스럽게 찻잔에 붓고는 생수기 쪽으로 다가가 찻잔 가득 온수를 부었다.

차를 즐기기에 앞서 코끝으로 백두산의 향기를 먼저 음미해 보았다.

창밖에는 회색의 빌딩 숲 사이로 때 이른 석양 노을이 밀려오고 있다. 이때 들판에 흐드러지게 피어있는 울긋불긋한 코스모스 군락 사이를 얼굴 가득 행복한 표정을 한 채 은하가 걸어오는 모습이 보인다. 그때도 이렇게 해가 넘어가려는 오후 시간이었지…….

연구실에서 잠시나마 짬을 내어 은하 생각을 하게 되는 것도 참으로 오랜만의 일이다. 연변을 떠나올 때 약속한 대로 은하로부터는 지금도 거의 매일같이 이메일이 오고 있다. 내가 바쁘다는 핑계로 답장을 한두 번씩 거르다가 요즘은 일주일에 한 번밖에 보내지 못하는데도 은하는 줄기차게 이런저런 이야기들을 적어서 보낸다. 은하 입장에서 보면 맥이 빠질 만도 한데 아무튼 그 정성은 어느 누구라도 감탄하지 않을 수 없을 정도다.

은하가 메일을 보내올 때는 그녀의 하루일과를 얼마나 세세하게 알려 주던지 그녀와 주변 사람들의 일거수일투족이 내 앞에서 훤히 전개되는 것 같은 착각이 들 정도다. 그런데도 아버지가 우리 사이를 전향적으로 생각하기 시작했다거나, 오빠가 아버지를 설득하기 위해서 어떤 노력을 했다거나 하는 내용은 없었다. 그러니 은하로서는 어찌 맥 빠지지 않고 견딜 수 있겠는가.

나 역시도 답답하기는 마찬가지다. 도대체 얼마를 더 기다려야 한단 말인가. 궁금함이 도를 더해 조급증을 내고 있었지만 그렇다고 은하에게 물어볼 수도 없는 일이다. 묻지 않더라도 그 이유는 분명했다. 한국 사람들은 믿을 수 없다는, 그래서 결코 딸을 줄 수 없다는 은하 아버지의 그 고집 때문이다. 그의 단단하고 높은 벽은 도대체 언제나 허물어질까.

어쩌면 은하나 창우도 지금쯤은 아버지의 그 벽을 허무는 것이 불가능하다고 느낀 나머지 설득하는 일을 포기한 채 손을 놓고 있을 지도 모른다. 내가 무작정 기다리고 있을 수밖에 없는 답답한 형편인 것과 마찬가지로.

북한의 제1차 핵실험 후 한반도를 둘러싼 국제정세는 유엔의 대북제재결의안 통과로 그야말로 숨 가쁘게 돌아갔다. 그러던 것이 재작년 연말에 있었던 6자회담을 계기로 이제는 숨고르기에 들어간 분위기다. 강력한 대북압박정책으로 북한을 고사시키려던 미국의 부시정권도 중간선거에서 민주당에 패배한 후로는 북한의 입맛에 맞을 만한 실질적인 당근책을 제시하며 대화무드를 조성하고 있는 형편이다. 북한 역시도 90년대 고난의 행군 이후로 작년에 이어서 올봄에 또다시 혹독한 식량난을 겪었던 터라 더 이상은 벼랑 끝 전술을 밀어붙일 여력이 없었다.

북한의 식량사정이 얼마나 안 좋았던지 작년 겨울부터 금년 봄까지 두만강이나 압록강을 건너 중국으로 탈북한 사람들의 숫자만도 수만 명에 이른다고 한다. 2급비밀문서로 분류된 국정원의 내부문건에는 적어도 백만 명 이상이 굶어죽었는데 몇몇 변경지역에서는 치안이 무너지는 등, 정권의 붕괴조짐까지도 일부 보인다는 것이다. 한국을 비롯한 국제사회가 대북제재에 동참한다는 명목으로 일체의 지원을 중단한 상태에서 북한이 이나마도 버티고 있는 것은 중국 측의 식량지원이 있었기 때문이다.

그런데도 북미 간에는 극적인 대타협은 이루어지지 않고 달걀이 먼저냐, 닭이 먼저냐는 식으로 입씨름만 하는 형국이다. 미국 측은 "핵부터 폐기하라, 그러면 다 들어 주겠다."고 하고 이에 맞서 북한 측은 "그 말을 믿을 수 없으니 당근책부터 먼저 내놔라, 그러면 핵을 폐기하겠다."고 팽팽하게 줄다리기를 하고 있다. 북미간의 중재자를 자처하는 중국의 주가는 날로 올라가는데 반해 북한과 중국으로부터 왕따를 당하고 있는 일본은 그 분을 삭이느라 씩씩거리고 있고, 여론이 좌우로 양분된 한국은 그저 어정쩡한 자세만 취할 뿐 제 역할을 못하고 있는 형편이다.

나는 한편의 보고서를 작성중인데 거의 완성단계에 있었다. 보고서를 통해서 나는 6자 회담에 임하는 미국과 중국의 의도를 정확히 간파해야 한다는 점을 강조했고, 미국은 북한의 붕괴를 기정사실화하며 그때까지만 대화를 하는 척 시간을 보내고 있을 뿐 실질적인 대화의지는 없다고 분석했다. 그리고 중국도 북한의 붕괴를 기정사실화하는 것은 미국과 마찬가지라고 못 박았다. 다만 중국 측의 의도는 북한 정권의 변화를 유도하여 이번 기회에 국가의 자주성이 완전히 사라진 친 중화주의 정권을 만드는 것이 일차적인 목표라고 주장했다.

그리고 궁극적으로는 북한을 북조선자치구로 만들어서 중국의 일개 성으로 편입시키려 한다고 지적했다. 이것이 바로 중국 측의 숨겨진 음모라고 폭로한 것이다. 그러므로 우리도 주변 열강들에 의해서 우리 민족의 문제가 난도질당하는 아픔을 두 번 다시 되풀이하지 않으려면, 이들 두 강대국의 숨겨진 계략을 정확히 간파하여 적극적으로 대처해야 한다는 내용이 내 정책보고서의 핵심이었다.

오늘하루도 정책회의다, 보고서작성이다, 윗분들의 호출이다, 하면서 정신없이 뛰어다니다보니 시간이 어떻게 지나갔는지도 모를 정도였다.

팀원들이 하나 둘 퇴근인사를 하며 자리를 비우더니 어느새 텅 빈 연구실에는 나 홀로 남았다. 나도 지친 몸을 이끌고 그만 자리를 일어서려는 바로 그때, 서 교수님으로부터 전화가 걸려왔다.

내일 재단이사회에 참석하기 위해 부산에서 방금 올라오셨다는데 종로3가에 있는 한 호텔의 일식집에서 만나자는 전화였다. 나의 대학 은사인 서 교수님은 동북아역사재단의 비상근 이사로 계시기 때문에 정기적인 이사회가 열릴 때나 내일처럼 특별한 안건이 있어 임시 이사회를 소집할 때는 가끔씩 서울로 올라오신다. 물론 서울에 오실 때면 어김없이 날 찾으셔서 식사를 함께 하신다. 나는 교수님께 보여드릴 생각으로 보고서 초안을 출력한 후 서둘러 자리를 일어섰다.

내가 호텔에 도착하여 3층에 위치한 일식집으로 올라갔을 때 교수님은 아늑한 분위기의 작은 방 하나를 차지하고는 팔짱을 낀 채 뭔가를 골똘히 생각하시는 듯 눈을 감고 앉아계셨다. 몇 달 사이에 백발이 더욱 성성해 진 것 같다. 얼마 전까지만 해도 반백이 좀 넘었나 싶었는데 이젠 완전히 노 교수의 모습이 역력하다.

"교수님, 오래 기다리셨습니까?"

"아니야, 나도 방금 왔어."

몇 달 만에 교수님을 뵙게 되자 반가운 나머지 큰절부터 먼저 올렸다.

"어허, 이 사람아. 평소 안하던 절까지 하고, 웬일이야? 그러지 말고 어서 와서 앉게나."

절을 마치고 맞은편의 자리에 앉자 미리 주문한 코스요리가 하나둘 상을 채우기 시작했고, 종업원아가씨가 청하 한잔씩을 따라준 후 자리를 물러났다.

"자네, 이번에 팀장으로 승진했다며? 늦었지만 축하하네. 동작은 굼 벵이처럼 둔한 사람이 물고 늘어지는 성격하나는 타고났단 말이야. 하 하하!"

호탕하게 웃으시며 교수님께서는 청하 한 잔을 축하주라며 내게 권하 셨다.

"모두 다 교수님께서 베풀어주신 은덕으로 생각하고 있습니다."

"오호라, 그래서 내게 큰절까지 했구먼. 그런데 자네가 잘못 짚었어. 난 재단의 인사문제에는 일절 개입하지 않는단 말일세. 20년 넘도록 나 와 함께 지내고서도 아직도 날 모르다니……. 그건 그렇고 임시 이사회 라니 도대체 무슨 일인가?"

사실 재단에서 임시 이사회를 소집한 것은 이번이 처음은 아니다. 재 단창립 후 몇 차례 열리곤 했었는데 대개 일본의 독도관련 망언이나 중 국의 동북공정과 관련된 중요현안이 발생하는 경우였다.

"내일 임시 이사회는 어제 이사장님께서 NSC 회의를 다녀오신 후 긴 급히 소집한 것으로 압니다만, 아마도 북한의 사정이 긴박하게 돌아가 는 것 같습니다."

서 교수님도 뭔가를 짐작하겠다는 듯이 고개를 끄덕이셨다. 얼굴은 더욱 초췌하고 말라 보였지만 안경 너머로 반짝이는 눈빛만은 예전처럼 여전히 힘이 넘쳤다. 다다미 방 한구석에서는 늦가을 더위를 식히려는 듯 선풍기가 아주 약하게 돌아가고 있었다.

"국정원에서 보고한 내용 때문에 모이라고 하는 것이겠지. 내 생각에 는 북한이 그리 호락호락하게 붕괴되리라고는 보지 않네만, 자네 생각 은 어떤가?"

"저도 교수님과 생각이 같습니다. 다만, 북한의 치안상태로 봐서는 저 상태에서 얼마를 더 버틸 수 있을지는 장담할 수 없을 것 같습니다, 김정일 위원장이 언론에서 모습을 감춘지도 벌써 한 달을 넘기고 있는 것이 마음에 걸리는 부분입니다."

사실 김정일 국방위원장이 언론에 그 모습을 드러내지 않는 일은 북한내외에 중요한 문제가 발생할 때마다 간혹 있어왔던 일이긴 했다. 그는 북한이 외부 세계와의 대립이 심화될 때마다 그 모습을 감춰왔는데, 2006년 10월 핵실험 후에는 한 달간, 같은 해 7월 미사일 시험발사를 재개한 뒤에는 40일간, 2003년 초 핵확산금지조약(NPT) 탈퇴 선언 뒤 이라크전쟁이 발발한 시점에는 50일간 잠적한 적이 있었다.

현재 북한을 둘러싼 내외의 어려운 국면을 감안할 때 한 달간의 잠행이란 것은 그간에 상투적으로 있어왔던 은둔과는 어딘지 모르게 그 차원이 달라보였다. 서 교수님이 내 속 마음을 읽기라도 했다는 듯 마치 독백같이 내 뱉으셨다.

"그렇지, 김 위원장의 잠행이 예년의 경우들과는 다르게 생각되는 건 사실이야. 그렇다면 신변에 무슨 일이라도 생겼다는 건가? 허어 참…. 도대체 무슨 일인지 알 수가 있어야지. 어쨌든 내일 가보면 무슨 말이 있겠지."

"교수님, 내일 회의 마치시고 곧장 내려가실 작정이십니까?"

"그래야지, 모레 오전부터 강의가 있으니…. 그건 그렇고, 은하라 했던가? 그 왜 중국동포 아가씨 말이야. 금방 데려올 것처럼 그러더니만 왜 아직 구경도 안 시켜 줘?"

난 잠시 말을 잇지 못하다가 씁쓸한 표정으로 잔을 비웠다. 교수님께

술을 따라드린 후 내 잔도 채웠다.

"아버지의 반대가 아직 여전한 모양입니다."

"그 참 고얀 양반일세. 자네 정도면 어디가 어때서 그렇게 반대를 한단 말인가. 적당히 하고 말아야지, 어째 정도가 좀 심하구먼. 내 그렇잖아도 내년 초에 북경에서 그쪽 학자들하고 학술회의를 하기로 돼 있는데 그때 맘먹고 한번 들러봐야 겠구먼. 그 양반이 나하고 술 한 잔 하고 싶다고 했지?"

"예, 교수님. 중국에 오실 일이 있으면 꼭 들렀다 가셨으면 했습니다."

"잘 됐네, 내가 한 번 만나보지. 그 양반도 그 양반이지만 자네도 참 주변머리가 없구먼. 아가씨 아버지가 반대한다고 지금껏 그러고 있으니 하는 말일세. 내가 나서지 않으면 도무지 되는 일이 없는 건 예나 지금이나 하나도 변함이 없군 그래."

교수님은 이렇게 말씀하신 후 너털웃음으로 웃고 계셨지만 사실 그건 맞는 말이었다. 내 나이 스무 살 시절부터 서 교수님의 특별한 배려가 없었다면 지금의 나는 생각조차 할 수 없었을 것이다. 어쩌면 이 사회의 낙오자로 전락하여 신세 한탄이나 하며 살아가는 답답한 인생이 되었을지도 모를 일이다. 그렇기 때문에 서 교수님은 언제나 내게는 아버지와도 같은 분이시다.

미리 준비해간 A4 용지 50쪽 분량의 보고서가 담긴 서류봉투를 교수님께 건네 드렸다. 교수님은 즉석에서 보고서를 대략적으로 읽어보면서도 연신 고개를 끄덕이며 공감을 표시하더니 호텔에 가서 자세히 검토해보겠다며 서류봉투에 다시 집어넣으셨다. 그리고 내 양손을 두 손으로 따듯이 맞잡으며 말씀하셨다.

"윤 군, 잘하리라 믿네만 지금의 시기는 우리 모두가 더욱 긴장해야 하네. 자네 보고서 내용대로 작금의 우리 민족은 풍전등화와도 같은 위기상황일세. 그래서 우리 모두의 슬기와 지혜가 필요할 때란 말일세. 특히 재단의 젊은 일꾼들인 자네들의 역할이 실로 크단 말일세."

나는 이 말씀의 의미를 너무도 잘 알고 있다. 백두산을 중심으로 광대하게 펼쳐졌던 우리 민족의 역사를 웅대한 대륙사관으로 설명하시던 교수님, 잃어버린 우리 민족의 북방지역 고토를 회복해야 된다며 강단에서 목청을 높이시던 교수님이시다. 외세에 의해 민족의 강산이 잘리어진 것도 모자라 이제는 또다시 그 반쪽마저 우리 민족사에서 영구히 사라질 위기에 처한 풍전등화와도 같은 암울한 상황이 아닌가.

이렇듯 외부의 환경은 급박하게 돌아가고 있었지만, 국내의 상황은 아직도 사대주의와 친일잔재를 청산하지 못한 협소한 반도사관(半島史觀)이 판을 치고 있는 형편이었다. 서 교수님의 탄식은 바로 이러한 현실을 인식할 능력도, 타개할 의지도, 그 방법조차도 알지 못한 채 안일하게만 대응하고 있는 우리의 현실이 답답해서 토해 내신 말씀인 것이다.

우리는 한민족의 중심이 경주나 서울쯤으로 착각하는 이러한 반도사관 속에서 교육받고 또 그렇게 믿으면서 살아왔다. 그러니 우리 민족이 회복해야할 고토(古土)가 어디쯤이며, 왜 회복해야 되는지도 알지 못한다는 건 어찌 보면 당연한 귀결일지도 모른다.

그뿐인가. 중국 쪽에서는 자칫하면 북한 땅을 통째로 집어삼킬 수도 있는 동북공정의 막바지단계가 진행 중인 비상상황임에도, 국내에서는 미국 주도의 대북강경책만 앵무새처럼 되 뇌이며 북한의 굴복을 강요하고 있지 않는가 말이다. 그들이 통일을 마치 남의 집 일처럼 한가로이 이야기할 때, 우리 민족을 분단시킨 외세가 우리 몰래 어떤 음모를 꾸미고 있는지 알 턱이 없을 뿐더러, 그 음모가 우리 민족의 앞날에 어떤 재앙을 가져올지에 대해서도 까마득히 모르고 있는 것이다. 백두산의 정상 천지에서 은하의 아버지 배 교수가 목청껏 소리쳤던 그 외침이 다시금 생생하게 내 귓전을 스치듯 지나갔다.

"백두산은 우리 민족의 영산이다."

다음날 오후 서 교수님께서는 임시이사회를 마치자마자 KTX 편으로 부산으로 내려가셨다. 서울역까지 배웅을 해드리고자 했지만 사사로이 연구실을 비워서는 안 된다며 끝내 만류하시고는 홀로 서울역을 향하셨다. 열차에 오르시기 전 내게 전화 주는 것을 잊지 않으셨다.

임시이사회는 팽팽한 긴장감 속에서 대외비를 전제로 이사장님의 보고가 있었다 한다. 김정일 위원장을 둘러싼 북한내부의 상황에 확실히 어떤 문제가 있는 것은 틀림없지만 정보력의 한계 때문에 정확히는 알 수 없다고 했다. 미국이나 중국이 긴밀히 움직이고 있는 것을 볼 때 그들은 분명 무언가를 알고 있다는 추측이었다. 그렇기는 하지만 우리를 따돌리며 중요한 정보를 주지 않기 때문에 도대체 그 내부에서 어떤 일이 일어났는지는 전혀 알 수 없는 답답한 상황이라는 내용이었다.

원룸으로 돌아오자마자 컴퓨터를 켜고 메시지 함을 열었다. 오랜만에 은하의 메일에 답장을 쓰기 시작했다. 내 답장은 언제나 그렇듯 고루한 내용 일색이지만 그래도 이때만은 은하를 느끼는 유일한 순간이기에 아무리 바쁘더라도 일주일에 한번은 반드시 답장을 보내고 있다. 그런데 오늘 쓰는 메일의 말미에는 중요한 사실 하나를 첨가했다. 연변 조선족 자치주의 대외무역사업부 북한담당과장으로 있는 오빠가 북한사정에 정통할 것이니 최근 북한에서 무슨 일이 있었는지를 알아보아 달라는 내용이었다.

메일을 보내고 자리에 누우니 몸은 솜처럼 피곤해도 2년 전 6박7일간의 일정으로 연변에 출장 갔을 때가 아련히 생각나기 시작한다. 연길공항, 연길시장, 용정중학교, 집안시, 백두산, 천지폭포, 소천지, 단동, 삼합…. 마치 영사기가 돌아가듯 그때의 장면들이 눈앞을 빠르게 스쳐 지나가며 내 추억을 일깨운다. 두꺼운 뿔테안경을 쓰고 열변을 토하던 배 교수, 정 많은 최 씨 아저씨, 아버지 배 교수에게 불만을 토해 내던 은하의 오빠 창우, 그리고 내가 꺾어준 코스모스 향내를 맡고 있던 내 사랑 은하….

은하에게 답장메일을 보낸 그 다음 주의 일이었다. 여느 날과 마찬가지로 오늘 하루도 바쁘게 움직인 긴장의 연속이었다. 모레가 추석이기 때문에 밤늦게 곧장 원룸으로 돌아와 들뜬 마음으로 부산 내려갈 여장을 꾸리고 있었다. 한 번 시간 내서 부산에 내려오라는 서 교수님의 당부말씀도 있고 해서 이번 추석만큼은 부산에서 보낼 작정으로 밤 열한 시 사십분에 출발하는 KTX 열차를 예매해 두었던 것이다.

원룸을 나서기 전에 혹시나 은하로부터 메일이 와 있나 싶어 노트북을 열어보니 붉은색 대문자로 '긴급'이라고 적힌 은하의 메일이 도착해 있었다. 삼십분 전에 보낸 메일이었다.

우려했던 일이 터졌다

은하의 메일에는 오늘 저녁에 창우가 술이 과하게 되어 아버지를 찾아왔었다고 한다.

"술을 먹었으면 아파트로 갈 것이지 여긴 왜 왔네?"

"아버지, 그렇게 차갑게만 말씀하지 마시고 여기로 앉아보세요. 오늘 아버지하고 술 한 잔 하고 싶어서 왔습니다. 은하야, 술상 좀 봐다오. 술은 오빠가 가지고 왔다."

창우는 그가 즐겨먹는 백두산들쭉술 포장을 뜯은 뒤 방바닥 위에 올려놓으며 차가운 눈빛으로 바라보고 있는 아버지를 앉으라고 다그쳐 댔다. 추석명절을 목전에 두고 자신과 술 한 잔을 나누고자 찾아왔다는 아들의 말에 배 교수도 많이 누그러진 표정이었다. 그래도 그는 여전히 선 채로 창밖을 바라보며 연신 담배만 피워대고 있었다.

은하가 작은 상으로 술상을 차려왔을 때 홀에서 손님을 맞고 있던 최씨도 방으로 들어왔다. 자신의 자리 옆에 어서 와서 앉으라는 최 씨의 고함소리를 듣고서야 배 교수도 마지못해 자리에 앉았다. 서가와 책을 쌓아 놓기만도 좁은 방에 세 명의 남자와 은하마저도 자리를 잡자 방안이 꽉 찬 느낌이 들었다.

창우는 술병을 들고 호기롭게 말했다. 어디서 술을 꽤 많이 하고 왔는지 얼굴은 시뻘겋게 상기되었고 혀는 잔뜩 꼬부라져 있었다.

"이 술이 말입니다, 2000년 6월15일에 김대중 대통령하고 김정일 위원장이 남북정상회담을 마치고 화해주로 마신 백두산들쭉술입니다. 아버지, 우리도 이 술 마시고 화해합시다. 자, 한잔 받으세요."

창우가 술을 따를 때까지도 배 교수의 얼굴에는 표정이 없었다. 때마침 최 씨가 특유의 밉지 않은 얼굴로 넉살 좋게 말을 건넸다.

"이봐, 창우. 나하고는 화해 안 할 거야? 왜 난 화해주가 없어?"

"아저씨하고는 화해할 게 없는데요. 그래도 우리 아저씨 때문에 늘 마음이 놓입니다. 아버지를 잘 보살펴주셔서 고맙습니다. 제가 진짜로 좋아하는 우리 아저씨도, 자~ 한잔 받으세요."

창우는 최 씨에게 술 한 잔을 따른 후에 옆에 앉은 은하에게도 한 잔을 권했다. 최 씨가 창우의 잔을 채워주려고 하자 창우는 부득부득 아버지한테서 술을 받고 싶다고 고집을 부려댔다. 이 잔은 화해의 잔이기 때문에 꼭 아버지가 따라주어야만 먹겠다는 것이다.

이렇게 몇 순배의 술잔이 돌자 어느 덧 배 교수의 얼굴은 인자한 아버지의 얼굴로 돌아와 있었다. 그가 눈을 들어서 아들을 바라보며 한결 부드러워진 어투로 물었다.

"대체 무슨 일이네? 평소 안하던 행동까지 할 때는 그만한 이유가 있을 것 아니네? 어서 말해 보라."

배 교수의 이 말에 또다시 한 잔을 단숨에 마시고 나서도 말문을 열지 못하는 창우를 최 씨가 딱하다는 표정으로 거들며 나섰다.

"일 없다. 명절은 본시 이렇게 식구들끼리 둘러앉아서 술 한 잔씩 하는 거이야. 아니 그렇네?"

"제 술 한잔 만 더 받으세요."

창우는 아버지 배 교수의 술잔에 또다시 가득 술을 따랐다.

"아버지, 제가 오늘 술이 많이 됐습니다. 북조선에서 온 친구하고 점심 먹고서부터 계속 마셨습니다. 그런데 아버지, 아무리 마셔도 취하지도 않고 오늘따라 왜 이렇게도 아버지가 보고 싶던지 정말 한참을 울었더랬습니다. 이 못난 아들이 우리 아버지가 보고 싶어서 이렇게 찾아왔습니다. 아버지, 날 너무 미워하지 마세요. 난 이 세상에서 우리 아버지를 제일로 존경한단 말입니다."

창우는 충혈 된 눈을 게슴츠레 뜨고는 아버지의 바로 코앞까지 얼굴을 디밀었다. 그런 아들이 싫지는 않았던지 배 교수도 빤히 아들의 얼굴을 마주 쳐다보고 있었다. 창우의 넓적한 얼굴에 비로소 미소가 돌기 시작했다.

"그래 무슨 일이네, 얘기해 보라."

이 때 최 씨가 부동산 사무실에서 들려오는 손님들의 소리에 잠시 자리를 떴다. 최 씨가 나가자 창우는 결심했다는 듯 의미심장한 눈빛으로 아버지를 바라보며 말문을 열기 시작했다. 어느 사이에 그는 말짱한 얼굴로 돌아와 있었다. 아마도 이 순간을 무척이나 기다렸던 모양이었다.

"아버지, 조선에 급변이 일어났습니다."

이 말에 배 교수는 그의 무거운 뿔테안경을 벗어 술상 위에 놓았다. 곧 황소 같이 커다란 그의 눈동자가 드러났다. 얼굴에는 군데군데 검버섯이 피어 있었지만 눈에서는 안광이 쏟아져 나오고 있었다.

"무슨 말이야? 급변이라니…."

"김 위원장이 한 달째 의식불명이라 합니다."

"뭐야? 그럼 죽었단 말이야?"

창우는 머리를 가로저으며 대답했다.

"아니요, 죽은 건 아니고 의식불명 상태라 합니다."

"한 달 간이나 의식불명이라면 못 깨어날 수도 있다는 얘긴데…. 이건 보통 심각한 일이 아니구먼."

"아버지…."

창우가 아버지의 얼굴에 그의 얼굴을 밀착시킨 채 낮은 목소리로 속삭이듯 말했다.

"우려했던 일이 터진 것 같습니다. 물밑에서 일이 심상찮게 돌아가고 있는 모양입니다. 일주일 전부터 무슨 비밀 회담이 진행 중이라 합니다."

배 교수는 두 손으로 자신의 얼굴을 쓸어내렸다. 긴장할 때면 습관적으로 나타나는 행동이었다. 그는 누가 엿들을까봐 목소리를 더욱 낮추며 말하고 있었다. 옆에 앉은 은하는 오빠와 아버지의 대화가 너무 심각한지라 이러지도 저러지도 못하고 조용히 듣기만 했다.

"비밀 회담이라면…."

창우는 오른손으로 턱을 고인 채 심각한 표정으로 술잔을 바라보더니 또 한마디를 했다.

“조선의 군부하고 중국이 말입니다….”

여기까지만 말했는데도 배 교수는 무슨 일이 벌어지고 있는지 알겠다는 표정으로 아들의 말을 가로챘다.

“우려했던 일이 현실이 되어 간다는 말이겠지?”

“그런데 미국도 다 알고 있다고 합니다. 문제는 핵무기인데 핵을 폐기하는 조건으로 미국이 묵인하고 있답니다.”

“북조선의 군부를 사주하여 북조선을 중국의 괴뢰정권으로 만드는 계획을 미국이 묵인한단 말이지?”

“……”

“그럼 북조선이 중국으로 편입되는 것은 시간문제로 보아야 갔구나. 그쪽 인민들의 움직임은 어떻네?”

“아무도 모르죠. 비밀 회담이 진행 중이라는 사실은 조선에서도 극소수만 알고 있는 1급 비밀이란 말입네다.”

이때 최 씨가 투덜거리면서 방으로 들어왔다. 은하는 최 씨가 방으로 돌아오자 슬그머니 자리에서 일어났다. 최 씨는 자신의 잔을 단번에 털어마신 후 창우에게도 잔을 건네며 독백처럼 투덜댔다.

“엥이! 부동산에 놀러들 왔으면 조용히 장기들이나 둘 일이지 뭔 놈에 궁금한 것이 그리도 많은지…….”

최 씨의 이 말은 제집 드나들듯 부동산을 들락거리는 인근의 건달 두 녀석이 오늘따라 이 집의 동태에 대해서 꼬치꼬치 캐묻기에 하는 독백이었다.

배 교수는 60년 지기인 최 씨만큼은 믿을 수 있다는 자신감 때문인지 지금까지 하던 이야기를 계속해 나갔다.

"김 위원장이 유고된다고 보고 북조선의 군부를 충동질 했겠구먼."

최 씨는 무슨 이야기인지를 몰라 어리둥절해 하는 눈치였다.

"군부한테는 지금까지처럼 선군정치를 보장해 주겠다고 약속했다고 합니다. 미국의 간섭은 중국이 막아주기로 하고, 대북원조도 조선군부가 요청하는 즉시로 필요한 만큼 충분히 지원하기로 약속했다는 겁네다."

최 씨가 채워준 잔을 단숨에 받아 마신 창우가 술상을 옆으로 치우더니 앞으로 다가가 앉았다. 순간 창우는 아버지의 손을 덥석 잡더니 눈물을 흘리면서 나지막한 소리로 말하기 시작했다.

"아버지, 나도 조선 사람입니다. 중국 땅에서 중국 공산당원이 되어 중국 사람처럼 살고 있지만 난들 왜 우리 민족이 잘못되기를 바라갔어요? 아버지 이 일을 어쩌면 좋같습네까?"

배 교수는 그의 가슴팍으로 쓰러져 울고 있는 창우를 얼싸 안았다.

"문제는 북조선의 인민들인데 그들이 가만히 있는다면 영원히 중국 속으로 사라지고 말 것이야. 위구르나 티베트처럼 영원히 사라지고 말겠지. 그들이 들고 일어서야 하는데…."

이렇게 말하면서 배 교수는 아들의 어깨를 두드리고 있었다. 한 동안 조용한가 싶었는데 어느 사이에 창우는 아버지 배 교수의 따뜻한 품속에 파묻혀 어린아이 마냥 곤히 잠들었다.

그런데 여기까지의 이야기를 몰래 엿듣는 자가 있었다. 홀에서 장기를 두는 척 하던 작자 중 하나가 이들이 나누는 은밀한 대화를 밖에서 엿듣고 있었던 것이다.

창우의 이부자리를 마련해 준 배 교수는 주방에서 술상을 치우던 은하에게 다가가 잠시 뜸을 들인 뒤 말문을 열었다.

"은하야, 너 요즘도 윤 선생하고 연락을 주고받네?"

"예, 아버지. 이메일로 연락하고 있습니다."

"그럼 너 말이다…. 아니다 됐다."

배 교수는 무언가 중요한 얘기를 하려다 말고 돌아섰지만 은하는 아버지가 하려다 그만 둔 이야기가 무엇인지 짐작할 수 있었다. 그것은 서울에 있는 나에게 급히 이 사실을 알려야한다는 것이었다.

그렇지 않더라도 오빠를 통해 최근의 북한사정을 알아봐달라던 부탁도 있었던 터라 은하는 설거지를 하다말고 서둘러 택시를 탔다. 은하가 머무르고 있는 창우의 아파트는 배 교수 사무실과는 걸어서 20분 남짓한 거리인 상가밀집지역 뒤편의 달랑 한 채만 지어진 5층짜리 아파트다.

은하는 택시에서 내린 후 거의 뛰다시피하여 3층에 위치한 아파트로 돌아왔다. 그녀는 방으로 들어오자마자 PC를 켜고 붉은색 대문자로 '긴급' 이라는 제목을 달아 내게 이 사실을 알려왔던 것이다.

드디어 우려했던 일이 터지고 말았다. 나는 서 교수님께 급히 연락을 취했다. 은하의 이메일 내용을 소상히 이야기하자 서 교수님은 놀라는 목소리로 내게 물었다.

"자네가 볼 때 확실한 정보라 보는가?"

"예 교수님. 연변에 있는 은하의 오빠가 조선족자치주의 대북무역사업을 담당하는 실무과장이라고 말씀드리지 않았습니까? 그 사람과 친

분이 깊은 북쪽의 고위관리한테서 들은 이야기니 신빙성이 있다고 생각
됩니다.”

“알았네, 일단은 아무한테도 발설하지 말고 자네는 거기 그대로 있게
나. 내 밤차로 곧장 올라갈 테니 내일 보세.”

서 교수님이 서울로 올라오시게 되었으니 내가 부산을 내려갈 필요가
없게 되었다. 난 곧장 노트북을 다시 열어 인터넷으로 KTX 예매를 취
소했다. 여행 가방을 베개 삼아 잠시 소파에 눕자마자 이내 잠이 쏟아지
기 시작했다.

배 교수의 고향마을 옥수수 밭 사이길이다. 배 교수가 몽둥이와 칼을
든 일단의 무리들에게 쫓기고 있고 그 뒤를 은하가 울면서 뛰어가고 있
다. 몽둥이를 든 자가 달려가면서 배 교수의 어깨를 내리쳐 배 교수가
넘어졌을 때 그의 두꺼운 검정색 뿔테안경은 옥수수 밭 속으로 날아가
버린다. 이때 청나라 전통 복장을 한 자가 칼을 높이 쳐들고 쓰러진 배
교수의 목을 내리치려는 자세를 취하고 있다.

“중국인으로 살기 싫으면 중국 땅을 떠나라고 내 진작부터 경고하지
않았더냐. 여기는 한국 땅이 아니라 중국 땅이라고 내 그렇게도 일러주
었거늘, 오늘 그 동안의 경고를 무시한 죗값에 대한 벌을 받아야겠다.
이것은 순전히 말귀를 못 알아먹은 네놈의 잘못이니 행여 저승에서라도
날 원망하는 일이 없기를 바란다, 흐흐흐.”

그가 이얏! 하는 기합소리와 함께 칼을 내리치는 바로 그 찰나에 뒤따
라오던 은하가 배 교수를 감싸 안으며 그 위로 쓰러진다. 칼은 그녀의
등에 꽂히고 말았다.

“안 돼!”

난 다급하게 뛰어가면서 고함을 질렀지만 목소리도 나오지 않았고 발걸음도 떨어지지 않는다. 그저 허공에 팔만 허우적거리고 있을 뿐이었다.

악몽에서 깨어나 보니 온 몸이 땀으로 흠뻑 젖어 있었고, 시간은 새벽 두시를 가리키고 있었다. 이때 휴대폰에서 감미로운 컨츄리송이 울려 퍼지고 있었다. 재단의 이사장님으로부터 걸려온 전화였다.

“윤 팀장, 서 이사님으로부터 연락받았네. 그런데 그 말이 사실인가?”

“예, 이사장님, 아마도 그런 것 같습니다.”

“알았네. 어차피 이번 일은 대 중국 동북공정의 정책에 관련된 문제니까 제3팀에서 수고해 주어야겠네. 명절날인데 안됐지만 지금 즉시 팀원들을 비상 소집시키고 우리는 내일 재단에서 보는 걸로 하지.”

이사장님의 지시를 받은 후 난 잠시 망설일 수밖에 없었다. 추석명절을 보내기 위해서 다들 고향으로 내려간 팀원들에게 이 새벽 시간에 비상소집 연락을 취하려니 선뜻 전화기를 들 수가 없었다. 그리고 덜컥 겁이 나기 시작했다. 만약에 은하가 보내준 메일의 내용이 사실이 아니라면 그 뒷감당을 어찌할 것인가. 내가 잘못된 정보를 바탕으로 명절날 고향에 내려간 사람들을 불러들이고 이 난리법석을 떨었다면……. 생각만 해도 소름끼치는 일이었다. 그러나 이미 엎질러진 물이다. 화장실에서 찬물로 세수하고 나오자 한층 정신이 맑아졌다.

잠시 후 나는 팀원들에게 일일이 전화를 걸기 시작했다. 그래도 우리 팀원들은 참으로 대단했다. 긴급 상황이 발생하여 추석연휴가 취소되었고 내일부터 비상근무에 돌입한다는 전화를 받고서도 어느 누구하나 불평 한마디 하는 사람이 없었다. 1년에 단 한번 추석명절을 보내기 위해서 온 식구들과 함께 자신들의 고향집으로 내려왔고, 그것도 곤히 잠들고 있던 이 새벽시간에 전화를 받았으면서도 말이다.

이것은 동북아역사재단의 연구원들이 자신들이 하고 있는 직분에 대해서 얼마나 투철한 사명의식을 가지고 있는지를 여실히 보여주는 대목이었다. 그리고 팀장인 나를 전적으로 믿어주는 것 같아 한편으로는 마음이 뿌듯했다.

얼마나 긴장을 했던지 수화기를 잡은 내 손에는 땀이 잔뜩 고여 있었다. 잠시 눈을 붙일 요량으로 바닥에 눕자마자 또다시 그대로 곯아 떨어졌다.

다음날 아침 평상시보다 삼십분 일찍 연구실에 출근해 보니 서 교수님께서 내 방의 소파에서 곤히 주무시고 계셨다. 이런 날을 대비해서 교수님께 내 방의 비밀번호를 알려드리길 잘했다는 생각이 들었다.

그 때 내 책상 위 검정색 직통 전화기에서 벨소리가 요란하게 울렸다. 서 교수님과 나는 동시에 화들짝 놀랐다. 수화기를 들어보니 이사장실에서 급히 올라오라는 호출 전화였다.

우리가 이사장실로 들어서자 이사장님이 서 교수님께 먼저 말을 걸었다.

"서 이사님, 어제 저에게 전화주시고 난 후에 부산서 바로 출발하셨나 봅니다. 어떻게 이렇게 빨리 오셨어요? 혹시 날아오셨어요?"

"이게 어디 보통 일입니까? 날아왔지요, 날아왔어요. 사실은 마침 출발하는 KTX 한 편이 있어 편하게 올라왔습니다.”

“자, 앉읍시다. 그래 윤 팀장, 서 이사님으로부터 대략적인 말씀은 들어 알고 있네만 정보의 출처가 조선족자치주의 대북한 무역담당 과장이라고?”

“예, 저와는 일전에 연변출장을 갔을 때 알게 된 지인으로 믿을 수 있는 정보원입니다. 그래도 혹시 모르니 정보의 진위를 확인하는 절차는 필요할 것 같습니다.”

아무리 바빠도 커피 한잔은 하자면서 이사장님이 손수 커피를 끓이기 위해 자리를 일어섰다. 이사장실 통유리 밖으로 보이는 소나무들 위로 연신 아침 새들이 분주히 날아다니고 있었다.

“그래 누구에게 물어보지? 국정원도 이 대목에서는 먹통이 분명할 터이고…. ”

골똘히 생각하던 서 교수님이 말문을 여셨다.

“CIA 한국지부 쪽에 선이 닿을 수만 있다면 정확한 정보를 알 수 있을 것도 같습니다. 그러자면 국정원의 도움을 받아야 하는데 혹시라도 잘못된 정보라면 일이 커질까봐 염려되기도 합니다만….”

서 교수님이 혹여 잘못된 정보라면 일이 커진다는 말에 내 머리 칼이 뻣뻣이 일어나며 얼굴을 비롯하여 온 몸의 근육이 경직되기 시작했다. 커피 메이커에 커피와 물을 부은 후 이사장님이 자리에 앉았다. 잠시 후 부글부글 끓는 소리와 함께 잘 볶아진 원두커피가 구수한 향기를 풍기며 방울방울 떨어지는 소리가 들리기 시작한다.

“좋은 생각입니다. 지금 그런 걸 따질 겨를이 없지 않겠습니까? 방법은 그쪽에서 찾을 테니 우린 소스나 주어봅시다.”

순간 난 정보의 진위여부에 관계없이 자칫하다간 은하의 가족들까지도 그 화가 미칠 것 같았기에 어렵게 말문을 열었다.

"이사장님, 국정원 쪽에는 정보의 출처에 대해서 말을 하지 않는 편이 좋지 않겠습니까?"

커피 메이커로 내려 받은 커피를 찻잔에 옮겨 담던 이사장님이 고개를 끄덕이며 하는 말이다.

"윤 팀장의 의도를 알겠네. 그건 말하지 말아야겠지."

재단의 신 이사장님은 NSC 회의에도 참석하기 때문에 국정원장과의 교분이 두터운 편이라고 했다. 그는 즉시 국정원으로 전화하여 국정원장과의 통화를 시도하더니 이내 수화기를 내려놓았다. 이사장님은 호주머니에서 손수건을 꺼내 얼굴에 맺힌 땀방울을 몇 차례 닦아낸 후 커피잔을 들어 한 모금 마셨다. 흥분을 가라앉히는 모양이었다. 잠시 후 한 통의 전화가 걸려왔다.

"원장님, 저 동북아역사재단의 신 이사장입니다. 다행히 연결이 되는군요. 긴급히 알려드릴 사안이 있어 이른 아침에 결례를 무릅쓰고 전화드립니다. 김정일 위원장이 현재 의식불명이라는 첩보가 있어 알려드립니다. 아, 네네. 그거야 당연히 다 알고 계시겠지요. 그런데 지금 미국의 동의 하에 중국하고 북한군부 사이에 무슨 비밀협상을 한다고 합니다. 그 진의를 확인할 수 있겠습니까? 아, 그렇습니까? 예, 알겠습니다. 그건 걱정 마시고요. 네, 네."

전화를 마친 이사장님이 커피 한 모금을 더 마신 후 의미심장한 표정으로 말하기를, 국정원장이 확인해보고 연락 주겠다고 했다 한다.

숨이 막힐 것 같은 무거운 침묵이 흘렀다. 그렇게 15분도 더 지난 것 같았다. 얼마나 긴장을 하고 있었던지 내 머리에서는 쉴 새 없이 땀이 흘러내리고 있었고, 커피 잔을 잡은 내손은 떨려서 제대로 마실 수가 없었다. 방의 옆 벽면에 걸려있던 커다란 괘종시계는 아침 여덟시 이십분을 가리키고 있었다.

이때, 무거운 정적이라도 깨우려는 듯 이사장님의 휴대폰 벨이 울려댔다. 이사장님은 전화를 받기 위해서 잠시 옆방으로 자리를 옮겼다. 또꽤 많은 시간이 흘렀다. 아마도 이사장님이 방을 비운지 20분은 넘은 것 같았다. 옆방에서 국정원장과의 전화통화를 마친 후 방으로 들어오는 이사장님의 얼굴은 아주 착잡한 표정으로 바뀌어 있었다.

"모두 사실이라고 합니다. CIA 한국지부장한테 직접 전화를 했다고 합니다. 처음에는 부인하기에 언론에 정보를 흘리겠다고 엄포를 놓았더니 본국과 협의한 후 조금 전에야 그 사실을 확인해 주더라는 거예요. 국정원장의 당부가, 이 정보를 국정원에서 수집한 걸로 해달라고 신신 부탁하기에 그러자고 했습니다. 그렇잖아도 내 쪽에서 먼저 부탁하려고 했던 일인데 아주 잘 된 일이에요. 그리고 정부의 공식발표가 있을 때까지는 일체 비밀로 해달라고 말입니다. 내일쯤 NSC 긴급회의가 열릴 것 같습니다."

"잘 하셨습니다. 그쪽도 체면이 있으니 말입니다. 윤 팀장, 그러기로 하세."

"저로서도 잘 됐습니다. 그러는 편이 오히려 부담스럽지 않을 것 같습니다."

얼마나 다행인가. 사실 이번 일로 해서 혹시라도 은하 가족에게 피해가 갈까 봐 여간 걱정스럽지 않았는데 정보의 출처를 국정원으로 하기로 했으니 말이다.

이 자리에서 이사장님은 우리 팀에 특별 지시를 내렸다. 난 마음이 급했던 관계로 계단을 이용해 2개 층을 쏜살같이 뛰어올라 5층에 있는 제3팀 연구실로 신속히 돌아왔다. 어차피 이번일은 대중국 동북공정에 대응하여 우리정부의 정책방향을 제공하는 것이 주 임무인 우리 연구2실 제3팀의 고유 업무다. 그래서 이사장님으로부터 다음과 같은 각별한 임무를 부여받았던 것이다.

첫째는, 내일 NSC 회의 때 우리 재단에서 제시할 정부차원의 대응책에 내한 정책 보고서를 오늘 중으로 제출하라는 것이었다.

둘째는, 재단의 성격상 이번 일에 우리가 깊숙이 개입하고 있다는 것이 외부에 알려지면 곤란하므로 보안등급을 최상위로 유지하라는 각별한 주의였다.

우선 제1차적인 방식에 따라 오후 다섯 시까지 나를 비롯하여 우리 일곱 명의 팀원들 각자가 정책보고서 초안을 제각기 작성하도록 했다. 나도 초안을 작성하기 위해서 책상 앞에 앉아 머리를 정리해 보았다. 이 위급한 상황에서 우리 민족이 승리하기 위해서는 과연 어떻게 해야 될까? 그러자 지난 번 연변에 출장 갔을 때 배 교수가 내게 했던 말들이 불현듯 떠올랐다.

"윤 선생, 북조선의 인민들은 말입니다. 한국을 흡수 통일해야겠다는 생각 자체가 없어요. 그들도 다 알아요. 자기들은 그럴 힘이 없다는 사실을요. 그건 90년대 고난의 행군시절을 겪으면서 그들이 터득한 교훈이었죠. 결국 언젠가는 한국이 통일을 주도할 수밖에 없다는 사실을 알 만한 사람들은 다 알고 있단 말입니다. 그런데 문제가 뭔지 아세요? 이 사람들이 자존심 하나만큼은 대단하단 말입니다. 그래서 고구려의 후예라 하지 않습니까. 아마도 자존심 하나는 세계 최고일 겁니다.

내가 하고 싶은 말은 북조선 인민들이 우려하고 있는 문제를 한국이 풀어줘야 한다는 겁니다. 한 쪽이 다른 쪽을 차별하고 천시하는 문제를 북조선 사람들이 우려하고 있단 말입니다. 동독처럼 서독의 2등 국민으로 추락하여 남한 인민들의 천덕꾸러기 신세로 전락하는 일은 없어야 합니다. 그 사람들 굶었으면 굶었지 배부른 돼지로는 살려고 하지 않을 겁니다. 그래서 그들의 자존심에 상처내지 않으면서 따뜻하게 포용할 수 있는 그런 포용력이 지금 한국 사람들에게 필요하다는 거예요."

　따뜻하게 북한사람들을 포용해야 된다는 은하 아버지 배 교수의 말이
내 머리 속을 스치고 지나갔다. 남북한이 통일되었을 때 북한의 동포들
이 같은 동포로서 더불어 잘 살 수 있다는 확실한 믿음을 심어주어야 한
다. 북한군부의 상층부는 저들의 살길을 찾아서 이(異)민족인 중국의 품
속으로 안기려 한다. 그러나 이것은 민족적인 배신행위다, 그 어떤 달콤
한 이야기로 합리화하더라도 우리 민족을 팔아먹는 매국행위라는 사실
을 분명히 알려야 한다.

　북한의 동포들이 평양 시내를 비롯하여 전국각지에서 떨쳐 일어나 중
국흡수를 반대하는 대대적인 시위를 전개한다면 국제여론에 의해서라
도 중국의 야욕을 막을 수 있을 것이다. 북한 동포들이 떨쳐서 일어난다
면 중국의 야욕을 유엔이 반대하고 나설 것이고, 그렇게 된다면 미국도

중국의 행위를 묵인할 수만은 없을 것이다. 이럴 때에만 중국도 어쩔 수 없이 그들의 야욕을 꺾지 않을 수 없게 된다는 주장이다.

그래, 문제는 믿음이다. 뜨거운 동포애를 바탕으로 함께 잘 살 수 있다는 우리 민족에 대한 믿음, 이민족의 품속보다는 우리 민족의 동포애가 더욱 따듯하고, 이민족보다는 같은 동포를 더 믿을 수 있다는 이 믿음을 심어주어야 한다.

다섯 시 정각이 되자, 우린 커피타임을 가진 후 각기 작성한 일곱 부의 초안을 서로 돌려가면서 진지하게 검토하기 시작했다. 이윽고 나를 제외한 우리 여섯 명 팀원들의 만장일치로 가장 합리성을 갖추었다는 대표초안이 선정되었다. 「따듯한 동포애에 호소하는 믿음의 메시지」라는 제목으로 작성된 나의 초안이 채택된 것이다.

밤 열 시경, 나의 초안을 뼈대삼아 우리팀원들의 지혜가 부가된 50쪽 분량의 정책보고서가 드디어 완성되었다. 다섯 부의 보고서를 지참한 채 목이 빠져라 기다리고 계실 이사장님께 보고 드리기 위해서 곧장 이사장실로 올라갔다.

이사장실에는 밤늦은 시간인데도 불구하고 대책회의가 진행되고 있었다. 참석인원 중에는 검정색 선글라스를 끼고 있는 낯선 사람이 한 명 눈에 띄었다. 한밤중에 선글라스라니…. 이사장님이 내가 전해주는 정책보고서를 받으면서 그 사람을 소개했다.

"윤 팀장, 국정원에서 오신 곽 과장이시네. 앞으로 과장님의 요청이 있으면 잘 협조하도록 하게."

그에게 다가가자 곽 과장은 그 제서야 자리에서 일어서더니 악수를 청했다. 선글라스를 그대로 쓴 채로 악수하는 그의 태도가 별로 기분 좋을 수는 없었다.

"반갑습니다. 대북공작을 책임지고 있는 곽 과장입니다. 앞으로 많은 도움 바랍니다."

"예, 힘닿는 대로 성심껏 협조하겠습니다."

간단한 인사가 끝나자 모두는 자리에 앉았고 이사장님의 지시로 내가 앞으로 나가서 정책보고서의 내용을 브리핑했다.

"지금 현재의 북한상황을 요약해서 정리하면 이렇습니다. 현재 북한은 김정일 위원장이 한 달째 의식불명 상태에 빠져있는 위중한 상황입니다. 이때를 이용하여 중국은 그동안 그들이 치밀하게 준비해 온 동북공정의 제3단계를 시행하기 위해서 북한군부와 비밀협상을 진행하고 있습니다."

이때 팔짱을 끼고 앉아있던 곽 과장이 자신의 오른손을 들어서 입술 중앙에 반듯이 갖다 붙였다. 무언가 질문이 있다는 의사표시였다.

"동북공정의 제3단계를 설명해 주실 수 있겠습니까?"

동북아역사재단의 이사진 대다수가 나이 많은 노학자들이었는데 그 앞에서 여전히 다리를 꼰 채 선글라스를 쓰고 있어 대단히 무례하다는 생각이 들었다. 또 이제 막 브리핑을 시작했는데 그것을 중간에서 차단해버리니 나로서도 기분이 불쾌할 수밖에 없었다.

하지만 그의 소속과 직책만으로도 충분히 위압감을 받고 있었기에 어쩔 도리가 없었다. 그리고 국정원의 대북 정보를 책임지고 있는 입장이라고 해도 동북공정의 제3단계는 이해하기가 쉽지 않을 것이었다. 나는 다소간의 시간지체를 각오하더라도 자세한 설명을 하지 않을 수가 없었다.

“예, 말씀드리겠습니다. 일반적으로 동북공정하면 한중사학자들의 한가로운 역사논쟁쯤으로 치부되는 경향도 있습니다만, 중국이 동북공정을 국가적인 프로젝트로 시행하고 있는 진짜 목적은 그들의 국가안정과 영토문제 때문입니다. 중국의 동북공정은 3단계로 나누어서 진행되고 있습니다. 동북공정의 제1단계는 우리 고대사에서 근대사에 이르는 역사왜곡의 이론작업입니다.”

나는 여기서 잠시 심호흡을 하면서 좌중을 둘러보았다. 참석자 여섯 명 모두가 진지한 표정으로 나의 브리핑에 온 신경을 곤두세우고 있었기에 분위기를 조금 누그려 뜨려 보자는 심산이었다.

“여기서 길게 설명드릴 수는 없습니다만, 중국은 이미 2003년 6월에 중국공산당 중앙위원회 기관지인 광명일보에 ‘고구려 족은 중국변방 소수민족의 하나였으므로 고구려는 중국역사의 일부분이었다.’는 기사를 발표했습니다. 그러므로 제1단계는 사실상 마무리 되었다고 보아야 합니다.

동북공정의 제2단계부터는 실천단계로 우리 고대사 유적지의 여러 현장들을 중국식으로 복원하는 유적지 조작을 하는 단계입니다. 유적지 조작을 마무리한 후에 세계문화유산으로 등재시켜 세계로부터 인정받는 단계가 바로 제2단계라고 보시면 되겠습니다. 고구려유적지는 2004년 7월에 이미 등재가 완료되었고 발해유적지도 등재를 위한 유적지정비를 이제는 거의 끝낸 실정이므로 사실상 제2단계의 모든 작업도 끝이 났습니다. 동북공정의 제2단계는 존재하는 역사적 사실마저 현장에서 지우고 왜곡하는 단계로써 이것이 모두 끝이 났다는 말은 현재 중국에서는 우리 민족의 흔적이 모조리 지워진 상황이라는 뜻입니다.”

여기까지를 말하며 잠시 숨을 고르고 있을 때 함께 배석해있던 연세 많은 이사들의 탄식이 터져 나왔다. 곽 과장도 사태의 심각성을 이해하겠다는 듯 꼰 다리를 풀면서 자세를 고쳐 앉았다.

"곽 과장님이 질문하신 동북공정 제3단계의 거울은 바로 티베트입니다. 즉, 영토문제를 마무리하는 단계입니다. 고조선이, 부여가, 고구려가, 발해가 역사적으로 중국의 소수민족이었다면 이들이 지배했던 동북 3성을 비롯한 간도 땅 일대는 당연히 중국의 영토라고 할 수 있다는 주장입니다. 뿐만 아니라 한강이북의 한반도 땅마저도 역사적으로는 중국의 영토였으므로 반드시 수복해야 된다는 무서운 음모가 바로 동북공정의 제3단계입니다."

난 목이 너무 탔던 관계로 한 모금의 물로 목을 축인 후 다시 말을 이어갈 수밖에 없었다. 수없이 해 본 브리핑이었지만 오늘의 브리핑은 그 내용이 내용인지라 오히려 내가 흥분하고 있었던 것이다.

"1950년 중국이 티베트를 침공한 후 서장자치구란 이름으로 완전히 중국으로 편입시킨 것은 15년 후인 1965년의 일이었고, 1986년부터 10년간 진행된 서남공정으로 티베트의 역사는 온전히 중국의 역사 속으로 사라지고 말았습니다. 현재는 칭짱철도의 개통으로 대규모의 한족을 이주시키고 있는데 이것은 인구비율의 역전을 통해서도 향후 티베트가 독립하지 못하도록 철저하게 봉쇄하려는 의도입니다."

이제 곽 과장은 마치 착한 학생마냥 반듯한 자세를 유지한 채 나의 브리핑에 온 정신을 집중하고 있었다. 그만큼 그에게도 오늘의 브리핑은 충격적인 모양이었다.

"티베트의 바로 이러한 현실이 우리 민족이 앞으로 겪게 될 동북공정

제3단계의 거울입니다. 중국은 지금 친 중국 성향의 북한군부 세력으로 하여금 중국의 괴뢰정권을 수립한 후, 점진적으로 중국의 지방정권으로 편입시킬 계획을 갖고 있습니다. 즉, 북한을 '북조선자치구' 또는 '동북 제4성' 이라는 이름으로 편입할 계획을 진행하고 있습니다."

십오 평 남짓한 이사장 실에는 한 톨의 공기마저도 남아있기 힘들 정도로 긴장감이 팽팽해지고 있었다. 곽 과장은 이마의 땀을 닦기 위해 선글라스를 벗었다. 역시 예상대로 그의 눈빛은 상대를 압도하기에 충분할 만큼 날카로웠다. 그래도 우리들을 바라보는 태도만큼은 처음과는 많이 달라져 있었다.

아마도 처음 여기에 왔을 때는 동북아역사재단을 학술이나 토론하는 한가로운 집단쯤으로 알고 왔을 것이다. 하지만 지금 이 비상상황을 주도하고 있는 쪽은 국정원이 아닌 오히려 우리 재단이 아닌가 말이다. 지금 곽 과장은 머릿속으로 대북공작의 큰 흐름을 우리 재단의 정책보고서를 중심으로 풀어가야 되겠다고 정리하고 있을지도 모를 일이었다.

나의 브리핑은 계속되었다.

"지금 이 단계에서 중국이 시도하고자 하는 것은 북한의 병합이 아닙니다. 오히려 병합은 시간을 가지고 천천히 시도한다고 보아야 합니다. 지금 중국은 북한군부를 집단지도체제로 만들어서 친 중국 괴뢰정권을 수립하려고 하는 것입니다. 민족의 자주성이 결여된 중국의 허수아비 정권을 만들려고 한다는 뜻입니다. 문제는 이와 같은 상황을 미국이 묵인하고 있다는 데에 있습니다.

중국이 1950년 티베트를 침공할 당시에도 미국의 묵인이 있었습니다만, 이번에도 미국의 묵인 하에 북한군부와 비밀협상을 진행하고 있습니다. 지금 중국은 너무도 분명하게 잘 알고 있습니다. 미국이 원하는 것이 무엇인지를 말입니다. 북한이 보유하고 있는 핵무기를 비롯한 대포동 미사일이나 생화학무기와 같은 대량살상무기를 중국이 책임지고 폐기하기로 미국과 이미 약속이 되었다고 보아야합니다. 물론 그 대가로 미국은 중국의 음모를 알면서도 묵인해주고 있는 것이겠지만 말입니다.”

여기까지의 내 설명만으로도 대견스럽다는 듯 믿음직스런 표정으로 경청하고 계시던 서 교수님이 특유의 중저음으로 한마디 던졌다.

“윤 팀장, 이쯤에서 대책으로 넘어가시지?”

“예, 교수님, 알겠습니다. 정책보고서의 제목은 ‘따듯한 동포애에 호소하는 믿음의 메시지’ 입니다. 이 시점에서 중국의 의도를 분쇄할 수 있는 방안은 단 두 가지입니다. 하나는 기적적으로 김정일 위원장이 의식을 회복하여 이 상황을 평정하는 것입니다.

또 하나는 북한전역에서 중국의 괴뢰정권음모를 규탄하는 대대적인 시위가 일어나 국제여론을 움직이는 경우입니다. 그렇게 해서 유엔을 움직일 수 있다면, 그래서 중국을 규탄하는 유엔성명을 발표하도록 유도할 수 있다면 미국도 발을 빼게 될 것이고, 결국에는 중국도 무리수를 두면서까지 그들의 음모를 추진할 수는 없을 것입니다.”

마치 한가위 보름달마냥 두툼한 얼굴이라 한 눈에도 인심 넉넉하게 보이는 신 이사장님이 곽 과장을 바라보면서 국정원의 의견을 물어보았다.

“과장님께서는 방금 발표한 우리 윤 팀장의 의견을 어떻게 생각하십니까?”

“예, 저도 윤 팀장님의 의견에 동의합니다. 왜냐하면 북한민중들의 반란을 진압하기위해서 중국 측이 취할 수 있는 조치는 국경 최전방에 배치되어 있는 제16집단군과 제64집단군을 투입해야 하는데, 그건 미국과 유엔이 반대하는 상황에서는 가능한 일이 아니기 때문입니다."

이때 심각한 표정으로 안경을 벗은 채 반백의 머리를 뒤로 넘기던 다른 이사 한분이 다시 곽 과장에게 물었다.

"북한에서 군중시위가 발생한다면 북한군부의 동향은 어떨 것 같습니까? 저들의 목적달성을 위해서 발포하지 않을까요? 그렇게 된다면 다수의 사상자가 발생할 수도 있을 것 같습니다만…."

이 질문에서는 곽 과장으로서도 망설여지지 않을 수 없었던지 손수건으로 자신의 눈가를 닦은 후 조심스럽게 답변했다.

"단적으로 예단하기는 대단히 어려운 상황입니다만, 여러 가지 경우의 수를 말씀드린다면 일어날 수 있는 경우의 수 중 하나인 것은 틀림없어 보입니다."

누구라서 더 확실한 대답을 할 수 있겠는가. 이 시점에서는 곽 과장으로서도 이와 같은 애매모호한 답변밖에 할 수 없을 것이다. 그것은 어느 누구도 장담할 수 없는 그야말로 예측이 불가능한 일이었기 때문이다. 브리핑의 마지막 정리를 못해서 난감해 하는 나의 처지를 대신해서 서 교수님이 나서 주셨다.

"그것은 아무도 알 수 없겠지요. 다만 우리로선 그런 최악의 사태가 발생하지 않기를 기도하는 심정으로 지켜볼 수밖에 없겠습니다. 윤 팀장이 이 사태해결의 전제로 삼았던 우리 동포들 간의 상호신뢰가 남과 북에서 광범위하게 일어난다면 문제는 달라질 수 있겠습니다.

선군정치의 달콤함에 길들여져 있던 국방위원회의 소수 군부세력을 제외하고는 북한군인들 역시도 우리 민족의 중국병합을 결단코 용인하지 않을 거라고 확신합니다. 이럴 때일수록 우리가 북녘의 동포들을 잘 이해해야 된다고 봅니다. 경제적으로는 궁핍하여 대단히 고달픈 게 사실이겠습니다만, 고구려의 후예라는 강한 자부심으로 민족적인 자존심이 대단히 높은 사람들입니다.”

서 교수님의 도움 말씀이 있었기에 난 브리핑의 결론부를 향해 나갈 수 있었다.

“바로 그렇습니다. 중국이 제아무리 사탕발림으로 꼬드기더라도 어차피 중국은 이민족일 뿐이므로 기왕에 의지하려면 같은 민족인 우리한국에 의지하고 싶다, 한국과의 통일을 원한다, 이런 주장을 하면서 평양을 비롯한 북한전역에서 대대적인 민중시위가 일어나야만 합니다. 문제는 우리 동포들 사이의 믿음입니다. 그 믿음을 신속하게 전파하는 것이 급선무라고 판단합니다. 이상으로 정책보고서 내용의 브리핑을 모두 마치겠습니다.”

브리핑을 마치며 난 또다시 습관적으로 곽 과장을 쳐다 보았는데, 곽 과장은 지금부터의 일은 자신의 몫이라고 생각했던지 의미심장한 눈빛을 나에게 보내고 있었다.

한고비를 넘길 수 있었다

　　연구실에 출근하여 조간신문을 펼쳐보니 어제 임진각에서 보수단체 사람들이 대북전단지를 살포했다는 기사가 관련사진과 함께 크게 실려 있었다. 드디어 국정원의 대북공작이 시작된 것이다. 북조선 애국청년단 명의로 된 '북조선동포들에게 호소함' 이라는 전단지의 내용은 다음과 같았다.

　　「위대하신 장군님께서 병환이 있어 잠시 의식을 잃으셨는데 이때를 틈타 이민족 중국이 우리 북조선 땅을 흡수 병합하기위해서 그들의 괴뢰정권을 수립하려한다. 이완용 같은 북조선 국방위원회의 노망든 늙은이들이 집단지도체제로 저들의 기득권을 보장해준다는 중국의 꾐에 빠져 우리 영토를 중국에 팔아넘기려는 반민족적 범죄를 획책하고 있다.

우리나라를 사랑하는 북조선의 애국동포들이여, 이민족에 복속되고자하는 저 반민족적이고 야만적인 조중비밀회담을 쳐부수기 위해서 분연히 떨쳐 일어나자. 이 엄숙한 민족적 대업에 동참하여 백척간두의 위급에서 우리 민족을 구해야 되지 않겠는가.

작금의 우리나라 사정이 이러하다면 차라리 북과 남 우리 동포끼리 하나 되어 이참에 우리 민족의 통일대업을 이룩하는 것이 옳지 않겠나. 북조선의 애국동포들이여, 어찌 같은 말 같은 글을 쓰는 같은 동포의 손길이 이민족의 그것보다 천만 배 따듯하지 않겠는가. 동포가 동포를 믿어야지 누구를 믿는단 말인가?」

이것은 내가 초안을 잡은 정책보고서인 「따듯한 동포애에 호소하는 믿음의 메시지」를 토대로 작성된 것인데, 내용은 우리 보고서 그대로이나 마치 북한내부의 선동인 냥 '북조선 애국청년단' 이라는 가공의 단체를 내세운 것이 특이했다.

나는 새삼스레 국정원의 발 빠른 조치에 감탄을 금할 수 없었다. 불과 며칠 전, 정책브리핑 때 문건을 넘겨주었는데 그것이 벌써 전단지로 인쇄되어 북녘 땅으로 날아가고 그 기사를 지금 내가 신문을 통해서 다시 읽고 있는 것이다.

이 일이 있고서 또다시 보름가량이 흘렀다. 팀원들과 점심식사를 같이 한 후 차 한 잔의 여유를 가지면서 창밖을 통해 도시의 바쁜 일상을 구경하고 있었다. 그런데 국정원의 이후 작업이 어떻게 진척되고 있는지가 궁금해졌다. 어떻게 되었을까? 매일매일 엄청난 량의 대북전단지를 날려 보내고 있다 하던데… 지금쯤이면 꽤 많은 북한 동포들이 중국과의 비밀 회담을 알게 되었을 텐데…. 그들의 반응이 무척 궁금했다.

언론을 통해서 접하는 정보에는 한계가 있으니 국정원을 통해야만 제대로 된 소식을 접할 수 있을 터인데, 그쪽에서는 아직까지 아무런 말도 해주지 않고 있으니 답답하기만 했다. 그때 내 책상 위의 검정색 직통전화기가 요란하게 울렸다.

"예, 제3팀장 윤준노입니다."

"나 곽 과장입니다. 오늘 시간이 되시면 한번 봤으면 합니다. 파고다공원에서 세시 쯤 어떻습니까? 아, 날씨가 좋으니까 웬만하시면 운동 삼아 걸어서 오시는 것도 좋을 것 같습니다."

잘 되었다. 그렇잖아도 모든 것이 궁금하던 차에 그가 먼저 연락을 해왔으니 이번 참에 그간의 궁금증을 해소해야겠다는 생각이 들었다. 그런데 왜 하필이면 공원에서 보자고 했을까? 재단으로 직접 와도 될 터이고, 아니면 날보고 자기 사무실로 와 달라고 해도 될 터인데 말이다. 아니다. 다른 편에서 생각해보면 서로 부담없이 대화하기에는 오히려 그쪽이 나을 것도 같았다.

재단에서 파고다공원까지는 걸어서 삼십분 정도의 거리이다. 시월의 가을 공기는 더없이 맑고 쾌적했다. 가로수를 따라 잘 정비된 길가에는 코스모스들이 가을바람을 받고 하늘거리고 있었다. 그중에서 노란색 코스모스 한줄기를 꺾어 코에 갖다 대자 불현듯 은하의 해맑은 얼굴이 떠오른다. 은하는 지금 어떻게 지내고 있을까? 은하가 그날 긴급메시지를 내게 보내주지 않았더라면 평양에서 긴박하게 돌아가고 있던 북중비밀 회담 소식을 우린 까마득히 모르고 있었을 것이다. 그랬더라면 우린 손한번 써보지 못하고 자기들 뱃속만 채우려는 군부의 늙은 탐욕주의자들에 의해서 영토의 절반을 고스란히 중국에 헌납할 뻔하지 않았는가 말이다.

그런데 아까부터 등골이 오싹해지는 기분이 드는 것이 무언가 이상했다. 2년 전 연변을 떠나오던 날 정체불명의 괴한들에게 납치되어 어느 절로 끌려갔을 때와 비슷한 그런 기분이었다. 꼭 누군가로부터 미행을 당하는 것 같아 뒤를 돌아보고 싶었으나 겁이 덜컥 났다. 걸음을 빨리해서 공원을 향해 거의 뛰다시피 했다. 공원에 들어서자 건너 편 나무벤치에 앉아서 신문을 보고 있던 곽 과장이 손을 들었다.

짙은 검정색 선글라스가 자신의 트레이드마크라도 되는 양, 그는 오늘도 선글라스를 쓰고 있었다. 가까이 다가가니 그는 신문으로 입을 가린 채 누군가와 통화중이었다. 귓속에 무선 이어폰이 숨겨져 있는 모양이었다.

"윤 팀장님, 뒤돌아보지 말고 자연스럽게 대화합시다. 미행하는 자가 있습니다."

미행을 당하고 있다는 직감은 있었지만 사실이었다고 하니 또다시 등골이 오싹해지면서 식은땀이 주르륵 흘러내렸다.

"대체 누가 날 미행한다는 겁니까? 도통 영문을 모르겠습니다."

"저쪽 나무 뒤에서 지켜보고 있으니 모르는 척하고 자연스럽게 제 옆으로 와서 앉으시죠."

의식적으로 자연스럽게 행동하려고 아무리 노력해도 도저히 잘 되지 않았다. 주체할 수 없을 정도로 많은 땀이 흘러내리고 있어서 나는 연신 손수건으로 땀을 닦았다. 옆에 앉은 곽 과장 보기가 민망할 정도였다.

"윤 팀장님을 노리는 자들이 있다는 첩보가 있었습니다. 그래서 확인

차 공원에서 만나자고 했던 것인데 역시나 사실이었습니다. 우리 요원들이 저자의 뒤를 밟으며 왔습니다. 혹시나 하여 말씀드립니다만 당분간 우리 안가에서 기거하시는 게 좋을 것 같습니다."

난 지금의 이 상황이 도무지 이해되지 않았으므로 사태의 심각성을 전혀 파악할 수 없었다. 얼마나 긴장했던지 나도 모르는 사이에 말을 더듬거리고 있었다.

"저, 저 같은 연구원 샌님이 뭐 그리 중요한 인물이라고…."

"그렇지가 않습니다. 우리 쪽 첩보에 의하면 중국의 어느 삼합회 조직이 윤 팀장을 노리고 있습니다. 그렇게 아시고 당분간은 우리 안가에서 기거하는 걸로 합시다."

프로요원답게 곽 과장은 가끔씩만 정면을 응시하며 나와의 대화에 집중하는 척 상당히 자연스럽게 행동하고 있었다. 그의 침착한 행동을 보자 나도 모르게 마음이 진정되며 조금씩 안정을 되찾을 수 있었다.

"최근에 우리 쪽의 공작으로 날려 보낸 대북전단지 때문이라고 생각합니다만, 정확한 것은 우리로서도 알지 못합니다. 저 나무 뒤에 숨어있는 자를 추궁하면 단서가 나올 것도 같습니다만, 그래도 당분간은 체포하지 않고 지켜볼 작정입니다. 지금은 배후를 밝히는 게 중요하니까요."

이때, 나를 미행하는 자를 그 뒤에서 또다시 은밀하게 미행하고 있던 곽 과장의 부하요원이 실시간으로 곽 과장에게 보고하고 있었다. 조금 전 또 한명이 합류하여 두 명의 정체불명 자들이 우리가 앉아있는 벤치 쪽을 감시하고 있다는 것이다. 곽 과장은 우리 쪽 요원들을 더 보강하여 절대로 놓치지 말고 끝까지 미행하라고 지시했다.

곽 과장의 말을 가만히 음미해보니 불현듯 2년 전 연변을 떠나오던 그날의 일이 떠올랐다. 등신불상이 있던 그 절에 납치되어 갔을 때 끝내 얼굴은 볼 수 없었지만 연신 줄담배를 피우면서 흰색 정장을 입은 자가 내게 경고하던 그 자의 음성이 환청처럼 들려오기 시작했다.

"선생, 경고하는 바이오만 당신들이 간도라고 부르는 우리나라 동북삼성지역의 영토문제에 필요이상의 간섭을 중단하시오. 당신은 한국으로 돌아가더라도 여기서 보고 들었던 사실들에 대해서는 침묵하는 것이 좋을 것이오. 그리고 당신을 노려보는 우리 단원들이 있다는 사실을 늘 명심하기 바라오.

동북공정은 중국의 안정과 이익을 위한 국가적인 사업이라는 사실을 똑똑히 기억해 두시오. 누구라도 중국의 동북공정을 방해하려 한다면 우린 반드시 그 자를 응징하게 될 것이오. 만약 당신이 이 일에 개입한다면 당신은 우리 손에 죽게 될 것이오. 당신을 죽임으로써 한국정부에 경고하는 상징으로 삼으려하니 신체를 보전하고 싶거든 내 말 깊이 명심하는 게 좋을 것이오."

그들의 단체가 장백산 뭐라고 했던 것 같고 은하와 어머니까지 연계시켜서 협박을 했던 기억이 났다. 그렇다면 내가 항상 저들의 감시 속에서 살았단 말이 아닌가. 생각이 여기에까지 미치자 이미 온몸에 흘러내린 식은땀과 엄습해오는 두려움이 상승작용을 일으키면서 내 몸에는 오한이 몰려왔다.

"그런데 윤 팀장님, 대북전단지가 북한 구석구석으로 날아간 지가 벌써 보름이나 지났습니다. 그런데도 함경도일대에서 북한 군부를 비난하는 소자보가 몇 장 나붙었다는 첩보만 있었지 아직 이렇다 할 동요가 발생하지 않고 있습니다. 어떻게 생각하십니까?"

오한으로 말미암아 일시적이었지만 사시나무 떨듯 온몸을 떨고 나니 더 이상의 땀은 흐르지 않았고, 오히려 폭풍 후의 고요처럼 정서적으로 는 안정을 되찾고 있었다. 방금 곽 과장의 이 말은 대단히 중요한 말이 다. 그래서 보름 전 우리들이 정책보고서를 마무리할 때에도 결론은 사 실 긍정보다는 부정 쪽에 가까웠었다.

금년에 새로운 정부가 들어선 후 10년간 지속돼온 햇볕정책은 공식적 으로 폐기되었다. 아울러서 일체의 대북식량지원 중단을 비롯하여 금강 산관광 등, 대북경협사업마저도 원점에서 재검토가 거론되는 지경으로 남북관계는 그야말로 최악이었던 것이다. 곽 과장의 이 질문에 대해서 난 주저하지 않고 대답했다.

"믿음의 문제입니다. 이민족보다도 같은 우리 동포의 가슴팍이 훨씬 더 따뜻하다는 그 믿음이 문제이지요."

이 대목에서 곽 과장은 기분이 언짢았던지 얼굴이 심하게 일그러졌 다. 그러면서도 눈빛만큼은 앞쪽에 위치한 느티나무 뒤에서 우리를 지 켜보고 있는 괴한을 놓치지 않고 있었다.

"그래서 같은 동포인 우리 대한민국을 믿지 못하겠다, 뭐 그런 뜻입니 까?"

곽 과장의 짜증에 가까운 반응이 오히려 그동안 억눌려져왔던 나의 민족적인 감성을 자극하기 시작했다.

"북한의 식량사정이 최악이라면서요? 백만 명이나 굶어 죽었다는 외 신보도도 있던데 관련정보가 사실입니까?"

"……."

"그런데 우리 쪽의 사정은 어떻습니까? 최근 연속적으로 사상최대의 풍작을 맞이해서 전국의 쌀 보관창고들에는 3년 치의 묵은 쌀 때문에 금년에 수확하는 햅쌀을 보관할 여유가 없는 실정입니다. 농민단체에서는 더 이상의 쌀값하락을 막기 위해서는 시급하게 대북식량지원을 재개하는 방법밖에 없다며 연일 정부를 압박하고 있습니다. 또 정부 일각에서 논의되고 있는 대책들 가운데는 묵은 쌀을 소나 돼지의 사료용으로 사용하자는 방안도 포함된 걸로 알고 있습니다.”

“…….”

“물론 우리 정부로서도 할 말은 있겠습니다. 북한의 핵실험으로 UN의 대북제재결의가 있었고, 그 일환으로 미국을 비롯한 서방세계의 식량지원이 전면 중단된 상황이라고 말입니다. 그런데 중국은 이 와중에도 끈질기게 지원하고 있습니다. 핵실험을 한 것은 호전적인 북한의 군부집단이었지만 정작 굶어죽고 있는 것은 북한의 민중이라는 사실을 지금 우리 정부는 간과하고 있는 것 같습니다. 달러를 주자는 것도 아니고, 소 돼지에게라도 주지 않으면 썩혀서 버려야 되는 오래된 묵은 쌀을 지원하자는 것인데도 그것도 안 되고 있는 실정입니다. 북한 동포들이 이 사실을 모르고 있다고 생각하십니까?”

내가 말을 마치고 곽 과장의 얼굴을 살펴보니 그는 떨떠름한 표정이 되어 한참이나 쓴웃음을 지어 보였다.

“그렇다고 우리 민족을 배신하고 중국의 품속으로 의탁하겠다는 겁니까? 윤 팀장은 이 상황이 합리적이라고 생각하십니까? 반만년을 함께 살아온 같은 민족을 배신하는 행위는 그 어떤 말로도 합리화 될 수 없습니다.”

“…….”

곽 과장의 이 말에 난 잠시 말문을 닫았다. 너무도 상대를 헤아리지 않는 그의 아집에 화가 났기 때문이다. 마음을 진정시킨 후 감정을 조절하며 천천히 말했다.

"과장님, 이제 겨우 보름입니다. 좀 더 지켜보시죠. 과장님 말씀대로 그 무엇으로도 합리화 될 수는 없습니다. 다만 북한의 동포들에게도 생각할 시간이 필요한 것 같습니다. 곧 들고 일어나겠죠. 신라가 당나라를 끌어들여 삼국을 통일했다지만 그 후 당나라가 본색을 드러내고 다시 삼국을 집어삼키려 했을 때 모두들 들고 일어났듯이 말입니다. 우리 민족이 위급에 빠진 그 상황에서는 고구려와 백제의 민중들이 신라 편에서서 당나라를 상대로 목숨 걸고 싸웠지 않았습니까? 우리도 곧 그렇게 될 것이라 믿습니다."

나의 이 같은 말이 평소 그의 의식과는 일치하지 않는 부분이 있었던 모양이다. 우리가 자리에서 일어나 헤어질 때 선글라스 속에 숨겨진 그의 눈빛에서는 내가 마음에 들지 않는다는 표정이 하나 가득 그려지고 있었다.

돌아올 때는 택시를 타고 왔다. 오늘 저녁부터 곧장 안가에서 기거하자는 곽 과장의 재촉이 있었지만 심리적으로 도무지 편하지 않을 것 같아서 정중히 사양했다. 당분간은 재단건물의 지하1층 기숙실에서 기거하기로 하고, 국정원 요원들이 내 주변을 실시간으로 감시하는 조건을 받아들이고서야 타협이 가능했다.

다음 주 월요일 아침, 우리 팀 연구원들과 티타임을 가지기에 앞서 서랍 깊숙한 곳에 숨겨두었던 백두산 야생녹차가 담긴 대나무 통을 꺼냈다. 내 생각이 바뀌었다. 배 교수가 백두산자락에서 따온 야생녹차를 나 혼자서만 먹는다는 것이 어쩐지 옹졸하다는 생각이 들은 것이다. 불현 듯 백두산의 정기를 우리 팀원들과 공유하고 싶어졌다.

백두산 야생녹차로 팀원들 간에 티타임을 가지고 있을 때 책상 위에 놓아둔 내 휴대폰에서 벨소리가 울렸다. 화면을 보니 곽 과장이다.

"윤 팀장, 긴히 알려드릴 내용이 있습니다. 아마 오후 석간부터는 보도가 되겠습니다만 김 위원장이 깨어났습니다."

"아 그래요? 의사결정이 가능할 정도로 의식이 회복된 건가요?"

"우리 쪽에서도 ㄱ 부분을 숭섬석으로 파악하고 있습니다만, 지금 현재까지 파악된 바로는 뇌기능이 정상으로 회복되고 있는 것은 사실인 것 같습니다."

통화를 마친 후 난 아무 말 없이 자리에서 일어나 창가 쪽으로 걸어갔다. 창밖을 통해 시민들이 바쁘게 움직이고 있는 서울 시가지의 일상적인 모습을 우두커니 바라보면서 생각을 정리해 보았다.

김 위원장이 깨어났다면 일단 한고비는 넘겼다고 볼 수 있다. 우리 국토의 절반이 중국으로 병합될 수도 있었던 이 풍전등화의 위기를 가까스로 모면했다고도 볼 수 있다. 그런데 우리 민족은 왜 이렇게도 허약하단 말인가. 김정일 위원장의 존재여부에 따라서 영토의 절반이 사라질 수도, 보전될 수도 있다는 이 상황이 지극히 한심스럽다는 생각이 들기 시작했다.

또 한 주일이 지났다. 이번에도 곽 과장의 요청으로 점심시간을 이용하여 파고다공원에서 만나기로 했다. 전에 만났던 그 나무벤치를 향해 다가가 미리 기다리고 있던 그에게 악수를 청하자 곽 과장은 무선이어폰으로 긴박하게 뭔가를 보고 받으며 지시하고 있었다.

"한 명뿐이라고? 나머지 한 명이 더 나타날 때까지 일단 기다려. 절대로 놓치면 안 돼!"

난 곽 과장이 앉아있는 나무벤치에 나란히 앉았다. 전과 같이 저쪽 느티나무 뒤에서 몸을 숨긴 채 이쪽을 응시하고 있을 정체불명 자가 눈치채지 못하도록 자연스럽게 행동했다. 그런데 이번에는 식은땀은 고사하고 제법 여유까지 부리고 있는 나를 발견하고는 이런 상황에 익숙해지고 있는 내 자신이 신기하기만 했다. 곽 과장이 미리 준비해 온 커피와 샌드위치를 내게도 건네며 함께 먹으면서 이야기하자고 한다.

"윤 팀장, 오늘은 저 자를 잡아들여서 취조해 볼 생각입니다. 나머지 한 놈만 더 나타나면 곧바로 체포할 겁니다. 중국에서 보내온 우리 쪽 정보에 의하면 삼합회와 관련이 있는 게 틀림없습니다."

"삼합회라면 조직폭력배를 말하는 겁니까?"

난 이렇게 말하고 있었지만 차마 곽 과장에게는 말하지 못했던 연변에서의 일을 떠올리며 나에게 성큼성큼 다가오고 있는 어떤 위험을 예감하고 있었다.

"그렇습니다. 그리고 윤 팀장이 궁금해 하실만한 북쪽의 최근소식이 있습니다."

이 말에 난 입안에 씹고 있던 샌드위치를 목으로 넘기기 위해서 커피 한잔을 숭늉 마시듯 마셨다. 순간 커피가 얼마나 뜨겁던지 목구멍이 타들어가는 것 같은 고통이 밀려왔다. 그래도 일부러 태연한 척 하면서 그의 다음 말을 기다렸다.

"김 위원장이 업무에 복귀해서 첫 번째로 취한 조치가 무엇인지 아십니까?"

난 그의 선글라스를 더욱 또렷이 쳐다보았다. 그의 선글라스 속에 내 얼굴이 통째로 들어가 있었다.

"이번에 중국과의 비밀협상에 관계됐던 국방위원회소속 고위 장성들이 모두 다섯 명으로 밝혀졌는데 김 위원장의 지시로 전원이 긴급 체포됐습니다. 조만간 있을 즉결심판에 대비하여 모처에 감금중이라 합니다."

나의 머릿속에서는 팽팽한 실핏줄사이로 혈류가 세차게 돌아가고 있었다. 즉결심판이라면? 곽 과장은 느티나무 뒤에 숨어있는 자를 향해 오른손으로 방아쇠 당기는 시늉을 했다. 왼손으로는 신문을 들고 있었기 때문에 저쪽에서는 곽 과장이 무슨 행위를 했는지 알 수 없었을 것이다.

"팡 팡 팡! 전원이 총살형에 처해질 것이고 그들의 식솔들은 모조리 아오지탄광으로 끌려가겠죠."

곽 과장은 또다시 무선이어폰으로 긴박한 보고를 받고 있었다. 그는 저 앞쪽의 느티나무를 노려보면서 지시를 내렸다.

"드디어 한 놈이 더 합류했다는 말이지. 그럼 됐어, 지금이야, 즉각 체포해!"

곽 과장의 지시가 떨어지기가 무섭게 50미터 전방에서 두 명의 요원이 권총을 겨냥하면서 괴한들을 향해서 한발 한발 다가서고 있었다. 갑자기 벌어진 이 긴박한 상황 때문에 공원으로 소풍 나온 한 무리의 유치원 아이들이 인솔교사들의 다급한 목소리와 함께 정문방향으로 아우성치며 뛰어가는 장면이 연출됐다. 놀라 뛰어가던 두 아이가 넘어지면서 울어대기 시작했다. 한가롭게 장기를 두던 노인들, 건강보조식품 선전원의 주위에 몰려있던 구경꾼들이 갑자기 발생한 이 위험한 장면에서 벗어나기 위해 정문 쪽을 향하여 우르르 도망쳐 나갔다. 너무나 한가하기만 하던 공원 안은 삽시간에 아수라장이 되어버렸다.

그런데 이자들도 그리 호락호락하게는 체포될 수 없다는 듯 서슬이 시퍼런 회칼을 꺼내들고 저항할 자세를 취하고 있었다. 이때 요원 한명이 권총을 그의 어깨춤의 권총집으로 다시 채워 넣었다. 다른 요원은 여전히 권총으로 이들을 번갈아가며 겨냥하고 있었다. 권총을 집어넣은 요원은 자신을 바라보며 이리저리 칼끝을 휘두르고 있던 괴한에게 단 일합의 전광석화 같은 앞발차기를 날렸다. 그 한방으로 칼이 바닥에 떨어지자 곧이어 숨 쉴 틈도 없이 몇 차례의 발길질로 괴한을 바닥에 눕혀버렸다. 뒷걸음질 치는 또 한 명은 권총을 빼들고 정면의 눈을 향해 겨냥하는 요원의 기세에 눌렸던지 스스로 칼을 내려놓고 투항했다. 이때 다시 세 명의 요원들이 현장에 합류하더니 정체불명 자들의 양손에 수갑을 채우고는 일으켜 세워 차량으로 끌고 갔다.

여기까지의 장면을 한 치의 흐트러짐도 없는 냉철한 표정으로 지켜본 곽 과장은 자리에서 일어나더니 천천히 박수를 세 번 쳤다. 그는 요원들 중 한 명에게 다가가 나직한 목소리로 지시했다.

"수고했어. 독종들 같으니까 취조할 때 사정 봐주지 말고, 알았지? 미행한 목적이 뭔지, 배후가 누군지, 모두 몇 명이 국내에 잠입했는지, 신속히 알아내도록 해."

지시를 마친 곽 과장은 이 급박한 상황들이 일상적으로 겪는 평범한 일인 양 먹다만 샌드위치를 천연덕스럽게도 마저 먹어치운 후 우유로 입안을 헹구어 냈다.

"그런데 윤 팀장, 김 위원장 말입니다. 도대체 김 위원장을 어떻게 평가해야 합니까? 아까 선생께서는 북쪽의 신속한 조치에 대해 일정부분은 예상하고 있었다고 했죠? 무슨 뜻입니까?"

"자주성입니다."

"자주성이라…."

"그렇습니다. 백두산을 중심으로 북방영토를 호령했던 고구려의 그 기상을 계승하고 있다는 민족적인 자부심. 지금의 김정일 정권이 지키고자하는 그 자존심을 이해하기 위해서는 먼저 고구려를 이해해야 합니다. 그러면 이해가 되실 겁니다."

나의 이 같은 말이 이해하기 힘들다는 듯 곽 과장은 다시 한 번 뜻 모를 미소를 보인 후 선글라스를 벗었다. 과연 그의 눈매는 상대방을 제압하기에 충분했다. 나는 잠시 그의 눈을 쳐다보다가 이내 고개를 돌려버렸다. 그의 눈매는 그만큼 매서웠다.

고구려여, 일어나라

여기는 북경의 제일 번화가인 왕푸징(王府井) 근처의 고급 주택가, 중국의 살아있는 권력실세들만 모여 산다는 청(靑)시대 양식의 고급 저택들이 즐비한 거리는 세월의 무게만큼이나 무거운 적막감이 감돌고 있었다.

이제 밖은 어둠마저 완전히 내려앉은 가운데 이 저택의 거실에서는 중국 공산당의 핵심 실세들 일곱 명이 심각한 표정으로 회의를 하고 있는 중이다. 중무장한 군인들이 저택을 둘러싸다시피 철통경비를 하고 있는 모습에서 모여 있는 자들이 누구인지 가히 짐작케 한다.

그들은 조금 전부터 이곳에 모여서 작금의 북한 문제를 어떻게 해결할 것인지를 의논하고 있는 중이었다. 이들이 사실상 중국을 움직이는 실세들이기 때문에 여기서 결정되면 우선 행동으로 옮기고 추후에 중앙

상무위원회에 올려 추인을 받으면 될 일이었다. 사실 오늘의 참석자 중 중국 공산당 중앙 상무위원이 세 명이나 된다.

"지금 당장 손을 쓰지 않는다면 감금되어 있는 북조선의 우리 동지들이 위험합니다. 김 위원장이 다른 조치를 취하기 전에 우리가 먼저 선수를 쳐야 합니다."

상장 계급을 한 장성이 하는 말이었다. 그의 어깨 위에는 황금빛 별세 개가 천정의 샨데리아 조명을 받아서 반짝거리며 빛나고 있었다. 중국군 중에서도 가장 핵심 요직인 북경군구 사령관 직을 맡고 있는 당성스(唐生智) 상장의 말이었다.

당 사령관의 말이 끝나자마자 리하오쑤(李昊蘇) 총정치부 주임이 곧바로 나섰다.

"북조선의 우리 동지들을 구하는 것이 시급하다는 당 사령관의 말에도 일리가 있어요. 하지만 기왕에 시작된 중조협상을 마무리하는 것이 더욱 시급하다고 봅니다. 김 위원장이 깨어났으니 협상의 대상이 북조선 군부에서 김 위원장으로 바뀐 것뿐 아니겠어요?"

이때 말끔한 정장차림으로 대리석 테이블 한가운데에 앉아 깊은 생각에 잠겨있던 이 저택의 주인이 청나라 전통복장을 한 사내를 바라보며 말한다. 침착한 그의 태도에서 오랜 세월의 관록이 묻어났다.

"이 일을 직접 관장하고 있는 부원장의 의견을 한 번 들어보도록 합시다."

대머리가 번들거리는 사람이 양 팔은 소매 속에 넣은 채로, 마치 읍을 하는 자세를 취하고 아주 천천히 자리에서 일어났다. 변발만 했더라면 영락없는 청나라 고위관리의 모습이다. 특히 그의 머리가 반질반질하여 대리석 테이블에 반사되는 것 같은 착각이 들 정도였다.

그의 공식 명칭은 중국사회과학원의 부원장으로서 동북공정의 총본산이라 할 수 있는 변강사지연구중심(邊疆史地硏究中心)을 직접 관장하는 허밍친(何應欽)이라는 사람이었다. 그는 5년 전까지만 해도 북경대학에서 역사학을 가르치던 중국 역사학계의 거장으로 그의 전공분야는 청(靑)나라 시대 세계사였다. 일행이 모두 고개를 들어 그를 주목하자 그가 낮게 깔린 목소리로 자신의 의견을 말하기 시작했다.

"오늘날 동북아시아의 국제정세로 볼 때 북조선의 독특한 자주성은 동북아의 안녕에 대단히 위험하고 불안정한 요인입니다. 중국의 국가안정과 이익을 위해서는 고구려의 자주성으로 표현되는 북조선의 위험성을 이번 기회에 완전히 제거해야합니다.

그렇게 함으로써 우리 중국이 북조선을 확실하게 통제할 수 있어야 합니다. 어떤 조치를 취하는 것이 가장 좋을지는 여러분들께서 결정해 주십시오. 저는 북조선을 중국의 자치구로 만들어야 한다는 당위성만을 이 자리에서 다시 한 번 강조하겠습니다."

이 말이 끝나기가 무섭게 또 다른 인사가 테이블을 탁! 치면서 벌떡 일어났다. 강경파 중의 한 명인 중앙기율검사위원회 서기 장쥔닝(張軍永)이었다. 그는 당 중앙정치위원회 상무위원을 겸직하며 중국 공산당을 총 감독하는, 그야말로 '나는 새도 떨어뜨리는' 막강 권력을 자랑하는 인물이다. 인민복을 입은 모습이나 넓적한 얼굴 모습이 생전의 마오쩌둥을 그대로 빼어 닮았다.

그는 선 채로 자신의 테이블위에 놓여 있던 펀주를 들어 한 입에 털어 넣었다. 오늘 이들이 마시는 펀주(汾酒)는 1400년의 양조역사를 가진 샨

시성(山西省) 싱화춘(杏花村)의 양조장에서 만든다는 아주 유명한 술이었다. 그 도수가 무려 50도 가까이나 되는 독주지만 이들은 이런 술에 익숙한 듯 거침없이 마시면서 회의를 진행해 나가고 있었다.

"지금 즉시 가장 강력한 경고의 메시지를 보내야 합니다. 북조선으로 연결된 송유관을 잠그는 조치가 좋겠습니다. 파이프라인을 수리한다는 명분으로 원유의 지원을 전면 중지한 후 저쪽의 반응을 지켜보는 것이 좋겠습니다."

그러자 여기저기서 강경발언들이 쏟아져 나왔다.

"맞습니나, 우리가 원유공급을 중단해 버리면 제깟 것들이 며칠이나 버티겠습니까? 이번 참에 원유뿐만 아니라 식량을 비롯한 일체의 수출입을 중단해버리고 목줄을 바짝 쪼여야 합니다. 저들의 목숨줄을 누가 쥐고 있는지를 확실하게 보여주어야 합니다. 필경은 며칠 못가서 두 손 들고 나올 겁니다."

이러한 강경 발언들에 힘을 얻었는지 리하오쑤 주임이 다시 나섰다.

"저들의 원유나 식량 등 생필품 사정으로 볼 때 금수조치의 효과는 보름 이내에 나타날 것이 확실합니다. 저들이 손들고 나오게 되면 기왕에 진행하던 중조협상을 신속히 마무리해야 되겠지요. 김 위원장 1인 지배체제를 무력화시키고 지금 감금되어있는 우리 동지들을 중심으로 북조선을 통치해야 합니다. 이것은 곧 우리 중국이 북조선을 직접 통치하는 효과로 나타날 것입니다."

발언을 마친 리 주임이 중앙으로 시선을 돌리자 다른 이들의 시선도 오늘 모임의 좌장격인 이 저택의 주인에게로 옮겨졌다. 그는 대리석 테이블 위의 술잔을 오른손으로 이리저리 돌리는가 싶더니 단번에 펀주를 들이킨 후 잔을 내려놓았다. 오늘 모임의 주빈인지라 아무래도 그의 말은 다른 사람들의 발언보다 권위가 있었다. 말문을 열었을 때 여전히 그는 온화한 미소를 머금고 있었다.

"이제 우리가 취해야 할 조치들이 모두 정해진 것 같습니다. 결론이 거의 다 나왔어요."

주변을 잠시 둘러본 후 술잔을 들고 자리에서 일어나니 다른 이들도 함께 술잔을 들고 자리에서 일어났다. 모두는 잔을 높이 들었다.

"자 동지들! 이제 우리가 오랫동안 준비해왔던 동북공정을 마무리할 때가 되었습니다."

이렇게 말한 후 잠시 자세를 가다듬던 이 저택의 주인이 소리 높여 외치자 다른 이들도 따라서 외쳤다.

"중화인민공화국 만세!"

"만세! 만세! 만만세!"

그로부터 사흘 후, 중국은 전격적으로 북한으로 연결되는 원유송유관의 밸브를 잠가버렸다. 명분은 노후화 된 파이프라인의 교체를 위해서라지만 이 조치는 어느 누가 보더라도 북한을 고사시키려는 행위였다.

또한 2006년 10월 북한의 제1차 핵실험 후 결의된 유엔 안보리 결의 1718호를 준수한다는 명분으로 북한으로 들어가는 모든 물품들의 화물 검색을 강화하는 조치를 취함으로써 식량과 생필품의 북한유입을 통제하기 시작했다.

이러한 소식은 국정원의 정보라인을 통해서 우리정부에도 즉각 전해 졌지만 정부로서는 마땅한 해결책을 찾지 못하고 있었다. 왜냐하면 6자회담이라던가 남북대화를 통해서 핵을 포기하겠다는 북한의 전향적인 변화가 담보되지 않은 상태에서 우리정부가 먼저 북한을 지원하는 정책을 내어놓을 수는 없었다.

그동안 단 한 톨의 쌀도 북에 줄 수 없다는 강경책 일변도로 치달아온 정부로서는 이제 와서 정책을 바꾸기에는 국내외적으로 여러 걸림돌들이 잠복해있었다. 무조건적인 지원은 전임 정부 때처럼 또다시 퍼주기 논란에 휩싸일 수 있어 부담스럽고, 조건부 지원은 북한이 굴욕적이라며 받아들이지 않고 있었기에 사실상 현 정부로서는 할 수 있는 일이 없었던 것이다.

퇴근시간이 다 되어갈 즈음, 이사장님의 호출이 있어 재단 3층에 위치한 이사장실로 들어섰을 때 곽 과장이 미리 와서 이사장님을 만나고 있었다. 곽 과장이 나와 반갑게 악수하며 인사말 대신 대뜸 하는 말이다.

"윤 팀장, 사태가 심각하게 흘러가고 있어요."

이 말에서 그간의 사정을 어렵지 않게 짐작할 수 있었다. 곽 과장의 말에 의하면 정부는 며칠 전에 국정원, 외교부, 통일부의 국장급들로 구성된 실무대표단을 중국정부에 급파하여 그들과 협상을 시도했다고 한다.

그런데 우리 쪽에서 북한 측에 아무런 지원도 하지 않으면서, 중국 보고는 왜 원유송유관을 잠갔느냐, 왜 식량지원을 중단했느냐고 항의할 수는 없었다는 것이다. 그래도 중국 외교부 실무자들과 개인적인 친분 관계가 있어서 은밀히 몇몇 사람들에게 속사정을 따져 물었더니, 그들이 하는 말이 '정히 북한이 안 되어 보이면 한국이 원유며 식량을 중국

대신 지원하면 되지 않느냐?'며 핀잔 섞인 소리를 하더라는 것이었다.

"그리고 중조비밀협상 건을 따져물었더니 북한군부의 요청으로 협의가 있었다는 사실은 시인하더라는 것이에요. 그런데 협상내용이 김 위원장의 유고시에 혹시 있을 수 있는 대량 탈북사태에 대비한 대책마련이었다는 겁니다. 이런 식으로 시치미를 뚝 떼고 오리발을 내어 미는지라 실무대표단으로서는 아무런 성과도 없이 어제 돌아올 수밖에 없었는데, 정말이지 큰일입니다.

우리 위성사진이 찍은 정보에 의하면 북한은 거의 모든 시설들이 가동을 멈추었고 평양조차도 암흑천지입니다. 식량사정은 더 시급한데 곧 아사자들이 속출할 거라 합니다. 이렇게 되면 치안사정도 걱정입니다. 한번 생각을 해보십시오. 북한에서 사용하는 원유의 90퍼센트, 소비재의 80퍼센트, 식량의 45퍼센트를 중국이 공급하고 있는 실정에서 갑자기 올 스톱시켰다는 것은 북한을 고사시키겠다는 의도가 분명합니다."

곽 과장의 이 같은 절망에 가까운 설명을 듣고 있던 이사장님은 한없이 슬픈 표정으로 멍하니 천장만 응시하고 있었다. 지금 우리 민족의 절반이 무너져 내리고 있는데도 같은 동포인 우리들이 아무것도 할 수 없다는 이 어처구니없는 사태 앞에서 그는 두 눈이 발갛게 충혈된 채 숨죽여 울고 있었던 것이다.

사실 중국은 그 동안에도 북한의 붕괴를 막는다는 차원에서 최소한의 원유와 식량만을 제공해왔었다. 북한으로서는 겨우 30퍼센트의 산업시설만이 힘겹게 가동 중이었기 때문에 비축유와 재고식량이 바닥나는 것은 삽시간일 수밖에 없었다.

나 역시도 속에서부터 치솟는 울분을 감당하기가 힘들었다. 나는 곽 과장을 똑바로 응시하면서 단호하게 말했다.

"방법은 단 하나, 대북 민간지원을 허용하는 것입니다. 국내 정치적인 문제 때문에 정부차원에서 긴급지원이 곤란하다면 민간이라도 지원할 수 있도록 허용해야 합니다. 시간이 없습니다. 내일부터라도 당장 육로를 개방해서 식량과 의약품 같은 긴급구호 물품들을 즉각적으로 지원해야 합니다. 중국이 노리는 것이 바로 이 같은 상황입니다. 북한의 우리 동포들에게 '똑똑히 보아라. 한국은 너희들이 죽든지 살든지 아무런 관심도 없다. 진정으로 너희들을 위해 주고 지켜주는 국가는 오직 우리 중국뿐이다. 그러니 힘들거든 우리 중국의 어깨에 기대라. 우리가 너희들을 보호해주겠다.' 이것이 지금 중국이 북한에 보내고자 하는 메시지 아니겠습니까? 이것은 곧 동북공정의 마무리 수순 밟기입니다. 최악의 불행한 사태가 발생하기 전에 우리 한국의 동포들이 나서야 합니다. '남과 북은 하나다. 북한 동포들의 아픔은 바로 우리 한국 사람들의 아픔이다.' 이런 식의 따뜻한 동포애를 북녘의 우리 동포들에게 지금 즉시 보여주어야 합니다."

나의 이 말에 이사장님도 전적으로 공감을 표시하며 내 손을 양손으로 덥석 잡았다.

"윤 팀장, 자네 말이 전적으로 옳네. 정부가 할 수 없다면 우리 민간이라도 나서야지. 암, 그렇고말고. 이 정도의 조치는 우리 정부에서도 동의할 거라고 믿네. 마침 내일 오전에 NSC 회의가 예정되어 있으니 나도 힘껏 이야기해 보겠네. 곽 과장도 국정원장님께 잘 좀 보고해 주세요."

이렇게 말하면서 이사장님이 왼손으로는 내 손을 꼭 잡은 채 오른손으로 곽 과장의 손을 힘껏 잡았다. 곽 과장도 적극 협조하겠다고 약속하면서 다른 손으로 이사장님의 손을 맞잡았다. 이렇게 우리 세 사람은 손을 모두 포개 잡은 채로 무언의 약속을 하였다.

그 다음날부터 정부 청사에서는 대북 문제에 대한 심도 있는 회의가 진행되었다. 관계부처의 장차관들과 실무자들이 수시로 만나서 북한에 지원을 할 것인가 말 것인가를 두고 열띤 격론이 오갔다. 오직 대북강경 일변도만을 추구하던 정부였지만 북녘의 우리 동포들이 집단적인 아사 위기에 처하게 되자 들끓는 국내외의 여론이 여간 신경 쓰이지 않았던 것이다.

회의는 장장 사흘간이나 지속되었다. 그만큼 이 문제는 중대한 사안이었던 것이다. 어떤 때는 실무자들만이 만났고 또 어떤 때는 각 부서의 책임자들만이 만났다. 마침내 사흘 째 되던 날 대통령이 배석한 NSC 회의에서 각 부처 간의 이견이 조율되고 합의안을 발표하기에 이르렀다.

10월 28일 금요일 점심 무렵, 정부에서는 NSC 회의를 마친 후 통일부장관이 직접 회의결과를 브리핑했는데, 그 요지는 내일부터 민간차원의 대북 물품지원을 한정적으로 허용한다는 내용이었다. 허용되는 물품은 식량 의약품등 생활필수품에 한정되었고 지원기간도 단 보름 동안만, 그리고 그 양도 품목별로 엄격하게 제한되었다.

정부의 발표가 있자 야당 및 시민단체 일각에서는 지나치게 속 좁은 대북지원책이라며 강도 높게 비판하고 나섰고, 우익단체 및 여당 일각에서도 다 죽어가는 김 위원장체제를 무엇 때문에 살려주느냐며 연일 반대의 목소리를 높이고 있었다.

　계속되는 정치권의 공방에도 불구하고 TV에서는 북한주민 돕기 특별 생방송이 시작되었고 이에 국민들이 적극 동참하면서 북한 돕기 열풍을 일으켰다. 각 신문사와 방송사 앞에는 전국 각지에서 올라온 국민들이 길게 줄을 늘어서서 IMF 사태 때 금모으기 행사 못지않은 뜨거운 열기로 대북지원에 동참하고 있었다. 기업체들도 의약품 및 생활필수품을 컨테이너에 실어 경쟁적으로 북한으로 들여보내기 시작했다.

　지금 임진각 앞에는 농민단체들이 농협창고에 보관해 두었던 3년 치의 묵은쌀을 방출하여 북한으로 실어 보내는 행사를 진행하는 중이다. 문산, 파주까지 계속 이어지는 트럭의 행렬이 연일 뉴스시간의 처음을 장식하고 있었다. 애당초 농민단체에서는 이참에 쌀값안정도 도모할 겸 최소 50만 톤은 지원하자고 정부를 압박했지만 보수단체를 의식한 정부는 10만 톤에서 단 한 발짝도 물러서지 않았다.

　이렇게 되자 북한에서도 청진항과 남포항을 개방하여 해상으로도 우리 측의 지원물품을 받아들이기 시작했다. 또한 지원물품들이 주민들에게 전달되는 모든 과정을 투명하게 공개하여 다시 한 번 전 세계를 놀라게 했다. 이러한 북한 측의 행동은 중국을 자극하려는 고도의 계산된 행위였지만 다른 한편으로는 소극적인 지원만 고집하는 우리정부를 의식한 조치로도 보였다.

　민간차원의 대북지원 결정이 있고서부터 단 일주일 동안에만 육로와 해로를 통해서 북한으로 실려 간 쌀 옥수수 콩이 10만 톤에 육박하고 있었고, 옷가지며 약품이며 비료며 시멘트 또한 정부의 제한 량에 이르고 있었다.

정부는 북한주민들이 당분간은 식량난을 이겨낼 수 있는 필요량이 전달되었다고 발표했지만 정작 중요한 문제는 북한의 연료사정이었다. 정부에서는 지원 가능한 물품대상에서 석유 등 연료를 제외시켰기 때문에 북한의 연료사정은 그야말로 최악이었다. 거리를 달리는 자동차는 물론이고 평양의 지하철마저도 멈춰서고 말았던 것이다.

중국도 우리정부도 이 같은 사정을 잘 알고 있었기 때문에 북한의 동태를 예의주시하면서 지켜보는 중이었다. 그런데 신기하게도 북한은 견뎌내고 있었다. 평양을 비롯한 도시의 거리는 가끔씩 지나가는 나무를 연료로 사용하는 목탄차 외에는 온통 자전거의 행렬들로 넘쳐나고 있었다. 시골에서도 부쩍 늘어난 소달구지들이 자동차를 대신하느라 바쁘게 움직이고 있었다. 비록 그들의 삶은 100년 전의 모습으로 되돌아갔을지라도 중국의 기대와는 달리 북한 주민들은 이 같은 역경을 슬기롭게 잘 이겨내고 있었던 것이다.

다시 북경이다. 5미터도 더되어 보이는 높은 담장으로 둘러쳐진 고풍스런 저택의 정원을 거닐며 이 저택의 주인이 총정치부 상무위원 리하오쑤 주임에게 나지막한 소리로 말한다.

"리하오쑤 주임, 이쯤에서 본래대로 되돌려놔야 되겠습니다. 더 진행한다는 것은 위험하겠습니다."

"예. 저도 같은 생각입니다. 공연히 중국에 대한 적대감만 키우는 꼴이 되고 말았습니다. 김 위원장이 살아있는 한은 어렵겠습니다. 때를 기다리는 것이 지금으로선 최상의 결정일 것 같습니다. 감금된 군부5인방도 정치범수용소로 보낸 것으로 종결되었다고 들었습니다만……."

이 말에 우두커니 하늘을 쳐다보던 이 저택의 주인이 온화한 미소를 지어 보이며 말했다.

"우리를 의식한 조치로 보여집니다. 김 위원장이 우리와의 관계복원까지도 내다보고 있으니 내일부터 당장 대북송유를 재개해야겠어요. 수출입통관절차도 간소화시키고요. 이렇게 되면 우리 중국이 진건가요."

"아닙니다. 10보 전진을 위한 1보 후퇴라는 말도 있지 않습니까? 잠시 둘러서 갈뿐이지 결코 우리가 진 것은 아닙니다. 어떤 일이 있어도 동북공정은 계속되어야 합니다."

"그래요, 조만간에 김 위원장을 북경으로 초대해야겠어요. 이번에는 선물도 많이 준비해야 될 것 같습니다."

말을 마치며 이 저택의 주인은 얌전하게 두 손을 뒷짐 진 채 또다시 하늘을 쳐다보고 있었다. 리하오쑤 주임도 같이 하늘을 쳐다보며 너털웃음으로 웃고 있었지만 그의 눈빛에서는 어떤 비장감이 묻어나고 있었다.

6 배 교수의 피맺힌 절규

토요일 오후, 주말이라서 그런지 중국 길림성의 연길시장은 평소보다도 사람들로 더 북적거렸다. 장을 보러 온 사람들, 좌판을 앞에 두고 소리소리 지르는 상인들로 최 씨 부동산중개소 앞은 모처럼 활기를 띠고 있었다.

그러나 주변의 활기와는 전혀 어울리지 않게 댓 평 남짓한 최 씨 부동산중개소는 낡은 '부동산' 간판만이 출입문 위에 초췌하게 붙어있고, 출입문 왼쪽에는 '연변조선인 향토연구소' 라는 색깔바랜 목 간판이 십일월의 늦가을 미풍에 흔들리고 있었다.

부동산 사무실 안쪽의 좁은 통로를 지나면 작은 방 하나와 부엌이 나오는데 그 방이 배 교수의 향토연구소이다. 원래 이 집은 방이 두 개에 부엌이 하나 딸린 작은 집이었는데 몇 년 전부터 그 중 시장 쪽으로 난

방을 부동산사무실로 개조해서 쓰고 있는 것이다.

훤칠한 키에 비쩍 마른 체격에다 콧수염이 촌스럽게 보이는 최 씨는 양팔을 낀 채로 자신의 철제 책상 앞 의자에 앉아서 꾸벅꾸벅 졸고 있는 중이다. 소파에서는 60대로 보이는 사내 둘이 담배를 피우면서 장기를 두고 있고 그 주위에는 두 명의 젊은이들이 목을 길게 빼고서 장기판을 넘겨다보고 있었다. 겉으로 보기에는 시장 바닥에서 힘깨나 쓰는 왈패들로 보였다.

이때 구경꾼 중 한 사내가 시계를 보기 위해 왼쪽 팔목을 살짝 걷어 올리자 산모양의 파란색 문신이 드러났다. 손목 바로 윗부분에 선명하게 천지(天地)라는 두 글자가 새겨져 있었다. 그 사내가 옆의 다른 사내에게 눈짓으로 신호를 보내자 신호를 받은 청년이 안쪽으로 살금살금 걸어가 배 교수가 있는 '향토연구소'를 슬쩍 들여다보더니 이내 발끝을 들고서 종종걸음으로 되돌아왔다.

잠시 후 배 교수가 출타를 하려는지 지팡이를 짚으며 중절모에 낡은 양복차림으로 나섰다. 그 순간 최 씨가 잠에서 깨어 벌떡 일어나며 배 교수에게 묻는다.

"어디 출타하시는가?"

"응, 갑갑해서 말이야. 옛날에 살던 마을로 가서 바람이나 쏘이고 오려고 하네."

"그래, 잘 생각했어. 그렇게 골방에만 처박혀 있지 말고 가끔씩은 바람도 쏘이고 그래야지. 나도 심심한데 같이 가줄까?"

"됐어, 자넨 가게 봐야지. 혼자 다녀옴세."

배 교수는 '가게는 무슨… 손님이 있어야지….' 어쩌고 하면서 투덜

대는 최 씨의 말을 뒤로 한 채 중절모를 고쳐 쓰고는 뚜벅뚜벅 사람들 사이를 헤집고 걸어갔다.

배 교수의 뒷모습이 저만치 사라졌다고 생각되자 두 사내들도 장기판 구경을 뒤로한 채 일어섰다. 두 노인은 주변에 사람들이 구경을 하건 말건 장기판에만 온 정신을 집중하고 있었다. 조금 전 배 교수의 내실을 염탐했던 그 사내가 휴대폰으로 어딘가 연락을 취해가면서 저만치 떨어진 채 은밀하게 배 교수의 뒤를 따라가기 시작했다.

배 교수는 지금 걸어서 삼십 분 거리인 연길시 외곽의 고향마을로 산책을 가고 있는 중이다. 그는 가끔씩 드넓은 옥수수밭길을 걸으며 이런 저런 생각에 빠지곤 했다.

오늘은 하루 종일 북조선 생각으로 머리가 복잡했었다. 한 달 반가량의 의식불명 상태에서 김 위원장이 깨어난 것은 천만다행한 일이었다. 만약 그 상태가 조금만 더 계속되었더라면 북한에 중국의 괴뢰정권이 들어설 뻔 했다. 이것은 곧 한반도의 절반이 중국의 동북제4성으로 병합될 뻔 했던 우리 민족으로서는 절체절명의 위기순간이었다. 배 교수는 지금 그런 생각들을 하면서 가슴을 쓸어내리고 있는 것이다.

김 위원장이 회복된 이후에도 북조선을 강하게 압박하여 중국의 음모를 기어이 달성하고자 했던 중국이었다. 그러나 예상치 못한 한국의 대북 민간지원으로 더 이상은 실효성이 없게 되었고 급기야는 오늘부터 북조선으로의 연결송유관을 다시 가동함으로써 압박 정책은 사실상 철회되었던 것이다.

'그래 남북이 뭉치면 제아무리 중국이라 하더라도 우리 민족을 당할 수는 없지. 중국의 음모를 물리치기 위해서도 어서 속히 통일이 돼야

돼. 그래서 더 늦기 전에 간도 땅도 되찾아야 될 것인데……'

이렇게 생각하며 걸어오기를 한 참, 어느덧 그의 눈앞으로 자신의 키보다도 더 큰 드넓은 옥수수 밭이 펼쳐졌다. 곧 수확을 앞둔 이모작의 옥수수 밭이라 잎은 갈색으로 말라있어 늦가을의 운치를 더하고 있었다.

이때 검정색 지프차 한 대가 먼지를 일으키면서 다가오더니 배 교수의 바로 옆에서 멈추어 섰다. 동시에 차 문이 활짝 열리면서 마스크와 모자로 얼굴을 가린 건장한 청년 두 명이 차에서 내렸다. 그 중 한명이 배 교수를 향해 말했다.

"거기 배 교수님 맞으시죠?"

중절모 위로 비치는 오후의 밝은 햇살 때문에 잠시 눈을 찡그리던 배 교수가 흠칫 놀라는 표정을 한 채 더듬더듬 말했다.

"그렇소만, 뉘, 뉘시오?"

"모시고 오라는 분이 계십니다. 잠시 따라가 주셔야 겠습니다."

이렇게 말하고는 다짜고짜 배 교수의 양팔을 하나씩 잡은 후 저항하는 배 교수를 지프차에 힘을 주어 밀어 넣었다. 이때 배 교수의 지팡이가 길가에 떨어졌지만 차는 그대로 출발했다.

출발하자마자 옆자리에 앉은 청년이 검은 천으로 된 눈가리개를 배 교수의 눈 부위에 묶으며 말했다.

"소란피우지 말고 얌전히만 가신다면 굳이 손까지는 묶지 않겠습니다. 약속하시겠습니까?"

"그럽시다. 그런데 대체 무슨 일인지 그것만이라도 말해 줄 수 없겠소?"

"모시고 오라는 분이 계신다고 하지 않았습니까? 그것 외에는 아무것도 말해 드릴 수가 없습니다. 차라리 한숨 주무십시오. 먼 길을 가야되니 말입니다."

이렇게 말한 청년은 그의 손을 가방 속으로 넣더니 비닐봉지 하나를 꺼냈다. 그 속에서 흰 손수건을 꺼내 배 교수의 입을 잠시 틀어막았다. 배 교수가 그의 손목에서 천지라는 글씨가 새겨진 산모양의 파란색 문신을 보았다고 생각하는 순간 비행기를 탄 듯이 어질어질 하더니 그대로 졸음이 밀려왔다. 정신을 차리려고 아무리 발버둥 쳐도 몸은 무거워지고 눈까풀이 저절로 감기기 시작했다. 꿈속에서 은하가 품에 안겨서 울기도 했고 창우가 누군가에게 끌려가기도 했다.

얼마나 지났을까? 깨긴 깼는데 머리가 지끈지끈 아프다. 그런데 지금 가고 있는 이 길은 어쩐지 익숙한 길인 것 같다. 옆에 앉은 청년이 담배를 피우기 위해 차창을 조금 열어두었는데 불어오는 바람결에 풀냄새며 흙냄새며 익숙한 냄새를 맡을 수 있었다. 그렇다. 이 길은 틀림없이 백두산 가는 길이다. 아, 생각만 해도 가슴이 울렁거리는 우리 민족의 중심, 백두산!

몇 시간을 잤는지, 몇 시간을 이렇게 달려왔는지 모른다. 제법 추운 것으로 보아서는 해가 서산으로 기울고 있는 모양이다. 드디어 물소리 새소리가 들리기 시작하고 공기가 깨끗해지면서 뽀송뽀송한 감촉이 느껴진다. 이 때 옆자리의 청년이 양손을 뒤로하라고 한다.

"이렇게 묶어야만 제가 혼나지 않습니다. 대신 느슨하게 묶었으니 아프지는 않을 겁니다."

"고맙네."

"모쪼록 오늘 고분고분하게 행동하셔서 신체를 보전하시기 바랍니다. 참고로 말씀드린다면 공안들도 우리가 하는 일에는 일체 간섭을 하지 않습니다. 무슨 뜻인지 아시겠지요?"

차가 정차한 후에도 최근에 중국 아이들이 즐겨듣는다는 시끄러운 음악소리가 나는 이어폰을 배 교수의 두 귀에 씌워준 후에야 차에서 내리게 했다. 지하실로 내려가는 육중한 철제문 소리가 나더니 청년 두 명이 서로 배 교수의 양팔을 하나씩 부여잡고 계단을 내려갔다.

지하실에서는 특유의 퀴퀴한 냄새가 났다. 차가운 공기가 지하실의 분위기를 더욱 을씨년스럽게 만들고 있었다.

청년들은 딱딱한 나무의자에 배 교수를 앉히더니 양손을 풀어준 후 눈의 안대와 시끄러운 이어폰도 벗겨주었다. 그의 머리 위 천장에서 작은 백열등 하나가 켜져 있었다. 불빛은 배 교수의 주위만 밝힐 뿐 여전히 다른 곳은 보이지 않는다.

이때, 모락모락 피어오르는 담배연기와 함께 50대 중반쯤으로 보이는 사람의 낮게 깔린 목소리가 앞쪽으로부터 들려왔다.

"오신다고 수고 많았습니다."

희미한 가운데 앞쪽을 응시하여 보니 중절모자부터 양복에 구두까지 온통 흰색으로 치장한 자가 5미터 쯤 전방에서 자신을 노려보며 앉아있었고, 그의 양 옆에는 검정색 정장을 한 청년들 네 명이 좌우에 버티고 서 있었다.

"혹시 들어보신 적이 있는지 모르겠습니다만, 우린 흑룡강 형제단의 장백산천지회 소속 단원들입니다."

여기로 끌려오면서 어림짐작은 하고 있었다. 하지만 이 자의 입으로 직접 자신들이 흑룡강 형제단이라고 말을 할 때 배 교수는 갑자기 오금이 저려오기 시작했다. 흑룡강 형제단은 흑룡강 삼합회를 일컫는 말로 동북삼성인 요녕성 길림성 흑룡강성의 중화제국주의를 표방하는 극우주의 성향을 지닌 폭력단체이다. 지방정부의 암묵적인 지원을 받고 있었기 때문에 이들이 웬만한 폭행이나 심지어는 살인사건을 저질러도 지방정부의 공안들은 그냥 묵인해주는 조직이었다.

"잘 모르는 사람들은 우리를 폭력이나 일삼는 깡패조직으로 오해하는 사람들도 있습니다만 사실은 그렇지가 않습니다. 오늘 선생에게 특별히 우리조직을 소개해드리죠. 우리 천지회의 시초는 만주족에게 빼앗긴 국권을 회복하기 위해서 1670년대에 소림사 승려들이 만든 비밀 결사대였습니다. 그 후 중화인민공화국이 선포된 후 공식 해산되었다가 1962년 주은래와 김일성 간에 벌였던 중조변계조약이 체결된 후 재결성 되었습니다.

선생께서도 잘 아시는 바와 같이 청일 간에 맺었던 간도협약 때는 백두산의 두 번째 지류인 석을수를 그 경계로 삼았기 때문에 장백산의 천지 전체가 우리 중국령이었습니다. 그런데 주은래가 김일성의 비열한 계략에 넘어가서 그런 멍청한 조약을 맺게 됨으로써 최상류인 홍토수로 그 경계를 다시 정하고 말았습니다. 이 불미스런 사건으로 인해서 장백산의 60퍼센트를 북조선에 빼앗기는 통탄할 일이 발생했는데 이를 계기로 우리 장백산천지회가 다시 결성되었습니다. 우리의 목적은 중화인민공화국의 신령스런 명산인 장백산을 온전히 되찾는 것입니다. 우리 단원들은 이 위대한 국가적 과제를 완수하기 위해서 지금 이 시각에도 치열한 장백산공정을 전개하고 있는 것이외다."

잠시 침묵이 흘렀다. 모두는 미동도 하지 않은 채 배 교수를 노려보고 있었다. 이때 그들 중 한 명이 배 교수 앞에 2리터짜리 생수 한 병을 놓아주고 물러났다. 배 교수는 얼마나 목이 탔던지 생수를 단 번에 거의 반병이나 벌컥벌컥 들이켰다. 또 다시 침묵의 시간이 흘렀다. 간간히 지하실 위의 작은 창에서 들려오는 바람소리만이 이 적막감을 깨우고 있었다. 다시 위압감이 느껴지는 그자의 낮은 음성이 들렸다.

"장백산천지회를 책임지도하고 있는 나 왕징(王卿)이 배 교수 당신에게 직접 묻겠소. 당신은 왜 우리들의 이 위대한 공정을 방해하지 못해서 안달이 난 것이오?"

이때에야 배 교수는 명확하게 알 것 같았다. 이들이 누구인지를 말이다. 2년 전 향토연구소에서 주최한 분기토론회 때 몽둥이찜질을 가했던 패거리들이 바로 이 단체였지 않은가. 그동안 자신을 끊임없이 감시하면서 심지어는 폭력을 일삼던 그 조직이 바로 이들이었던 것을 지금에야 확실하게 깨달은 것이다.

배 교수는 그의 검정색 뿔테안경을 벗어 손수건으로 얼굴을 닦고는 다시 안경을 쓴 후에 왕 회장이란 자를 향해 쏘아붙였다. 어차피 주눅들은 채로 있어 보았자 이자들이 자신을 불쌍히 여겨서 풀어줄 것 같지도 않았다. 그렇게 생각하자 자신도 모르는 오기가 생기고 공포감도 이내 사라졌다.

"오호라, 그러고 보니 당신들이 바로 백두산공정을 추진하는 핵심 세력이겠습니다. 내 짐작대로라면 여기는 백두산의 서문 쪽이 되겠고, 지금 우리가 있는 곳은 여러분들이 운영하고 있는 호텔의 지하실이겠습니다. 그런데 대체 내가 여러분들이 하는 사업을 어떻게 방해했다는 겁니까? 그 연유나 한번 들어봅시다.”

“지금 우린 당신 아들을 찾고 있소. 배창우를 말이오. 이 친구한테 뭘 좀 물어보려고 우리 단원들을 보냈더니만 어느 사이에 튀고 말았단 말이오. 당신 아들 창우는 지금 어디에 있소?”

배 교수는 이 험악한 자들이 자신의 아들을 노리고 있다는 말에 당황하기 시작했다. 아직 잡히지는 않았다지만 아들 걱정에 사지가 떨려오기 시작했다. 조금 전의 그 당당했던 태도는 순식간에 사라지고 목소리마저도 떨리고 있었다.

“도대체 왜들 이러시오? 우리 아들이 무, 무슨 죄를 지었다고….”

배 교수의 이 말에 왕 회장은 콧방귀까지 뀌어가면서 말하기 시작했다.

“흥, 무슨 죄를 지었는지를 모르시겠다고? 그렇다면 내 말해주리다. 지금 북조선에는 우리가 그동안 심혈을 기울여 준비해왔던 우리 쪽 군부세력이 모조리 뿌리째 뽑혀버렸소. 영감, 그 이유가 무엇 때문인지 정녕 모르신다 말이오? 그렇다면 내 말해 드리지. 당신 아들이 북조선관리한테서 들은 중조비밀회담 사실을 한국의 동북아역사재단 정책팀을 총괄하는 작자한테 고변을 했단 말이지. 그래서 한국의 국정원에서 공작하여 이것을 폭로하는 대북삐라를 북조선상공으로 보름 동안이나 도배하듯이 뿌려 댔단 말이거든. 그러니 김정일이가 깨어났을 때 어떻게 됐겠어?”

그 말을 마친 왕 회장은 안주머니에서 권총을 꺼내 들었다. 어두워서 배 교수는 왕 회장 일행을 뚜렷이 볼 수는 없었지만 배 교수 머리 위의 불빛 때문에 벽면이 스크린이 되어 영화가 상영되고 있는 것처럼 왕 회장의 그림자가 벽면에 상영되고 있었다.

마침 해가 지면서 지하실 맨 위의 작은 창문으로 한줄기의 마지막 햇볕이 들어왔고, 이 때문에 그림자는 더욱 생동감 있게 선명히 상영되고 있었다.

"탕, 탕, 탕~"

마치 지하실이 무너져 내릴 것만 같은 커다란 총소리가 연이어 세 번 울렸다. 배 교수는 흠칫하며 그 자세 그대로 경직돼 버렸다. 그런데 실탄이 들어있지 않은 공포탄인 모양이었다. 이때 배 교수가 앉은 나무의자 아래로 물줄기가 힘없이 빠져나오고 있었다. 배 교수가 총소리에 놀라 오줌을 싼 것이었다.

그렇잖아도 장시간 소변을 보지 못해 억지로 참고 있었는데 밀폐된 공간에서의 총소리에 놀라 순간적으로 전립선에 힘주는 것을 놓쳐버려 일어난 일이었다. 배 교수는 수치심에 오들오들 떨고 있었지만 그 누구도 이 상황에 대해서 아랑곳하지 않고 있었다.

왕 회장이 방금 피우던 담뱃불로 새 담배에 다시 불을 붙이며 말하기 시작했다. 한순간도 손에서 담배를 놓지 않는 것으로 보아서는 어지간한 애연가인 모양이었다.

"우리로부터 온갖 지원을 다 받으면서도 단 한 번도 머리 숙이지 않는 저 몰염치한 자주성을 꺾어버리기 위해서 우리가 언제부터 준비한 공정이었는데…."

여기까지를 말한 후, 왕 회장은 주먹으로 자기 앞에 놓인 탁자를 '쾅' 하고 내리쳤다.

"우리를 의식한 조치로써 북조선 군부의 우리 측 인사들을 아직 죽이

진 않았다지만 하루아침에 그 뿌리가 뽑혀버렸단 말이야. 영감, 이만하면 당신 아들이 우리 손에 죽어 줄 죄로 충분하겠소?”

공포와 수치심으로 뒤범벅이 된 배 교수의 몰골은 한마디로 처참했는데 이제는 아예 소처럼 뜨거운 오줌을 쏟아내고 있었다. 그 누구도 한동안은 아무 말이 없었다. 이렇게 이, 삼 분쯤 흘렀을까.

“영감, 사실 우린 당신이 연변대학에서 역사를 가르치던 십여 년 전부터 당신을 항상 주시하고 있었소. 왜 우리 일전에 역사토론회 할 때도 한 번 마주친 적이 있었지 않소? 우리 허밍친 부원장님과 혈통론에 대해서 논쟁할 땐 그 열기가 참으로 엄청났었지.”

“…….”

왕 회장은 가소롭다는 듯이 잠시 쓴웃음을 지어보였다.

“영감, 당신은 동북삼성이 조선반도의 영토라고 주장하면서 우리의 심기를 끊임없이 건드렸소. 그 근거로 삼는 것이 장백산 정계비에 기록돼 있었다던 동위토문 서위압록의 비석문구라고 하면서 말이오.

우리가 지켜보아온 지금까지의 당신은 교수답게 곱게 논문이나 발표하는 그런 학문적 수준을 넘어서고 있었어요. 강연회를 연다, 어쩐다하면서 조선족들의 민족의식을 고취시키고 있었단 말이지. 이것은 우리 중화제국의 입장에서는 분명한 반동행위였기 때문에 당시 우리가 힘을 써서 당신을 대학에서 쫓아내는 극단적 조치를 취했던 겁니다. 그 후로도 우리는 지속적으로 당신을 타이르고 경고했지만 끝내 당신은 말을 듣지 않았어요.”

여전히 배 교수는 추위 때문인지 수치심 때문인지 온몸을 부들부들 떨고 있었다. 또다시 잠시잠깐의 침묵이 흐른 뒤 왕 회장이 자신의 휴대폰으로 들어온 한통의 문자 메시지를 읽고 나서 말을 계속 이어나갔다.

"좋소, 당신 아들놈은 아마도 북으로 도망친 것 같은데 중국인의 큰 배포로 이쯤에서 우리가 마무리 짓도록 하겠소. 단, 아들 놈 대신 당신이 죽어주어야만 되겠소이다. 그 잘난 아들을 대신하여 아비가 십자가에 매달린다면 이 또한 값진 일이 아니겠소? 흐흐흐, 이보시오, 영감. 따지고 보면 당신 아들이 우리 중국에 피해를 입혔던 것은 단순한 실수 한 번으로 벌어진 일이었소. 하지만 당신은 뼛속까지도 분열적 반동주의의 피가 흐르고 있으니 대단히 위험한 인물이 분명합니다. 당신의 그 질신 고구려의식을 이참에 뿌리 뽑지 않고서는 우리나라가 위태롭게 생겼으니 어찌하겠소? 우리 중화제국주의가 향후 천년 동안에도 아무 탈 없이 번영하기 위해서는 당신 같은 위험한 분열주의자는 우리 땅에서 반드시 사라져야 할 것이오."

그는 자리에서 벌떡 일어났다. 그러자 그가 앉았던 철제 의자가 바닥에 넘어지면서 쿵! 하는 커다란 소리가 들렸다. 그가 두세 발짝 앞으로 나서자 그를 좌우에서 호위하고 있던 무리들도 모두 앞으로 다가왔다. 왕 회장이 앞으로 다가왔을 때 그의 몸에서 나는 역겨운 담배 냄새와 배 교수의 오줌냄새가 함께 진동했다. 왕 회장이 손가락을 곧게 뻗어서 배 교수를 가리키면서 아까보다 더욱 강한 목소리로 소리쳤다.

"영감, 당신과 김 위원장의 공통점이 무엇인지 아시겠소? 그것은 말이오. 둘 다 너무도 뻣뻣하다는 겁니다. 당신은 우리 땅에서 나는 쌀로 밥을 지어먹고 우리 땅 위에서 집을 짓고 살아가면서도 겸손하기는커녕 우리 땅을 조선 땅이라고 큰소리치면서 우겨대고 있으니 적반하장도 이런 적반하장이 어디 있겠소? 김 위원장, 그자도 마찬가지요. 현재 북조선에서 사용 중인 원유의 90퍼센트를 우리가 무상으로 제공하고 있어요. 대부분의 식량이나 생필품도 우리가 제공하고 있기 때문에 북조선의 목숨 줄을 우리가 쥐고 있다 말할 수 있소. 그런데도 고개를 숙이지 않아요. 더 달라고 부탁할 때도 머리 꼿꼿하게 쳐들고 큰소리치면서 더 내어 놓으라고 요구합니다.

처음에는 왜 그런지 이해하지 못했는데 이제는 우리가 알게 되었소. 이것이 고구려의 자주성이라고 이해하게 되었단 말이오. 그래서 그 자주성을 완전히 제거한 후에 우리 말 잘 듣는 동지들을 통치권의 자리에 앉히려는 참에 당신 아들놈 때문에 모든 것이 수포로 돌아가고 말았단 말이오. 자, 이제, 당신 아들놈보다도 더 위험한 당신을 죽임으로써 이번에 우리 중화제국의 상처받은 자존심을 조금이나마 보상받아야 되겠소이다.”

이렇게 말 한 후 왕 회장은 다시 자리로 돌아와 앉으며 음흉한 미소를 지어 보였다.

“물론 우리의 엄중한 경고를 무시하고 우리사업을 방해한 죗값으로 처단해야 할 자가 한 명 더 있습니다. 한국에 있는 놈 말이오. 선생, 부디 안녕히 가시오. 다음 생에서는 다시는 이런 악연으로 만나지 말았으면 합니다. 마지막으로 할 말 있으면 해 보시오.”

배 교수는 전방을 향해 빙긋이 미소 짓고는 짐짓 여유로운 표정으로 차분하게 말하기 시작했다. 죽는다고 생각하니 오히려 마음이 차분해졌다.

“중국인은 배포가 크다 하니 내 딱 두 가지만 부탁하는 바이오. 첫째는 내 아들 창우를 비롯하여 내 가족을 앞으로 더 이상 괴롭히지 마시오. 죽음은 나 혼자면 족하오.”

희미한 불빛 속에서 왕 회장이 고개를 끄덕이고 있는 모습이 보였다. 배 교수 머리 위에 매달린 등불 때문에 벽면은 여전히 영화가 상영 중인 스크린처럼 그림자가 드러나고 있었다.

“중국인은 배포가 크다 하니 두 번째의 약속 또한 꼭 지켜주기를 바라오. 나를 죽이거든 내 몸뚱이를 화장한 후에 백골이나마 백두산 천지에 뿌려주시오. 부탁하리다.”

이번에는 어둠속에서 아무런 반응이 없었다. 깊은 침묵만이 흐를 뿐이었다. 이때 배 교수가 갑자기 미친 사람처럼 두 손을 번쩍 들어 큰소리로 외치기 시작했다.

“백두산은 우리 민족의 영산이다!”

그는 뜨거운 눈물을 펑펑 흘리면서 절규하듯 외치고 있었다.

전방의 어둠속에서 왕회장이 오른 손을 들자 그 옆에 서 있던 자가 탁자 앞에 놓여있던 권총을 집었다. 그 옆에 놓인 재떨이에서는 타다 만 담배에서 연기가 계속 위로 올라가고 있었다. 고물고물 피어오르는 담배연기로 인해 마치 감동적인 영화의 라스트신이 상영되는 것 같은 장면이 벽면에 만들어지고 있었다.

“간도 땅도….”

“탕!”

전방의 어둠속에서 불이 한 번 번쩍 하는가 싶더니 배 교수가 의자에서 튀어 오르면서 바닥에 쓰러졌다. 총탄은 정확하게 배 교수의 심장을 관통했고, 배 교수는 외마디 신음소리조차 내지 못하고 바닥에 나뒹굴었다. 심장에서 뿜어져 나오는 피가 삽시간에 바닥에 흥건하게 고이기

시작했다. 배 교수의 몸은 바닥에서 한두 번 꿈틀거리는가 싶더니 이내
잠잠해졌다. 눈은 부릅뜬 채였다. 그 옆에는 검정색 뿔테안경이 다리가
부러진 채로 바닥에 떨어져 있었다.

백두산의 넋이 된 배 교수

밤늦도록 배 교수가 돌아오지 않자 최 씨와 은하는 배 교수를 찾으러 길을 나섰다. 각기 랜턴을 들고 고향마을 길을 샅샅이 뒤지고 있었다. 은하도 아버지를 따라 여러 차례 산책을 나선 기억이 있었던 터라 그 길을 따라 랜턴을 비추며 걸어가고 있는 것이다.

옥수수 밭고랑 사이로 한참을 걸어가던 은하가 부러진 옥수수 대와는 다른 무언가를 발견했다. 가까이 가서 보니 바로 아버지가 분신처럼 의지하고 다니던 지팡이가 아닌가. 은하는 순간 머리로 피가 몰리면서 정신이 아득해 졌다.

잠시 후 정신을 차려서 큰 소리로 최 씨를 불렀다. 그리고는 이내 흐느껴 울기 시작했다. 급히 뛰어 온 최 씨도 친구의 지팡이임을 확인하고는 곧 목 놓아 울기 시작했다.

은하는 경황 중에도 정신을 집중하여 창우에게 급히 전화를 걸어보았지만 휴대폰에서는 전원이 꺼져있다는 말만 들릴 뿐이었다. 이번에는 창우의 아파트로 전화했다. 그러자 새언니가 자신도 오빠의 행방을 알 수 없다며 반쯤 울음섞인 목소리로 대답했다.

그녀는 오늘따라 오빠를 찾는 전화가 집으로 여러차례 걸려와서 오빠의 직장인 연변조선족자치주의 대외무역사업부에 전화를 해보았다고 한다. 전화를 받은 담당 아가씨는 과장님이 아침에 출근하자마자 어딘가로 부터 전화를 받고는 급히 나갔다는 말과 그 후로는 여태 아무런 연락이 없어 자신들도 몹시 찾고 있다는 말을 하더라는 것이다.

자정이 다 되어서야 사무실로 돌아온 최 씨와 은하는 주체할 수 없는 불길한 생각들 때문에 울기도 하고 서로 달래기도 하면서 거의 뜬눈으로 밤을 지새웠다.

다음날 아침 일찍, 창우의 아파트 거실에서는 전화벨소리가 요란하게 울리고 있었다. 동이 틀 무렵에야 전화기 앞에서 깜빡 잠이 들었던 창우부인은 벌렁거리는 가슴을 진정시키며 걸려온 전화를 받았다.

"여보세요?"

"……."

상대는 말이 없었다. 그녀는 떨리는 목소리로 다시 말했다.

"누구세요? 혹시 철이 아빠? 철이 아빠죠? 여보!"

"뚜뚜뚜~"

전화가 끊어지고 말았다. 창우부인은 느낌으로 알 수 있었다. 분명 창우가 틀림없다. 그런데 도대체 무슨 일이란 말인가. 도무지 영문을 알 수 없으니 답답하여 심장이 터져버릴 것만 같았다.

"엉 엉 엉…."

창우부인은 이 불안한 상황을 견딜 수가 없어 소리내어 울기 시작했고, 이 소리에 잠을 깬 초등학교 4학년인 외동아들은 엄마의 품속에 달려들어서 같이 울기 시작했다.

이 시각, 배 교수의 집에도 한통의 전화가 걸려왔다. 은하가 수화기를 집어 들자마자 그 옆에서 함께 밤을 지샌 최 씨도 요란한 벨소리에 화들짝 놀라 벌떡 일어났다. 은하가 더듬거리며 천천히 말했다.

"저기, 여, 여보세요?"

약간의 시간이 흐른 뒤 수화기에서 남자의 목소리가 들렸다. 그도 많이 긴장된 것처럼 보였다.

"저어…. 거기가 배 교수님 댁이 맞습니까?"

"예, 우리 아버지십니다. 제게 말씀하시면 됩니다. 무슨 일이시죠?"

"……."

"제발 사실대로 말씀해 주세요. 제발요."

전화를 한 사람은 마오와 같이 배교수를 납치해갔던 장백산천지회의 청년단원 창의 전화였고 창의 목소리도 떨리고 있었다. 그는 평소에 비록 사상은 다르지만 배 교수의 대쪽같은 인품에 매료되어 배 교수를 흠모하고 있던 터였다. 공중전화기 부스 앞에서 이를 지켜보고 있던 은하의 고교 동창인 마오의 표정 또한 심각했다.

"놀라지 마시고 제 말 잘 들어주세요. 통보드릴 사안은 두 가지입니다. 하나는 당신 오빠는 면책을 받았으니 지금부터는 걱정 안 해도 됩니다. 일상으로 복귀해도 좋습니다."

은하는 이 말이 무슨 말인지 도무지 이해할 수 없었지만, 정황상 이

자의 말을 무조건 받아들일 수밖에 없었다.

"실례지만 댁은?"

그는 즉시 은하의 질문을 가로막고 다음 말을 이어 나갔다.

"질문은 곤란합니다. 배창우씨에게 연락해서 우리의 말을 전해주면 무슨 뜻인지 이해할 겁니다."

은하의 가슴은 마구 방망이질 치고 있었다. 두 가지의 통보사안 중 하나는 그래도 천만 다행스런 소식이었지만, 두 번째는 분명 불길한 소식일 것 같은 예감이 들었기 때문이다. 도대체 이 자들은 누구일까? 공안? 아니면 삼합회? 아, 아버지, 제발 살아만 있어 주세요.

"두 번째 통보사안은 당신 아버지 배 교수 소식입니다."

이 말에 은하는 하마터면 들고 있던 수화기를 떨어뜨릴 뻔 했다.

"네? 아버지가 어떻게, 어떻게 되셨나요?"

그 목소리는 그야말로 울부짖음이었다.

"교수님의 지팡이를 찾으셨습니까?"

"네, 찾았어요. 아버지의 고향마을 옥수수 밭에서 찾았습니다."

"……."

"무슨 일 있습니까? 제발, 제발 말씀해주세요. 우리 아버지에게 무슨 일이 생긴 겁니까?"

"그곳을 다시 잘 찾아보면 교수님이 계실 겁니다. 죄송합니다."

그 말을 듣자마자 은하는 그대로 정신을 잃고 말았다. 옆에서 이 모습을 지켜보던 최 씨도 배 교수가 잘못됐다는 것을 알았던지 두 손으로 얼굴을 감싼 채 훌쩍이기 시작했다. 그것도 잠시, 기절하여 쓰러진 은하를 발견한 최 씨가 급히 부엌으로 뛰어가서 찬물을 한 바가지 떠 와서는 수

건을 적셔 은하의 얼굴을 닦아주자 그제야 은하가 정신을 차렸다. 그녀
는 눈을 뜨자마자 급히 수화기를 들었다.

"새언니, 아직 오빠소식은 없습니까?"

은하의 목소리가 예사롭지 않은 것을 알았던 창우부인도 같이 울면서
물었다.

"아가씨, 왜 그러세요? 도대체 무슨 일이 있기에 아가씨까지 그러세
요?"

이때 은하는 차츰 냉정을 찾아가고 있었다. 오빠도 없는 마당에 자신
마저 정신을 놓고 있을 수는 없는 일이었다.

"언니, 방금 어떤 사람한테서 전화가 왔었는데 오빠는 이제 면책 받았
으니 안심하시고 돌아와도 좋다고 했습니다. 그런데 아버지가 아무래
도…. 나 지금 아버지 찾으러 가야하니까 오빠 연락되면 빨리 와달라고
전해주세요."

수화기를 던지다시피 내려놓은 은하는 최 씨와 함께 택시를 불러 타
고 옥수수 밭으로 달려갔다.

옥수수 밭 위로는 이미 붉은 태양이 한참이나 솟아 있었다. 차창 밖을
바라보는 은하의 눈에는 하염없는 눈물이 흘러내리고 있었다. 최 씨도
덩달아서 손수건으로 얼굴을 감싼 채 눈물을 닦아냈다.

지팡이를 찾았던 그 옥수수 밭 안쪽을 한참 동안 뒤지자 옥수수가 엉
클어진 곳에서 사람의 흔적이 나타났다. 아! 거기에는 가슴에 총상을 입
은 아버지가 반듯하게 누워 있었다. 아버지가 잘못되었을 것 같다는 느
낌은 있었지만 막상 가슴께에 피가 엉겨 붙어있는 차가운 주검으로 변
해버린 아버지를 대면하자 은하는 그 자리에서 또다시 실신해 버리고

말았다.

배 교수를 끌어안고 대성통곡을 하고 있던 최 씨를 타이르고 나선 사람은 다름 아닌 택시기사였다. 은하를 빨리 병원으로 옮겨야한다는 기사의 재촉을 받고서야 최 씨는 의식을 잃은 은하를 부축하여 운전석 옆자리로 옮겼다. 그리고 기사와 함께 차갑게 식어버린 배 교수의 시신을 뒷자리로 옮긴 후 연길시내의 병원으로 향했다.

얼마나 지났을까. 은하가 깨어나서 병원응급실에서 영양제 수액주사를 맞고 있었다. 간호하고 있던 창우 부인은 은하의 머리칼을 옆으로 쓸어 올려 주면서 측은한 표정으로 은하를 내려다보며 넋두리했다.

"하마터면 아가씨까지 큰일 날 뻔 했어요. 아가씨까지 맥을 놓으면 어쩝니까. 아가씨, 우리 착한 아가씨, 이 슬픔을 꿋꿋하게 이겨내야 해요. 아버님이 하늘나라에서 지켜보고 계시잖아요."

이렇게 말하며 창우 부인도 울먹이고 있었고, 은하도 아버지의 죽음이 이제야 다시 생각났던지 하염없이 눈물을 흘리고 있었다. 은하가 새 언니를 바라보면서 물었다.

"아버지는요?"

"아가씨, 오빠가 오셨어요. 공안이 아버님의 사체를 부검해야한다고 해서 협의하고 있어요."

영안실은 응급실 바로 옆 건물 지하에 있었다. 영안실의 서랍장같이 생긴 냉동시체보관실 앞에서 최 씨가 벌써 두 시간 째 통곡을 하고 있는 중이었다.

"배 교수 이 사람아, 날 두고 혼자만 가면 나는 대체 어떻게 살라고. 이 매정한 사람아, 나도 데려가야지, 나도 데려가야지."

공안 두 명이 들어와 배 교수의 부검을 위해 냉동고에서 사체를 꺼냈을 때 뭔가를 발견한 창우가 마지막으로 아버지와 작별 인사를 나누고 싶다며 공안들에게 잠시 자리를 비켜 줄 것을 주문했다. 공안들이 자리를 비우자 창우는 급히 배 교수의 오른손 새끼손가락에 묶여서 감추어져있던 쪽지를 빼내어 그의 주머니에 집어넣었다. 그 쪽지는 손가락에 보일 듯 말 듯 하게 고무 밴드로 묶여 있었다. 최 씨는 배 교수의 얼굴을 연신 만지작거리면서 통곡하고 있었던 터라 이 모습을 볼 수가 없었다.

"창우, 이놈아. 아버지의 이 한 맺힌 눈을 한번 똑똑히 봐라. 얼마나 원통했으면 이렇게 눈을 부릅뜬 채로 돌아가셨겠나. 응? 이 불효막심한 놈아. 그 동안 아버지 속 참 무던히도 썩여드린 네놈이 아버지 눈을 감겨드려야 하지 않겠어? 어서 이놈아!"

최 씨의 이 말에 창우도 통곡을 하면서 아버지의 얼굴을 쓰다듬으며 그의 오른손으로 매섭게 부릅뜬 아버지의 눈을 감겨 주었다.

"아버지, 이 못난 불효자를 용서하세요. 아버지, 제가 아버지를 죽게 만들었습니다."

저 만치서 이 모습을 지켜보던 공안들이 다가 와 이제 그만 검안실로 옮겨야 한다며 한명이 창우와 최 씨를 제지하는 사이 또 한명이 사체가 누워있는 침대를 밀면서 옆방의 검안실로 들어갔다.

은하가 누워있는 응급실로 돌아온 창우는 웬만큼 의식을 회복한 은하를 데리고 병원마당의 한적한 나무벤치에 나란히 앉았다. 주머니 속에서 쪽지를 꺼내든 창우가 은하에게 나지막한 소리로 말했다.

"이게 아버지의 오른손 새끼손가락에 묶여져 있었어."

쪽지에는 이렇게 쓰여 있었다.

「교수님의 유언은 두 가지였습니다. 하나는 더 이상은 가족을 괴롭히지 말라는 것이었고, 둘은 사체를 화장하되 백두산 천지에 뿌려달라는 것이었습니다. 첫째의 유언은 보장되었으나, 둘째는 보장되지 않아서 부득이 교수님의 주검을 길가에 내버려두게 되어 죄송합니다. 평소 고매한 성품의 교수님을 존경하는 마음이 있어 이같이 쪽지를 남기니 가족들께서 조치하시기 바랍니다.」

"그래서 이 사람이 내게 전화했었구나."

은하는 아침 이른 시간에 걸려왔던 전화 이야기를 오빠에게 들려주었다. 창우는 알고 있었다. 아버지가 장백산천지회라는 중화제국을 표방하는 극우세력에 의해 죽임을 당했다는 것과 그 죽음의 이유에 대해서. 창우는 자기 대신 아버지가 죽임을 당했다는 죄책감 때문에 연신 눈물을 쏟아내고 있었다.

어제 아침 창우는 출근하자마자 북조선의 고위관리로부터 신변이 위험하니 일단 북조선에서 운영하는 안가로 긴급히 대피하라는 전화를 받았다. 그 전화를 받자마자 그는 일체의 연락을 끊은 채 연길시 외곽에 위치한 안가에 숨어있었던 것이다. 실상인 즉, 창우는 윤 팀장이 연길을 다녀간 2년 전부터 천지회의 감시를 받고 있었다.

그는 길림성 감찰부장으로부터 중국의 대북첩보망을 구축하라는 지시를 받고서 그 진행을 독촉 받고 있었지만 차마 북쪽의 친구들을 위험에 빠뜨릴 수가 없어 이런저런 핑계로 실제로는 그 일을 진행시키지 않고 있었다. 이에 천지회는 창우를 한국과 북한의 2중첩자로 오해하기 시작했고, 만약 자신들의 일에 협조하지 않는다면 쥐도 새도 모르게 죽여 버리겠다는 거친 협박을 계속해 왔던 것이다.

창우는 그들이 얼마나 무서운 집단인지도 잘 알고 있었다. 그들은 대학의 저명한 역사학자를 비롯해 당, 군, 공안, 동북삼성의 고위 관리들을 끼고서 백두산의 서문과 남문에서 호텔사업을 하고 있었다.

그야말로 권력과 돈과 폭력조직까지 융합된 엄청난 극우 조직이었다. 이들은 가끔씩 합성사진을 조작하여 백두산천지에서 괴물이 발견됐다는 언론플레이를 펼치곤 하는데, 이 또한 천지가 중국령으로 보이도록 하기 위한 고도의 계산된 행위였다.

이늘의 마수를 벗어나 동북삼성에서 생존한다는 것은 거의 불가능한 일이었고 또한 이들에 의해 희생되었을 경우에도 딱히 어느 곳에도 하소연할 데가 없는 실정이었다. 그렇기 때문에 창우는 아버지를 설득하여 빠른 시일 내 은하와 맺어주겠다던 2년 전 윤 팀장과의 약속도 제대로 지키지 못하고 있었던 것이다.

병원의 지하에 있는 장례식장에서는 배 교수의 장례가 치러지고 있었다. 상복을 입은 창우와 은하가 입구에서 문상객을 맞이하고 있었고 순두부집 주인아주머니를 비롯한 배 교수의 제자부인네들이 문상객들을 위한 음식을 나르느라 분주하게 움직이고 있었다. 배 교수의 손자 형철이가 상복을 입은 채 엄마 품에 잠들어 있는 모습이 애처롭기만 한데 인근의 동포들이 모두 문상을 왔는지 그 넓은 방안에는 발 디딜 틈조차 없을 정도로 문상객들로 붐비고 있었다.

40대 초반으로 보이는 배 교수의 연변대학교 사학과 제자들 십여 명이 침통한 표정으로 앉아있고 그 뒤로는 연변조선인 향토연구소의 회원들 수십 명도 함께 자리를 지키고 있었다. 향토연구소를 이끌고 있는 핵심인사들이 제자 그룹들인데 그 중에서도 지금 성주와 함께 앉아있는 기수와 경태 이 세 사람이 실질적으로 조직을 이끄는 리더의 역할을 맡고 있었다. 그들은 어제 오후 소식을 듣고 그 즉시로 달려와 어제 밤을 뜬눈으로 꼬박 지새우고는 잠시 쪽잠을 잤고 다시 밤을 새우기 위해 이렇게 앉아있는 것이다. 성주는 어제부터 얼마나 울었던지 아직도 눈이 충혈되어 있었다. 기수가 적개심을 가득 품은 눈초리로 이들을 바라보며 말했다.

"천지회 그 간나 새끼들 짓이 맞제?"

성주는 팔짱을 낀 채로 그럴 거라며 고개를 끄덕이고 있고, 경태가 소주 한잔을 그대로 들이켠 후 말했다.

"우린 매번 이렇게 당해야만 하나?"

성주도 잔을 한 입에 털어 넣은 후 작지만 준엄한 소리로 말했다.

"2년 전 분기토론회하면서 그놈들한테 실컷 몽둥이찜질 당한 후에 교수님이 우리들한테 해주셨던 말씀이 기억나는구먼. 인동초 이야기 말이야. 밟으면 밟히고 바람이 불면 엎드리고 모진 겨울 동안에는 그 잎이 모두 말라버리지만 이듬해 봄에는 또다시 새싹을 피운다고 하셨네. 최후의 승자는 끝까지 살아남는 인동초가 될 것이라던 교수님의 그 말씀을 난 잊을 수가 없어. 그 봄날에 우리 민족이 통일되어서 잃어버린 우리 민족의 고토, 이 간도 땅을 되찾는 날이 오겠지. 저들이 밟겠다면 우리가 밟혀 주세나. 그렇더라도 결코 굴복하지는 말고 오뚝이처럼 다시 일어나면서 말일세. 그것이 바로 교수님께서 우리들에게 바라시는 뜻이 아닐까 싶어."

이때 최 씨가 이들의 자리로 건너오더니 세 사람을 끌어안고는 통곡을 하기 시작했다.

"우리 배 교수한테 행여라도 해가 될까 싶어 난 한마디도 안했는데, 결국 이런 사단이 벌어지고 말았어."

그러면서 최 씨는 성주를 똑바로 바라보며 나지막하게 다시 말했다.

"우리 배 교수 해코지 한 놈들이 천지회인가 뭔가 하는 그놈들 짓이지?"

성주가 최 씨의 입에다가 그의 오른손 검지를 갖다 대고는 조심스럽게 말했다.

"쉿, 최 사장님. 앞으로도 그 얘기는 안하시는 게 좋을 것 같습니다, 저들의 정체를 우리가 알고 있다는 사실이 알려지면 저들의 행패가 더욱 기승을 부릴 것 같습니다. 제 말 이해하시겠죠?"

성주가 최 씨에게 입조심을 시키고자 하는 뜻은 최 씨는 성품 하나만큼은 더없이 선량한 사람이지만 워낙이 떠벌이는 천성이기 때문이었다. 행여라도 저들을 자극하는 말들이 더욱 가공되어서 자칫 우리 동포사회에 화가 미칠까봐 걱정되었기 때문이었다.

지금 이들은 스승을 죽인 살인자를 알고 있었지만 살인자를 고발할 수 없는 그들의 처지가 서러워서 눈물을 흘리고 있었다. 그 눈물은 남의 나라에서 숨소리마저 죽이며 살아 가야 되는 그들의 처지가 서글퍼서 흘리는 눈물이었다.

창우는 장례를 치른 후 아버지의 유언대로 사체를 화장한 후에 그 유골을 항아리에 담아 사각 나무통에 조심스럽게 집어넣었다. 은하는 언젠가 아버지가 스카프로 쓰라며 선물해준 예쁜 연분홍색 보자기로 유골함을 쌌다.

창우의 7인승 4륜구동 지프차는 먼지를 날리며 백두산으로 향하는 비포장도로를 쉼 없이 달려가고 있었다. 창우 옆자리에는 은하가 아버지의 유골함을 정성스럽게 안고 있고, 뒷자리에는 창우부인과 그녀의 아들 형철이, 그리고 그 옆에는 성주가 말없이 앉아있었다. 맨 뒷자리는 언제나처럼 최 씨가 차창너머를 멍하니 바라보며 외롭게 앉아있고, 다소 비좁아 보이는 그 옆자리에 기수와 경태도 아무렇게나 끼어 앉았다.

연길시내를 빠져나온 지도 두어 시간은 된 것 같았다. 창우는 인적이 없는 숲길 가에서 차를 멈추었다. 옆에는 울창하게 가지를 뻗어 드넓은 나무그늘을 형성하고 있는 오래된 정자나무 한그루가 있었다. 창우가 왜 이곳에서 정차를 했는지 은하와 최 씨는 그 이유를 알고 있었다. 최 씨가 은하로부터 유골함을 받아들고는 정자나무 옆 땅위에 유골함을 조심스럽게 내려놓았다. 최 씨가 땅위에 무릎을 꿇고 앉더니 그의 오른쪽 귀를 땅바닥에 갖다 대고는 말하기 시작했다.

"그래, 배 교수. 이 땅의 숨결이 나도 느껴져. 우리 민족의 혼이 내게도 느껴진단 말이야."

그리고는 유골함을 끌어안은 채로 다시 통곡하기 시작했다. 저만치서 이 모습을 지켜보던 창우부부와 성주를 비롯한 그의 친구들도 손수건으로 얼굴을 닦아가면서 뜨겁게 흘러내리는 눈물을 닦아내고 있었다.

해질 무렵, 저녁노을이 서산을 붉게 물들이고 있을 때 모두는 천지에 올랐다. 천지의 아래는 거대한 구름이 용의 모습으로 꿈틀대고 있었다. 창우가 먼저 한주먹의 유골을 천지로 뿌려주자 백색가루들이 천지의 한

가운데를 향하여 날아갔다. 다음은 딸이, 그 다음은 며느리가, 또 그 다음은 손자가, 그리고 그의 가장 절친했던 고향친구가 두 손으로 백색가루를 힘껏 뿌려주었다. 맨 마지막 순서로 그의 제자들이 무릎을 꿇은 채 한 주먹씩을 차례대로 천지에 내려놓았다.

최 씨의 넋두리가 계속되었다.

"그래, 이제부턴 우리 배 교수가 백두산천지의 넋이 되어서 우리 민족을 보살펴주시구려. 배 교수가 천지를 지키게 되니 우리 민족이 얼마나 든든하겠소. 배 교수, 고맙소."

낭떠러지로 떨어지다

나는 재단의 인근 한식당에서 팀원들과 함께 점심을 먹기 위해 식당 안으로 들어가려다 말고 잠시 마당에 꽃씨를 잔뜩 머금고서 볼품없이 지고 있던 한 무리의 코스모스를 바라보았다. 불과 얼마 전까지만 해도 울긋불긋 흐드러지게 피었던 영광을 뒤로한 채 이제는 다음 생을 기대하며 고개 숙인 코스모스…. 불현듯 잠시 잊고 있었던 은하의 얼굴이 떠올랐다. 잘 익은 코스모스 씨를 몇 개 따서 코에 갖다 대고 향기를 맡아보았다. 향기와 함께 예쁜 은하의 얼굴이 더욱 또렷하게 떠오른다.

이때 국정원의 곽 과장으로부터 휴대폰으로 연락이 왔다.

"윤 팀장, 지금 어디 계시오?"

"재단사무실 인근에 있는 한식당입니다만, 무슨 일이십니까?"

"이 작자들이 이제야 입을 열었는데 윤 팀장이 지금 대단히 위험할 수 있다는 겁니다."

"무슨 말씀이신지?"

"자신들이 실패할 경우에는 곧바로 제2진이 국내에 잠입하게 돼 있기 때문에 이미 들어와서 윤 팀장을 노리고 있을지도 모른다는 겁니다. 이 자들은 중국에서도 대단히 과격한 단체인 삼합회 흑룡강파의 장백산천지회 소속이라고 하는데, 흑룡강파는 중국 정부에서도 적극적으로 후원해주고 있는 조직입니다. 며칠 전에는 연길에서 상당히 유명한 사학자 한분이 괴한에게 피격되어 사망한 사건이 있었습니다. 그분도 윤 팀장과 연관되어 있는 것으로 우리 쪽 정보라인에서는 파악하고 있어요."

그렇다면 혹시 배 교수님이? 설마…. 아니겠지. 배 교수님이 돌아가셨다면 은하가 내게 연락하지 않았을 리 있겠는가. 그런데도 왠지 불길한 생각들이 엄습해오면서 느낌이 좋지 않았다.

"윤 팀장, 오늘부터 우리 쪽 안가에서 지내도록 합시다. 그리고 지금 우리 요원들이 그쪽으로 출발했으니 혹시라도 수상한 자가 보이면 일단 그 자리를 피하고 내게 즉각 연락 주시오. 아시겠죠?"

곽 과장과의 통화를 마치고 주변을 돌아보는 순간 나는 현기증이 몰려오면서 제대로 서 있을 수도 없었다. 우선 화단 앞 벤치에 앉았다. 너무 긴장을 한 탓인지 눈도 침침해져서 사물이 겹쳐서 보이기 시작했고 숨조차 편히 쉬지 못할 정도로 현기증이 나고 있었다.

주변 사람들 모두가 나를 주시하고 있는 기분이 들었다. '배 교수가 돌아가셨다고? 에이, 아닐 거야, 아니겠지,'를 되뇌이며 생각하는 사이 현기증이 더욱 심해지더니 구역질이 올라왔다. 이것을 참지 못하고 화단 코스모스 사이로 머리를 처박고는 구역질을 했다. 다행히 주변에 사람이 없어 이 모습을 들키지는 않았는데 한바탕 토해내고 나니 현기증이 다소 진정되기 시작했다. 손수건으로 입가주변을 닦은 후 하늘을 쳐다봤다. 그리고 곰곰이 생각을 정리해 보았다.

'장백산천지회는 무엇이고 또 흑룡강파는 무엇인가? 그렇다면 그들이 2년 전에 등신불상 앞에서 내게 경고했던 그 단체란 말인가? 동북공정에 방해되는 일에 개입할 경우 반드시 나를 죽이고 한국 정부에 경고하는 증표로 삼겠다고 했었는데…. 지금 이들이 나를 해치기 위해서 2진까지 국내에 잠입시킬 정도라면 2년 전의 그 경고가 결코 허튼소리가 아니었다는 말인데….'

생각이 여기에까지 미치자 또다시 머리가 복잡해져 오기 시작했다. 바람은 제법 서늘했지만 11월초의 늦가을 해는 아직도 따가웠다. 나는 동료들과 함께 있어야겠다는 생각으로 서둘러 식당 안으로 들어갔다. 구두를 벗고 마루에 올라가야 하는데 긴장한 때문인지 구두가 잘 벗겨지지 않았다. 뒤따라 식당에 들어오던 사내가 혹시나 나를 위해하려는 자는 아닌지 움츠려들면서 목 주위가 뻣뻣해졌다. 동료들이 앉아있는 벽 맨 안쪽의 테이블로 걸어갈 때에는 어찌나 바삐 걸었던지 숨을 헐떡이며 자리에 앉았다.

"팀장님, 무슨 일 있으십니까? 얼굴색이 창백해 보이십니다."

"아니야, 별일 아니야."

말은 이렇게 하면서도 물수건으로 얼굴을 닦을 때에는 식은땀을 비오듯 흘리고 있었다. 와이셔츠도 흘러내리는 땀 때문에 어느 새 축축해져 있었다. 뒤에 벽이 있어 벽에 등을 기대고 있으니 어느 정도 편안해졌다. 오십 여 평 규모의 넓은 홀 안에는 빈자리가 없을 정도로 사람들로 꽉 차 있었다.

이때 출입문 쪽에서부터 한 사내가 나를 향해 빠른 걸음으로 다가오기 시작했다. 공격대상이 나라는 것을 직감적으로 느낄 수 있었지만 나는 몸을 움직일 수가 없었다. 이미 굳어버린 내 몸은 무방비상태 그대로 벽에 기댄 채 방치되어 있었다. 괴한이 다짜고짜로 식당의 마루 위에 신을 신은 채 들어오자 식당 안에 있던 사람들의 시선이 모두 그에게로 향했다. 그는 주변의 시선에 전혀 개의치 않고 품속에서 번쩍이는 칼을 꺼냈다.

내 옆자리의 팀원늘은 어? 어? 하고 소리를 치면서 입을 벌린 채로 그를 쳐다보고만 있었다. 점심시간인지라 인근 회사의 여자 사무원들도 많았는데 그들은 비명을 지르면서 한쪽 구석으로 피해서 달아났다. 곧바로 식당 주인과 종업원들이 뛰어왔고 십여 명의 남자 손님들은 엉거주춤 일어나서 뒤로 슬금슬금 피하기 시작했다.

이 괴한이 회칼을 빼들고 내 앞 2미터 지점까지 왔을 때였다. 바로 그 앞 테이블 하나를 차지하고 있던 손님들 두 명이 스프링처럼 벌떡 일어났다. 일어남과 동시에 한 사람은 손에 들고 있던 신문지 뭉치로 회칼을 든 손을 내리쳤고 또 한 사람은 단수로 괴한의 목덜미를 내리쳤다.

두 사람의 동작이 그야말로 전광석화처럼 빨라서 조금 멀리 떨어져 있던 사람들은 무슨 일이 있었는지조차도 알지 못할 정도였다. 괴한은 쓰러질 듯 한쪽으로 비틀거리면서도 이내 중심을 잡고는 출입구 쪽을 향하여 뛰어 나갔다. 이 모든 일이 불과 1분도 안 되는 사이에 일어난 일이었다. 나를 살려준 두 명도 그 괴한의 뒤를 따라서 밖으로 나갔지만 그를 추격하려고 하는 것 같지는 않아 보였다.

그 제서야 식당 안은 비명소리를 지르며 밖으로 뛰쳐나가는 소리, 밥상이 넘어지며 접시들이 떨어지는 소리로 난장판이 되었다. 이때 국정원 요원들이 들이닥쳤지만 그들은 이미 모두 사라진 후였다. 요원 하나가 나를 일으켜 세웠을 때 난 절반쯤은 혼이 나가버린 사람이 되어 있었다.

"과장님께서 안가로 모시라 했습니다. 제가 모시겠습니다. 함께 가시죠."

이 상황에서는 이미 나의 선택권은 없었다. 그들의 차에 실려 어디론가 가고 있을 때 온몸이 나른해지면서 불현듯 잠이 몰려오기 시작했다. 잠시 후 어디선가 귀에 익은 컨츄리 송이 울려 퍼지고 있었다. 음률이 반복되는 것으로 봐서는 누군가의 휴대폰 벨소리 같은데 아무도 받는 사람이 없었다.

"윤 팀장님, 전화 받으시죠. 팀장님의 휴대폰에서 나는 소리입니다."

운전을 하고 있던 요원의 재촉을 받고서야 난 잠에서 깨어났다. 단 몇 분을 잔 모양인데도 마치 몇 시간을 잔 것처럼 깊은 잠에서 깨어난 기분이 들었다. 휴대폰의 화면을 보니 발신지가 표시되지 않는 전화가 계속 울려대고 있었다.

"여보세요?"

"윤 선생, 아무 말 마시고 듣기만 하시라요. 조금 전 우리 쪽 요원이 선생의 목숨을 구했을 겁니다."

"옛? 그럼 누구?….."

"듣기만 하시라요. 지도자 동지께서 윤 선생을 보호하라는 특별지시를 하셨단 말입니다. 우리 민족이 중국 놈들에게 잡혀 먹혀서야 되겠습니까? 지도자 동지께서는 이번에 윤 선생의 애국적인 행위에 대해서 크게 치하하셨습니다.

그런데 선생, 명심하시라요. 장백산 천지단 아새끼들은 정말로 독종들입니다. 한번 공격목표로 정하면 절대로 포기하는 법이 없습니다. 길게 설명드릴 수는 없갔지만, 저놈들 뒤에는 삼합회 흑룡강 파가 버티고 있고 또 그 뒤에는 중국 정부의 후원을 받는 변강사지연구중심이라는 단체가 버티고 있습니다. 결코 만만하게 볼 상대가 아니란 말입니다. 우리들이 선생을 매번 지켜드릴 수가 없으니 차라리 경찰이나 국정원 쪽의 보호를 받으시라요. 우리 민족이 쉬운 상대가 아니라는 것을 보여주기 위해서도 반드시 선생이 무탈하셔야 됩니다. 그럼.”

비몽사몽간에 전화를 받아서 도대체 어떻게 돌아가는 상황인지 알 수가 없었다. 운전하고 있는 요원이 무슨 전화냐고 물었지만 난 말하고 싶지 않았다. 내가 귀에 바짝 대고 전화를 받았던 터라 앞자리에 앉은 두 명은 무슨 내용인지 알지 못했을 것이다.

차는 고풍스러운 덕수궁 돌담길의 운치를 먼발치서 구경하면서 돌고 돌아 또 어디론 가를 끊임없이 미로 찾기를 하고 있는 듯하다. 그러더니 어느 순간 4차선 대로변으로 나왔다. 정신을 차려보니 경희궁 앞을 지나쳐서 광화문 방향으로 가고 있었다.

횡단보도에서 길을 건너는 행인들을 기다리느라고 잠시 서 있나 싶은 바로 그때, 맞은편에서 덤프트럭 한 대가 무섭게 달려오는 것이 보였다. 불과 2 ~ 3초의 짧은 순간이었다. 사람들이 놀라 피하는 광경을 보았다고 생각하는 순간, 엄청난 충격음과 함께 몸이 붕 뜨는 느낌이 들었다.

“꽝!”

그것으로 갑자기 모든 것이 중단돼 버렸다. 사방이 암흑의 천지였다. 고통조차 느낄 겨를이 없이 나는 깃털처럼 그냥 사라져버렸다. 천길만 길 낭떠러지로 떨어지는 것도 같았다. 내게 무슨 일이 일어났을까?

얼마나 지났는지 모른다. 다시 정신을 차려보니 매캐한 소독 냄새가 느껴지기 시작한다. 몸을 움직일 수도 없고, 볼 수도 없고, 단지 후각으로만 느낄 뿐이다. 나는 어느 병원의 중환자실에서 의식없는 다른 육신들과 함께 침대 한 칸씩을 차지한 채 누워있다. 산소마스크를 통해 숨을 쉬고 목으로는 호스를 꽂아 강제로 가래를 뽑아내며 혈관주사를 통해 영양분을 공급받아 생명을 유지하고 있다.

하루에 한 차례만 면회가 허용되기 때문에 보통 때는 적막강산처럼 조용하다. 가끔씩 의사가 내가 죽었는지를 확인하기 위해 작은 랜턴으로 내 눈을 들여다보고 있을 때를 제외하면 말이다. 또 잠이 오기 시작한다, 끊임없이 잠이 밀려든다. 내 의지와는 관계없이 나는 어느 사이에 또다시 깊은 잠 속으로 빠져 들어갔다.

연길공항에 내렸다

2년의 시간을 거슬러 올라간다. 코스모스가 흐드러지게 피어있던 화창한 계절의 어느 날이다.

오후 일곱 시, 비행기는 연변 상공을 날고 있었다. 하늘에서 바라본 연변시가지는 개발이 한창 진행 중이라지만 아직은 중국에서도 작은 도시답게 소박한 불빛들에 둘러싸인 황량한 느낌이었다.

사학을 전공한 사람으로서 동북아역사재단의 연구원이 된지 얼마 되지않아 우리 민족의 영원한 고토 간도 땅을 밟게 되는 순간이 다가오고 있는 것이다. 사실 내 마음을 설레게 하는 또 다른 이유가 있었다. 그건 바로 내가 사랑하는 한 여인이 어쩌면 나를 기다리고 있을지도 모르기 때문이었다. 몇 시간을 참았던 담배가 간절하기도 했지만 그녀가 기다리고 있을지도 모른다는 일말의 기대감으로 수속을 마치자마자 서둘러

공항건물을 빠져나왔다.

주변을 두리번거리며 담배 한 대를 입에 물었다. 역시 은하는 보이지 않는다. 건물 맨 꼭대기에 한글과 한자로 연길이라고 적힌 대형 간판에서 발산되는 불빛만이 주변을 밝히고 있을 뿐 허허벌판에 혼자 있는 기분이었다. 어쩌면 그건 스산한 바람 때문인지도 모른다.

그래도 처음 방문한 곳인데도 오랜만에 고향땅을 다시 밟는 것 같은 편안한 생각이 드는 건 어쩐 일일까. 아마도 오천년 전부터 이 간도 땅 일대가 모두 우리 민족의 땅이었던 때문이리라. 우리 선조들이 세운 고조선, 부여, 고구려, 발해는 모두 이 간도 땅을 활동무대로 삼지 않았던가.

국내의 정치적 논쟁에 휩싸여 어렵게 동북아역사재단이 출범하던 날, 서 교수님께서는 내손을 힘주어 잡으시며 또 한손으론 당신의 눈가에 맺힌 눈물을 닦고 계셨다. 교수님께서 흘리시던 눈물의 의미와 내손을 꼭 부여잡으시며 하시고자 했던 그 말씀의 의미를 난 잘 알고 있다.

영토침입과 역사날조를 통해 티베트를 완전히 복속시킨 서남공정이 끝나자 곧바로 시작한 중국의 동북공정 프로젝트는 정면으로 우리 민족을 겨냥한 프로젝트가 아니던가. 미국 중심의 세계화 질서에 맞서기 위해서 대중국 건설이라는 중화제국주의의 숨겨진 음모로 추진하고 있는 것이 바로 중국 변경지역의 소수민족을 대상으로 하는 역사공정 작업인 것이다. 이것은 동북아시아에서의 질서를 그들 중심으로 재편하려는 계획인데 그렇게 된다면 필연적으로 우리 민족을 희생양으로 삼을 수밖에 없다.

오늘날 우리 민족의 입장에서 일본 제국주의와 중화 제국주의에 효과적으로 맞서기 위해서는 보다 충실한 연구를 바탕으로 적절한 정책을 신속하게 수립하여 정부정책에 반영할 필요성이 있었다. 이러한 임무를 수행하기 위해서 외교부산하 기구로 설립된 민관합작 연구기관이 바로 내가 몸담고 있는 동북아역사재단이며, 백척간두에 선 우리 민족의 운명이 재단의 양어깨에 걸려있음을 나는 잘 알고 있다.

서 교수님의 추천이 없었더라면 내가 재단의 창립멤버로 참여할 수 있는 기회를 얻기란 사실상 어려웠을 것이다. 우리 학계의 대표적인 민족주의 사학자 중 한분이신 서 교수님은 재단의 전신인 고구려연구재단의 창립 이사로도 활동하셨는데, 이번에 고구려연구재단이 동북아역사재단으로 흡수 통합되면서 또다시 창립이사로 동참하게 되셨다.

나에겐 학문적 스승이며 아버지와 같은 분으로 이번에도 난 연로하신 교수님의 바짓가랑이를 잡고 늘어졌고, 그 덕분에 재단의 출범과 함께 중국문제를 전담하는 연구2실에서 일하게 되었던 것이다.

재단의 연구원으로서 나에게 부여된 첫 과제는 '동북공정프로젝트가 조선족자치주에 거주하는 우리 동포들에게 미치는 영향 분석' 이라는 주제의 자료수집 활동이다. 이러한 과제를 수행하기 위해서 자료수집차 6박7일간의 일정으로 연변으로 출장을 오게 되었고 며칠 전 은하에게 메일로 이 사실을 알렸던 것이다.

과연 은하가 나와 줄까? 은하의 메일에는 마중 나오겠다는 말은 없었다. 나 또한 몇 시쯤에 도착할 것 같다는 얘기도 없이 그저 오늘쯤 연길 공항에 도착할 것 같다는 성의 없는 메일만 보냈을 뿐이었다. 왜 그랬을까? 일 년 내내 은하를 그리워했으면서도 왜 그렇게 성의 없는 메일을 보냈는지 내가 생각해도 도무지 모를 일이었다. 마음속 한 가운데에 슬며시 여인으로 자리 잡고 있는 은하였지만 그 누구에게도 내 마음을 들키고 싶지 않았다. 특히 은하에게 만큼은.

이런 걸 짝사랑이라고 해야 하나? 그러니 마흔둘이나 먹도록 처량한 독수공방 신세를 못 면하고 있는 게 아닌가. 난 정말 바보 멍청이다. 남이 만들어 주지 않으면 스스로는 그 무엇 하나 제대로 할 줄 아는 게 없는 정말 한심한 인생이다. 자학하는 기분을 떨쳐버리려고 머리를 세차게 흔든 후 다 피운 담배를 구둣발로 지근지근 밟아버렸다.

그러자 나도 모르게 헛웃음이 나오고 말았다. 굳이 변명하자면 은하는 이제 겨우 스물여덟의 아름다운 처녀, 난 허우대만 멀쩡할 뿐, 이 나이되도록 모아놓은 돈도 없고 이제 겨우 말단 연구원신분의 무능력자가 아닌가 말이다.

재작년 이맘 때였다. 북경대학에서 교환연구원 신분으로 유학할 당시 은하를 처음 만났다. 그것도 시간강사로 세월만 축내며 모교를 전전하고 있던 나에게 경력이라도 쌓으라며 어렵게 기회를 만들어준 서 교수님의 배려 덕이었다. 사실 특별히 뛰어난 실력도 없으면서 융통성이라고는 눈을 씻고 찾아봐도 찾을 수 없는, 한마디로 주변머리 없는 나로선 졸업 후 남들 다 나가는 사회에 진출하는 게 두려웠다. 사회에서 경쟁하며 살아갈 용기가 없었기 때문이었다.

고육지책으로 선택했던 유일한 방법이 주변의 곱지 않은 시선도 있었지만 끝까지 학교에 빌붙어있는 것이었다. 대학 1학년 때부터 지금까지 서 교수님은 본의 아니게 나의 지도교수역할을 하고 계신다. 교수님 입장에서는 악연이라면 악연이겠지만 한번 지도교수면 영원한 지도교수라 하지 않던가. 교수님 바짓가랑이만 잡고서 살아온 인생이었기에 난 북경대 국제관계대학원에서 박사 후 과정의 연구 활동을 할 수 있는 행운을 얻을 수 있었다.

당시 은하는 북경에서 한국인 관광객을 상대로 관광가이드를 하고 있었는데 우연히 만리장성에 놀러갔다가 한국인 관광객을 인솔하고 온 은하를 처음 만났다. 수줍음 많은 조선시대의 여인을 생각나게 하는 참한 얼굴에 목까지 기른 머릿결을 예쁜 머리핀으로 단정하게 꼽은 자태는 나의 마음을 송두리째 앗아갔다. 그녀는 청바지와 잘 어울리는 단정한 몸매에 지성미마저도 넘쳐나는 그런 아가씨였다. 그녀를 보자마자 마치 잃어버린 나의 분신을 만난 것처럼 공허하기만 했던 내 가슴이 한 순간에 충만해졌다.

나는 계속해서 그녀 주변을 서성거리고 있었으므로 케이블카를 탈 때는 맨 마지막 순서에 함께 타고 올라갈 수 있었다. 고소공포증이 있었던 나는 케이블카가 무서운 속도로 급경사를 올라갈 때 엄청난 공포감에 휩싸였다. 내 얼굴은 이미 창백하게 변해 있었고 내 몸은 통나무처럼 굳어져 있었다. 순간적으로 아래를 내려다 본 순간 오금이 저려오면서 현기증이 몰려왔다.

옆에 앉은 은하는 걱정스런 얼굴로 나를 바라보며 마음을 편안히 가져보라 했다. 케이블카는 안전한 시설물이니 걱정하지 말고 주변의 아름다운 경치를 마음껏 감상해보라는 충고도 잊지 않았다. 고운 머리칼을 흩날리며 오색물결로 펼쳐진 단풍의 절경을 마음껏 탐닉하고 있는 은하의 자태에서 나는 포근함을 느낄 수 있었다. 그러자 나를 엄습해왔던 공포감도 이내 사라지고 말았다.

이때 난 처음으로 어떤 향기를 맡을 수 있었다. 그것은 심신을 나른하게 만들며 온갖 잡념을 사라지게 하는 향기, 바로 은하의 향기였다. 은하의 몸에서 우러나는 그 향기는 가을 산에 올랐을 때 간혹 맡을 수 있는 기분 좋은 자연 그대로의 냄새였다.

연변대학에서 국문학을 전공했다는 은하는 경제적인 자립을 하고 싶어 기회가 많은 북경으로 올라왔다고 했다. 그런데 근무하던 출판사가 부도나는 바람에 그녀의 오빠가 추천해 준 관광회사에 입사하게 되었다는 것이다. 한국인 관광객을 상대하는 관광 가이드 생활을 하게 된지는 3년쯤 되었다고 했다.

은하는 날 선생님이라고 부르며 존경하는 선생님 대하듯 했고, 난 마치 은하의 보호자인 냥 친동생을 대하듯 했다. 하지만 이것은 어디까지나 내 마음을 철저히 숨겼기 때문이지 은하는 이미 내 마음속의 여인으로 깊숙이 자리 잡고 있었다. 1년 전 학기를 마치고 부산으로 돌아온 뒤에도 우린 이메일을 주고받았다. 평면적이고 상투적인 대화였지만 나는 메일을 읽을 때면 언제나 그 속에서 은하의 모습을 보았고 그녀의 향기를 느꼈다. 그건 어찌 보면 나의 그리움이 만들어 낸 환상이었을지도 모른다.

시월 초인데도 연변의 밤공기는 제법 찬 기운이 섞여있었다. 담배 한 대를 더 입에 물고 근처의 나무벤치에 앉았다. 은하에게 와 달라고 하지도 않았고 또 온다는 얘기도 없었는데 마냥 기다리고 있는 내 자신이 한심하다는 생각이 들기까지 했다. 지금쯤 북경에서 일하고 있을 은하가 단지 나를 만나기 위해서 연변으로 온다고는 기대할 수 없는 일이 아닌가.

도착한지 30분쯤 지났을까? 체념하고 일어서려는데 어디에선가 부터 나의 뇌리에 기억되어있던 기분좋은 냄새가 다가오고 있었다. 화장이나 향수와 같은 가공된 물질에서 나는 그런 차원의 냄새가 아닌 자연스럽게 우러나는 기분 좋은 냄새, 사랑스런 그녀에게서만 맡을 수 있는 그 향기가 다가오고 있었다. 은하였다. 기적 같은 일이 현실로 나타났다. 가로등 불빛에 비친 그녀의 모습은 내가 본 은하의 모습 중 가장 아름다웠다.

"선생님 반갑습니다, 오랜만에 뵙겠습니다."

살짝 흩날리는 머리칼을 뒤로 쓸어 넘기면서 특유의 연변 말씨로 은하가 가벼운 목례를 하고 서 있었다. 그녀의 눈망울엔 어느 사이에 이슬이 맺혀 있었다. 목소리에도 눈물이 배어있는 듯 했다.

"선생님, 많이 뵙고 싶었습니다."

순간 나는 들고 있던 담배를 바닥에 던져버리며 그녀를 와락 껴안았다. 난생 처음으로 고루한 가식 따위는 모두 걷어치우고 오직 본능이 시키는 대로 행동했다. 은하의 눈물이 내 가슴을 타고 흘러내리고 있었다. 가슴 가득 따뜻한 체온이 느껴졌다. 오랫동안 가슴속에 묻어두었던 우리 두 사람의 감정이 동시에 분출되는 순간이었다.

은하의 두 어깨에 내 양손을 얹은 후 똑바로 그녀의 눈을 바라보았다. 그리고 또다시 힘주어 껴안았다. 잠시 후 손수건을 꺼내 은하의 눈가와 볼 주위에 흘러내린 눈물을 닦아주자 은하는 그제야 자신의 흩뜨러진 머리칼을 정돈하고는 수줍은 미소로 내 시선과 마주했다.

"은하가 안 나오는 줄 알았지. 하긴 내가 몇 시에 도착한다는 얘기도 안 해주었으니 은하가 나와 줄 거라고는 기대하지 않았어. 혹시나 하는 마음으로 그냥 기다렸던 건데….”

“사실은 하루 종일 공항에서 기다렸습니다. 몇 시 비행기로 오실 줄을 몰라서 인천공항에서 출발하는 첫 비행기가 낮 열한시에 도착한다기에 그때부터 선생님을 기다리고 있었습니다.”

가로등 불빛에 비친 그녀의 눈가에 맺힌 이슬이 그녀를 더욱 사랑스럽게 만들었다. 그녀에게서 나는 짙은 향기 때문에 내 심장은 터질듯 진동하면서 제대로 말할 수가 없을 지경이었다.

“나도 한참 찾았는데….”

“용기가 나지 않아서 저쪽 기둥 뒤에서 머뭇거리고 있었습니다. 어떻게 생각하실지 몰라서….”

잠시 전까지만 하더라도 황량한 느낌마저 주던 그 나무벤치에 우린 나란히 앉았다. 왼손으론 은하의 손을 잡은 채 오른손으로 그녀의 어깨를 가만히 감쌌다.

“은하, 보고 싶었어. 벌써부터 이런 말을 하고 싶었지만 내가 워낙이 주변머리가 없어서 내 감정을 잘 표현하질 못해. 그러나 이제부터 은하에게만은 내 감정을 숨기고 싶지 않아.”

“저도 선생님 참 많이 좋아했었습니다. 선생님께서 한국으로 돌아가신 뒤로는 제 마음을 이기기가 대단히 어려웠습니다.”

누구의 간섭도 받지 않고 우리 둘만의 시간을 보내고 싶었다. 나는 달리 생각이 나지 않아 무작정 걷자고 했다. 그리고는 한 팔로 은하의 어깨를 감싼 채 걷기 시작했다. 연길시내까지는 택시를 타야했지만 가로등이 켜져 있는 구간까지 만이라도 은하와 걷고 싶었다.

“연길에는 언제 왔어?”

“선생님께서 연길에 오신다는 메일을 받았을 때 북경에서의 생활을 완전히 청산해야겠다는 결심을 했습니다. 어제 저녁에 내려왔습니다.”

“그럼 완전히 내려온 거네?”

“네, 그렇잖아도 선생님이 계시지 않는 북경생활은 무의미하게 생각되어 갈등이 심했습니다. 연길로 다시 내려오라는 아버지의 성화도 빗발쳤고요. 그래서 이번 참에 결심을 하게 됐습니다.”

남들이 보면 우리들을 아주 오래된 연인이라고 생각할 것이다. 우린 아주 자연스럽세 손을 맞잡고 걷고 있었다. 길가에 흐드러지게 피어있는 코스모스들도 우리의 사랑을 축하해 주려는지 가을바람에 흔들리며 춤추고 있었다.

난장판이 된 분기토론회

9월초의 어느 토요일 오후, 연길 시장 통 인근에 위치한 백여 평 규모의 작은 극장 앞에는 일단의 사람들이 지나가는 사람들에게 전단지를 나눠주고 있었다. 건물이 지어진지 100년도 더 됐을 법한 낡은 극장의 맨 위에는 붉은 색의 한글로 '민족극장' 이라는 현판이 위풍도 당당하게 걸려있었다. 힘찬 필체가 인상적이었다.

연변조선인 향토연구소 명의로 된 전단지에는 '고구려와 발해의 유적지 조작을 고발한다' 는 제목으로 격한 내용의 글들이 꽉 채워져 있었고, 극장현판 아래에는 '연변조선인 향토연구소' 가 주최하는 토론회가 있음을 알리는 세로로 된 현수막이 바람에 펄럭이고 있었다.

극장 안은 이백 명에 가까운 사람들로 빈자리가 없을 정도였다. 무대 위에는 여러 개의 대형 현수막이 걸려 있었다. 모두가 다 중국의 동북공정을 성토하는 내용의 현수막들이었다.

무대 왼편의 단상에서는 촌스러운 콤비양복을 입은 40대 초반의 사회자가 행사를 시작하려는지 마이크상태를 확인하고 있는 중이었다.

"아, 아, 마이크상태 괜찮습니까?"

뒤편의 객석에 앉아있던 사람들이 잘 들린다고 화답했다.

"알겠습니다. 그럼 지금부터 연변조선인 향토연구소가 주최하는 분기 토론회를 시작하겠습니다. 오늘은 예년에 비해서 배나 많은 동포 여러분들이 참석해주셨습니다. 사회를 보는 저로서도 이렇게까지 많은 동포들이 참석하실 줄은 몰랐기에 솔직히 얼떨떨하기만 합니다. 아무튼 참석해주신 동포여러분들께 거듭 감사의 말씀을 드리면서 모쪼록 오늘의 토론회가 이 간도 땅에서 살아가는 우리 동포들에게 유익한 토론이 되었으면 합니다. 오늘 토론에 앞서 본 연구소의 소장님이신 배우석 교수님께서 주제발표를 하시겠습니다. 힘찬 박수 부탁드립니다."

객석의 맨 앞에 앉아있던 배 교수가 단상으로 걸어 나오자 객석의 중간부터 앞쪽으로 앉아있던 사람들이 일제히 일어나 기립박수로 그를 환영했다. 그 광경은 배 교수에 대한 존경심이 얼마나 대단한지를 짐작케 하기에 충분했다. 단상에 선 배 교수가 특유의 표정 없는 얼굴로 객석을 세심하게 훑어보더니 아래로 편 양손으로 모두 앉으라는 신호를 보낸 뒤에야 일어선 이들이 일제히 자리에 앉았다.

곧 이어서 배 교수의 주제발표가 시작되었다.

"최근 나는 고구려의 첫 번째 수도였던 오녀산성이 있는 요녕성 환인시와 발해의 수도 상경성이 있는 길림성 영안을 비롯하여 요동 일대를 둘러보고 왔댔습니다. 가는 곳마다 입구의 안내판에는 고구려는 중국의 변방에 있던 민족정권이었다는 내용을 아주 당연하다는 듯 써놓았어요. 요녕성 봉성시에는 지금도 현지인들에 의해서 고려 문이라 불리고 있는 거대한 봉황산성이 있어요.

봉황산성은 고구려가 수나라와 싸울 때 요동벌판 최전선의 고구려 군을 지원했던 고구려의 오골산성이었단 말입니다. 절벽 위에 쌓아올린 성벽이 아직도 그대로 남아있어요. 그런데 그 오골산성도 엄청난 시련을 겪고 있었어요. 산성의 입구에는 앞으로 오골산성이 어떻게 바뀔지 알려주는 비석과 중국식 문화를 상징하는 사자석상이 놓여있었단 말입니다. 관광객들에게 배포하는 홍보용 책자에는 이미 오골산성이 중국 당나라의 장성으로 소개돼 있었어요. 한 마디로 기가 찰 노릇이었습니다. 분명히 고구려 때 쌓아진 전형적인 고구려 축성양식인데도 당나라의 장성이었다고 선전하고 있었단 말입니다.

박작성도 마찬가지였어요. 고구려의 중요한 전투 때마다 박작성이 등장하지 않습니까? 그런데 그곳조차도 고구려의 흔적을 지워버리고 완전히 중국성으로 탈바꿈시켜 놓았더란 말입니다. 심지어는 그것들 모두가 만리장성의 일부라며 태연스럽게 우스갯소리를 하고 있는 지경이에요.

만리장성에 대한 학계의 정설은 그 전체길이가 대략 6천키로로써 서단은 간쑤 성 자위관에서 동단은 베이징 인근의 허베이 성 산하이관까지라고 했던 것인데, 만리장성이 무슨 고무줄이라도 되는 냥 자기들 마음대로 쭉쭉 늘리고 있어요. 박작성을 만리장성의 동쪽 끝이라고 우기게 되면 2.500키로나 늘어나게 되는데 이 자들의 하는 짓을 보면 언젠가는 중국에 있는 성들이 모조리 만리장성이라고 우기는 날이 오겠다는 생각까지 듭니다.

역사가 무슨 애들 장난도 아니고 이 자들의 하는 짓거리를 보면 우습지도 않아요. 집안의 환도산성, 환인의 오녀산성, 장화의 성산산성, 요동반도 대련에 있는 비자산성, 이런 성들도 전부 관광자원화 하면서 하나같이 아주 당연하다는 듯이 중국성이라고 역사를 왜곡하고 있었단 말입니다."

이 대목에서 배 교수는 격한 감정이 솟아올라 숨이 찼던지 잠시 말을 멈추고 심호흡을 하면서 극장 안을 한 번 쭉 둘러보고 나서 다시 말을 이어갔다.

"발해는 그 정도가 더 심해서 차마 눈뜨고 볼 수가 없었어요. 본래의 상경성에서 발견된 궁전 터의 흔적에는 전형적인 고구려의 난방시설인 온돌유적이 있었는데 이것은 발해가 고구려의 계승국임을 보여주는 중요한 증거가 아니었겠어요? 그리고 거기에는 우물도 남아있었는데 그 모양이 8각형의 입구에 내부는 원으로 구성된 것이 고구려의 전형적인 우물양식을 그대로 빼어 닮았더란 말이지요.

그런데 이번에 가보니까 지난 2년 동안 비밀리에 상경성을 정비해 놓았는데 완전히 당나라 식으로 조작을 해 놓았더란 말입니다. 온돌도 발해 고유의 특징을 다 지워버리고 완전히 당나라 식으로 복원해 놓았어요. 정말이지 기가 막혀서 입이 다물어지지 않았어요."

지금 배 교수는 최근에 우리 고대사의 유적지를 체계적으로 둘러보았을 때를 회상하면서 주제발표를 하고 있는 중이었다. 동북공정과 함께 진행되고 있는 우리 고대사의 역사현장 왜곡이 얼마나 심각했던가를 설명하면서, 특히 그가 둘러본 상경성의 모습을 설명할 때는 울분에 찬 목소리로 고함을 치듯 말하고 있었다.

배 교수는 아무 말 없이 객석 맨 뒤편의 천장만을 응시하고 있었다. 아마도 더 이상은 말을 할 수가 없었기에 감정을 진정시키려는 모양이었다. 잠시 후, 배 교수는 단상을 오른손으로 내리치면서 다시 연설을 계속해 나가기 시작했다.

"중국이 지금 이런 천인공노할 짓거리를 하고 있습니다. 고구려와 발해를 자기네들의 역사로 왜곡시키기 위해서 중국에 있는 우리 민족의 모든 유적지를 철저하게 조작하고 있단 말입니다. 이것은 우리 민족뿐만 아니라 전 인류사에 저지르는 중대한 범죄행위로써 즉각 중단되어야 하고, 지금 당장 원래의 상태대로 복원시켜 놓아야 합니다."

이때 객석의 앞쪽에서 '옳소!' 하는 고함소리들이 터져 나왔다. 여기에 고무된 배 교수는 한층 상기된 표정으로 목소리를 더욱 높이고 있었다.

"중국의 이런 행위는 대국답지 못한 옹졸한 행위로써 우리 민족뿐만 아니라 전 세계인들로부터 엄중한 심판을 받게 될 것입니다. 중국이 그런다고 해서 엄연히 존재했던 우리 민족의 자랑스러운 역사가 저들의 역사로 뒤바뀔 수는 없지 않겠습니까, 여러분!"

이 말과 함께 배 교수는 앞의 단상을 또다시 힘차게 내리쳤다. 도저히 믿을 수 없는 노 교수의 열정이 쏟아져 나오는 순간이었다.

"여기 이 간도 땅에서 살아가는 우리 조선 동포들이 이 같은 중국의 패악을 막아내야 합니다. 우리가 일치단결해서 이 땅을 지켜내야 한단 말입니다, 여러분!"

배 교수의 연설은 이제 거의 절정으로 치닫고 있었다. 사람들은 더욱더 '옳소!'를 연발하고 있었다.

이때 중간쯤의 객석에 앉아있던 다부진 체격에 깍두기머리를 한 사십 대 초반의 사내가 벌떡 일어서더니 배 교수를 향해 벽력같이 큰 소리로 고함쳤다.

"이것 봐, 영감! 그럼 지금 이 땅이 도대체 누구 땅이란 말인가? 조선 땅이야? 분명한 목소리로 똑똑하게 한번 말해 봐!"

이 갑작스런 상황에 배 교수는 대체 무슨 영문인지를 몰라 얼떨떨한 표정으로 지켜보고만 있었다. 앞쪽에 앉은 이들도 모두 뒤쪽으로 고개를 돌리며 이 갑작스런 돌발 상황을 주시하고 있었다. 그러자 그의 고함소리는 계속되었다.

"지금 당신의 말은 당신이 밟고 있는 이 땅이 중국 땅이 아니라 조선 땅이라도 된다는 듯이 말하고 있는데 당신 혹시 미친것 아니야?"

이 말을 신호로 여기저기서 험한 말들이 터져 나오기 시작했다.

"끌어내!"

"박살내 버려!"

자세히 보니 난동을 부리는 자들은 극장객석의 중간 이후에 앉아있던 백명에 가까운 괴한들이었다. 이 고함소리에 맞춰 마치 약속이나 한 듯 극장의 뒤쪽 문들이 열리더니 순식간에 몽둥이를 든 건장한 청년들 수십 명이 우르르 몰려와 무대 앞과 양옆을 에워쌌다. 이렇게 되니 앞좌석을 중심으로 앉아있던 백 여명의 우리 동포들을 백 수십 명에 이르는 정체불명의 중국인들이 둘러싸고 있는 형국이 되었다.

조금 전에 배 교수에게 악다구니를 하며 고함을 치던 사내가 갑자기 무대 위로 뛰어올라갔다. 그러더니 사회석에서 이 어처구니없는 돌발 상황을 멍하니 바라만 보고 있던 사회자를 무대 밑으로 밀쳐버린 후 자신이 사회자의 단상을 차지했다.

　그의 목소리는 유난히도 카랑카랑했고 눈빛은 매서웠다. 그가 바로 장백산천지회의 행동대장 휘치산(劉志傘)이다. 그는 왕 회장의 강력한 지원아래 태자당의 촉망받는 중간급 간부로도 널리 알려진 자였다. 휘치산은 정면의 단상에서 이 모습을 지켜보고 서있던 배 교수를 손가락으로 가리키면서 말했다.

"이봐, 영감. 답을 해 보란 말이야. 당신이 지금 밟고 있는 이 땅이 조선 땅이라도 된다는 말인가? 아까는 잘도 지껄여대더니만 왜 이제는 겁이 나서 말을 못하겠나?"

　배 교수는 두툼한 검정색 뿔테안경을 벗었고 손수건으로 눈가 주위를 닦은 후 다시 안경을 섰다. 그는 정색을 하고 이 무례한 자를 노려보며 말했다.

　"대체 당신들 뭐하는 사람들이요? 당신들이 무슨 권리로 남의 학술대회를 이렇게 방해한단 말이오?"

　"학술대회? 무슨 놈의 학술대회가 이따위가 다 있단 말인가. 얌전히 있는 조선족들을 정치적으로 선동하는 불순한 행사를 겉포장만 학술대회라고 위장하면 우리가 모를 줄 알았나?"

　배 교수가 이 무례한 자의 말을 받으며 나름으로는 위엄을 갖추어 준엄하게 꾸짖었다.

　"우린 지금 그 옛날 이 동북삼성지방 일대에서 엄연히 존재했던 우리 민족의 자랑스러운 역사인 고구려와 발해의 역사를 지키고자 토론회를 가지고 있는 것이오. 그런데 당신들이 우리 민족의 역사를 당신네들의 역사인 냥 왜곡시키고 또 그 현장을 조작하고 있으니 그 부당성을 지적하고 있는 것이외다."

배 교수의 이 말에 그가 흥분을 참지 못하고 단상을 양손으로 내려쳤다. 그 바람에 마이크가 바닥으로 떨어지면서 그 소리로 인하여 극장 안은 귀가 찢어질 듯 굉음이 울려 퍼졌다. 훠치산이 마이크를 다시 단상에 올린 후 고함을 질러댔다.

"지금 이 땅은 우리 중국 땅이야. 따라서 우리 중국 땅에서 있었던 과거의 모든 역사는 당연히 우리 중국의 역사란 말이지. 고구려건 발해건 우리 중국의 소수 민족 중 하나였던 예맥족이라는 부족이 세운 우리 중국의 지방정권이었어. 그런데 도대체 뭐가 잘못되었다는 것인가? 당신네 조선족들은 지금껏 우리 한족보다도 오히려 더한 혜택을 누리며 이 땅에서 행복하게 잘 살아오지 않았나. 그런데 배은망덕하게도 당신들은 지금 이 땅이 중국 땅이 아니라고 말하는 것인가?"

훠치산의 악다구니에 가까운 발언이 이어지는 동안 몽둥이를 들고 있는 이 패거리들의 모양새가 심상치 않았다. 수십 명의 괴한들이 금방이라도 달려들어 박살을 낼 모양으로 씩씩거리고 있었다.

이 와중에 갑자기 배 교수가 너털웃음을 터트리기 시작했다. 모두들 의아한 표정으로 배 교수를 바라보았다. 한바탕 시원하게 웃고 난 후 배 교수는 더욱 위엄있는 목소리로 소리 질렀다.

"지금 당신들이 하고 있는 짓거리를 보시오. 이것이 어디 세계를 품을 만큼 배포가 크다는 중화민국의 사람들이 할 짓이라 생각하시오? 왜 이리도 여유가 없소이까? 무엇이 그대들을 이토록 초조하게 만들고 있소이까? 역사유적지를 조작한다는 것은 정말이지 치사한 짓이외다. 한번 조작한 유적지는 원상으로 회복하기도 쉽지 않은 터인데 그대들은 이번에 인류사에 씻지 못할 너무나도 치졸한 짓을 한 것이오. 대국답지가 않 아요."

배 교수의 이 말을 끝으로 몽둥이를 쥐고 있던 자들이 객석 앞쪽에 앉 아있던 우리 동포들에게 마구잡이식의 몽둥이찜질을 가하기 시작했다. 배 교수는 이들의 난동을 막아보려고 울부짖고 있었지만 그럴수록 몽둥 이세례는 더욱 가혹해질 뿐이었다.

단상에서 이 모습을 지켜보던 훠치산의 그만하라는 명령이 있고서야 몽둥이찜질은 중단되었다. 그러자 여기저기서 고통스러운 신음소리가 들려왔다. 그 자가 다시 배 교수를 바라보며 카랑카랑한 목소리로 말했 다.

"우리 중국이 여기 이 땅에서 연변조선족자치주라는 자치행정을 허용 하는 이유가 무엇인지 정녕 모른단 말인가? 당신들의 언어와 문자 그리 고 당신들의 문화까지도 보장하는 우리들의 선의를 이런 식으로 되갚는 다면 우리도 앞으로는 더 이상의 선의를 베풀어주기가 어려워지겠지. 이 땅에서 조선족의 자멸을 초래하지 않으려면 차후로는 자중하는 것이 신상에 좋을 것이야. 영감, 오늘은 이 정도에서 그칠 것이나 차후로 다 시금 이러한 분열반동적인 작태가 재현될 시에는 뼈마디도 추리지 못할 줄 아시오. 우린 결단코 허튼 소리를 하지 않소. 똑똑히 명심하시오."

그 말과 거의 동시에 무대 위로 청년들 몇 명이 뛰어 올라오더니 대형 걸개현수막을 떼어낸 후 갈기갈기 찢어버렸다. 이들의 오른손목에는 파 란색의 천지문양이 또렷하게 새겨져 있었다.

이 무례한 주동자가 단상에서 내려와 밖으로 향하자 그를 필두로 몽 둥이를 든 수십 명의 패거리들과 중간 이후의 좌석에 앉아있던 백여 명에 이르는 한통속들이 물밀듯 일시에 극장을 빠져나갔다.

이때, 극장의 맨 뒤에서 담배를 피우며 음흉한 미소를 짓고 있는 자가 있었다. 장백산 천지회의 왕징(王卿) 회장이었다. 그는 모자부터 구두까지 온통 백색 차림으로 검정색 양복을 입은 네 명의 청년들의 경호를 받으며 이 광경을 흡족한 듯이 지켜보고 있었다.

이들이 빠져나간 극장 안은 그야말로 처참했다. 머리가 깨어지고 팔이 부러지고 어깨가 탈골된 사람들이 그 고통으로 사방에서 울부짖고 있었다. 극장 안에는 여기저기 핏자국이 낭자했고 역겨운 냄새들이 진동하고 있었다. 그러나 거의 30분 가까이나 난동과 폭행이 이어졌는데도 그 어디에도 중국 공안들의 모습은 보이지 않았다. 이것이 중국 땅에서 힘겹게 살아가고 있는 우리 동포들이 처한 현실이었던 것이다.

배 교수는 무릎을 꿇은 채 그 자리에 주저앉아 오열하고 말았다. 그의 통곡은 오랜 세월 동안 분명 우리의 영토였건만 지금은 남의 나라가 되어버린 땅에서 살아가야 하는 우리 민족의 비애를 대변하는 것이었다. 무거운 검정색 뿔테 안경을 바닥에 벗어놓고 어깨가 들썩이도록 통곡하고 있는 그에게로 처참한 몰골의 우리 동포들이 울면서 다가왔다.

11 중국청년 마오

연길에서 맞이하는 첫 아침이다. 아직 잠에 취해있는 나를 휴대폰에서 울리는 한통의 문자 메시지 알림소리가 깨워 주었다. 휴대폰 화면에 비친 시간은 이미 아홉시 십 분을 가리키고 있었다. 늦잠을 잔 것이다.

『선생님, 일어나셨습니까. 로비에서 기다리겠습니다.』

은하가 보낸 문자였다. 창문을 열어 객실 안을 환기시키자 화창한 햇살과 함께 짙은 가을 냄새가 몰려와 정신이 맑아졌다. 간단한 샤워를 하고 로션을 바르면서도 아래에 은하가 기다리고 있다 생각하니 행복한 느낌이 온몸으로 퍼져오면서 마냥 기분이 좋아졌다.

거울에 비친 나의 얼굴에는 어린 아이처럼 들뜬 표정이 역력했다. 심장의 박동소리까지도 빨라지고 있는 것 같았다.

택시를 타고 10여분 거리에 있는 연길시장에 도착했다. 우리의 재래

시장을 그대로 옮겨놓은 분위기의 연길시장은 그 규모부터가 대단했다. 어제는 저녁 먹는 것도 잊은 채 꼬치 몇 개와 맥주만으로 과음을 하고 말았던 터라 마침 시원한 해장국이 생각나던 중이었는데 은하는 그런 내 마음을 용케도 알아차리고 나를 순두부집으로 안내했다.

열 평 남짓한 식당을 들어서자 홀 안 가득히 구수한 냄새가 진동하고 있었다. 한국에서도 순두부를 잘 한다는 식당은 여럿 다녀봤지만 여기처럼 식당에서 직접 순두부를 찌는 집은 처음이었다. 우리 동포가 운영한다는 이 식당은 새벽부터 주인아주머니가 직접 콩을 쪄서 순두부를 만든다는데, 인근에 사는 우리 동포들 사이에선 꽤 유명한 집이라고 한다.

은하는 아버지와 함께 이미 식사를 하고 왔다하기에 한 그릇만 주문한 후 식사가 나오기를 기다렸다. 이때 청년 한명이 문을 열고 들어와 나의 시선이 온통 그에게 집중되었다.

훤칠한 키의 미남형 청년이 세련된 검정색 양복을 입고 손에는 동백꽃 아름송이를 들고 있었다. 은하가 이 청년을 알아보고는 자리에 그대로 앉은 채 다소곳하게 눈으로 인사했다. 그런데 이 청년은 은하의 눈을 마주하자 마치 사랑하는 연인을 오랜만에 만나는 듯 한 그런 표정으로 두 팔을 벌린 채 다가왔다.

"은하, 무척 오랜만이다. 너 북경에 있다며 여긴 언제 내려온 거야?"

이렇게 청년이 반갑게 인사하는데도 은하는 그대로 앉은 채로 수줍게 대꾸했다.

"응, 그저께 내려왔댔어."

청년은 내가 있다는 것을 의식했던지 나를 바라보며 누구냐고 은하에게 물었고 은하가 자리에서 일어서며 나를 소개했다.

"참, 선생님 인사하십시오. 저와 함께 여기 연길에서 고등학교를 다닌 동창친구입니다."

은하로부터 이 청년의 소개를 받고서야 나도 자리에서 일어나 가볍게 목례하면서 청년과 인사를 나누었다.

"안녕하십니까, 마오라고 합니다. 그런데 은하와는…."

이렇게 말하는 청년의 눈빛에서 나는 이 청년이 은하를 보통 이상으로 생각하고 있음을 직감할 수 있었다. 질문은 내게 했지만 은하가 바로 대답했다.

"내가 잘 아는 한국분이신데 윤 선생님이시라고…. 연변에 볼일이 있어 출장을 오셨어."

은하의 소개가 있고서야 내가 먼저 악수를 청하며 다시 정식으로 인사했다.

"반갑습니다, 한국에서 온 윤준노라 합니다. 괜찮으시다면 여기 같이 앉으시죠."

이렇게 해서 이국땅에서 처음 인사한 청년과 아침식사자리를 함께 하게 되었고 마오는 당연하다는 듯 은하의 옆자리에 앉았다. 체격으로 보아서는 운동 꽤나 한 듯 다부지게 생겼지만 인상만큼은 선량해 보이는 청년이었다.

마오가 은근한 눈빛으로 은하를 살피며 말했다.

"몇 년 만에 보는데도 아직도 여전하구나."

마오의 이 말에 은하가 영문을 몰라 하며 가볍게 웃으며 물었다.

"뭐가 여전하다는 것이네?"

"……."

마오는 은하의 질문에 답하는 대신 은하를 빤히 바라보며 미소만 보일뿐이었다.

은하가 다시 물었다.

"이 꽃은 무엇이네?"

마오가 동백꽃 아름송이를 바라보며 잠시 생각에 잠긴 후 말했다.

"오늘이 내 동생 기일이야. 무덤에 가 보려고…. 동생이 동백꽃을 무척 좋아했었거든."

은하가 정색을 하며 다시 물었다.

"우리 두 해 후배였던 남동생? 왜 그렇게 된 거야?"

"응, 인민해방군에 입대해서 사고로 그렇게 되었어."

마오가 또다시 동백꽃을 또렷하게 응시하더니 더 가까이 코를 갖다 대고는 냄새를 깊게 들이마신 후 동백꽃을 바라보며 말했다.

"북조선 개새끼들한테 내 동생 리량이 그렇게 되었어."

이렇게 말하는 마오의 표정에서는 지금까지의 선량한 이미지는 흔적도 없이 사라졌고 적개심으로 가득 찼다.

"오늘부터 꼭 1년 전이니 작년 10월 오늘이었어. 이 날짜를 내가 어떻게 잊을 수 있겠어. 리량은 제16집단군 포병여단에 소속된 인민해방군 병사였어. 그런데 새벽에 중국정보원을 납치하려고 국경을 넘어온 북조선군인 다섯 명한테 몽둥이로 맞아서 살해됐던 거야."

마오의 오른손이 적개심으로 부들부들 떨리고 있었다. 마오는 동생의 사고 이야기를 계속했다.

"북조선 첩보수집임무를 맡고 있던 중국정보원을 연변 광핑의 한 별장에서 북한 군인들이 납치하려는 것을 리량이 저지하다가 몽둥이로 맞아 죽었어."

은하가 측은한 표정으로 마오를 바라보았다. 마오의 얼굴은 분노로 일그러져 있었다.

"미안스럽구나. 난 그런 것도 모르고 있었어. 마오, 이런 때일수록 용기 잃지 말고 힘을 내, 알았지? 마오는 언제나 씩씩하잖아."

은하로부터 위로의 말을 들은 마오의 표정이 일순간 밝아지기 시작했다. 마오는 한결 부드러운 얼굴로 나를 쳐다보며 고백했다.

"윤 선생님, 사실 제가 은하 참 많이 쫓아 다녔습니다. 은하 아버지가 민족주의 성향이 뚜렷하셔서 그 영향 때문인지 은하가 저 같은 한족 아이들한테는 눈길도 안주는 바람에 끝내는 제가 포기하고 말았지만 말입니다."

은하가 부끄럽다며 더 이상은 말을 못하게 하여 마오의 첫사랑 이야기는 여기서 끝이 났다. 하지만 나는 마오의 은하에 대한 애틋한 감정을 어렴풋이나마 짐작할 수 있었다.

"마오, 요즘 무슨 일 하고 있네?"

은하의 이 말에 마오는 쓴 미소를 지으며 주저 없이 내 뱉았다.

"리량 복수하는 일."

은하가 두려운 눈빛으로 '뭐?' 하며 다시 물었을 때 마오는 농담이라고 웃으며 말했지만 곧 그의 표정은 정색을 하며 누군가를 증오하는 표정으로 변했다. 농담이 아닌 듯 했다.

잠시 후 벌건 고추 다진 양념이 순두부 속살 위에서 작은 거품을 일으키며 끓고 있는 순두부 백반이 나왔는데 마오 것까지 같이 나왔다. 다진 양념을 풀어 한 입 먹어보니 과연 어릴 적 고향에서 먹던 그 맛 그대로였다. 어제 과음한 탓에 불편했던 속이 이제야 확 풀리고 있었다.

마오도 순두부 뚝배기에 반쯤 남은 공기 밥까지 말아서는 깨끗이 먹어치웠고 주인아주머니가 냄비채로 가져온 구수한 숭늉을 단번에 다 마셨다.

식사를 마친 마오가 먼저 자리를 일어나더니 내가 먹은 순두부 값까지 계산했다. 등을 보이며 식당문을 나서는 마오의 표정에선 동백꽃의 사연 속에 숨겨진 어떤 비장감이 묻어나고 있었다.

식사를 마친 탁자를 주인아주머니가 깨끗이 정리하고 나자 은하가 길림성관광안내지도를 꺼내 펼쳐 보여주었다. 그러더니 뜻밖에도 오늘부터 나의 현지답사 안내를 자청하고 나서는 것이 아닌가.

"선생님, 오늘부터의 일정을 말씀해주시면 제가 일자별로 정리를 해보겠습니다. 지리에 익숙치 않은 분들은 거리에서 시간도 많이 허비하고 교통비 낭비도 심하단 말입니다."

연길에 오기 전, 서울에서 짠 일정표는 대부분 이곳 영사관 직원의 안내를 받으며 고구려와 발해의 유적지를 방문하는 것으로 되어있었다. 사실 나는 인천공항에서 비행기가 이륙하던 그 순간부터 연길에서의 일정 때문에 고민하고 있던 중이었다.

왜냐하면 그 계획대로라면 고지식한 영사관 직원의 안내로 유적지나 방문하면서 아까운 시간을 다 허비해 버릴 수도 있었기 때문이었다. 만약 그렇게 된다면 보고서의 내용이 자칫 알맹이가 빠진 수박 겉핥기식의 무미건조한 내용으로 채워질 수밖에 없지 않겠는가.

재단사무실에서 협조 차 영사관에 전화했을 때도 담당자는 외교적 마찰을 거론하며 내가 원했던 우리 동포들 가정의 탐방이라든가 연변대학에 재직 중인 우리 동포출신 교수들과의 면담일정도 잡아주지 않았다. 단지 고구려유적지가 있는 집안시와 환인시 그리고 발해의 상경성 탐방 정도는 가능하겠지만, 함께 동행을 할 수 있을지는 그날이 되어 보아야 알 수 있다는 무성의한 태도로 일관했던 것이다.

은하가 나의 모든 일정을 동행해주기로 한 이상 굳이 영사관의 도움을 받을 필요가 없어졌다. 또한 은하 아버지가 연변대 사학과 교수출신이라고 하니 그분을 만나본다면 이곳 지식인들의 동북공정에 대한 분위기도 접할 수 있을 것 같았다. 어차피 은하와의 문제를 마무리하기 위해서도 아버지는 넘어야 할 산이고, 그렇다면 첫 일정으로 부딪혀 보기로 마음먹었다. 나는 용기를 내어 은하에게 나의 생각을 이야기했다.

"아버님을 만나 뵈면 동북공정에 대해서 이곳 동포들이 느끼고 있는 현장감 있는 이야기들을 들을 수도 있지 않을까? 그리고 그 이유 말고라도 어차피 인사도 드려야 하고…."

"네, 그렇기는 합니다만…."

지금 당장 아버지를 만나겠다는 나의 제안에 머뭇거리는 은하의 표정을 읽을 수 있었다. 어찌되었건 사랑하는 남자를 아버지에게 소개하는 일이 아닌가. 그것도 북경에 있던 은하에게 늘 당부하시던 말이 한국 남자 조심하라는 말일 정도로 한국 남자들에 대한 지독한 편견에 사로잡혀 있는 아버지에게 말이다. 은하는 머뭇거리고 있었다.

"아버지께서 날 못마땅하게 생각하실까 봐 걱정이 되는가 보군."

은하의 표정이 어두워지면서 고개를 떨구었다. 잠시 후 은하는 다시 고개를 들어 내 얼굴을 유심히 바라보며 고개를 가로저었다.

"그런 건 아닙니다만. 아버지의 편견이 너무 완고하셔서 그게 걱정입니다. 선생님께서 싫은 소리를 들으실 수도 있을 것 같아 그것이 마음에 걸립니다."

난 자리에서 일어나 그녀의 옆자리로 옮겨 앉은 후 두 손을 무릎 위에 얌전히 모은 채 머리를 숙이고 있는 그녀의 어깨에 내 손을 가만히 얹었다.

"아마 그러실 거야. 내 나이를 의식하지 않을 수 없으시겠지."

은하는 고개를 가로저었다. 나이 때문은 아니라는 표정이다.

"선생님께는 죄송스런 말씀입니다만, 아버지와 함께 계시는 최 씨 아저씨의 따님께서 한국으로 시집갔다 소박맞고 다시 연변으로 돌아왔단 말입니다. 그 후로는 아버지의 편견이 더 심해지셨어요. 그래서 혹시라도 선생님께서 아버지한테 싫은 소리라도 들으시면 어쩌나 해서…."

최근에 은하 아버지의 편견이 더 심해진 이유에 대해서 은하는 다음과 같이 이야기했다.

최 씨의 딸은 한국에서 제법 큰 농장을 소유했다는 사람에게 시집을 갔었다 한다. 연변에 체류하면서 온갖 졸부행세를 하며 최 씨 부녀에게 환심을 샀던 터라 순진한 부녀는 이 남자의 감언이설에 속을 수밖에 없었다는 것이다. 그런데 막상 시집을 가보니 몸이 불편한 늙은 노모 수발은 물론이고 도망간 전처소생의 아들 뒷바라지까지 해야 하는 실정이었다. 부유하기는커녕 겨우 논 몇 마지기의 소작을 붙이는 가난한 소작농이었던 것이다.

그래도 그녀는 한번 시집을 온 이상 어떻게든 살아보려고 논일이며 밭일이며 때로는 남의 집 일까지 다니면서도 몸이 불편한 노모와 전처소생을 정성껏 보살폈다. 하지만 이 남자는 허구한 날 술타령에 술만 먹으면 손찌검까지 하는 못된 버릇이 있었고, 그것도 모자라 농사일은 아예 최 씨 딸에게 맡겨놓은 채 날마다 노름이나 하며 세월을 보냈다.

그런데도 그녀는 남의 집 품일까지 다니며 조금씩·모은 돈을 연변에 있는 아버지한테 송금하며 겨우겨우 결혼생활을 이어가고 있었는데, 이것이 사단의 불씨가 되었다. 돈을 송금한 사실을 알게 된 남편은 매번 술을 먹고서는 자기 집 돈을 훔쳐서 연변으로 부친다며, 차마 입에 담지 못할 욕설을 하면서 손찌검을 해댔다. 인내의 한계를 느낀 최 씨의 딸은 결국 집을 나오게 되었고 연변출신 지인의 소개로 부산의 어느 식당에서 주방 일을 거들며 거기서 숙식하면서 지내게 되었다.

비록 결혼생활은 실패했지만 그녀는 이왕 한국에 온 이상 돈이라도 벌어야겠다는 생각에 안 입고 안 먹으며 열심히 일했다. 그래서 조금씩 돈을 모으게 되었고 조금만 더 모으면 연변에 돌아가 아버지에게 작은 건물도 사드리고 행복하게 살 꿈에 부풀어 있었는데, 그때 그만 일이 터지고 말았다.

그 식당 주인의 부인이 다단계회사에 다니고 있었는데, 자기 회사에 투자하면 몇 배는 더 손쉽게 벌 수 있다며 투자를 권유하였다. 어찌나 그럴듯하게 설득하던지 순진한 그녀는 어렵게 일해서 저축해 두었던 목돈을 모두 투자했다. 그러나 채 3개월이 지나지 않아 다단계회사는 감쪽같이 사라져버렸고 이 일로 인해서 그녀는 단 한 푼의 원금도 돌려받지 못했다.

그녀는 고생고생해서 모은 돈을 다 날리고 결국은 다시 연변으로 돌아와 지금은 시내의 어느 노래방에서 접대부생활을 하고 있다는데, 최 씨도 아직까지는 딸을 못 만나 본 모양이라고 했다.

여기까지가 은하가 내게 들려준 최 씨 딸의 기막힌 사연이었다. 이 일이 있은 후 은하 아버지는 딸에게 늘 당부하는 말이 한국 남자 조심하라는 말뿐이라고 한다. 그런 아버지에게 나를 갑자기 소개하기란 사실 은하로서도 머뭇거리지 않을 수 없었던 것이다.

난감해하는 은하의 고민을 충분히 이해하면서도 이제 더 이상은 둘러가지 않겠다는 내 결심이 확고했기에 나는 내 의지를 거의 강압적으로 밀어붙였다.

아버지의 벽

오래된 상가들을 이리저리 돌아서 마침내 최 씨가 운영하는 부동산중개소에 도착했다. 은하의 아버지 배 교수는 거기에 딸린 방 하나를 수리해서 '연변 조선인 향토연구소'를 운영하고 있는 것이다.

문을 열고 들어갈 때 우리들 뒤로 삐거덕~ 소리가 길게 꼬리를 물고 들려왔다. 은하를 따라 들어간 사무실에는 담배연기가 자욱한 가운데 60대 중반의 중년 남자들 세 명이 장기를 두다말고 우리를 쳐다보았다.

"아저씨들, 안녕하십니까?"

은하가 수줍은 미소를 띠며 목례로 인사하자 다들 반갑게 은하를 맞이했다. 그중에서도 훤칠한 키에 비쩍 마른 체격에다 콧수염까지 길러서 더욱 촌스럽게 보이는 중절모를 쓴 남자가 자리에서 벌떡 일어나면서 은하를 반겼다.

"야, 반갑다야. 우리 은하 한 2년만이지? 그새 더 예뻐졌네. 북경물이 좋기는 좋은가보다야."

"최 씨 아저씨, 건강하신 모습 뵈니까 무척 반갑습니다."

"이제 아주 내려 온 거지? 근데 같이 오신 이 신사 분은 누구신가? 우리 은하 애인이신가?"

나는 바로 이 사람이 조금 전 은하로부터 이야기를 들었던 최 씨라는 사람임을 직감할 수 있었다. 그런데 그의 얼굴 어디에서도 자신의 딸로 인한 어두운 면은 찾아볼 수 없었다.

"아저씨의 실없는 농담 때문에 얼굴이 다 빨개집니다. 예, 아저씨 보고 싶어서 아주 내려왔습니다. 참, 선생님 인사하십시오. 여기 계시는 최 씨 아저씨는 우리 아버지 친구 분이시고, 이쪽의 두 분은 우리 동네에 사시는 아저씨들이십니다."

은하가 나를 바라보며 사람들에게 인사를 시켰다.

"안녕하십니까? 한국에서 온 윤준노라고 합니다."

한국에서 왔다는 말에 다들 내 얼굴을 한 번 더 유심히 들여다보고 있었다. 모두들 돌아가며 나와 악수를 했지만 그다지 반가워하는 모습들은 아니었다. 한국에서 왔다는 이야기를 들은 후로는 나를 경계하는 눈빛들이 역력했다.

"아저씨, 아버지는 어디 계십니까?"

"방으로 들어가서 얘기 하자고. 아마 자고 있을 거야. 요즘은 몸이 예전 같지 않은지 소주를 몇 잔 만해도 몸을 못 가누셔. 한 보름쯤 됐을 거야. 한 달 전에 있었던 분기토론회 건을 따지겠다며 창우가 다녀간 뒤부터는 평소 안하던 낮술을 한두 잔씩 하더니만, 요사인 거의 매일 거르지도 않네. 둘이서 다퉜다더니만 속이 많이 상하는 모양이야. 이제 은하가 왔으니 몸 좀 챙겨드려. 저렇게 술을 못 이겨서야, 원….”

최 씨의 안내로 좁은 통로를 지나 사무실 안쪽에 붙어있는 방으로 들어가기 위해 문을 여는 순간, 술과 담배에 찌든 퀴퀴한 냄새가 방 안으로부터 확 풍겨 나왔다. 그러나 방안만큼은 잘 정돈되어 있었다.

가지런히 정돈된 네 평 규모의 작은 방에는 낡은 장롱하나에 제법 큰 앉은뱅이 나무책상이 놓여 있었다. 서가에는 중국의 새로 나온 역사교과서며 고구려 발해와 관련된 각종 연구발표 논문들과 관광안내 책자들이 종류별로 잘 정돈돼 있었다.

특히 내 눈길을 끈 것은 한쪽 벽면에 걸려있는 요녕성, 길림성, 흑룡강성의 동북삼성이 잘 나타나있는 대형지도였다. 백두산을 따라 토문강 송화강 흑룡강까지 붉은 색깔로 선을 그어놓았는데 그것은 간도지역을 가리키는 것이었다. 그 선 안에 파란색 싸인펜으로 고토회복(故土回復) 지역이라고 적혀있었다.

한눈에도 배 교수란 분이 예사로운 분이 아니라는 사실을 느낄 수 있었다.

“이봐, 배 교수. 일어나 봐. 은하가 왔어.”

온기도 없는 방바닥에 이불 한 짝을 깔고 옆으로 누워서 자고 있던 은하 아버지를 최 씨가 옆구리를 여러 차례 흔들며 깨웠다. 그러자 은하 아버지가 부스스 일어나더니 자리에 앉았다. 며칠 동안 깍지 않은 수염이 술에 찌든 모습이었으나 눈빛만큼은 부릅뜬 황소의 눈처럼 힘이 넘쳤다.

“자 그럼 대화들 나누라고.”

최 씨가 방을 나가자 비좁던 방안이 다소 넓어 보였다. 은하 아버지는 책상 위에 있던 두툼한 두께의 오래된 검정색 뿔테안경을 쓰고서야 나를 알아보았던지 은하를 바라보며 내가 누구냐고 묻는 눈짓을 했다.

"선생님, 우리 아버지세요."

난 허리를 깊숙이 숙이며 인사했다.

"안녕하십니까? 한국에서 온 윤준노라고 합니다."

한국에서 왔다는 말에 그는 뿔테안경을 왼손으로 들어 올리며 그 큰 눈동자로 노려보듯 날 쏘아보았다.

"일단 앉아요, 그렇게들 서 있지 말고. 너도 앉거라."

배 교수의 입에선 여전히 소주냄새가 나고 있었지만 짙은 눈썹 아래의 두 눈으로는 차갑게 나를 노려보고 있었다. 은하가 장롱에서 방석 하나를 더 내어왔다. 난 방석 위에 앉았으나 은하는 맨바닥 그대로 반 무릎을 한 채 조신하게 내 옆자리에 앉았다.

"윤 선생이라? 그래 우리 은하와는 어떤 관계이신지?"

딸과 함께 온 낯선 남자에게 던지는 아버지로서의 당연한 첫 질문이었지만 난 순간 어떻게 설명해야 될지를 몰라 당황했다. 은하가 대신 말하지 않았더라면 난 아마도 한동안을 그렇게 얼어붙어 있었을 것이다.

"아버지, 윤 선생님은 한국에서 오셨어요. 동북아역사재단이라고 한국정부 산하 기관의 연구소에서 연구원으로 계시는 분입니다. 공무가 있어 연길에 오셨는데 아버지를 만나보면 도움이 될 것 같다고 말씀하시기에 제가 모시고 왔습니다."

배 교수는 은하로부터 나에 대한 소개말을 간단하게 들은 후 책상 위에 있던 담뱃갑에서 담배를 꺼내다 말고 날 다시 쳐다보았다. 담배를 피우겠느냐는 눈치였다. 정말 담배 한대가 절실하게 필요한 순간이었지만 난 정중히 사양했다. 그는 낮은 목소리로 천천히 말했다.

"은하야 거기 창문 좀 열어라. 환기를 시켜야겠다. 방이 좁아서 환기가 잘 안 돼."

아버지가 시키는 대로 은하가 창문을 활짝 열자 방안의 퀴퀴한 냄새가 삽시간에 빠져나가는 기분이 들었다.

"은하야, 윤 선생에게 차 한 잔 대접해 드리지."

은하가 녹차 물을 데우기 위해 부엌으로 간 사이, 은하 아버지는 큰 성냥갑에서 꺼낸 성냥으로 입에 물고 있던 담배에 불을 붙이고는 천장을 향해 연기를 길게 내 뿜었다.

"동북아역사재단이시다…. 거기서 일하시는 연구원이시다…. 그건 그렇고 한국에서 중요한 공무 차 오신 분이 바쁘실 텐데 하릴없이 지내고 있는 나 같은 사람에게 무슨 볼 일로 여기까지 찾아오셨소?"

내가 은하아버지의 질문에 답하려고 머뭇거리고 있던 사이, 은하가 다시 들어와 소복이 쌓인 재떨이를 휴지통에 비우고는 책상 위며 주변을 물걸레로 깨끗이 닦은 후 다시 올려놓았다. 그리고 다시 부엌으로가 자그마한 찻상 위에 찻잔 세 개와 뜨거운 물이 담긴 주전자를 가지고 와서는 방 한가운데에 가지런히 놓았다. 그제서야 방안이 뭔가 정돈된 느낌이 들었다. 내가 답했다.

"중국의 동북공정 사태에 대해 우리 민족이 어떻게 대응해 나아가야 하는지 교수님께 가르침을 받고자 찾아왔습니다."

은하가 따르는 차의 향기가 방안 가득히 퍼지자 어딘가 모르게 불안했던 내 마음도 차분해지기 시작했다. 은하 아버지의 권유로 마신 차 맛은 북경에서 자주 마셔서 익숙해 있던 중국차와는 그 맛이 달랐다.

"어떻소? 백두산 자락에서 자라는 야생차요. 올봄에 내가 직접 따왔지. 시중에서 파는 중국차와는 맛의 깊이가 근원적으로 다르다고 할 수 있지요."

난 고개를 끄덕이며 그의 말을 인정하는 표정을 지었다. 배 교수는 하던 말을 다시 이어나갔다.

"그래 우리 은하와는 어떻게 만났소? 윤 선생의 연배를 보아하니 결혼은 하신 것 같은데…."

내게 진짜로 묻고 싶은 궁금증을 더 이상은 못 기다리겠다는 태도였다. 은하가 나에 대해 설명했던 요식적인 설명만으로는 뭔가 부족하다는 표정이 역력했다. 우리들의 관계를 확인하고 싶은 아버지로서의 보호본능이었다. 배 교수의 질문에 대답하기 위해서 내가 잠시 목소리를 가다듬고 설명했다.

"작년 이맘때까지 북경대 국제관계대학원에서 교환연구원으로 1년간 공부하고 있을 때 알게 됐습니다. 제 나이는 우리 나이로 마흔 둘입니다만 부끄럽게도 아직 미혼입니다."

"아버지 제가 말씀드릴게요."

초조한 표정으로 지켜보던 은하가 대신 끼어들어 설명하려고 했으나 배 교수는 엄한 표정으로 제지하며 나로부터 직접 들어서 자신의 궁금증을 풀고자 했다.

"은하는 가만 있거라. 윤 선생한테 묻고 있지 않느냐. 선생, 과년한 딸아이를 일가친척도 하나 없는 북경에 보내놓고 아비로서 어디 마음 편할 날이 있었겠소? 사실 한국관광객을 상대로 하는 관광가이드라는 직업이 좋게만 볼 수가 없지요. 오늘 또 이렇게 느닷없이 선생을 모시고 나타나니 내 솔직히 당황스럽소. 그러니 아비로서 궁금한 점이 어디 한둘이겠소?"

은하로부터 아버지의 한국 남자들에 대한 편견이 얼마나 심각한지는 익히 들었던 터라 예상은 했지만, 우리 둘 사이의 이성적 관계에 대해 명확하게 파헤치려고 하는 그의 추궁에 나는 진땀을 흘리고 있었다. 배 교수가 손수건으로 눈가를 닦기 위해 무거워보이는 그의 뿔테 안경을 벗었을 때 황소 같은 큰 눈동자가 드러났다. 그는 서슬이 퍼럴 만큼 심각한 표정을 짓고 있었다.

"윤 선생한테 이런 말하기가 좀 그렇소만, 여기 연변에서는 한국에서 성공한 총각이네 홀아비네 하면서 순진한 처녀들을 망쳐놓고 도망가는 작자들이 한둘이 아니었소. 실정이 그렇다보니 액면 그대로 윤 선생을 대하지 못하는 내 심정을 이해해 주시기 바라오."

사실, 십여 년 전부터 연변지역을 방문하는 한국인들이 늘어나면서 이곳 동포들을 농락하여 씻을 수 없는 상처를 안겨준 사기 사건들이 많았다 한다. 지금 그의 표정에선 가슴 깊숙한 곳에서부터 응어리진 한국인에 대한 어떤 경계심과 분노를 읽을 수 있었다. 나 역시도 그 경계의 대상에서 예외가 될 수는 없었던 것이다.

좌불안석의 표정으로 앉아있는 내가 안 돼 보였던지 은하가 아버지의 경계심을 다소라도 풀어보려고 다시 나섰다.

"아버지, 윤 선생님은 아버지가 생각하시는 그런 분들하고는 다르십니다. 대학에서 한국사를 가르치는 교수님이십니다. 그리고 시인이시고요."

이 말을 들은 배 교수가 천천히 내 쪽으로 고개를 돌리더니 흥미롭다는 듯 하는 말이었다.

"교수시라고요? 전공이 한국사시고?"

아버지의 지독한 편견을 조금이라도 허물어 보기 위해 은하는 내가 배 교수와 같은 지식인임을 강조하기 위해서 한 말이었으나 사실과는 다른 내용이 있었으므로 내가 나서서 교정하지 않을 수 없었다.

"아닙니다. 쑥스럽습니다만 모교에서 시간강사를 잠시 했을 뿐입니다. 그리고 정식으로 시를 쓰는 사람도 아니고 가끔씩 습작정도만 하고 있습니다. 지금은 중국의 역사왜곡을 전담하는 동북아역사재단의 연구 2실에 소속돼 있습니다."

나로부터 직접 나의 정확한 신분을 확인한 배 교수는 경계심이 다소 누그러진 표정으로 돌아왔다. 그는 뿔테안경을 벗어 테이블위에 올려놓았다. 그리고는 손수 우리들에게 녹차 한잔씩을 더 따라주었다. 이윽고 또다시 담배 한대를 꺼내어 입에 물고는 창문을 응시하며 말을 이어나갔다.

"순전히 공무 차 날 찾아온 손님한테 내가 너무 무례했던 것 같습니다. 윤 선생, 용서하시오."

그의 표정은 많이 누그러졌지만 공무차라는 말로 오늘 만남의 선을 분명하게 긋고 있었다. 그의 말은 내 신분이 교수든 연구원이든 관계없으나 한국 남자인 이상 자신의 딸과는 엮이지 말라는 의미였다.

"선생이 동북아역사재단의 연구원이시라 하니 하는 말이지만 한국에서 하는 일을 보면 참 답답하다는 생각이 든단 말이오. 북한이야 중국이 생명줄을 딱 쥐고 있으니 가타부타 말할 처지가 못 된다지만 한국에서

는 도대체 동북공정에 대처하기 위한 국가적인 의지가 있기나 한 거
요?"

어쨌든 화제가 바뀌었으니 다행이란 생각이 들었다. 그러나 그의 방
금 이 질문은 질문이라기보다는 일종의 시비에 가까웠다. 그래서 난 일
단 찻잔을 들어 녹차를 한 모금 더 마신 후 마음을 진정시켜가며 천천히
말하기 시작했다.

"동북공정에 대한 한국정부의 입장은 확고합니다. 그렇기 때문에 외
교부산하의 국책연구기관으로 동북아역사재단이 출범한 것입니다."

내말이 끝나기가 무섭게 그는 앉은뱅이 책상 위에 수북이 쌓여있는
중국의 역사교과서들을 손바닥으로 내리치면서 화난 표정으로 나를 노
려보았다. 순간적으로 나는 깜짝 놀랄 수밖에 없었다.

"저기 있는 고구려 발해관련 역사서와 관광안내 책자는 말할 것도 없
고 이것들이 최근에 새로 발행된 중국아이들을 가르치는 역사교과서에
요."

이미 여러 차례 꼼꼼하게 읽어 본 후 문제의 내용들을 일일이 형광펜
으로 표시해 두었던 모양이다. 해당 페이지들을 손쉽게 찾은 배 교수는
직접 손으로 그곳들을 가리키며 나에게 확인시키고 있었다.

"이것 봐요, 지금 고구려만 문제가 되는 게 아니에요. 아예 우리 고대
사를 송두리째 왜곡하고 있어요. 고구려의 후예들이 세운 발해를 독자
적인 나라가 아닌 당나라의 일개 군으로 규정하면서 발해건국을 주도한
세력은 말갈족이고 발해초기의 정식국호도 말갈이었다고 날조해 놓았
어요."

그는 다시 앞으로 몇 장을 더 넘기더니 노란색 형광펜으로 표시해 둔

부분을 손가락으로 힘을 주어 가리키며 내 눈을 똑바로 응시했다. 내게 따지겠다는 표정이었다.

"여기를 봐요. 심지어는 고조선도 주나라의 무왕이 보낸 은나라의 유민 기자가 세운 지방정권이라고 하면서 우리 민족의 뿌리인 고조선마저 중국의 역사라고 버젓이 날조해 놓았어요. 교육현장에서는 이렇게 엉터리 역사서로 가르치고 있는데도, 한국에서는…."

여기까지를 말한 후 그는 재떨이에서 타고 있던 담배를 다시 입에 물고는 천장을 향해 연기를 길게 쏘아 올리더니 마치 비웃듯이 기분 나쁜 표정을 시어보였다. 그런 후 다 피운 담배꽁초를 재떨이에다가 짓이겼다.

"뭐요, 우다웨이 외교부부장이 한국으로 날아가서 역사교과서에 고구려사를 왜곡하지 않겠다고 약속했다고요? 그것도 문서가 아닌 말로써만 해준 약속 하나만 달랑 믿고 마치 이제는 다 해결됐다는 듯 안일하게 대처하고 있는 것이 지금의 한국정부가 아닌가 말입니다. 그래 놓고서는 고구려사가 양국 간의 중요한 현황이니 더 이상은 정치문제화하지 않는다고 합의까지 해주지 않았느냐 말입니다. 그러고도 한국정부의 의지가 확고하다고 말할 수 있겠어요?"

어찌나 흥분하면서 고함을 쳐 대던지 그의 침이 내 얼굴에 튀기까지 했지만 그렇다고 대놓고 침을 닦을 수도 없었다. 이 상황을 지켜보던 은하가 무안한 표정으로 나를 바라보더니 다시 얼굴을 숙였다. 나는 이 짧은 만남만으로도 배 교수의 성격을 훤히 알 수 있을 것 같았다.

"자, 보시오. 개편된 역사교과서에서 고구려사를 아예 통째로 빼버렸어요. 세계사에서 고구려사를 완전히 지워버렸단 말입니다. 윤 선생, 어디 한번 말해보세요."

더 이상의 논쟁을 피하기 위해서는 배 교수의 주장에 토를 달아서는 안 되겠다 싶었다. 아니 정확히 말하자면 배 교수의 항의성 지적에 대해서 나로서는 딱히 반론을 제기할 수도 없었다.

"무슨 말씀이신지 잘 알겠습니다."

내가 한국정부를 대신하는 사람은 아니었지만 정부가 동북공정 문제를 확고한 의지를 가지고 대응하고 있다는 말을 내입으로 한 이상, 내 판단이 잘못되었음을 스스로 인정하게 만들고 싶었던 모양이다.

우리정부의 의지를 의심하고 있던 배 교수 입장에서는 그렇게 함으로써 자신의 생각이 옳음을 증명하려 했던 것인데, 자신의 주장이 옳다는 것을 입증하기 위한 집요한 공격은 계속되었다.

"이것 보세요. 고구려사는 통째로 빼버린 대신 고조선과 발해는 중국사라고 하면서 아주 비중 있게 다루고 있어요. 솔직히 말해서 발해사만큼은 한국에서도 그동안 소홀히 다루어왔던 것이 사실이지 않습니까? 오히려 북한에서 우리 민족사의 중요한 역사로 지켜왔었기 때문에 그나마도 명맥을 유지해왔던 것이지만 말입니다."

배 교수의 이 말은 부정하기 어려운 사실이었다. 언젠가 서 교수님께서도 오늘날 우리학계의 가장 중요한 병폐중 하나로 반도사관을 지적하셨다. 일제강점기 시절, 일본사람들에 의해서 주입된 식민사관의 하나로 자리 잡았던 것이 반도사관이다.

간도를 중심으로 광활한 대륙에서 태동했던 우리 민족의 웅대한 북방 역사가 있음에도 불구하고 이것은 소홀히 다룬 채, 우리 민족의 사관을 반도내로 협소하게 바라보는 시각, 즉, 반도사관의 극복이 우리 학계의 가장 중요한 과제인 것은 틀림없는 사실이었다.

특히 발해에 대해서는 한국사로 다루는 것에 대해서 편향된 민족주의적 시각으로 치부해버리는 경우가 있었다. 그래서 서 교수님께서는 우리들에게 우리 민족의 고대사는 협소한 반도가 아닌 광활한 대륙중심의 역사임을 항상 명심하라고 말씀하셨다.

배 교수의 열변을 듣고 있자니 그가 왜 이렇게까지 흥분하는지 충분히 이해할 수 있었기에 난 그저 꿀 먹은 벙어리마냥 묵묵부답일 수밖에 없었다. 그의 열변은 계속되었다.

"단순히 학술적 차원이라는 동북공정의 연구결과가 중국교과서에 그대로 반영되고 있는데도 한국은 중국이 그들의 교과서에서 고구려사를 왜곡할 때에만 문제가 된다면서요? 이 얼마나 한심스런 대응입니까? 그래놓고도 한국정부가 의지를 가지고 동북공정에 대응하고 있다고 생각하십니까? 윤 선생도 혹시 그렇게 생각하시는 거요?"

배 교수의 질책성 발언이 끝나자 난 자세를 정중하게 고쳐 잡았다. 최대한 공손히 답변하는 방법 밖에는 없지 싶었다.

"부끄럽습니다만, 이제부터라도 체계적으로 대응하기 위해서 동북아역사재단이 정식으로 출범했습니다. 자료수집 목적으로 제가 여기에 온 것도 의지를 가지고 대응하기 위해서입니다. 교수님께서 보실 때에는 여러모로 부족하시겠지만 앞으로 지켜봐 주시고 많은 지도편달을 바라겠습니다."

한동안 창문을 열어 두었더니 방안 가득히 찬 기운이 들어와 제법 쌀쌀하다는 생각을 하고 있었는데 마침 은하가 일어나서 창문을 닫고 앉았다. 그리고 나와 아버지의 찻잔에 녹차를 보충해 주었다.

배 교수의 얼굴은 얼마나 열변을 토했던지 입술 양 옆에 고인 허연 침으로 인해서 더욱 보기가 역했다. 간혹 톤을 높일 때는 삑삑거리는 쇳소리도 났지만 어쨌든 그 열정 하나는 정말 대단하다는 생각이 들었다.

배 교수는 자리에서 일어나서 창문을 조금 열더니 또 다시 담배를 입에 물었다. 내가 즉시 주머니 속에서 라이터를 꺼내 그의 담배에 불을 붙여주었다. 그러자 아까보다 훨씬 누그러진 태도로 다시 말문을 열었다.

"윤 선생, 나도 나이를 먹다보니 사람을 좀 볼 줄 아는데 선생의 첫인상이 신의도 있고 인품도 웬만한 것 같으니 선생이 여기 계시는 동안 학술적인 교류나 하며 지내도록 합시다. 사실은 나도 몇 년 전까진 연변대학에 있었소. 나도 윤 선생과 같이 사학을 전공했는데 지금은 뭐 향토연구소네 하면서 내 잘난 맛에 살고 있소만…."

"감사합니다, 교수님. 저의 연구과제도 동북공정프로젝트가 조선족자치주에 거주하는 우리 동포들에게 미치는 영향분석인데 교수님의 연구 성과가 많은 도움이 될 것 같습니다. 앞으로 많은 지도편달 바랍니다."

그렇게 말하고는 그만 일어서려는 나를 보고 배 교수는 잠시 앉으라고 권했다. 그리고는 뭔가를 골똘히 생각하다가 은하에게 담배심부름을 시켰다. 나는 눈치도 없이 재빨리 와이셔츠 주머니에서 담배를 꺼내 그에게 권했다. 그러나 그는 저 타르의 한국산담배는 싱거워서 못 피운다며 굳이 은하를 자리에서 일어나게 했다. 은하가 없는 사이 나에게 긴히 하고픈 이야기가 있었던 모양이다. 은하가 방문을 닫고 나가자 내 눈을 뚫어지게 바라보며 배 교수가 소곤거리듯 말문을 열었다.

"난 우리은하의 눈빛만 봐도 그 아이가 무슨 생각을 하고 있는지를 알 수 있지요. 은하는 내 앞에선 거짓말을 못합니다. 아이 엄마가 너무 일찍 세상을 버리는 바람에 내 손으로 똥 귀저기 갈아주며 키운 아이요. 아비로서 부탁하고 싶은 말이 있는데…. 이런 말하기가 쉽지는 않소만, 선생을 바라보는 우리 아이의 눈빛이 예사롭지 않아서 염치불구하고 하는 말이오. 선생, 우리 은하와는 대체 어떤 사이요? 솔직히 말해주면 고맙겠소."

이 중요한 순간에 난 또다시 꿀 먹은 벙어리마냥 바보가 되어서 아무 말도 못하고 방바닥만 쳐다보고 있었다. 당신 딸을 사랑한다고 왜 당당히 말하지 못하는 것일까. 함께 잘 살 테니 결혼을 허락해달라는 소리를 왜 못하는 걸까. 지금 이 순간 바보 같은 내 자신이 정말로 미워졌다.

"내 짐작이 맞는군. 이 사람의 말을 선생이 어떻게 생각해도 좋소만 내 진정으로 부탁하오. 선생이 마음을 돌려주시오. 그렇지 않으면 우리 아이가 불행해져요. 선생과 우리 아이는 격이 맞지가 않아요. 우리 아이는 어린 나이에 정에 적잖이 굶주렸겠지만 그래도 참 맑게 자라줘서 나로선 여간 고맙지가 않아요. 넓은 세상은 우리 아이에게는 맞지가 않아요. 상처받기 딱 좋은 곳이란 말이오. 그래서 북경에 있는 아이를 무작정 내려오라 했지. 우리 은하만큼은 상처받는 일없이 평범하게 살기를 바라는 아비로서의 바램이니 내 마음을 선생이 너그러이 이해해 주기 바라오."

이렇게까지 말하는 동안에도 난 아무 말도 못한 채 방바닥만 쳐다보고 있었다. 배 교수는 잠시 녹차 한 모금을 더 마시더니 나 못지않은 풀죽은 모습으로 다시 말을 이었다.

"물론 윤 선생 본인은 우리 은하에 대한 감정이 그렇지도 않은데 내가 너무 앞서나갔다면 선생한테 큰 실례를 범했소만…"

순간 심장이 멎을 것만 같았다. 세월의 무게만큼이나 사람의 마음을 꿰뚫어보는 배 교수의 직감에서 나온 말이었기 때문이었다. 그는 격이 맞지 않는다는 표현으로 완곡하게 말하고 있었지만, 사실 그 말은 은하와의 관계에 대한 더 이상의 진전을 허락하지 않겠다는 경고의 메시지였던 것이다.

은하와의 첫 만남에서부터 내가 가졌던 벽, 이제야 무너뜨렸다고 생각했던 그 벽이 또다시 우리들 앞에 버티고 선 순간이었다. 배 교수가 말하는 격이 맞지 않는다는 표현 속에 담긴 그 격차는 과연 무엇을 뜻하는 말일까? 열네 살 차이라는 나이를 염두에 둔 말일까? 아니면 연변처녀와 한국남자라는 결코 조화될 것 같지 않은 사회적 인식의 차이를 염두에 둔 말일까? 은하와 내 사이를 가로막고 있는 이 엄청난 벽은 배 교수의 사회적 경험으로 파생된 편견이 만들어낸 벽일 것이다.

조잡한 수준의 동북공정

오늘도 배 교수는 시 외곽에 있는 자신의 고향마을까지 걸어서 산책을 가고 있었다. 그는 뭔가 생각을 정리하고 싶을 때는 이렇게 산책하는 버릇이 있는데 오늘은 은하의 문제가 마음에 걸려서 생각을 정리하고 있는 중이다.

조금 전까지 부동산사무실에서 장기를 두던 사내 한명이 저쪽에서 휴대폰으로 누군가에게 전화하면서 은밀하게 그의 뒤를 밟고 있었다. 배 교수가 옥수수 밭 사이 길을 막 들어서려는데 검정색세단 승용차가 그의 앞을 가로막고 섰다. 그 순간 배 교수는 깜짝 놀라 본능적으로 지팡이를 들어 방어 자세를 취했다. 그때 짙은 선글라스를 쓰고 검정색양복을 입은 미남형의 청년이 차안에서 내리더니 배 교수에게 다가와 공손하게 말했다.

"놀라게 해 드려서 죄송합니다. 배 교수님이시죠?"

청년이 공손하게 말하자 그제야 다소간 안도가 되었던지 배 교수도 경계심을 누그러뜨리며 대답했다.

"그렇소만 뉘신지?"

"역사에 관심이 많은 분들이 모여서 토론을 하는데 교수님을 모시고 싶어 하십니다. 같이 가 주시죠?"

배 교수가 청년의 신분을 물었으나 청년은 동문서답 식으로 그의 용무만을 말할 뿐이었다. 반 강제로 납치당하다시피 해서 가는 것이 마음에 걸리기는 하였으나 그래도 역사토론을 하자는 사람들이 무슨 해코지야 할까 싶어서 배 교수는 순순히 차에 올랐다.

한 시간 가까이를 달려 차가 도착한 곳은 한적한 교외에 위치한 큰 규모의 별장이었다. 거실에서는 예닐곱 명으로 보이는 중, 장년의 신사들이 소파에 앉아서 차를 마시고 있었다. 정면의 백판을 중심으로 양쪽에 긴 소파 두 개씩을 나란히 붙여놓고 맨 뒤에는 단독 소파 두 개를 나란히 놓았다. 좌석 배치가 'ㄷ'자 형태를 취하고 있어 토론하기에는 제격이었다.

그 중에는 여성도 한 명 끼어 있었다. 그녀는 꽃무늬가 화려한 붉은색 원피스를 입고 있었는데 화장도 진하게 해서 도저히 이런 역사토론에 어울릴 사람이 아닌 것 같아 보였다. 그들 중에서 팔자수염을 보기 좋게 길러 제법 학자 티가 나는 중년신사가 자리에서 일어나 배 교수를 맞이했다. 그는 자신의 맞은편에 있는 자리를 권했다.

"우린 역사에 관심이 많은 역사토론 동호회 회원들입니다. 제가 이 모임의 실무 간사를 맡고 있는 창빠이라고 합니다. 역사학자로서 교수님의 고명은 익히 듣고 있었습니다. 그런데 교수님께서는 최근 들어서 부쩍 더 노고가 많으시다고요? 동북공정을 저지해야 된다느니 간도땅 찾기 운동을 해야 된다느니 하면서 연변의 조선인들을 충동질하고 다니신다고요?"

그의 말이 끝나자마자 일시에 좌중의 웃음소리가 터져 나왔다. 웃음이 그치자 그들 모두는 배 교수를 적의가 가득한 날카로운 시선으로 쏘아보았다.

"고명하신 교수님과 함께 역사토론이나 하자고 이렇게 모셨습니다. 자, 우리 차 한 잔씩 드시면서 편안하게 토론을 즐겨봅시다."

옆자리에 앉은 큰 체격에 군인 복장을 한 자가 배 교수에게 차를 따라주며 제법 여유를 부리고 있었다. 군대에 대한 상식이 없던 배 교수로서는 그가 정확히 어떤 위치에 있는지를 알 수 없었으나 가슴팍에 훈장을 주렁주렁 달고 있는 모습으로 보아서는 아마도 퇴역한 장군인 듯 짐작할 뿐이었다.

배 교수가 주변을 살피며 어의가 없다는 표정으로 말문을 열었다.

"다짜고짜 이렇게 붙들려서 오고 보니 나로서는 도통 영문을 모르겠소이다만 어찌됐던 이 자리가 역사토론하는 자리라고 하니 그래, 우리 어디 한 번 토론을 해봅시다."

배 교수의 말이 끝나자 창빠이가 가벼운 미소를 머금은 채 백판 앞으로 다가가더니 파란색 수성매직으로 '토론제목, 회복 동북지역사' 라고 큼지막하게 썼다,

토론제목이 무엇인지를 확인한 배 교수는 오늘 토론이 대단히 위험한 설전이 될 것 같다는 생각을 했다. 창빠이가 마치 강의하듯 매직을 잡은

오른손을 흔들어 가면서 포문을 열었다.

"기자조선 이후의 우리 동북지방사가 통째로 한국에 빼앗기게 된 사정을 이해하기 위해서는 우선 고구려의 실체에 대해서 이해할 필요가 있습니다. 중국과 고구려는 원래부터 같은 나라였기 때문에 수나라와 당나라가 고구려를 침략하여 벌인 전쟁은 이민족에 대한 정복전쟁이 아니라 중국의 통일전쟁이었습니다.

당나라의 통일전쟁 성공으로 고구려가 중국의 품안으로 온전히 들어왔습니다만, 왕씨 성의 왕건이 고씨 성의 주몽이 세운 고구려를 계승했다면서 다시 고구려사를 빼앗아 가버렸습니다. 만약에 왕건이 진짜로 고씨 고구려를 이었다면 후손에게 훈요십조를 남길 때 '나는 고씨 고구려의 후예다' 라고 말했어야 했는데 그러지를 않았습니다."

이때 배 교수의 옆자리에 앉은 군복 차림의 사내가 정색을 하며 고함쳤다. 뚱뚱한 얼굴에는 개기름이 절절 흘러내렸는데 아마도 군대의 요직에 있었던 모양이었다.

"왕건이라는 그 작자 참 나쁜 놈이군 그래. 남의 나라 역사를 날로 해쳐먹은 순 날강도 같은 놈이 아닌가 말이야."

창빠이가 이 자에게 고맙다는 신호로 눈인사를 한 후 궤변을 계속 해나갔다.

"이것이 우리중국의 동북지방사가 한국으로 빼앗기게 된 첫 번째 사정입니다. 그리고 두 번째의 사정은 이렇습니다. 명나라 황제는 이성계를 조선왕에 책봉함으로써 조선이라는 국호를 하사했는데, 이 조선이라는 이름 때문에 고려의 후예인 이씨왕조는 중국인이 건국한 기자조선(箕子朝鮮)—위만조선(衛滿朝鮮)—한사군—고구려에 그 맥을 잇게 되었습니다.

　방금 말씀드린 이 두 가지의 터무니없는 사정으로 인해서 중국이 기자조선 이후 동북지역에서 만들어 온 중국의 역사가 몽땅 한국사로 넘어가 버렸습니다. 그렇기 때문에 지금부터라도 이것을 바로 잡아야합니다.”

　말을 마친 창빠이는 날카로운 눈매로 배 교수를 노려보았다. 다른 참석자들 모두도 배 교수를 주목하면서 마치 할 말이 있으면 해보라는 표정을 짓고 있었다.

　이때 배 교수가 너털웃음을 터트렸다. 느닷없는 배 교수의 웃음에 모두는 허를 찔린 기분으로 망연자실한채로 배 교수를 쳐다보고 있었다. 배 교수가 웃음을 그치더니 정색을 하며 말하기 시작했다.

　“우리 민족의 뿌리인 고조선을 여러분들은 기자라는 중국 사람이 세운 나라라고 억지를 부리면서 기자조선이라 부르고 있습니다만, 여러분들이 부정한다고 해서 역사적 진실 속에서 엄연히 존재했던 고조선이 사라지는 것은 아닙니다.”

　이번에도 옆자리에 앉은 자가 벌떡 일어서더니 배 교수를 향해 손가락질을 하며 큰소리로 소리쳤다.

　“뭐야? 억지라니? 이 자가 어디서 말을 함부로 하고 있는 거야. 터진 입이라고 함부로 말하지 말고 가려서 하란 말이야. 내가 분명히 경고했어. 입조심 해!”

　창빠이가 그만했으면 됐으니 이제 앉으라는 눈짓을 하고서야 그는 자리에 앉았다. 배 교수는 그의 과격한 언행에 마음이 상했던지 팔짱을 끼고 눈을 감은 채 한동안 말없이 앉아 있었다. 잠시 후 배 교수가 조용한 목소리로 차분하게 다시 말하기 시작한다.

"중국의 사서들로만 인용해서 말해보겠습니다. 상서대전(尚書大傳)은 복생(伏生)이라는 중국인이 편찬한 중국의 역사서입니다. 여기에 보면 주(周)나라 무왕(武王)이 은(殷)을 멸망시키고 감옥에 갇힌 기자(箕子)를 석방시키자 그는 이를 탐탁지 않게 여겨 조선으로 달아났는데 무왕은 이를 듣고 기자를 조선왕으로 봉하였다는 내용이 있습니다. 한서(漢書)지리지 연조(燕條)에도 은나라가 쇠하자 기자가 조선에 가서 예의와 농사, 양잠, 베 짜기를 가르쳤다는 내용이 있습니다.

사실 오늘날의 학계에서는 상서대전과 한서에서 표현한 기자의 실체를 부정하는 것이 통례입니다. 왜냐하면 그 책은 중국의 한나라가 남원과 흉노를 정벌하고 위만조선까지 정벌한 후 천년이나 흐른 후에 중화적 패권주의로 쓴 역사기록이기 때문입니다.

그런데 누구도 인정하지 않는 이런 기록까지도 여러분들이 인용하고 있다는 것은 여러분들의 궁색한 입장을 단적으로 알 수 있게 합니다. 그러나 상서대전과 한서의 기록대로라고 하더라도 기자가 오기 전에 이미 중국 동쪽에는 고조선이라는 나라가 있었다는 이야기가 됩니다. 그런데도 여러분들은 고조선의 실체를 부정하기 위해서 중국에 유리한 사료만 인용하고 불리한 사료는 배제하는 비학문적인 태도를 취하고 있는 것입니다."

군인 복장을 한 자가 이제 더 이상은 인내하기가 힘이 든다는 듯 '탁' 하고 자신의 무릎을 손바닥으로 치고 벌떡 일어났지만 배 교수는 그에 아랑곳하지 않고 한층 더 목소리를 높여가면서 계속해서 열변을 토해나갔다.

"그리고 같은 민족인 고구려 백제 신라가 벌인 전쟁이 통일전쟁이지 이민족인 수나라나 당나라가 고구려와 벌인 전쟁은 통일전쟁이 아닙니다. 그것은 정복전쟁으로 규정되어야 합니다.

또한 왕건이 세운 고려는 고구려 왕조의 피를 계승한 것이 아니라 고구려의 법통을 계승한 것입니다. 그런데도 국가의 계승을 왕조의 피를 이어야만 계승할 수 있다는 억지논리를 전개하는 것은 삼척동자가 보더라도 유치하기 짝이 없는 발상입니다.”

배 교수가 정연한 논리로 창빠이의 주장을 반박하자 이들 모두의 분노는 폭발 일보직전에까지 이르렀다. 그들의 씩씩거리는 모양새로 보아서는 낭상에라도 무슨 행패를 부릴 것처럼 보였다. 배 교수의 바로 정면에 앉은 자는 찻잔을 집어던질 자세를 취하기도 했다.

이때 단독소파에 앉아 시종일관 팔짱을 낀 채 듣고만 있던 청나라 전통복장 차림의 사람이 천천히 자리에서 일어났다. 그의 태도로 보아서는 그가 이 모임에서 차지하는 위치가 압도적임을 알 수 있었다.

그런데 그 옆자리에서 그를 극진하게 보좌하고 있는 중년신사 또한 그 표정이 자못 근엄해 보였다. 중절모자부터 양복 구두까지 온통 흰색으로 치장한 이 자가 바로 장백산천지회의 보스인 왕징(王卿) 회장이다. 왕 회장은 손에서 한시도 담배를 놓지 않고 있었다.

전통복장을 한 자는 그가 들고 있던 찻잔을 테이블 위에 내려놓고는 주위를 한 번 둘러보았다. 배 교수를 포함한 예닐곱 명의 시선이 일제히 그에게로 집중되었다.

“배 교수님께는 실례가 많았습니다. 나는 사회과학원에서 변강사지연구중심을 책임지도하고 있는 허밍친이라는 사람입니다. 이번에 동북3성의 산하 단체들을 둘러보고 지도하기 위해서 잠시 북경에서 내려와 있습니다. 오늘 실제로 만나 보니 과연 듣던 대로 배 교수님의 식견이 정말 대단하군요. 이참에 나도 역사를 전공한 사람으로 한 마디 거들까 합니다.”

허밍친의 이름은 이미 익히 알고 있었다. 그런데 그가 대학을 그만 두었다는 것까지는 소식을 들어서 알고 있었지만, 실제로 중국의 동북공정을 진두지휘하는 총본산인 변강사지연구중심의 책임자가 되어있었다는 사실은 처음 듣는 일이었다.

사실 지난 번 분기토론회 건도 그렇고 오늘의 이 일도 다 장백산천지회 왕 회장의 책임 하에 모든 일이 기획되었고 실행되었던 것이다. 왕 회장이 지방조직의 우두머리라면, 중국 동북공정의 대부라 할 수 있는 허밍친 부원장은 중앙조직의 우두머리였기 때문에 두 조직 체계는 상하 조직의 성격을 띠고 있었다.

배 교수는 중국 사학계의 거두라는 허밍친을 상대하려면 이제부터는 각오를 더욱 단단히 해야겠다는 생각으로 정신을 집중하여 그를 쳐다보았다. 드디어 그의 반격이 시작되었다.

“배 교수님, ‘한국은 단일민족이다.’ 그렇게들 말하죠? 한민족(韓民族)이라고 말입니다.”

허밍친의 뜬금없는 질문에 배 교수는 잠시 안경을 벗으며 생각했다. 역시 무서운 놈이다. 그리고는 천천히 대답했다.

“그렇소만?”

“맞습니다. 한국은 그들이 그토록 우수하다고 자랑하는 한민족(韓民族)이라는 단일민족이 맞습니다, 우리 대중국인은 배포가 크기 때문에 인정할 것은 솔직하게 인정해줍니다. 그런데 말입니다. 역사적으로 한반도 남부에 터전을 잡고 살았던 토착 한(韓)족은 마한 진한 변한을 구성했던 부족으로 신라와 가야 그리고 백제의 민중계층을 형성하고 있었습니다. 예로부터 장백산을 중심으로 중국 동북지방에 거주하던 예맥(濊貊)족과는 혈통적으로 완전히 다른 민족이 바로 한민족(韓民族)이라는 사실입니다.”

역시 허밍친의 반격은 다른 피라미들과는 그 차원이 달랐다. 배 교수는 지금까지 그를 만나 본 적이 없었지만 그의 사학자로서의 명성이 헛된 것이 아님을 알 수 있었다. 그는 더욱 주의를 집중하면서 다음 말을 기다렸다.

“예맥족을 구체적으로 분류 하자면 동북지방일대의 평지에 거주했던 예(濊)족과 산악지대에 거주하던 맥(貊)족으로 분류됩니다. 후에 두 부족이 합쳐져서 기자조선과 부여 고구려 발해 그리고 백제의 지배층을 구성했습니다. 예맥족이 백제의 지배층을 구성했던 것은 오늘날 요녕성 환인시 일대에 거점을 두었던 졸본을 주몽에게 넘겨주고 소서노를 비롯한 그 토착세력이 남쪽으로 내려와 백제를 세웠고, 소서노의 아들 온조가 백제의 시조가 됨으로 해서 가능한 일이었습니다.”

배 교수는 안경을 다시 쓰면서 청나라 고위 관료의 모습을 한 허밍친의 다음 발언을 기다렸다. 다른 사람들은 모두 한결 여유로운 표정으로 팔짱을 끼고는 배 교수와 허밍친을 번갈아 보면서 이 말 싸움을 즐기는 눈치였다.

“역사책에 나와 있는 예맥족의 고대국가 남방경계선을 생각해보면 기자조선은 한반도의 임진강유역까지가 그들의 영토였습니다. 그리고 고구려도 한반도의 한강유역까지 진출했었고 발해도 대동강 유역까지의 한반도를 지배했었습니다.

　결론적으로 말씀드리면, 중국 동북지방과 한반도 북쪽에 존재하던 예맥족은 모두 중국에 흡수된 민족이고 한반도 남쪽에 존재하던 한(韓)족만이 오늘날의 한민족(韓民族)을 구성하고 있습니다. 이것을 달리 말하면 한강 이남의 신라와 백제를 제외한 한강이북에 있던 모든 역사는 중국에 흡수된 예맥족의 역사이기 때문에 중국의 역사가 되는 것입니다.

　혈통적으로 예맥족을 포함하여 만주일대의 모든 민족은 이미 만주족으로 흡수되었고 만주족은 오늘날 한(漢)족으로 동화되었기 때문에 예맥족 또한 중국인이 분명합니다. 실제로 만주족들은 60 ,70년대의 문화대혁명 기간을 거치면서 그들의 문자와 언어를 모두 잃어버렸고 중국에 완전히 동화되어 한(漢)족처럼 살아가고 있는 형편입니다.”

　그의 말이 끝나기가 무섭게 자리에 앉은 참석자들로부터 우뢰와 같은 박수갈채가 터져 나왔다. 그러자 허밍친이 회심의 미소를 지으면서 제법 여유있는 표정으로 배 교수를 쳐다보았다. 그가 오른 손을 펼치면서 배 교수의 반론을 재촉했다. 어디 해 볼 테면 해보라는 투였다.

　“배 교수님, 반론 있으면 하시죠.”

　배 교수도 그들을 따라 가볍게 박수를 몇 번 친 후에야 자리에서 일어났다. 배 교수가 자신의 자리에 다시 앉은 허밍친을 바라보며 부드럽게 포문을 열었다. 밖의 날씨는 제법 쌀쌀했지만 거실은 이들이 내어뿜는 토론의 열기로 후끈거릴 지경이었다.

　“여러분들이 주장하는 이른바 ‘혈통론’ 이라는 것은 대단히 무서운 이야기가 분명합니다. 그런데 난 지금 여러분들이 이러한 주장을 하는 배경이 무엇일까를 생각해 보았어요. 거기에는 물론 동북공정의 제3단계

음모가 숨어있다고 봐야 되겠지요.

지금 중국과 우리 민족은 그야말로 피 터지는 역사전쟁을 치르고 있는 것 아니겠어요? 치열한 제2의 나당(羅唐)전쟁이 이미 시작되었단 말입니다. 맞아요, 이것은 할일없는 학자들의 한가로운 학술논쟁이 아니지요. 죽기 아니면 살기식의 살벌한 전쟁이란 말입니다. 만약에 우리 민족이 이 중요한 역사전쟁에서 패한다면 과연 어떻게 되는 것일까요?"

배 교수는 이렇게 말하면서 허밍친을 유심히 바라보았다. 마치 답변을 해달라는 식으로 두 눈을 부릅뜬 채 바라보고 있었지만 허밍친은 두 손을 편 재로 어깨를 한번 들썩하면서 계속하라는 식의 동작을 취할 뿐이었다.

"제가 말해드리죠. 한강 이북에 있던 우리 민족의 역사는 당연히 사라지겠지요. 그런데 역사만 사라질까요? 어쩌면 더 무서운 음모가 현실로 나타날 수도 있지 않겠어요? 생각만 해도 끔찍한 일이지만 어쩌면 한국과 북조선 사이의 휴전선 이남만 남고, 북쪽의 모든 것은 중국 속으로 영원히 사라질 수도 있겠죠. 티베트나 위구르처럼 말입니다.

오늘날 이 시점에서 여러분들이 혈통적으로 북한과 남한은 아무런 관련이 없다는 주장을 하는 것은 바꾸어 말하면, 예맥족인 북한과 중국의 조선족은 남한보다는 오히려 중국에 훨씬 더 가까운 민족이라는 주장을 하고 싶은 것 아닙니까? 바로 이것이 동북공정 제3단계의 음모를 전개하는 이론적 바탕이 되는 것이겠고 말입니다. 여러분들의 속셈, 다시 말하면 중국의 음모가 바로 이 혈통론에 녹아있는 것 아니겠어요?"

배 교수의 목소리는 갈수록 톤이 올라가고 있었다. 이를 지켜보고 있던 이들의 눈빛에선 그들의 속내를 들킨 사람들처럼 동요하는 표정들이 역력했다. 이들은 이제 숨소리조차 죽인 채 황소같이 부리부리한 배 교수의 눈동자를 또렷이 응시하고 있었다.

"예, 인정합니다. 한국이 과거 한민족(韓民族)의 단일민족성을 자랑하며 마치 우리 민족이 단일민족인 냥 세계인들에게 말했던 사실을 솔직히 인정합니다. 여러분들도 잘 아시겠지만 60, 70년대는 동서냉전이 치열했던 시절이었습니다. 이때 북한이 고구려의 기상을 계승했다면서 역사적인 정통성을 고구려에서 찾다보니 한국도 이에 맞서 정통성 싸움에 가세한다는 것이 한민족이라는 단일민족을 강조하게 되었단 말입니다. 그것은 냉전시절에 정권의 정통성 싸움으로 인해서 빚어진 실수였음을 솔직히 여러분들 앞에 시인합니다."

이때 창가 쪽에서 홍일점으로 앉아있던 중년여성이 벌떡 일어나더니 배 교수에게 손가락질을 하면서 따지듯이 말했다.

"실수라니, 그런 게 어디 있어요? 교수씩이나 하셨다는 분이 지금 우리하고 장난하자는 거예요? 국가 간에 실수라는 말이 통용된다고 보십니까?"

창빠이가 그만 앉으라는 손동작을 취하자 그제서야 그녀는 자리에 앉는데 자리에 앉은 후에도 연신 무어라고 중얼대고 있었다. 한바탕의 소란이 있은 후 배 교수는 하던 말을 계속하기 시작했다.

"역사적으로 우리나라는 단일민족이 아닙니다. 한예맥족의 3개 부족으로 형성된 통합민족입니다. 우리 민족의 건국설화인 단군설화를 해석해보면 태양 토템을 지닌 한(韓)족과, 곰 토템을 지닌 맥(貊)족, 그리고 호랑이 토템을 지닌 예(濊)족이 고조선을 건국했다고 풀이할 수 있습니다. 이것은 태양과 밝음을 숭배하는 환웅계열은 한족을 상징하고, 그와 결혼하는 웅녀는 한족과 혼인동맹을 맺은 맥족을, 그리고 인간이 되지못한 호랑이는 예족을 상징하고 있습니다.”

이때 창빠이가 배 교수의 말을 제지하며 신경질적으로 말했다.

“그 무슨 호랑이 풀 뜯어먹는 소리를 하시는 겁니까? 이제 와서 고대설화를 그런 식으로 제 마음대로 해석해도 되는 겁니까? 사학자로서 지켜야 되는 최소한의 품위만큼은 지켜주셔야죠.”

배 교수는 정색을 한 채로 그를 바라보며 소리쳤다.

“지금 누가 호랑이 풀 뜯어먹는 소리를 하고 있는지 정녕 당신들이 몰라서 그따위 소리를 함부로 내뱉는단 말이오? 단군신화에 대한 이 해설은 우리 남북의 학자들이 공동으로 학술회의를 한 결과를 정리한 ‘단군과 고조선 연구’ 라는 논문에 나와 있는 내용이니까 당신네들이 이러쿵저러쿵 간섭할 일이 아닐 것이오.

단군설화를 이같이 해설하는 근거로 당신네들의 고서들인 시경(詩經)의 한혁편(韓奕篇)과 후한 때 왕부(王符)가 쓴 잠부론(潛夫論), 그리고 정씨집운(丁氏集韻)에서 상서(尙書)등 중국의 고서들을 충실히 인용해서 풀이하고 있단 말이오. 이와 같이 우리 민족이 역사를 바라보는 시각은 한치의 착오도 허용하지 않는 진중한 방식, 즉, 치밀한 고증을 바탕으로 정확하게 학설을 정립해 나가는 그런 학문적인 방식이란 말입니다. 남의 나라 역사마저 왜곡하고 날조하기를 밥 먹듯 해치우는 당신네들과는 그 차원이 다르다는 사실을 똑똑히 알아주었으면 합니다.

난 우리 남북의 사학자들이 대단히 치밀한 고증을 바탕으로 정확하게 학설을 정립했다고 봐요. 그래요, 우리 민족의 첫 국가인 고조선은 환웅계열인 한(韓)족을 중심으로 예맥(濊貊)족이 연합하여 세웠던 나라였어요. 한족이 한반도 남부에만 존재했던 부족이 아니라 백두산을 중심으로 광범위하게 존재했던 부족이었단 말입니다. 그렇기 때문에 고조선부터 부여 고구려 발해 신라 백제 등 우리 민족의 모든 역사는 한예맥이라는 세 부족에 의해서 만들어진 통합의 역사라고 정의하는 게 옳다는 얘기입니다."

말을 마친 후 배 교수는 단상 앞으로 투벅투벅 걸어 나가더니 창빠이로부터 파란색 수성매직을 건네받은 후 백판에 영어로 China라고 썼다. 그런 후 왼손을 주머니에 넣은 채 오른손으로는 매직을 흔들어가며 마치 어린 학생들을 상대로 강의하듯 건들거리면서 말했다.

"여러분들은 자꾸만 우리 민족을 한반도의 휴전선 이남으로 못 쫓아내어서 안달이 났습니다만, 따지고 보면 우리 민족이 본사였고 당신네들 중국이 지나, 즉, 지사였단 말입니다. 사실 우리가 오늘날 사용하고 있는 중국이라는 명칭은 손문(孫文)이 신해혁명을 성공시킨 후 공화제인 중화민국(中華民國)을 선포하면서 생겨난 말이지, 그 전에는 중국이라는 말은 없었고 지나라고 했어요. 지나라는 명칭은 그 의미가 본사에 지사가 있듯이 본국에 근거를 둔 지방의 나라라는 뜻이거든요. 그 본국이 바로 우리 동이민족을 말하는 것 아니겠어요? 그래서 지나를 외국 사람들이 영어로 표기한 게 차이나가 되었지만 말입니다.

우리 민족을 넓게 보면 동이족(東夷族)이라고 말할 수 있어요. 공자가문의 족보에도 '장백산에서 날아온 학이 곤륜산에서 노닐던 암사슴과 만나 그 사이에서 나온 사람이 공자다.'는 기록이 있는데, 이는 장백산은 백두산을 말하는 것이고 곤륜산은 중국을 상징하는 대표적인 산을 의미하기 때문에, 공자의 아버지는 동이족이고 어머니는 한족(漢族)이라는 말이지요. 그렇다면 공자까지도 우리 동이족으로 볼 수 있지 않겠어요?

한나라 이전의 중국 정통사서를 기준으로 바라본다면 우리 동이족(東夷族)이 오히려 본사가 되고 여러분들이 지사, 즉, 차이나가 되는 거예요. 그러니 유치한 혈통론 따위를 말하고 싶더라도 뭘 좀 똑똑히 알고나 말해야 되지 않겠나 생각합니다. 여러분들의 시커먼 속이 내 눈에는 훤히 드려다 보이니 하는 말입니다."

배 교수의 이 같은 말에 그동안 물밑에 가라앉아있던 분노들이 드디어 폭발하고 말았다. 배 교수의 옆자리에 앉아있던 군인 복장을 한 자가 벌떡 일어나더니 앞으로 뛰어나가 왼손으로 배 교수의 멱살을 잡으며 말했다. 이때 이 자의 왼손목이 드러났는데 가운데 움푹 파인 곳에 천지라는 문양을 새긴 파란색 문신이 선명하게 드러났다.

"너희가 본사고 우리가 지사라고? 당신 눈에는 우리중국이 그렇게도 우습게 보여? 정말 유치한 게 뭔지 한번 보여줄까?"

그러면서 왼손으로는 그대로 배 교수의 멱살을 잡고 있고 오른손으로 배 교수의 뺨을 후려쳤다. 그런데도 그들 중에는 아무도 말리는 사람이 없었다. 오히려 이 장면을 속시원해하며 즐기는 표정들이었다. 다만 출입문 쪽에 서 있던 배 교수를 여기로 데려온 청년들만이 머리를 다른 곳으로 돌린 채 이 상황을 애써 외면하고 있을 뿐이었다.

그런데 이들을 더욱 화나게 만든 것은 배 교수가 멱살을 잡힌 채로 뺨을 서너 차례나 맞았음에도 불구하고 전혀 기가 죽지 않고 오히려 더 큰 소리로 외치기 시작했다는 점이었다.

"당신들이 이런 치졸한 짓거리를 한다고 해서 우리 민족의 역사로 엄연히 존재했던 고조선이 당신들의 역사가 될 수 있다고 생각하시오? 당신들이 제아무리 고구려가 중국의 역사라고 떠들어 대더라도 고구려는 우리 민족의 고구려일 뿐 결단코 중국의 고구려는 될 수가 없는 것이오.

우리 역사를 모조리 왜곡한 후에 우리 영토마저 빼앗고자 하는 당신네들의 그 음흉한 야욕을 우리가 모를 것 같소? 중국인의 배포가 고작 이 정도 밖에 되지 않는다는 것을 내 진즉에 알았어야 했는데 그것이 참으로 후회스럽소이다. 우하 하하하!"

배 교수의 멱살을 잡은 작자가 이번에는 양손으로 멱살을 잡고는 배 교수를 백판 쪽으로 세차게 밀쳐버렸다. 그리고는 억지로 그를 무릎꿇게 하고는 삿대질을 하면서 매몰차게 말하기 시작했다.

"뻔뻔스럽게도 중국의 하늘 아래에서 중국 땅을 밟으며 살아가는 자가 중국에 손해되는 막말을 하고서도 무사할 성 싶어? 여기 동북삼성은 중국의 땅이고 그렇기 때문에 여기서 살아가는 당신도 중국 사람인 게야. 그렇지 않은가? 그렇지 않다면 중국을 떠나서 당신 나라로 돌아가서 살란 말이야."

비록 무릎꿇린채였지만 배 교수가 또다시 가소롭다는 듯이 웃으며 말했다. 피가 말라붙은 그의 입술 주변은 퉁퉁 부어올라 있었다.

"정녕 그 이유가 알고 싶은가? 그렇다면 내 말해줄 터이니 똑똑히 기억하길 바라네. 여기 이 땅은 오천년 전부터 우리 민족의 땅이었어. 고조선 부여 고구려 발해 고려 조선 때까지도 분명한 우리 민족의 영토였단 말이지. 그런데 일제가 1909년 청나라와 간도협약이라는 것을 저희들 멋대로 맺어서는 동쪽으로의 국경선을 두만강까지로 후퇴시키고 말았지. 하지만 이 협약은 이미 무효가 되었어, 1952년에 체결한 중일평화조약 제4조에는 1941년 12월 9일 이전에 중국과 일본 사이에 체결된 모든 조약 협약 협정은 전쟁의 결과물로서 당연히 무효로 한다고 규정되어 있지.

그렇다면 이 간도 땅을 당연히 우리 민족에게 되돌려주어야 함에도 아직까지도 돌려주지 않고 있는 당신들의 심보는 도대체 뭔가 말일세. 우리 민족이 언젠가 통일되었을 때 통일한국 정부에서는 이 불법적인 협약을 다시 한 번 원인무효로 선언하고, 이 간도 땅 모두를 우리 민족의 영토로 회복하게 될 것일세. 그렇기 때문에 원래부터 우리 땅이었던 이 간도 땅에서 내가 당당하게 실아가고 있는 것이지. 실지회복의 그날을 기다리면서 말이야. 이제 내가 왜 이 땅에서 당당하게 살아가고 있는지를 똑똑히 이해가 되었는가? 이 좀스런 뙤놈들아!"

그러자 홍일점으로 앉아있던 중년의 여자가 또다시 일어나더니 배 교수를 손가락질하며 발악에 가까운 악다구니로 소리쳤다.

"저 미친 영감탱이 사지를 찢어서 죽여 버려!"

이 상황을 심각한 표정으로 바라보고 있던 맨 뒷자리의 우두머리들 두 명 말고는 모두가 자리에서 일어났고 너나 할 것 없이 삿대질을 하면서 저주를 퍼붓고 있었다.

"죽여 버려!"

"밟아 버려!"

허밍친 부원장의 옆자리에서 여전히 줄담배를 피우고 있던 천지회의 왕 회장은 깊은 생각에 잠겨 있었다. '짐작했던 대로 역시 저 영감을 이대로 내버려두면 앞으로 골치 아프겠어. 저렇게 극단적이고 분열반동적인 사상을 가는 곳마다 떠들어댈 테니 말이야. 적당한 기회를 봐서 조치

를 취해야 하겠어.'

생각을 마친 왕 회장이 입구 쪽에서 망을 보던 젊은이들 두 명에게 조용히 눈짓을 했다. 그러자 눈짓신호를 받은 젊은이 중 하나가 배 교수의 등 뒤로 다가오더니 오른손으로 배 교수의 목 뒤를 가격했고 배 교수는 외마디 비명도 없이 그 자리에서 앞으로 꼬꾸라졌다.

한 청년이 배 교수를 업었고 배 교수를 가격한 청년은 바닥에 떨어진 그의 두꺼운 뿔테안경을 집어 들었다. 그리고 두 청년은 신속하게 별장을 빠져나와 배 교수를 다시 차에 태운 후 어딘가를 향해 급히 출발했다.

차가 도착한 곳은 배 교수를 차에 태웠던 원래 그 옥수수 밭 샛길 입구였다. 차가 정차한 후 운전대를 잡았던 청년이 다시 배 교수를 들쳐 업고서는 길가 풀밭에 배 교수를 조심해서 뉘었다. 그런 후 뿔테안경을 손에 쥐고 있던 청년이 배 교수의 얼굴에 안경을 씌워 준 후 서둘러 현장을 떠나 버렸다.

벽을 무너뜨릴 우군을 만나다

배 교수의 사무실에서 나온 후 은하와 나는 정해 둔 목적지도 없이 거리를 걸었다. 무작정 걷다보니 전방에 윤동주 시인의 모교인 용정중학교가 있다는 안내판이 내 시선에 들어왔다. 이제 목적지가 정해졌다. 가로수가 잘 정돈된 거리는 고풍스런 주변의 경치도 볼만해서 데이트코스로는 아주 훌륭했다.

용정중학교 구본관 앞에 당당한 모습으로 서있는 거대한 시비 앞에서 우린 발걸음을 멈추었다. 윤동주 시인의 서시(序詩)였다.

「죽는 날까지 하늘을 우러러 한 점 부끄럼이 없기를 잎 새에 이는 바람에도 나는 괴로워했다 …….」

갑자기 우리 둘은 숙연해졌다. 한 점의 부끄럼도 없이 살기를 바라는 시인의 청순한 영혼이 가슴에 와 닿았기 때문이었다. 난 은하와 손을 맞잡은 채 근처의 나무벤치에 앉았다. 그 옛날 시인이 뛰어놀았을 운동장을 바라보며 시인의 모습을 그려보았다.

잠시 눈을 감자 시인의 어릴 적 단짝친구인 문익환 목사와 함께 운동장을 뛰어다니는 윤동주 학생의 천진난만한 모습이 떠올랐다. 그리고 민족의 암담한 현실을 고뇌하며 하늘을 쳐다보고 있는 쓸쓸한 모습도 그려졌다.

다시 현실로 돌아와 운동장에서 열심히 공차며 뛰어놀고 있는 우리 동포 아이들의 씩씩한 모습을 바라보니 나 역시도 가슴이 뜨거워졌다. 그 당시 시인이 느꼈을 우리 민족의 힘찬 심장소리가 여기 간도 땅에 지금도 울려 퍼지고 있었던 것이다.

반만년의 역사를 이어오면서 우리 민족은 한시도 이민족의 침략으로부터 평온했던 날이 없었다. 그만큼 치열하게 살아왔던 민족이다. 지금도 일본과 중국에 의한 역사침략 책동 앞에서 우리 민족은 풍전등화와도 같은 위기를 맞고 있는 상황이다. 일본은 독도를 자기네 땅이라고 우기면서 전 세계를 상대로 언론플레이를 하고 있고, 중국은 동북공정이라는 거대한 프로젝트를 정부 차원에서 강력하게 밀어붙이고 있는 실정이 아닌가 말이다.

나는 중국의 동북공정에 대응하는 동북아역사재단의 연구원으로서 나에게 부여된 시대적 소명을 잘 알고 있다. 다시 한 번 윤동주 시인의 시비를 바라보며 굳은 결의를 하게 되었다.

용정중학교를 나와 거리 여기저기를 걸어 다니다가 용정우물터에 다다랐다. 박경리의 소설 《토지》에 나오는 용정의 모습이 상상되었다. 용정 우물가에서 물을 긷는 아낙네들의 모습과 그들의 떠드는 소리, 서희

와 길상, 그 밖에 수많은 등장인물들이 이 땅에서 치열하게 살던 그때의 그 모습들이 내 머릿속을 활동사진처럼 스쳐 지나갔다.

그러자 우리나라의 어느 시골 읍내 같은 친숙한, 마치 잃어버린 옛 고향에 와있는 기분이 들면서 여기가 중국이라는 사실이 너무도 어색하게 느껴졌다.

우린 오래된 연인 사이처럼 자연스럽게 손을 마주 잡았고 시내를 향해 다시 길을 걸었다. 바람이 한바탕 불어오자 낙엽들이 바람을 따라 몰려간다. 그 중 하나가 은하의 머리 위에 앙증맞게 내려앉았다. 은하의 머리에서 떼어낸 잎사귀는 아직은 낙엽이라기보다는 노란색으로 물들다 바람에 의해 자연사 한 설익은 잎새였다. 아마도 친구들을 따라 내려온 모양이다.

그것을 은하에게 주었더니 은하는 마치 소녀처럼 냄새도 맡아보고 입에도 물어보면서 신기해 했다. 하는 모양이 꼭 장난감을 가지고 노는 어린아이마냥 귀엽기 그지없다.

이때, 은하의 가방에서 휴대폰 벨소리가 울렸다. 대화내용으로 보아서는 그녀의 오빠인 듯하다. 오빠가 우리와 함께 저녁식사를 하고 싶으니 연길시내에 있는 극장식 식당인 해당화에서 만나자고 한다고 했다.

우린 약속시간에 맞추어 북한에서 직접 운영한다는 식당으로 들어갔다. 주위는 이미 어둑어둑해져 오고 있었다. 식당 입구에서부터 한복을 곱게 차려입은 북한아가씨들이 안내를 하고 있었다. 안으로 들어서니 제법 아담한 분위기의 작은 무대가 나타났는데 무대 위에서는 전자오르간과 기타를 연주하며 북한아가씨들이 흥겹게 노래에 맞추어 춤을 추고 있었다. 아직 초저녁인데도 벌써 테이블의 절반 넘게 좌석이 차 있었다.

이때 무대 앞쪽의 원탁테이블 하나를 차지하고 앉아있던 남자가 은하를 보더니 손을 번쩍 들어서 아는 체를 했다. 배 교수보다 키는 다소 작아 보였지만 그 체격이 단단해서 야무진 인상을 풍기는 사내였다. 검정 양복을 깔끔하게 차려입은 모양새로 보아서는 여기 연변 사회에서 행세깨나 하며 사는 사람처럼 보였다. 그가 나를 보면서 손을 내밀었다.

"안녕하시오? 나 은하 오라비 되는 배창우라 합니다. 반갑습니다. 한국에서 오셨다고요?"

"예, 그렇습니다, 윤준노라고 합니다."

그는 가벼운 눈웃음과 함께 손에 잔뜩 힘을 주어서 내 손을 잡았다. 악수하고 있는 내 오른 손바닥을 그의 왼손으로 다시금 감싸며 두 손으로 힘차게 흔드는 장면에선 무례하다는 생각이 들기도 했으나, 그의 표정으로 봐선 그런 의도는 아닌 것 같았다. 다만 나에게 자신을 과시하려는 행동이 느껴져서 썩 기분이 편치만은 않았다.

자리에 앉아 물 한 컵을 비우며 간단한 인사치례를 하고 있는데, 벌써 주문한 요리들이 테이블 위에 놓여지기 시작했다. 잉어찜을 비롯한 해물요리와 북한산 산해진미들이 한 접시 한 접시 들어오자, 물수건으로 손을 닦던 창우의 얼굴이 뿌듯한 표정으로 바뀌어갔다.

"조선식당은 어디를 가나 요리 맛은 일품인데 요리하는데 시간이 너무 걸린단 말입니다. 그래서 내가 이 집에서 최고로 맛난 음식으로 미리 주문을 했댔습니다. 윤 선생, 시장하실 터이니 일단 들면서 얘기합시다. 은하도 많이 들어, 응?"

과연 창우의 말대로 요리 맛은 일품이었다. 천연조미료로만 요리를 했다고 하는데 은은하게 깊은 맛이 우러나는 것이 내 입에도 잘 맞았다. 창우가 따라주는 북한 술은 상호가 백두산 들쭉술이라 적혀있었다. 창우가 한껏 뽐내면서 거드름을 부려댔다.

"선생, 이 술이 말이요. 2000년 6.15 남북정상회담 때 김대중 대통령과 김정일 위원장이 함께 건배했던 술인데 북한에서는 최고로 치는 술이지요."

우리 세 사람은 창우의 건배 제의로 들쭉술을 한잔씩 들이켰다. 은하는 술이 너무 독한지 얼굴을 잔뜩 찡그리더니 잠시 입가에 잔을 대는 표정만 짓고는 살며시 내려놓았다.

이때 본격적인 공연이 시작되었다. 조금 전까지 홀에서 서빙하던 아가씨들도 모두 공연에 합류하자 극장식당 안의 분위기는 점차 무르익어가고 있었다.

"윤 선생, 저 미모의 아가씨들이 북조선에서는 엄격한 심사를 거쳐 선발된 엘리트 출신들이란 말입니다. 중국에 파견된 외화벌이 아가씨들이 이곳 연변 관광지마다 몇 군데 있는데 말입니다. 모두가 당성이 투철한 아가씨들이죠. 아무나 안 내보내지요. 그랬다간 큰일 나니까요."

은하로부터 연변조선족자치주의 대북한 무역사업의 실무를 관장하는 담당과장이란 이야기를 들었던 터라 창우에 대하여는 어느 정도 알고 있었지만 막상 그의 입을 통하여 북한의 실정을 듣게 되자 나는 또 다른 흥분을 감출 수가 없었다. 그의 입에서 나오는 이야기들은 거의 모두가 북한의 내부사정에 정통한 사람만이 전할 수 있는 소식들이었다.

이번에는 그가 옆자리에 앉아있는 은하의 어깨를 두드리며 말했다.

"그나저나 우리 은하 오랜만에 보는 사이 많이 예뻐졌구나. 너 바쁘다고 전번 추석 때도 못 내려왔었지? 나도 한 일주일 조선에 출장 갔다가 오늘 오후에야 왔댔어. 짐은 원래 쓰던 네 방에 풀어 놓았지?”

“예 오빠, 앞으로도 오빠 아파트에서 계속 신세 좀 져야겠어요.”

“신세라니 무슨 그런 섭섭한 말을 하니. 철이 공부나 좀 봐주고 그러면 우리야 좋지 뭐. 몇 시간 전에 최 씨 아저씨가 사무실로 전화 안 해주었으면 은하 온지도 모를 뻔 했드랬어. 아버지 몸이 안 좋으신 것 같으니 한번 들리라고 전화가 왔더라. 그때 네 얘기 들었어. 윤 선생도 같이 와 있다고.”

아버지 이야기가 나오자 은하는 오빠에 대한 섭섭함을 따지겠다는 듯 의자를 빠짝 당겨 앉았다. 은하의 눈빛이 무섭게 변했다.

“오빠, 인제 그만할 때도 됐지 않습니까? 아버지를 오빠가 좀 이해해 주면 안되겠습니까? 난 아버지가 너무 측은해서 아버지 얼굴을 똑바로 바라볼 수가 없단 말입니다.”

은하가 정색하며 따져 묻는 어색한 상황이었음에도 창우는 나를 의식한 행동이었던지 아니면 폭넓은 사회생활을 통해 단련된 여유로움이었던지, 그저 가벼운 미소로 은하를 바라볼 뿐이었다. 잠시 침묵이 흐른 후 천천히 입을 열었다.

“그래그래, 우리 은하 마음은 이 오빠가 잘 알지. 이제 은하가 내려왔으니 아버지를 잘 모셔야지. 요즘 들어 웬 술을 그리도 드시는지 최 씨 아저씨가 걱정을 많이 하시더라.”

창우의 넉살좋은 언변으로 자칫 딱딱할 뻔했던 상황이 부드럽게 해소되고 있었으나 은하는 오빠의 대답이 마음에 들지 않았던지 또다시 따지듯 말했다.

"나도 나지만 오빠가 아버지하고 잘 좀 지냈으면 좋겠어요. 아버지와 다투지 말고 제발 사이좋게 지내요."

창우가 젓가락으로 잉어찜 살을 큼직하게 집어 왼손바닥으로 받치며 은하의 입 가까이 가져갔으나 은하가 사양하자 그것을 자기 입에 밀어 넣은 후 우직우직 씹으면서 대답했다.

"너도 왜 잘 알잖아. 난 아버지와는 도무지 사고방식이 맞지가 않아. 도대체 그놈의 동북공정이 뭔지, 그게 터진 후론 더 내 속을 뒤집어 놓고 있단 말이야."

창우의 입에서 동북공정이라는 단어를 내뱉을 때는 그동안 보여 왔던 부드러운 모습은 간데없고 그의 눈빛에는 날이 서기 시작했다. 그 순간 나 역시도 경직되고 있었다. 부자지간에 대립하고 있는 전후사정을 충분히 알 수 있는 상황이기도 했지만, 이 문제에 대해서는 어쩌면 나도 당사자라 할 수 있으므로 자연히 나의 신경도 곤두설 수밖에 없었다. 그는 내가 따라준 술을 한 입에 털어 넣더니 화난 표정이 되어 목청을 돋우었다.

"내 입장도 좀 생각을 해주셔야지. 아버지가 동북공정이니 간도땅 찾기 운동이니 해서 연변 지식인들을 충동질하고 다니는 문제 때문에 지난 달에는 내가 당으로부터 주의처분까지 받았단 말이야. 향토연구소에서 주최하는 무슨 분기토론횐가 뭔가 때문에 한족 아이들하고 대판으로 패싸움이 나서는 온 연변사회가 시끄러웠단 말인지. 이거야 원 자식 앞길을 가로막겠다고 작심하지 않고서야 어떻게 그럴 수가 있겠느냐는 말이다."

창우는 자제력을 잃었는지 점차 흥분하고 있었다. 내가 함께 있다는 사실을 인지한 은하가 내게 미안했던지 어쩔 줄 몰라 하는 모습이 얼굴 하나 가득했다. 창우도 동생의 쩔쩔매는 모습이 안 돼 보였던지 이내 냉정을 되찾고 슬쩍 화제를 돌렸다.

"윤 선생, 미안합니다. 귀한 손님 앞에서 가정사문제로 큰 소리를 내고 말았소이다. 실례가 됐다면 이해해 주시오. 그나저나 올해 몇이나 자셨소?"

"예, 금년에 우리나이로 마흔 둘입니다. 부끄럽게도 주책없이 나이만 먹었습니다."

이때 무대에서 나오는 음악소리가 너무 시끄럽고 사람들이 모두 무대 앞으로 몰려나가 춤을 추는 통에 그는 내 말을 못 알아들은 듯 다시 물어왔다. 내가 마흔 둘이라고 재차 이야기하자 그가 의외라는 듯 짐짓 놀라는 표정을 지었다. 그는 목소리를 한층 더 높여서 이야기했다.

"나보다도 아래로 보았는데 동안입니다 그려. 요즘 어리게 보인다는 말이 최고로 치는 칭찬이지 않습니까. 나보다 여섯이 위시구면. 역사를 전공하시는 학자라면서요?"

자신보다 아래로 보았다가 여섯 살이 많다는 사실을 확인했음에도 전혀 동요하는 기색 하나 없이 그의 말투는 마치 아랫사람을 대하듯 여전히 당당했다.

"학자까지는 아니고요, 동북아역사재단에서 연구원으로 있습니다."

내 신분을 확인한 창우가 흥미롭다는 표정으로 나를 자세히 훑어봤다.

"그러니까 쉽게 말하면 우리 아버지하고는 소통이 잘 되시겠구면. 난 그딴 일에는 솔직히 말해서 관심이 없습니다. 옛날 고구려가 조선역사면 어떻고 중국역사면 어떻습니까? 이제 와서 길림성이 옛날에 고구려 땅이었으니 되돌려달라고 하면 중국이 돌려준답디까? 난 그게 다 배부른 학자들이 떠드는 말장난이라 생각하는 사람이오. 아, 내 이 말은 취소하리다. 선생 앞에서 함부로 떠들고 말았소. 어쨌든 난 현실문제에 관심이 있는 사람이지 케케묵은 옛날얘긴 별로 취미가 없단 말입니다.”

창우의 말이 어찌나 직설적이고 거침이 없던지 내 신경을 적잖이 자극하고 있었지만 나로서는 자리가 자리인지라 일단은 참을 수밖에 없었다. 그렇잖아도 내게 미안한 마음이 있어 안절부절 못하고 있던 은하는 나를 자극하는 오빠의 직설적인 표현에 더욱 초조한 기색이 되어 앉아 있었다.

그런데 가만히 생각해보니 이래서는 안 되겠다는 생각이 들었다. 창우와 논쟁을 벌이고 싶지는 않았으나 묵묵부답으로 가만히 있는 것도 재단의 연구원으로서 자존심이 허락하지 않았다. 그래서 나는 작심을 하고 그동안 참고 있던 말을 토해냈다.

“역사를 잃어버린 민족은 미래가 없다는 말이 있습니다. 우리의 뿌리인 고조선으로부터 자긍심이 가장 높았던 고구려, 그리고 고구려를 승계했던 발해는 모두 우리 민족의 자랑스러운 역사입니다. 그런데 문제를 일으킨 쪽은 오히려 중국입니다. 우리 민족의 혼이 담긴 우리의 역사를 중국의 역사라고 우기면서 역사왜곡을 시작한 쪽은 바로 중국이란 말입니다. 이러한 사태를 맞이해서도 우리가 아무런 대응도 하지 않는다면 우리 민족사가 중국사라는 것을 인정하는 꼴이 되지 않겠습니까. 중국의 속국도 아닌 우리나라가 꿀 먹은 벙어리처럼 가만히 침묵을 지킨다면 그거야 말로 정말 말이 되지 않는다고 생각합니다. 그리고 또 이 간도 땅 일대가 과거 우리 민족의 땅이었으니 지금 당장 이 땅을 모두 내어놓으라는 영토분쟁을 하자는 것이 아니지 않습니까? 다만, 우리 민족의 역사를 지킴으로써 민족의 혼을 보존하려는 것뿐입니다."

창우는 더 이상의 확전은 피하려는 듯 다시금 여유 있는 표정을 지으며 그 독한 40도짜리 들쭉술을 또다시 단번에 비우고 있었다. 벌써 혼자서 한 병을 거의 다 마셔가고 있었다. 술에 취하여 기분이 좋아졌던지 창우의 표정은 아까보다 많이 쾌활해졌다.

"자, 이제 우리 딱딱한 동북공정 이야기는 두었다가 나중에 우리 아버지하고 하기로 하고 나와는 건설적인 이야기 좀 합시다. 어쨌든 선생의 신분은 확실합니다, 그렇죠? 그럼 됐습니다. 결혼은요?"

창우의 질문은 거침이 없었다. 그의 평소 성격이 이러한 모양이었다. 그러나 나는 이런 식의 단도직입적인 대화에는 익숙하지 않아서 조금은 기분이 상해 있었다. 하지만 그가 은하의 오빠라는 사실을 생각하면 참고 그의 기분에 따라줄 수밖에 없었다.

"아직 미혼입니다."

"고매한 학자시니 공부하신다고 그럴 수도 있겠습니다. 아, 요즘 마흔 넘은 노총각들 흔하지 않습니까? 문제는 기반은 잡았는데 결혼을 못했느냐 아니면 기반을 못 잡아서 결혼을 아직 못했느냐, 뭐 그런 것이 중요한 문제지 않겠습니까?"

창우는 내 체면 따위는 안중에도 없다는 듯 그의 스타일대로 시원스럽게 말을 전개하고 있었다. 그러면서도 무언가 대화의 핵심을 향해 달려가는 중이었다. 나 역시도 배 교수의 거대한 벽을 창우를 통해 무너뜨릴 수 있지나 않을까하는 기대를 하면서 그의 말에 고분고분 장단을 맞추어주고 있었다.

"윤 선생, 우리 은하를 어떻게 생각하시오? 아, 뭐 남자로서 내 동생을 어떻게 보고 있느냐 이런 말입니다."

"부끄럽습니다만, 사랑하고 있습니다."

그제야 창우는 안심이 된다는 듯, 나와 은하의 얼굴을 번갈아 쳐다보면서 고개를 끄떡였다. 창우가 육포 안주를 씹으며 은하에게 질문을 던졌다.

"은하야, 아버지는 뭐라고 하시던? 반대 안 하시던?"

그 대답은 사실 내가 해야 될 것 같았다. 배 교수로부터 '절대 교제불가'라는 엄중경고를 받은 사람은 바로 나였으니까 말이다. 난 내손에 들고 있던 술잔을 단번에 마신 후 또다시 창우에게 잔을 채워주었다.

그러나 나도 말문을 열지 못하고 있었다. 차마 은하 앞에서 배 교수가 내게 했던 그 말을 할 수는 없었던 것이다. 잠시 동안 어색한 침묵이 흘렀다. 창우는 짐작하겠다는 듯 일부러 한껏 여유로운 표정을 지었다.

"은하야, 아버지는 걱정하지 마라. 한국 남자들에게 신세 망친 연변처녀들이 주변에 많다보니 걱정하시는 게 당연하지. 윤 선생, 나도 다년간 대외무역사업을 하다 보니 진짜와 가짜를 구분하는 안목은 있수다. 척 보면 알지. 윤 선생은 진품이요, 내가 보증하지요."

창우는 그 말과 함께 오른손 엄지손가락을 치켜세웠다. 그의 말과 행동에 우린 폭소를 터트렸다. 나에 대한 창우의 호감은 나에 대해서 배 교수가 가지고 있는 편견의 벽을 넘어서는데 큰 도움이 될 것 같았다. 나도 창우가 마음에 들기 시작했다. 첫 만남에서 좀 무례하다는 생각은 들었지만 왠지 모르게 오래된 사이처럼 나는 창우에게 어느 사이에 마음의 문을 열고 있었던 것이다.

"그런데 윤 선생, 동북공정이라는 거 말이오. 내가 당원이라서 주워들은 게 있어 하는 말이오만, 선생말대로 그거 한가로운 역사논쟁이나 하자는 게 아닙니다. 중국에서는 민감한 정치문제란 말이외다. 선생이 이걸 좀 이해해 주신다면 뭐 서로 간에 얼굴 붉히며 지낼 필요까진 없지 않겠나 생각합니다."

창우는 동북공정이라는 민감한 문제에 대해서도 분명한 입장정리를 하고 있었다. 나를 자신의 가족으로 받아주는 대신, 그가 처해있는 입장을 고려하여 달라고 나에게 주문하고 있는 것이다. 부자지간에 이 문제로 해서 심각한 갈등이 존재하고 있었던 것도 배 교수의 언행으로 인해 자신의 주변에 미치는 불리한 상황이 있었기 때문이다. 즉, 당으로부터 얼마 전에 받았다는 주의처분이 중요한 갈등의 요인이었던 셈이다.

창우의 거침없는 주장은 계속되었다.

"역사학자들은 당의 사업을 지원하기 위해서 열심히 역사책들을 뒤지고 있습니다만, 실제로 이 사업을 주도하는 건 공산당입니다. 윤 선생이 하는 일에 내가 뭐 이래라 저래라 할 수는 없겠지만 중국 당국의 처지를 헤아리면서 접근하는 게 쉽게 말하면 누이 좋고 매부 좋다는 겁니다. 사실 내가 우리 아버지와 만났다하면 다투는 것도 바로 이 문제 때문인데 그 노인네가 내 처지는 손톱만큼도 생각해주지 않으니 참 답답한 노릇이외다."

창우가 계산을 하고 있는 사이 은하와 난 식당 밖으로 나와 연변 하늘가를 수놓고 있는 별들을 바라보았다. 정말 윤동주 시인이 감탄했듯이 하얀 별들이 끝없이 펼쳐져 있었다. 서울에서 보는 밤하늘과는 비교가 되지 않을 만큼 별들의 숫자가 무진장했다. 그래서 윤동주 시인은 별을 헤아리면서 그 많은 밤을 지새웠는지도 모르겠다.

이때 지배인으로 보이는 건장한 체격의 남자와 북한아가씨들 십여 명이 밖에까지 나와서 창우를 극진히 배웅하고 한참을 서 있다가 들어갔다. 아마도 홀에서 서빙하는 아가씨들의 절반 이상은 뛰쳐나온 것 같았다. 그런 모습에서 대북한 무역을 관장하는 창우의 영향력을 가히 짐작할 수 있었다.

"참, 윤 선생. 이번 주 토요일에 사업차 백두산에 갈 일이 있는데 함께 기는 게 어떻겠소? 나음날이 일요일이니 1박 2일로 해서 이참에 아버지도 모시고 함께 다녀옵시다. 우리 아버지는 백두산이라면 숨넘어가시는 분이거든요. 사람 간에는 자주 만나야 정이 드는 법이지 않습니까?"

창우의 제안은 배 교수와 내 사이를 어떻게든 원만하게 해보려는 호의였다. 나 또한 창우와 같은 생각이었으므로 창우의 제안을 흔쾌히 승낙했다.

동북공정의
교육장

휴대폰에서 울리는 감미로운 컨츄리 음악소리에 눈을 떴다. 창틈으로 비치는 눈부신 햇살이 새로운 아침을 알리고 있었다. 서 교수님의 전화였다.

"예, 교수님. 윤준노입니다. 잘 계셨습니까."

"그래 자료 수집은 잘하고 있는지 궁금해서 전화했네. 끼니는 거르지 않고 있나? 타지에 나가서는 먹는 것만큼은 잘 챙겨먹어야 하네."

"교수님 죄송합니다. 제가 먼저 전화 드려야 하는데 어쩌다 보니 경황이 없었습니다."

"죄송은 무슨…. 그건 그렇고 자료 수집은 어떤 방향으로 하고 있나? 영사관의 도움을 받기로 한 걸로 아는데…."

"교수님, 사실은 이곳에서 우리 동포 향토사학자 한분을 만나게 되어서 그분으로부터 도움을 받을까 합니다. 영사관에는 아직 가보지 못했습니다."

"그거 잘 됐네. 안 그래도 자네가 영사관에서 짜주는 일정표대로 움직일까봐 난 그게 걱정이 돼서 전화했던 참일세. 영사관이라는 데가 걸핏하면 외교적 관계나 운운하며 도통 되는 일도 없고 안 되는 일도 없는 고지식한 데라서 말이야. 자네같이 융통성 없는 사람은 제대로 된 도움을 받기가 힘들 거야. 아무튼 거기서의 일은 자네가 잘 알아서 하고, 건강하게 잘 있다가 돌아오시게. 돌아오면 내가 술 한 잔 삼세."

"고맙습니나, 교수님. 놀아가서 뵙겠습니다."

이곳에 온지 벌써 3일째다. 온통 머릿속에 은하 생각으로 가득하다보니 자료 수집은 아직 시작도 못하고 있었다. 오늘은 대표적인 고구려유적지인 집안시를 둘러보기로 은하와 약속이 되어 있고 내일과 모레는 창우와 백두산을 방문하기로 일정이 잡혀있다.

백두산을 다녀온 다음날은 북한접경지역인 압록강과 두만강변의 단동과 삼합일대를 둘러보고, 그 다음날 서울로 돌아가는 일정을 노트에 정리하면서 머릿속으로 점검해 보았다. 원래 생각해두었던 일정표대로 영사관의 도움을 받았더라면 사실은 어제 국내성이 있는 집안시를 둘러보았어야 했다. 하루를 빼먹었으니 오늘 하루는 그만큼 더 바쁘게 움직여야겠다는 생각이 들었다.

시간을 보니 아침 아홉시가 다 되어가고 있었다. 서둘러 씻고 나서 카메라와 간단한 필기도구만을 챙긴 후 호텔 엘리베이터를 타고 내려왔다. 배 교수도 모시고 가야겠다는 생각이 들어서 은하에게 아버지의 뜻을 여쭈어보라고 전화했다.

잠시 후 은하로부터 전화가 걸려 왔는데 아버지가 날보고 아침식사도 같이 할 겸 사무실로 들리라고 했다는 것이다. 그 말을 듣자 내 가슴은 또다시 방망이질하기 시작했다. 혹시 은하 아버지가 나를 호의적으로 보기 시작한 것은 아닐까?

택시를 잡아타고 도착해보니 최 씨가 방금 전에 바닥을 청소했던지 밀대걸레를 옆에 세워둔 채로 신문을 읽고 있었다. 나를 보더니 반색을 한다.

"어서 오시오, 윤 선생, 아직 식사 안했죠? 방으로 들어갑시다."

미리 차려진 밥상에는 반찬과 수저들이 가지런히 놓여 있었는데, 은하가 부엌에서 방금 지은 밥과 된장국을 쟁반에 담아 들고 왔다. 이렇게 해서 나는 오늘 처음으로 은하가 차려주는 밥을 먹게 되었다.

"윤 선생. 찬은 부족하오만 많이 드시오. 우리 은하가 애 엄마를 닮아서 음식솜씨는 정갈한 편이오."

그러면서 배 교수가 먼저 수저를 들었다. 그의 표정은 전날보다는 많이 누그러져 있었다.

"미처 준비를 못해서 찬은 부족하지만 많이 드십시오. 선생님께서 오실 줄 알았으면 장을 좀 봐 두는 건데…."

앞치마를 입은 모습으로 무릎을 얌전히 꿇은 채 은하가 수줍게 말 할 때 난 매일 아침 은하가 차려주는 아침 밥상을 머릿 속에 그려보았다. 생각만 해도 행복감이 물밀듯 몰려왔다. 굽고 있던 생선이 다 익었던지 은하는 노릇노릇하게 잘 익은 조기 사촌쯤 되어 보이는 생선구이를 한 접시 가지고 왔다.

"이만하면 아침 식사로는 아주 훌륭합니다. 잘 먹겠습니다."

배 교수와 최 씨를 번갈아 바라보면서 이렇게 인사말을 하고는 나도 수저를 들어 식사를 시작했다. 배 교수의 말대로 은하가 차려준 음식은 내입에도 잘 맞았다. 정갈하면서도 깔끔한 맛이 부산에 있을 때 어머니가 차려주는 밥상과 별반 다르지 않았다.

식사 중간에 배 교수가 내게 말했다.

"그래, 오늘 집안시에 가 보실 생각이시라고요?"

"예. 교수님을 모시고 함께 갔으면 합니다. 어떻게 시간이 되시겠습니까?"

내 말에 배 교수는 고개를 끄덕이면서 수락의 뜻을 표시했다.

"집안시야 여기서 멀지도 않으니 함께 가 드리는 거야 어려운 일이 아니오만, 내가 따라가서 괜시리 성가시지나 않을지 모르겠소."

식사를 다 마친 배 교수의 밥그릇에 은하가 숭늉을 담아주었고 숭늉으로 입안을 씻는지 요란하게 숭늉을 마신 배 교수가 인사치레로 건네는 말이었다. 나는 원래가 밥을 먹는 속도가 빠른 편이어서 배 교수보다 수저를 늦게 들었지만 거의 비슷하게 식사를 마칠 수 있었다.

"무슨 말씀이십니까? 어제 교수님께서 제게 들려주신 말씀들은 저의 보고서 작성에 있어 귀중한 자료로 쓰일 겁니다. 오늘부터 며칠 동안은 교수님의 고견을 듣고 싶으니 바쁘시더라도 동행해 주셨으면 합니다. 내일과 모레는 배 과장님이 교수님 모시고 백두산을 방문할 계획이시라 하던데 저도 동행하기로 했습니다."

최 씨도 식사를 다 마치자 요란한 소리를 내며 숭늉을 마셔댔다. 그 옛날 우리 할아버지들이 하셨던 것과 똑같은 모습이었다. 숭늉을 다 마신 최 씨가 거드는 말을 하려는지 끼어들었다.

"배 교수 그리하소. 유적지 방문이야 우리 배 교수가 안내를 해드려야지. 그 분야에선 최고 전문가 아니요. 은하야, 내일 백두산 갈 때는 나도 같이 가는 거다. 창우도 그러라고 하지?"

최 씨가 은하를 돌아보며 말할 때는 당연히 함께 간다는 듯이 말했고, 은하도 그렇다는 표정을 지으며 대꾸했다.

"예, 아저씨. 오빠가 아저씨도 꼭 모시고 간댔습니다."

"허허허, 오랜만에 도라지 주 한잔하게 생겼네. 그 맛이 기가 막히거든. 생각만 해도 침이 꼴깍 넘어가네."

걸걸하면서도 맛깔나게 말하는 최 씨의 입담은 영락없이 인심 후한 우리 고향마을의 시골 아저씨들을 닮아 있었다. 창우의 말에 의하면 며칠 동안 딸을 찾겠다고 시내의 온 노래방을 다 뒤지고 다녔다는데 허탕만 쳤다고 한다. 그러나 내가 본 최 씨의 모습에선 그 어디에서도 어두운 그림자라곤 찾아볼 수 없었다. 이때 밖에서 최 씨를 찾는 손님이 왔고 최 씨는 나에게 천천히 일어나라고 말하고는 방을 나갔다.

은하는 내가 들어다 준 밥상을 설거지하기 시작했는데 부엌에서는 아무런 소리도 들리지 않았다. 숭늉그릇을 갖다 준다면서 슬쩍 부엌을 들여다보니 그녀는 조용히 그릇을 씻고 있었다. 몸에 배어있는 은하의 조신한 태도를 엿보게 되자 나도 모르게 가슴이 뿌듯해져 왔다.

배 교수가 손수 녹차를 타더니 같이 들자고 한다. 어제 마셔 본 백두산에서 채취한 녹차 잎을 우려낸 차였다. 확실히 배 교수의 태도는 많이 달라져 있었다. 나 역시도 어제보다는 다소 심리적으로 안정되어 있던 터라 여유를 가지고 그 맛을 음미하며 차를 마실 수 있었다. 향이며 빛깔이 우리 민족의 영산 백두산을 그대로 담고 있는 듯 했다. 목으로 넘길 때의 싸~ 한 맛은 여태까지 그 어떤 차에서도 느껴보지 못한 독특한 맛이었다.

"교수님, 환인시도 둘러보고 싶은데 하루 만에 가능하겠습니까?"

배 교수는 고개를 천천히 가로 젓더니 내말을 받았다.

"글쎄요, 집안시만 해도 원체 넓어서 다 둘러보려면 하루는 잡아야 할걸요? 꼼꼼하게 둘러보려면 아마 힘들 것 같은데 그래도 일단은 움직여봅시다."

마침 은하가 설거지를 끝내고 들어왔기에 배 교수는 그의 낡은 양복으로 갈아입으며 나갈 채비를 했다.

은하를 먼저 불러내어 택시를 한대 대절하여 움직이는 것이 어떠냐고 물었더니 오히려 그것이 시간도 절약할 수 있고 경비도 그렇게 많이 들지 않는다며 찬성했다. 지나가는 택시를 잡아 저녁때까지 대절하는 조건으로 흥정을 했는데 관광 가이드생활을 했던 은하의 노련한 협상 덕택에 적당한 가격 선에서 택시를 대절할 수 있었다.

은하를 앞자리에 태우고 배 교수와 내가 나란히 뒷자리에 앉았다. 택시는 끝없이 펼쳐진 옥수수 밭을 지나며 압록강의 서쪽에 위치한 집안시를 향해 달렸다. 어느 지점을 지나갈 때 옥수수 밭 사이로 낡은 기와지붕의 연립주택들이 드문드문 보였다. 배 교수가 그중 한집을 손으로 가리키며 저 집이 자신의 집이었는데 몇 년 전에 팔았다고 했다.

그러면서 여유로운 미소를 머금고는 하던 말을 계속 이어나갔다.

"윤 선생, 자본주의가 무섭기는 무섭더군요. 중국의 개혁개방정책으로 언젠가 집단농장을 다 폐쇄했지요. 폐쇄할 때 경작권을 인민들에게 골고루 나누어주었는데 3년도 안돼서 도루아미타불이 돼버렸으니 말입니다."

이렇게 말 한 후 그는 차창으로 멀어져가는 자신의 옛집을 향수어린 눈빛으로 바라보았다. 옛집이 저만치 멀어져 가자 그는 고개를 돌리며 다시 하던 말을 계속했다.

"중국은 집단농장을 인민공사 체제로 운영했었는데 1958년의 대약진운동 때 중국농촌 전 지역에서 인민공사가 설립되었다가 1982년도에 공식적으로 폐지됐지요. 그때 인민공사가 해체되면서 농민들한테 자경을 하는 조건으로 골고루 토지를 나누어서 임대해 주었는데 여기 단위로 한 만 평씩 돌아갔을 거야. 한국 단위로는 삼천 평 정도씩 됐겠지. 그런데 3년을 못 넘기더군. 그것 참, 허허허!"

이 말과 함께 배 교수는 너털웃음을 터트렸고 또다시 차창을 바라보며 뭔가를 회상하고 있는 모양이었다.

"자기네들끼리 사고팔고 하더니만 한 3년쯤 되니까 결국은 몇 명의 손에 몽땅 다 넘어가고 마는 거야. 아직까지도 분배받은 자기 땅에서 소작을 붙이며 여기에 남아있는 사람들도 더러는 있지만 대개는 도회지로 나가 날품들이나 팔고 있지. 이들이 바로 중국의 농민공들 아니겠어요? 기가 막힐 노릇이었어."

3년이라는 말에 나 역시도 자본주의의 역동적인 경제논리에 놀라고 말았다.

"그런데 교수님, 중국에서도 토지매매가 합법적으로 가능합니까?"

배 교수는 오른손과 고개를 동시에 가로저으며 말했다.

"그래도 명색이 공산당이 지도하는 정치체제인데 그건 안 될 말이지. 건물은 소유권을 인정해줘도 토지만큼은 매매가 금지된 국유지란 말이 거든. 법적으로는 경작권의 개인 간 거래도 엄연히 불법이지만 사실 당 국에서는 알면서도 묵인해주는 거지. 그래서 경작권만 국가에서 임대하 는 조건으로 불하해 주었는데도 그 경작권이 3년이 채 안돼서 재편성되 어 버리더란 말이야. 인민공사 해체 후에 토지를 균등하게 분배해주고 는 너희들끼리 알아서 한번 살아보라고 했지만, 개중에는 똑똑한 놈이 있는가하면 멍청한 놈도 있더란 말이야. 잘 살아보겠다고 악착같이 일 하는 놈이 있는가하면 허구한 날 술이나 퍼마시고 마작이나 하려는 놈 도 있더란 말이지. 그리고 하는 일마다 운 때가 좋아서 잘되는 놈이 있 는가하면 반대로 하는 일마다 실패하는 놈도 있고…. 하여튼 세상은 너 무도 종류가 다른 사람들이 뒤섞여있다 보니 중국공산혁명 이전의 불평 등한 경제구조로 환원하는데 고작 3년이 걸리지 않더란 말이야. 그래서 자본주의가 무섭더라는 거예요."

아버지의 이야기를 흥미롭게 듣고 있던 은하가 뒤를 돌아보며 말벗을 자청하고 나섰다.

"아버지, 중국은 형식만 공산주의지 내용은 한국보다 더한 자본주의 의 길을 가고 있습니다. 개인 간의 토지매매를 금지하는 법은 이미 사문 화된 법이지 않습니까?"

배 교수가 은하를 바라보며 일리 있다는 듯 고개를 살며시 끄덕이며 말을 이었다.

"그런가? 개인 간에 거래하다가 처벌받은 사람은 아직 못 봤으니까 그럴 수도 있겠네. 윤 선생, 어쨌든 그 후 중국에서는 또다시 대지주와 소지주, 소작농, 이농자가 생겨나서 공산혁명 이전의 농촌상태로 되돌아 가버렸단 말입니다. 하기 좋은 말로 중국식 공산주의네 중국식 자본주의네 하지만 중국이 다시는 인민공사 시절로 되돌아 갈 수 없듯이 적어도 공동생산 공동분배를 전제로 하는 마오쩌둥식의 공상적 공산주의 경제이념은 실패했다고 단정할 수 있지요."

배 교수의 말을 들으면서 구소련이 해체되고 모스크바의 붉은 광장에 위풍도 당당하게 서있던 레닌의 동상이 수난을 당하던 날, 서 교수님께서 우리들에게 들려주셨던 말씀이 생각났다. 공산주의 경제이념이 실패할 수밖에 없었던 이유를 그 이념에 참여하는 사람들에게서 찾아야한다는 말씀이었다. 자본주의 경제체제의 핵심인 자율적 의지라는 것은 사실은 인간의 타고난 본능인 욕심의 다른 말이라는 것이다.

사람은 누구나 욕심이라는 본능의 지배를 받고 있는데 이 본능이 존재하는 한은 공산주의는 자본주의한테 백전백패 할 수밖에 없다고 말씀하셨다. 똑같이 일해서 똑같이 분배한다는 것은 욕심이라는 본능이 존재하는 인간 세상에서는 열심히 일할 동기부여가 상실되는 것이기 때문에 당연히 생산성과 창의성이 떨어질 수밖에 없다는 말씀이었다.

자율성보다는 도식적인 평등을 앞세운 20세기 이후의 공산주의 경제실험은 창의성과 생산성의 낙후로 인해 실패했다고 결론지을 수 있는데 그 원인은 다름 아닌 인간의 타고난 욕심, 바로 그 욕심이 화근이라고 서 교수님께서는 진단하셨던 것이다.

물론 혁명의 초창기에는 혁명 전사들의 뜨거운 열정이 살아 있어서 지도층이 솔선수범하는 모범을 보이며 일반대중들의 타고난 본능을 정치교육을 통해서 억누를 수 있었던 시기도 있었다. 그러나 그것도 한시적으로만 가능했던 일이었고, 세월이 흐르면서 당원들 스스로도 본능에 제압당하게 되었는데 이것은 곧 지도층의 부패로 나타났다. 이로써 교육만으로는 더 이상 대중들의 타고난 본능을 억누를 수 없다는 사실이 증명되었던 것이다. 오죽했으면 2,500년 전 석가모니께서도 욕심이 화근이니 욕심을 버리라고 말씀하셨을까. 그러나 사람이 어찌 욕심을 버릴 수 있단 말인가. 사람의 타고난 본능인 것을 말이다.

뭔가를 골똘히 생각하던 배 교수가 심각한 표정으로 다시 말했다.

"이건 내 생각인데, 어쩌면 북한도 남북한의 체제경쟁에서 패배했다는 사실을 내부적으로는 인정하고 있을 거라고 봐요. 90년대 고난의 행군시절을 거치면서 모두가 인정했다고 보는 거지. 문제는 그 패배를 공식적으로 시인하는 것은 일방적으로 한국에 흡수통일 당한다는 의미인데, 그랬을 경우 과연 한국 사람들이 같은 동포로서 동등한 대접을 해주겠느냐는 우려가 있을 거라고 봐요.

흡수통일 당하는 북한쪽에서 보자면 사실상의 항복을 의미하는 것이기 때문에 한국 사람들로부터 멸시받고 차별받고 천덕꾸러기 취급이나 당하는 2등 국민 취급을 받을 수 있다는 강한 우려가 있을 거란 말입니다. 아마도 그런 것이 두려워서라도 쉽게는 손들지 않을 겁니다.

내가 아는 북한 사람들 중에는 전쟁을 했으면 했지 굴욕적인 삶을 살겠다는 사람들은 별로 없거든. 이 사람들이 걸핏하면 자신들은 고구려의 후예라고 하는데 그만큼 자존심들이 대단하다는걸 알아야 한다는 말이에요. 이것을 한국 사람들이 명심해야 할 거요."

방금 배 교수가 한 말은 나를 긴장시키기에 충분했다. 한국이 체제경쟁에서 이겼다는 것은 사실이고 그래서 언젠가는 북한을 흡수통일 할 수도 있겠다. 하지만, 그의 말은 대한민국 국민들이 북한 동포들을 따듯하게 포용하는 동포애를 발휘하지 않는다면 큰 대가를 치를 수도 있다는 경고의 메시지였던 것이다.

얼마 전 한국에 정착해 있는 탈북자들을 상대로 한 설문조사 결과는 실로 충격적이었다. 처벌만 하지 않는다면 다시 북한으로 되돌아가고 싶다고 응답한 탈북자가 40퍼센트가 될 정도로 그들은 한국사회에 적응하지 못하고 있었던 것이다. 그들은 하나같이 외롭다고 했다. 그들이 한국사회에서 얼마나 차가운 시선을 느꼈으면 요즘 또다시 미국이나 영국으로 망명신청을 하는 탈북자들이 늘어나고 있겠는가.

그들을 외롭게 만드는 우리 한국사회의 차가운 분위기를 생각해볼 때 배 교수의 말은 참으로 의미심장한 이야기였다. 탈북자들이 한국사회에 제대로 적응하지 못하고 우리사회의 낙오자로 방치되고 있다는 사실은 통일한반도의 앞날에 적잖은 부담이 틀림없다. 같은 민족으로서 포용력을 제대로 보여주지 못하여 믿음을 심어주지 못한다면 통일을 이룰 수 있는 결정적 시기에 북한주민들을 주저하게 만들 수도 있다.

외국인 노동자들과 똑같은 취급을 받는 2등 국민으로 전락할 수 있다는 우려로 인해서 북한주민들이 통일을 두려워 할 수도 있지 않겠는가 말이다. 그럴 바에는 차라리 배가 고프더라도 자존심을 지키고 살 수 있는 영구분단을 지지할 수도 있다는 가정을 하지 않을 수 없는 것이다.

한참을 달려온 택시가 어느덧 집안시에 도착했다. 택시에서 잠시 내려 고구려의 유적지를 한눈에 들어오도록 만들어놓은 대형 관광안내판을 올려다보았다. 이곳이 바로 오늘날의 길림성 집안시로서 고구려의 두 번째 수도로 400년간 그 영광을 함께 했던 국내성이 있던 지역이다. 중원대륙을 천 년 동안이나 호령했던 고구려의 자랑스러운 역사가 압축되어 있는 곳이다.

입구에서는 각종책자와 기념품들을 판매하고 있었다. 거기에는 고구려의 대표적인 유적인 장군총과 광개토대왕비와 같은 우리 역사의 소중한 유산들이 빠짐없이 소개돼 있었다. 심지어는 고구려의 시조 주몽의 얼굴을 새긴 쟁반모양의 기념품과 주화도 팔고 있었는데 쟁반 뒤에는 한사와 한글로 고구려는 중국의 변방에 있던 소수민족으로써 중국의 지방정권이었다고 새겨놓았다.

판매하고 있는 지도에는 만리장성의 종착지를 한반도의 한강유역까지로 왜곡한 것들도 많이 있었고, 모든 유적 안내문마다 마치 당연하다는 듯이 고구려는 중국의 역사임을 분명히 하고 있었다. 고구려의 영광스런 역사를 보여주는 유적지라기보다는 차라리 중국 동북공정 프로젝트의 교육장에 왔다는 착각을 불러일으키게 하고 있었다. 이런 참담한 현실에 맞닥뜨리자 내 머리는 혼란스럽기만 했다.

이때 배 교수 특유의 울분에 찬 목소리가 들렸다.

"보시오, 윤 선생. 한국하고 중국이 2004년도에 고구려사 왜곡을 하지 않겠다는 구두합의를 하고난 뒤에도 중국의 현장에서는 바뀐 게 아무것도 없지 않소이까? 중국은 이렇게 단 한 번도 동북공정을 포기한 적이 없단 말입니다. 그런데도 고구려사를 중국의 역사교과서에서 왜곡할 때에만 문제가 된다고요? 세상에 그런 머저리 같은 말이 어디 있단 말입니까? 중국은 이렇게 앞서서 달려가고 있는데 한국은 아직까지도 동북공정이 단순한 학술적 차원이네 아니네 하고 있으니 이 얼마나 한심한 일이냐, 이 말입니다.”

그의 말에 난 아무 대꾸도 할 수가 없었다. 마치 죄인이 된 심정이었다. 왜 우린 아무런 대응도 하지 못하고 있을까? 그것은 오히려 내가 묻고 싶은 말이었다. 배 교수는 특유의 톤 높은 목소리로 통탄할 일이라며 울분을 토로하고 돌아섰다. 순간 그의 눈가에서는 눈물이 주르륵 흘러내렸다. 잔뜩 긴장한 표정으로 지켜보던 은하가 재빨리 손수건을 꺼내 아버지의 눈물을 닦아주었다. 배 교수는 은하의 손수건을 받아서 눈가를 다시 닦았다. 그리고 천천히 돌아서며 떨리는 목소리로 말했다.

“미안하오, 윤 선생. 내가 너무 흥분했던 모양이오. 나이 먹은 사람이 주책없이….”

배 교수는 손수건을 은하에게 돌려주면서 허탈하게 웃고 있었다. 그 웃음은 차라리 허무에 가까웠다.

대기하고 있던 택시에 다시 올랐다. 창문을 모두 내리고 시원한 가을 바람을 맞이하자 우리 일행의 침울했던 분위기도 다시 원래의 상태로 돌아오고 있었다.

서문 쪽의 도로를 따라 가면서 최근에 지은 청파정(淸波亭)이라는 2층 누각을 볼 수 있었다. 차에서 내려 우린 모두 정자에 올랐다. 다리너머로 북한 땅이 한눈에 들어왔다. 그 모습은 그야말로 황량한 고립무원의 모습으로 생동감이라고는 찾아볼 수가 없었다. 배 교수의 말대로 스스로 생존할 수 있는 자구책도 없이 다만 버티고 있을 뿐이란 생각이 들었다. 곧 매서운 엄동설한이 몰려올 텐데 말이다.

강 건너로 바라보이는 황량한 고립무원의 모습, 이것이 오늘날 우리 민족의 절반인 북한이 처한 현실이다. 이러한 비극의 시작은 민족의 분단으로부터 시작된 것이고 문제의 해결은 통일뿐인데도 그 여정은 결코 간단치가 않은 것이다.

고구려의 두 번째 수도인 국내성에 중국식 정자를 지은 이 사람들의 의도는 뻔할 것이다. 고구려는 중국의 변방민족이었고 따라서 중국의 역사라는 사실을 확실히 해두려는 치졸하게 계산된 의도가 분명하다.

"윤 선생, 고구려도 고구려지만 발해는 정말 심각한 문제입니다. 발해 유적지를 세계문화유산에 등재시킬 목적으로 복원을 하면서 거의 당나라 장안성과 비슷하게 왜곡을 시키고 있단 말입니다. 그래도 고구려는 북한과 함께 세계문화유산으로 등재를 했기 때문에 세계인들이 볼 때 북한과 중국이 공유하는 역사 정도로 봐 줄 거에요. 그렇지만 발해는 그 유적지가 북한에도 많이 있음에도 불구하고, 북한은 가만히 있고 중국만 등재를 한다면 발해사는 그야말로 우리 역사에서 완전히 사라지고 마는 결과로 나타날 수 있지 않겠어요? 이렇게 된다면 보통 심각한 문제가 아닌데도 다들 손을 놓고 있으니 답답한 노릇입니다."

이 때 우리 옆을 한 무리의 한국인 관광객들이 왁자지껄 떠들며 지나가고 있었다. 그 모습을 지켜보던 배 교수가 한심스럽다는 표정을 지으며 담배를 꺼내 입에 물었다. 그는 답답하다는 듯 연기를 허공으로 쏘아 올리고는 하염없이 먼 산을 바라보았다.

나는 은하가 보이지 않아서 주변을 두리번거리고 있었다. 그러자 화장실 쪽을 향해 걸어가는 은하의 모습이 보였다. 나도 참고 있던 소변을 해결할 작정으로 화장실을 향해 걸어갔다.

이때, 배 교수가 서있는 자리로 바바리코트를 입은 사내가 뚜벅뚜벅 걸어왔다. 사내의 얼굴이 하도 험상궂게 생겼기에 배 교수도 흠칫 경계하는 눈치였다. 이 사내가 배 교수의 얼굴 가까이에 자신의 얼굴을 바짝 밀착시키고는 기분 나쁜 미소를 지으며 웃었다. 그러더니 배 교수의 귀에 대고 속삭이듯 말했다.

"이봐, 영감. 우리가 항상 지켜보고 있다는 거 명심하고 있지? 말 한마디 행동거지 하나도 항상 조심하는 게 좋을 거야. 영감은 여기가 한국인 줄로 착각하는 모양인데 여기는 중국이야, 중국. 험한 꼴 당하기 전에 입 조심하는 게 좋을 거야. 알았지?"

그리고는 대꾸할 기회조차 주지 않은 채 씹고 있던 오징어 다리로 배 교수의 얼굴을 톡톡 치더니 이내 사라지고 말았다. 이 황당하고 기분 나쁜 상황이 별안간 벌어지고 말았지만 배 교수는 그저 쓰디 쓴 미소를 지으며 허탈하게 웃기만 할 뿐이었다.

동북공정의
제3단계

나는 담배를 피울 요량으로 건너편에 있는 정자나무 밑으로 갔다. 은하가 물끄러미 나를 쳐다보고 있었지만 아버지의 눈치를 보는지 그대로 서 있기만 했다.

담배 한대를 다 피운 후 돌아오자, 그 제서야 배 교수는 마음을 다잡았던지 하늘을 향해 호탕한 너털웃음을 터트렸다. 그러더니 아까보다도 오히려 더 인자한 미소로 나를 바라보면서 하던 말을 계속했다.

"윤 선생, 소련이 경제적인 문제로 무너졌을 때 그 안에 있던 소수민족들이 모두 독립해 나가면서 초강대국이었던 소련이 졸지에 2등 국가로 전락하지 않았습니까? 이 모습을 지켜본 중국이 소련의 전철을 밟지 않기 위해서 자국 내의 소수민족 역사를 중국사로 편입하는 공정을 대대적으로 시작했다고 봐야 합니다. 중국이 국경선을 맞대고 있는 나라가 러시아와 북한을 포함해서 모두 14개국인데 한결같이 중국보다는 못 사는 나라란 말입니다. 만약에 독립된 주변 국가들이 모두 잘 산다면 중 국 변방에 있는 소수민족들도 우리도 독립해서 한 번 잘 살아보자고 할 텐데 오히려 중국보다도 못살고 있으니 아직 그런 생각들은 없단 말입 니다.”

배 교수는 피우던 담배를 바닥에 떨어뜨린 뒤 구두로 짓이기었다. 그 런 후 나를 뚫어지게 쳐다보면서 심각한 어조로 하던 이야기를 계속해 나갔다.

“그런데 한번 생각해 봐요. 만약에 한국이 북한을 흡수통일해서 북한 이 잘 살게 된다면 길림성 조선족자치주에 있는 우리 조선족들이 동요 하지 않겠습니까? 그렇게 된다면 신장자치구의 위구르와 서장자치구의 티베트도 덩달아서 동요할 수 있는 문제란 말입니다. 중국의 고민이 바 로 여기에 있다고 봅니다. 그런 이유로 중국은 한반도의 통일을 어떤 식 으로든 반대하려고 할 겁니다. 단순히 반대만 할까요? 글쎄요…. 중국 은 생각보다도 훨씬 무서운 나라입니다. 한국 사람들이 이 점을 잘 알아 야 해요.”

이 말을 들으면서 나는 하버드대학의 마크 바임턴 박사가 했던 말이 생각났다. 최근 들어 중국정부가 가장 관심을 가지고 있는 소수민족이 바로 동북지역에 있는 조선족이라고 전제하면서 그는 그 이유를 이렇게 설명하였다.

“사실 중국에 살고 있는 조선족은 중국의 입장에서는 큰 문제가 아 닐 수 없다. 서남쪽이나 서북쪽에 살고 있는 다른 소수민족들의 경우 계속 독립을 요구하며 독립의 역사적 정당성을 찾기 위해 노력하고 있다. '우리 조상들은 중국의 일부가 아니었는데 우리는 왜 중국에 속해야하나?'라는 의문을 던지면서 말이다. 논리를 확장하면 중국에 살고 있는 조선족들도 '우리는 옛 고구려 땅에 살고 있고 고구려는 중국의 일부가 아니었는데 우리는 왜 중국에 속해야 하느냐?'고 질문할 수도 있을 것이다. 그리고 중국은 한국이 통일된 후 옛 고구려 땅의 일부였던 간도일대를 한국영토라고 주장할 것에 대해 걱정하고 있다고 본다. 이렇게 될 경우 중국의 입장이 실제로 수세에 몰리게 될지도 모른다.

중국은 동북지역의 3개성인 길림성 요녕성 흑룡강성이 중국영토라는 역사적 정당성에 대해서 걱정을 하고 있다. 왜냐하면 이 지역은 1949년까지 단 한 번도 중국 중앙정부가 장기적으로 통치한 적이 없었던 지역이기 때문이다. 역사적인 근거를 제시하지 못하면 이 영토에 대한 영유권을 주장하기가 힘들어지는데 중국인들은 그것을 두려워하고 있고 동북쪽 국경을 유지하며 영토를 보존하지 못할까 봐 불안해하고 있는 것이다. 이 같은 배경아래서 나는 중국이 티베트 역사를 편입시키는 서남공정에 이어 동북지역 문제를 다루는 동북공정을 시작했다고 본다."

깊은 상념에 빠져있던 배 교수가 자리에서 일어나며 그만 가자고 하여 우린 다시 택시에 올랐다. 차는 한참을 달렸고 얼마를 더 이동하자 우리들의 눈앞에 동방의 피라미드라 불리는 웅장한 모습의 장군총이 나타났다. 차에서 내려 가까이 다가가 보았다.

높이가 13미터인 장군총은 그 보존상태가 너무도 완벽하여 내 눈을 의심케 했다. 더 걸어가자 광개토대왕릉으로 짐작된다는 태왕릉이 나타났다. 그 규모가 장군총보다 네 배는 더 커보였다. 다시 조금을 더 걸어가자 높이가 6미터도 넘어 보이는 그 유명한 광개토대왕비가 우리들 앞에 우뚝 나타났다. 거기에는 고구려 특유의 기개가 넘치는 필체로 모두 1,775자의 문자가 비의 사면에 새겨져 있었다. 웅장한 광개토대왕비를 바라보며 내가 물었다.

"그런데 교수님, 동북공정의 마지막 단계는 무엇이라고 생각하십니까?"

"그건 중국 남서부에 있는 티베트의 서남공정을 통해 잘 알 수 있을 거요. 그 끝이 어디인가를 말입니다. 중국의 동북공정은 한반도의 통일 이후를 대비하여 간도지방을 계속 관할하기 위한 포석도 분명히 있습니다만, 다른 의도도 가지고 있다고 봐야 됩니다. 만약에 북한이 어떤 사정으로 급격하게 붕괴된다면 북한에 대해서 어떻게 우선권을 주장할 것인가 하는 음모도 숨어있다고 나는 확신하지요."

순간 두려운 생각이 내 머리를 스쳐 지나갔다. 이 말은 북한이 중국의 소수민족이었던 옛 고구려의 영토였다는 명목으로 북한을 병합할 수도 있다는 얘기가 아닌가. 별안간 북경대학에서 교환연구원으로 공부하고 있을 때 그 대학의 왕소부 교수로부터 들었던 이야기가 생각났다.

"고구려가 평양으로 천도했을 당시 그 땅은 중국 고대영토의 일부였다. 왜냐하면 그곳은 중국의 지방민족이자 지방정권인 고구려영토였기 때문이다. 그 지방을 점령하기 전에는 한사군, 낙랑군 같은 것이 있어서 중국이 직접 통치하고 있는 상황이었다. 낙랑군은 중국의 영토였다."

평양을 비롯한 한반도북부와 중국의 역사적 연관성에 대해 이 같은 논리로 설명하며 왕소부 교수는 고구려의 영토였던 한반도의 북부까지도 중국의 고대영토라고 주장했던 것이다. 한 번 그런 생각을 하기 시작하자 갑자기 여러 가지의 생각들이 꼬리에 꼬리를 물고 떠올랐다. 북경대학의 또 다른 정치학교수로부터 들었던 이야기도 떠올랐다.

"중국은 북한이 10년 내에 붕괴될 것으로 보고 있다. 그렇게 될 경우 북한을 친 중국성향의 북한 군부세력으로 괴뢰정권을 만든 후, 향후 점진적으로 중국의 지방정권으로 편입할 계획을 가지고 있다."

그리고 미국인 학자 스티븐 모션이 자신의 저서 《Hegemony》에서 밝힌 내용도 생각났다.

"김정일 정권이 붕괴하면 중국은 군대를 북한으로 이동시켜 괴뢰정권을 수립하거나 자국의 조건에 따라 한반도 통일을 조정하는 수단으로 이용하려 할 것이다. 이와 같이 중국은 북한에 대한 영향력을 유지하기 위해서 새로운 정권수립을 포함한 다양한 대비책을 마련해 놓고 있다."

나는 태왕릉과 장군총을 찬찬히 올려다보았다. 그러자 그 속에서 금방이라도 광개토대왕과 장수왕이 큰칼을 높이 치켜든 채 뛰쳐나올 것만 같았다. 중국의 동북공정을 쳐부수기 위해서 우뢰와 같은 고함을 지르면서 달려가는 모습이 보였다. 광개토대왕이 고구려의 용맹한 십만 대군을 이끌고 먼지를 일으키며 만주벌판을 달리는 환영이 내 앞을 지나가고 있었다. 상상이 여기까지 미치자 나도 모르게 옅은 미소가 새어나왔고 두 주먹에는 잔뜩 힘이 들어갔다.

광개토대왕비를 보는 것으로 집안시의 유적지를 둘러보던 일정을 모두 마치고 우린 다시 택시에 올라 압록강 변을 내달렸다. 유적지마다 설치된 안내문과 각종 관광안내 책자 그리고 기념품에 이르기까지, 고구려는 한반도와는 아무런 관련이 없는 중국의 일개 지방정권에 불과했다고 선전하고 있는 중국이 너무나도 가증스러웠다. 그리고 이천년 전 만주대륙을 지배했던 우리 민족의 영광이 집약되어 있는 고구려의 두 번째 수도 국내성이 이토록 처참하게 동북공정의 선전장으로 변해버린 현실 앞에서 난 통곡하고 싶은 심정이 되었다.

이제 겨우 다섯 시를 넘긴 시간인데도 압록강 너머로 석양이 붉게 물들고 있었다. 그 옛날 고구려 땅에서 그 옛날 고구려 땅으로 지고 있는 노을이 어쩐지 낯설게만 느껴지면서 울적한 마음이 물밀듯 몰려오고 있었다.

택시는 갈 때 보다 더 빨리 달려서 어느덧 배 교수의 사무실 앞에 도착했다. 배 교수와 은하를 먼저 내리게 한 후 아침에 합의했던 요금을 정산해주고 나도 내렸다. 택시기사는 오늘 수입이 짭짤했던지 연신 즐거운 표정을 지으며 우리들 모두에게 몇 번 씩 인사한 후 사라졌다. 배 교수가 지갑을 주머니에 집어넣고 있는 나를 바라보며 말했다.

"윤 선생, 오늘 지출이 과하신 것 아닙니까? 내가 너무 떠드는 바람에 환인시도 못 가보고 왠지 미안한 마음이 듭니다. 늦었지만 들어가서 저녁식사를 하고 가세요."

별로 시장기도 없었고 또 늦은 시간에 폐가 될 것 같아 나는 정중히 사양했다.

"아닙니다. 전 별로 생각이 없습니다. 나중에 들어가서 간단하게 때우면 됩니다. 교수님께서 피곤하실 텐데 어서 들어가십시오. 내일 백두산 일정도 있고 하니 저도 그냥 가보겠습니다. 오늘은 정말 여러 가지로 유익했습니다."

배 교수는 내일 보자며 내게 악수를 청한 후 헤어지기가 못내 아쉬워 주저하고 있던 은하의 손을 이끌다시피 해서 기어이 함께 사무실로 들어갔다. 여기서부터 백산호텔까지는 걸어서도 30분 남짓한 거리였기에 나는 연길시의 야경도 구경할 겸 천천히 발걸음을 옮겼다.

배 교수가 은하와 함께 자신의 방으로 들어와 보니 방은 엉망으로 어질러져 있었다. 걸레로 방바닥을 닦던 최 씨가 어이없는 표정을 지어보이며 자신 없는 말투로 설명했다.

"배 교수, 도둑이 들었나 봐. 손님하고 현장에 다녀왔더니만 방이 이렇게 되어 있었지 뭔가. 없어진 물건이라도 있는지 찬찬히 둘러보게나."

배 교수는 허탈하게 웃으며 말했다.

"내 방이야 뭐 훔쳐갈 것이나 있겠나마는 이 작자들이 정말 해도 너무 하는 것 같구먼. 아예 이성을 잃었어. 이제는 이런 좀스런 패악까지 저지르다니…."

배 교수의 이 말은 벽면에 붙어있던 대형지도가 산산이 찢어져서 내팽개쳐져 있는 데 대한 울분이었다. '고토회복지역' 이라고 적어놓은 북간도지역이 잘 나타나있는 대형지도가 조각조각으로 방안 여기저기에 어지럽게 널려있었다. 지도가 붙어있던 벽면에는 붉은 매직으로 '중국인으로 살기 싫으면 중국 땅을 떠나라' 는 경고성 문구가 적혀있었다.

웬 만큼을 정돈한 뒤 배 교수는 최 씨와 함께 막걸리나 한잔하면서 오늘일의 착잡한 마음을 달래고자 순두부집으로 들어섰다. 배 교수가 들어서자 탁자 하나를 차지하며 막걸리를 마시고 있던 40대 초반의 사내 세 명이 일어나 정중하게 인사를 했다.

그런데 이 사람들의 몰골이 보기에도 형편없었다. 한명은 왼팔에 깁스를 하고 있고, 또 한명은 머리통에 열십자 모양으로 반창고가 붙어있고, 또 한명은 왼쪽다리를 깁스한 채 목발을 짚고 있었는데 눈두덩이와 입술 주위까지 시퍼렇게 멍들고 퉁퉁 부어 있었다.

"교수님, 안녕하십니까? 그런데 여긴 웬일이십니까?"

그 중에서도 한 달 전 분기토론회 때 사회를 보다 봉변을 당했던 성주가 왼팔에 깁스를 한 채로 배 교수와 최 씨를 바라보면서 반갑게 말했다. 이때 배 교수가 애정 어린 표정으로 이들의 어깨를 어루만져 주었다.

"아이고 이 사람들아, 그래 많이 상하지는 않았구?"

눈두덩이가 시퍼런 채 다리에 깁스까지 하고 목발을 집고 있던 경태가 말했다.

"웬만큼은 나다닐 만합니다. 염려 안하셔도 됩니다. 그런데 식사하러 오셨습니까?"

"아니야, 답답한 일이 있어 막걸리나 한잔했으면 하고 왔더니만 자네들도 와있었구만."

"그럼 잘되었습니다. 저희들과 함께 하시지요. 최 사장님도 같이 앉으시지죠?"

이렇게 해서 탁자 하나에 다섯이 둘러앉아 막걸리 잔을 기울이게 되었다. 성주가 양은 막걸리 잔에 배 교수와 최 씨에게 막걸리를 한잔씩 가득 따라준 후 주인 아주머니를 불렀다.

"아줌마, 우리 교수님 아시죠?"

차분하면서도 후덕하게 생긴 아주머니가 다가오더니 배 교수에게 깍듯이 인사를 했다.

"암요, 우리 배 교수님을 모르면 제가 조선 사람이 아니지요. 그나저나 교수님, 요앞전 분기 행사 때 마음 많이 상하셨지요? 우리 조선사람들이 그 일로 해서 더욱 단합하자고 말들이 많습니다. 교수님께서 잘 이끌어주십시오. 저희들은 그저 교수님만 믿고 따라가겠습니다."

아주머니가 말하는 동안 배 교수는 팔짱을 낀 채 두 눈을 지그시 감고는 고개를 끄덕였다. 배 교수가 술을 단숨에 들이켠 후 주인 아주머니에게 자신의 잔을 건네며 조금 따라주었다.

"고마운 일입니다. 우리 동포들이 이렇게 단합하는 모습이 너무도 고마운 일이에요. 머리가 깨지고 다리가 부러지고 팔이 부러지더라도 결코 굴복해서는 안 됩니다. 우리나라가 통일될 때까지 우리 동포들이 이 시련을 잘 이겨내야 합니다. 그래야만 잃어버린 우리 땅을 되찾을 수가 있어요. 우리 동포들이 장해요. 암요 장하다마다요."

성주가 막걸리 한 주전자를 더 주문했을 때 오늘은 배 교수에게 아주머니가 한턱 내겠다며 김이 모락모락 나는 두부김치 한 접시와 막걸리를 큰 주전자로 가지고 왔다. 최 씨가 이들의 몰골을 찬찬히 훑어보면서 하는 말이다.

"자네들 그 몸으로 술 마셔도 괜찮겠는가?"

머리에 반창고를 붙이고 있던 기수가 막걸리 한 사발을 남김없이 들이키며 말했다.

"걱정 마십시오, 인제 괜찮습니다. 교수님 제 술 한 잔 받으시지요."

배 교수는 기수가 따라주는 잔을 가득 받은 후 반 잔을 들이키더니 다시금 이들을 훑어보았다.

"자네들이 내제자로 나와 인연을 맺은 후로 고생이 많음일세."

성주가 배 교수를 바라보며 말했다.

"무슨 말씀이십니까? 저희들은 교수님과 함께 이 땅에서 살아간다는 것이 여간 든든하지가 않습니다."

기수가 무슨 은밀한 말을 하려는지 주변을 살피며 조심스럽게 말했다.

"그나저나 교수님, 들리는 말로는 그때 그 패거리들이 장백산천지회 단원들이란 소문이 있습니다.

최 씨가 화들짝 놀라며 말했다.

"장백산천지회라면 그 악명 높은 삼합회조직을 말하는 것이 아니네? 그럼 이것 보통 큰일이 아닌데, 보통 일이 아니란 말일세, 큰일이야."

"쉿, 최 사장님 좀 조용히 말하십시오. 남들이 듣겠습니다."

채 열 평도 안 돼 보이는 식당 안에는 이들 외에는 아무도 없었지만 그래도 사안이 사안인지라 성주가 다급하게 호들갑을 떨고 있던 최 씨를 자중시키고 있었다. 그제야 최 씨가 주변을 돌아다보더니 자신의 왼손으로 입을 다물게 한 후 조심하겠다며 머리를 몇 번이고 끄덕였다.

기수의 말을 듣고 나서야 배 교수는 최근에 자신의 주변에서 벌어졌던 이해할 수 없는 여러 상황들이 이해가 간다는 표정으로 막걸리를 벌컥벌컥 마신 후 오른 손등으로 입을 닦았다.

“이 자들이 여유를 잃어가고 있어. 무엇이 그리도 초조한지 대국으로서의 여유를 잃어가고 있단 말일세. 그것이 걱정이야. 우리야 힘이 없으니 밟으면 밟힐 수밖에. 그런데 말이야. 자네들 인동초 이야기 내가 옛날에도 하지 않았던가? 우리 민족의 지난 역사를 돌이켜보면 세찬 겨울바람을 이겨낸 인동초와 같다고 볼 수 있지. 바람이 불면 눕고 밟으면 밟히고 세찬 추위에는 하얗게 잎이 말라버리는 볼품없는 풀에 불과하지만 봄이 되면 오뚝이처럼 꿋꿋하게 되살아난단 말이야. 진정한 승리자는 끝까지 살아남는 자가 될 것이야. 우리 모두 힘들겠지만 이 모진 겨울을 이겨내자고. 그래서 희망찬 새봄을 맞이해야 되지 않겠나?”

기수가 배 교수를 걱정스런 표정으로 바라보며 다시 말했다.

“교수님, 앞으로가 걱정입니다. 천지회가 단순한 삼합회가 아니기 때문에 앞으로도 계속해서 우리를 괴롭힐 것 같습니다. 그 중에서도 아마 모르긴 해도 교수님을 타깃삼아서 집중적으로 괴롭힐 것 같은데 교수님께서도 모쪼록 몸조심 하셔야 하겠습니다.”

이때 의자 옆에 세워둔 목발이 옆으로 쓰러져 그것을 똑바로 일으켜 세우고 난 후에 경태가 거들고 나섰다.

“천지회는 삼합회와 연결된 극우단체라고 합니다. 동북삼성지방 일대에서 활약하는 중화주의 극우단체이기 때문에 우리 조선동포들이 그 타깃이 될 게 뻔합니다. 저들은 동북공정을 방해하는 세력을 타깃으로 삼아 무지막지하게 테러를 한다는 소문이 있습니다. 모두들 조심해야 될 것 같습니다.”

자신의 손으로 입까지 막고 있던 최 씨가 입방아를 찧고 싶어 도저히 못 참겠던지 어느새 머리를 쏙 들이밀고 있었다.

"도대체 천지회 가들은 뭣 땜시 우리를 못 잡아먹어서 그 난리라 하던 가?"

성주가 최 씨를 정색을 한 표정으로 바라보면서 말했다.

"최 사장님, 부동산에 놀러 오시는 분들 앞에서도 오늘 있었던 이야기 는 절대로 하지 마십시오. 저자들이 교수님 주변에 끄나풀을 붙여 놨을 가능성이 있습니다. 우리가 저들의 정체를 알고 있다는 것이 저들에게 알려지면 더욱 가혹한 테러를 당할 수도 있습니다. 절대로 말조심하셔 야 합니다. 아시겠죠?"

"이 사람들이 날 어떻게 보고 이러시나. 나 이래봬도 입 무거운 남자 야."

최 씨의 이 말에 모두는 큰 소리로 폭소를 터트렸다.

"내 지금 이 순간부터 오늘 들었던 얘기는 모조리 잊어버림세. 그럼 됐지?"

배 교수가 최 씨의 등을 두드리며 말한다.

"그래 우리 모두 조심하세나."

앞으로의 일이 걱정되었던지 배 교수는 두 눈을 감은 채 착잡한 표정 을 하고 있었다.

17 백두산 가는 길

토요일 오전, 끝없이 펼쳐진 비포장도로를 먼지구름을 펄펄 날리며 차는 쏜살같이 달리고 있었다. 연길시내에서 백산시까지는 다섯 시간이 족히 걸린다고 했다. 운전대를 잡은 창우는 차가 덜컹거리건 우리들이 먼지를 뒤집어쓰건 개의치 않고 무섭게 달려댔다.

도로 주변의 마을사람들도 이미 익숙한 광경인지 인상을 찡그리거나 항의하는 모습은 찾아볼 수 없었다. 그저 태연하게 받아들이고 있는 모습에서 순박한 그들의 삶을 알 것 같았다.

조수석에는 은하가 앉았고 그 뒷좌석에는 배 교수와 내가 각기 차창을 바라보며 앉았다. 맨 뒤 칸은 최 씨의 전용좌석인지, 그는 아예 담요와 베개까지 준비해 와서 편안히 누운 채로 코까지 골며 자고 있었다. 아마도 여러 번 이 차를 타고 장거리 역행을 해 본 경험이 있었던 모양이다.

연길시내를 빠져나온 지도 두어 시간은 된 것 같았다. 창밖의 풍경은 여기가 중국이라고는 도무지 생각되지 않는다. 시골 작은 상점의 간판마저도 어디를 가나 위에는 한글, 그 아래는 한자로 써놓고 있었다. 조선족자치주에서는 반드시 지켜야하는 법률적 행위라고 했다.

지나치는 길옆의 마을 풍경은 마치 70년대 초반의 우리 시골 모습을 보는 듯 한 착각을 일으키게 했다. 간간히 도로공사를 하는 모습이며 공장건물을 짓고 있는 모습, 그리고 노후한 건물을 헐어내고 연립주택을 짓고 있는 모습에서 중국의 거대한 개발붐이 이 시골 마을에까지 미치고 있음을 짐작할 수 있었다. 그래도 아직은 개발의 손길이 미치지 않은 오지마을이 더 많아서인지 나는 한적한 시골풍경을 감상하는 재미에 푹 빠져들 수 있었다.

"창우야, 담배 한대 태우고 가자."

배 교수의 이 말이 그렇게 반가울 수가 없었다. 두 시간을 넘게 비포장도로를 달려왔더니 그 피곤함이란 이루 말할 수가 없을 지경이었다.

창우는 인적이 없는 숲길 가에 차를 멈추었다. 옆에는 울창하게 가지를 뻗어 넓은 나무그늘을 형성하고 있는 오래된 정자나무가 한그루 있었다. 배 교수는 정자나무를 둘러친 석축 쪽으로 다가가 앉았고, 나와 창우는 십여 미터 떨어진 숲길로 걸어가면서 각자 담배를 한대씩 입에 물었다.

일회용 라이터가 말을 잘 듣지 않는지 연속적으로 라이터를 켜더니 겨우 담배에 불을 붙이고 있는 배 교수에게 은하가 물었다.

"아버지, 최 씨 아저씨도 깨울까요?"

배 교수가 차안에서 자고 있는 최 씨 쪽을 물끄러미 쳐다보더니 고개를 가로저으며 말했다.

"그냥 둬라. 저 사람은 남이 깨우는 걸 싫어하는 성미니까 일어날 때가 되면 일어나겠지."

창우와 내가 담배를 피우고 있는 방향에서 앞쪽을 바라보니 허름한 민가가 한 채 있었는데 그 앞에서 아기를 업은 젊은 아낙네가 좌판 위에서 커피와 삶은 옥수수를 팔고 있었다. 그렇잖아도 커피 한잔이 생각났던 터라 나는 창우를 바라보며 말했다.

"배 과장님. 우리 저쪽으로 가서 커피 한잔 할까요?"

"좋죠."

창우는 우리 쪽으로 다가오고 있던 은하를 바라보더니 피우던 담배를 땅바닥에 내던지며 구두앞창을 좌우로 비비면서 밟아 껐다.

"은하야 요즘도 아버진 커피 안 드시네?"

"예, 아버진 커피는 안 드십니다. 그래도 혹시 모르니 여쭤보겠습니다."

은하가 아버지 쪽을 바라보며 커피 드시겠느냐고 큰소리로 물었지만 배 교수는 담배를 집은 오른손을 들어 좌우로 흔들어 보이면서 싫다는 표시를 했다.

"아버진 원래 커피를 안 좋아 하시니까 녹차가 있으면 좋겠는데…."

함께 좌판 쪽으로 걸어가며 은하가 독백처럼 하는 말이었다. 리어카를 개조한 좌판에는 방금 삶은 듯 한 옥수수들이 큰솥에 담겨져 모락모락 김을 내고 있었고, 일회용 커피를 탈 수 있는 재료들이 준비돼 있었다.

우리가 걸어오면서 하던 한국말을 들었던지 아이를 업은 아낙네가 연변사투리로 반갑다는 인사를 했다. 이곳에서 계속 들어온 말이지만 북한 말과 별반 차이가 없는 것 같았다.

"어서 오시라요. 방금 삶은 맛 나는 찰옥수수입니다. 커피도 있습네다."

"동포 아주머니시네요. 반갑습니다. 배 과장님, 커피 하실 거죠? 은하도?"

내가 계산할 요량으로 좌우에 서있던 창우와 은하에게 묻자 모두들 그렇다고 대답했다.

"아주머니, 커피 석잔 주시고요. 혹시 녹차도 있습니까?"

"네, 있습니다. 몇 잔이나 드시겠습니까?"

아낙네는 당연히 있다고 웃으며 말했고 이 말을 들은 은하가 다행이라는 표정을 했다.

"최 씨 아저씨도 드셔야 하니까 두잔 주십시오."

그리고 은하는 최 씨 아저씨가 특별히 좋아한다며 옥수수도 몇 개 싸달라고 했다. 창우가 계산하려는 것을 내가 제지하며 얼마냐고 물었다. 등에 업힌 아기는 두세 살 정도로 보였는데 포대기에 싸여서 째근째근 잠들어 있었다. 얼굴은 새까맣게 탔지만 아기의 표정만큼은 이 세상 어느 아이보다도 행복해 보였다.

"한국 돈으로 주시면 고맙겠습니다. 커피와 녹차는 천 원씩이고, 옥수수는 한 개에 이천 원씩입니다. 커피와 녹차가 다섯 잔이고 옥수수가 세 개니까 합해서 만천 원인데 오늘은 제가 기분이 좋아서 특별히 만원만 받겠습니다. 만원만 주시구레."

아낙네가 만 원이라는 말에 은하와 난 놀란 표정을 짓고 있었지만 창우는 그다지 놀랄 일도 아니라는 듯 옆에서 실실 웃으며 커피를 마시고 있었다. 내가 지갑에서 만원을 꺼내고 있을 때 은하가 가만있어보라며 나를 제지하더니 아낙네에게 항의하듯 따져댔다.

"아주머니, 커피 한잔에 천 원씩이나 받습니까? 또 옥수수 하나에 이천 원이나 받는 건 너무하지 않습니까?"

은하의 항의에 아낙네의 답변은 그야말로 걸작이었다.

"한국 사람들한테는 다 그렇게 받고 있습네다."

은하가 같은 연변사람임을 알아본 아낙네가 당연한 것을 왜 묻느냐는 투로 하는 말이었다. 그러자 은하도 이대로 물러설 수만은 없다는 듯 다시 따져 물었다.

"그럼 나에게는 얼마씩 받으십니까?"

아낙네가 난처하다는 표정으로 가만히 있다가 생각해보니 화가 나던지 버럭 화를 내며 말했다.

"남들도 다 그렇게 받는데 왜 그렇게 따지듯 묻습니까? 한국에서 오신 분이 없었고 애초에 아가씨가 주문했더라면 내가 그렇게 받겠습니까? 또 아가씨가 그렇게 주겠습니까? 한국 사람들한테는 몇 배로 받는 게 여기서는 다 기본이란 말입니다. 다른 사람들은 아무 말도 안하는데 같은 연변사람끼리 참 너무합니다."

이 말을 들은 은하도 더 이상은 대꾸를 하지 못했고 옆에서 웃고 있던 창우는 그냥 가자고 말하며 혼자서 먼저 걸어가고 있었다. 난 곧바로 만원을 아낙네에게 건네고는 은하의 어깨를 밀면서 창우가 있는 쪽으로 따라갔다.

좀 전에 같이 담배를 피웠던 그 자리에서 창우는 또다시 담배 한 대를 꺼내 입에 물고 있었다. 나도 창우 옆에서 은하가 전해주는 커피를 받아 들고 담배를 꺼냈다. 은하는 녹차와 옥수수를 들고는 배 교수 쪽으로 걸어갔다. 숲속의 맑은 공기와 구수한 커피 향, 그리고 커피와 함께 마시는 담배연기는 방금 전에 있었던 씁쓸한 일들도 모두 잊게 했다.

창우가 살짝 웃으면서 말했다. 그의 딱 벌어진 체구와 우락부락한 인상과는 어울리지 않게 가끔씩은 이렇게 희죽거리며 웃는 순박한 모습이 이채로웠다.

"윤 선생, 연길에서 백두산을 가자면 이 길이 유일한 길이거든요. 산골오지에 사는 이곳 사람들도 돈을 벌려고 환장들을 하지요. 요즘 중국에서는 돈이 미덕이고 돈 많은 사람을 최고로 치고 있단 말입니다.

중국에서는 선부론(先富論)이란 말이 있어요. 무슨 말이냐 하면 나중에는 중국 인민들 모두가 부자가 되어야겠지만, 우선은 먼저 부자가 될 수 있는 사람은 먼저 부자가 되어 중국경제를 이끌고 나가라는 중국공산당의 혁명적인 선언이란 말입니다.

그 후로는 중국에서도 부자가 미덕이 되었고 가난뱅이는 따돌림을 당하는 사회가 돼버렸단 말입니다. 나도 이 부분에 대해서는 전적으로 동감하는 쪽이죠. 함께 못사는 것 보다야 누구라도 잘 살아서 국가 전체가 부강해지는 게 훨씬 생산적이지 않습니까?"

말을 마친 창우는 피우다 만 담배를 길게 한 모금 빨고 있었다. 창우의 얼굴을 빤히 바라보며 내가 말했다.

"중국 사람들이 모두 그렇게 생각합니까?"

창우는 고개를 끄덕이면서도 앞만 바라본 채 담배를 피우며 내말에 답했다.

"중국 사람들의 생각이 바뀐 지는 오래됐습니다. 가난은 다들 지긋지긋하게 생각한단 말입니다. 중국의 최고 지도자부터 말단 인민들까지 모두가 떨쳐 일어나 부강한 중국을 만들자는 신념이 오늘날 중국을 지배하는 신념입니다.

중국인들이 가장 존경한다는 마오쩌둥 주석조차도 오늘날 중국에서는 돈벌이의 수단으로 전락될 정도이니 더 말해서 뭐하겠습니까. 현재 중국인들의 최고 가치는 뭐니 뭐니 해도 돈입니다. 돈, 마니 말입니다."

자기의 영어실력을 뽐내기라도 하는 듯, 창우는 '마니' 라는 말에 유독 힘을 주었다. 그는 오른손 엄지와 검지 두 개를 이어 원을 만들어 보이며 다시 한 번 그 특유의 싱거운 웃음을 지어 보였다.

"여기사는 조선족들도 다 마찬가지입니다. 특히 조선족들은 교육열이 높아서 한족들보다도 오히려 더하다는 말입니다. 연변 어디를 가나 한 집 건너서 한국에 돈 벌러 간 사람들이 있을 정도니 말입니다. 어떤 마을은 통째로 텅텅 비어 있을 정도입니다. 그러니 여기같이 산골오지에 사는 저 아주마니 같은 사람도 돈 벌려고 눈이 벌겋다고 봐야 됩니다. 특히 윤 선생 같은 한국 사람들은 완전히 봉입니다."

창우는 봉이라는 말을 하며 무엇이 재밌는지 내 시선을 피한 채 한참을 웃었다. 나도 그의 말을 들으며 씁쓸하게 웃을 수밖에 없었다.

"한국 사람이 봉이라고요? 그것 참 재밌는 말입니다."

창우는 이제야 나를 바라보며 말하기 시작했다.

"이게 다 따지고 보면 한국 사람들이 만들어 놓은 겁니다. 한국 관광객들한테는 천 원이 어디 돈입니까. 커피 한잔 마시고 천 원씩을 주어

버릇하다보니, 이 사람들도 이제는 한국 사람들한테는 천 원씩 받는걸 아주 당연하게 생각한단 말입니다.”

창우의 말을 들으니 이제야 방금 전의 상황이 이해되기 시작했다.

“무슨 애긴지 알겠습니다. 그런데 배 과장님, 한국 돈이 여기서도 통용이 됩니까?”

다 먹은 커피 잔을 그대로 땅바닥에 떨어뜨린 후 구둣발로 짓이겨버린 창우가 오른손 엄지손가락을 내어 보이며 말했다.

“중국 사람들의 모방 기술은 정교하기가 세계최고지요. 얼마 전에는 달걀까지도 짝퉁으로 만들어 팔다가 세계적으로 웃음거리가 된 적도 있단 말입니다. 그러니 돈이야 오죽하겠습니까. 중국 돈은 가짜가 많아서 여기 사람들은 오히려 한국 돈을 더 선호한단 말입니다.”

“하긴 한국에도 중국에서 들어온 모조품들을 흔하게 볼 수가 있습니다만, 중국에 진출한 우리 상품들이 현지의 복제품들 때문에 곤욕을 치른다면서요?”

나의 이 말에 그는 진지한 자세로 대답하려는지 그의 얼굴에서는 웃음기가 싹 가신 표정이 되었다.

“그래도 요즘은 많이 나아진 편입니다. 중국도 이젠 세계 수출시장에서 그 기술력에 대해서 자신감을 웬만큼은 회복했단 말입니다. 그 후론 외국 눈치 보느라 짝퉁시장 단속이 심해지고 있지요. 그런데 윤 선생, 이 모방이라는 게 이것도 알고 보면 기술이란 말입니다.

중국인의 손재주는 타고난 것이거든요. 게다가 중국인 특유의 두툼한 배포가 있지 않습니까? 머지않아 세계경제를 좌지우지할 날이 올 겁니다. 지금도 중국에는 세계적인 백만장자가 전체인구의 5퍼센트라고 하지 않습니까. 공식적인 인구만 13억이니 그렇게 계산한다면 6천만 명의 세계적 갑부가 있단 말입니다."

내가 주의를 집중하고 그의 말을 들어주자 창우는 더욱 신이 나서 입에 침까지 튀겨가면서 떠들듯 말했다.

"중국의 자동차 생산량이 아마 한국을 앞질렀을 걸요? 미국도 미래에는 중국을 최고의 경쟁자로 보고 있지 않습니까? 이렇게 본다면 한국이 요사이 좀 정신적으로 해이해진 것이 아닌가 하는 생각이 든단 말입니다."

한국이 정신적으로 해이해진 것 같다는 창우의 이 말에 나도 모르게 표정이 진지해지고 있었다.

"어쨌든 중국 사람들이 부자가 되는 것을 최고의 미덕으로 여긴다는 말속에서 중국의 역동적인 힘이 느껴지는 것 같습니다. 지금도 거대하지만, 이런 정신력으로 한 10년만 더 질주해 나간다면 머지않아 정말 엄청난 중국을 볼 수 있겠다는 생각이 드는군요."

창우는 내 말에 고개를 끄덕이더니 팔짱을 낀 채로 천천히 말했다.

"윤 선생이 잘 보고 있는 겁니다. 경제는 철저한 자본주의 경쟁원칙을 천명하지만, 이를 지도하는 중국의 정치체제는 확고부동한 공산당의 영도 하에 있단 말입니다. 이것은 절대적인 정치 안정 속에서 효율적으로 국가를 통치하는 유일수단입니다. 중국공산당이 다 양보해도 이것만큼은 절대로 양보할 수 없는 문제란 말입니다.

경제문제에 대해서는 인민들에게 세계 어느 나라 못지않은 자유를 허용하면서도 정치적인 자유만큼은 그렇지가 않거든요. 한번 생각해 보세요. 공산당이 독점하고 있는 정치권력을 인민들에게 좀 나누어 달라고 천안문에서 대학생들이 외쳤을 때 중국공산당의 대답이 뭐였어요? 탱크로 무자비하게 밀어버리는 것이었단 말입니다.

거기에는 오늘날 중국이 안고 있는 중국의 고민이 있다고 봐야 합니다. 중국은 한족 말고도 55개의 소수민족으로 구성돼 있어요. 오늘날 전 세계적으로 보더라도 공산주의체제에서 자본주의의 길로 돌아선 국가들 중에서 민족별로 산산조각이 안 난 국가가 어디에 있습니까?

만약에 중국이 지금이라도 민주적인 다당제 정치제도를 도입한다면 오늘날의 강력한 중국을 유지할 수 있겠습니까? 어렵다고 봐야겠죠. 우리 안사람이 한국드라마를 좋아해서 나도 한 번씩은 한국방송을 즐겨보고 있는데 말입니다. 그런데 한국의 뉴스를 보면 같은 민족이면서도 날이면 날마다 이편저편끼리 싸우는 게 일이던데, 그래 가지고서도 나라가 온전한 걸 보면 참 신기하다는 생각이 들더란 말입니다.

한국도 그러한데 중국이야 오죽하겠습니까. 그렇기 때문에 우리 인민들도 공산당의 일당통치가 국가를 보전하고 발전시키는 제도라고 생각하고 있습니다. 중국의 소수민족 우대정책은 한족들의 불만을 감수하면서도 지금까지 단 한 번도 후퇴한 적이 없는 공산당의 지도이념이란 말입니다. 모든 정책면에서 중국공산당이 확고하게 지속하고 있어요. 우리 조선족 입장에서는 그 얼마나 고마운 일입니까?

그러나 우리 조선족들이 그 이면에 숨겨져 보일 듯 말 듯 하는 그 칼날을 잘 인식해야 합니다. 중국의 통일적 다민족 국가관을 뒤흔들 수 있는 일말의 틈이라도 보이는 정치행위에 대해선 중국은 숨겨둔 칼을 가차 없이 휘두른단 말입니다. 티베트 라싸에서 우리가 보았지 않습니까? 티베트의 독립운동을 무자비하게 진압하지 않았겠어요? 내가 우리 아버지를 항상 경계의 눈으로 바라보는 것도 사실은 내 자신이 그 누구보다도 중국을 잘 알기 때문입니다.”

여기까지를 말하던 창우가 이제 그만 출발하자고 하면서 차가 있는 곳으로 먼저 걸어갔다. 창우를 따라 걸어오고 있는 나를 발견한 배 교수가 손짓으로 나를 부르고 있었다.

정자나무 아래엔 최 씨가 어느새 일어났던지 은하가 준 옥수수를 벌써 두 개째 먹고 있었다. 배 교수는 나를 자기 옆으로 앉으라 하면서 그의 오른쪽 귀를 땅바닥에 갖다 댔다. 그리고는 오른손을 나팔처럼 귀에다 갖다 붙이면서 날 바라보며 말했다.

“윤 선생, 여기 앉아서 이 땅의 숨결을 느껴보시오. 우리 민족의 혼이 느껴지지 않소이까? 고조선부터 자고이래로 이 땅의 원래 주인은 우리 민족이었단 말입니다. 자세히 들어봐요. 민족의 숨소리가 느껴질 테니⋯.”

배 교수의 다소 엉뚱한 행동에 나도 맞장구를 쳐주어야겠다 싶어 그의 맞은편에서 맨땅바닥 위에 그대로 무릎 꿇고 앉았다. 그런 후 배 교수처럼 오른쪽 귀를 땅에다 살짝 붙이고 두 손을 땅위에 올려놓으며 과연 그렇다는 표정을 지어 주었다. 이때 최 씨는 다 먹은 옥수수를 숲속을 향해 멀리 내던지며 자리에서 일어서고 있는 은하에게 물었다.

“은하야 옥수수 하나에 얼마씩 받데?”

은하가 상냥한 미소를 지은 채 최 씨를 돌아보며 말했다.

“아저씨, 맛이 어떻습니까? 고거이 하나에 한국 돈으로 이천 원씩이나 받는 비싼 금옥수수입니다.”

이 말을 들은 최 씨가 놀란 표정으로 벌떡 일어섰다. 날강도도 아니고 옥수수 하나에 어떻게 이천 원씩이나 받느냐며 따지러가겠다는 걸 내가 제지하며 나섰다. 은하는 장난끼스러운 표정으로 최 씨에게 또 말했다.

"아저씨, 녹차는 맛이 어땠습니까? 고거 한잔에 천 원입니다."

두 사람이 하는 행동을 보고 있던 우린 모두 폭소를 터트렸다. 그러나 배 교수는 정색을 한 표정으로 일어나면서 말했다.

"한국 사람들이 순진한 조선족들 다 버려 놓았어. 돈 몇 푼 있다고 천한 마음으로 적선이나 하더니 꼴좋게 되었단 말일세. 우리 동포들이 언제부터 이렇게 되었단 말인가. 동포들 간에 위하는 마음이라고는 손톱만큼도 없으니…. 에이 몹쓸 사람들."

배 교수의 두툼한 검정색 뿔테안경 속으로 비친 눈동자에는 한 가득이나 서글픔의 감정이 서려 있었다. 화난 목소리로 못 볼 꼴 봤다며 빨리 출발하자는 배 교수의 독촉에 우리는 모두 차에 올랐고, 차는 곧바로 그 자리를 떠났다.

한동안의 침묵이 흐른 뒤 은하가 뒤를 돌아다보며 아버지의 기분을 풀어주려는지 조심스럽게 말을 건넸다.

"아버지가 이해하세요. 얼마나 살기가 고달프면 그러겠어요. 어린애를 등에 업고 장사하는 모습이 여간 고달프게 보이지 않았어요."

배 교수는 차창을 통해 멀어져가던 그 아낙네를 가엾다는 표정으로 뒤돌아 바라보고는 은하의 말에 대답했다.

"그 아낙네야 무슨 잘못이 있겠나. 내가 화가 나는 건 우리 동포들이 언제부터 서로가 서로를 속여 먹으려고나 하고, 동포들 간에 위하는 마음이라곤 찾아보려고 해도 찾아볼 수 없는 처지가 돼 버렸나 말일세.

이게 다 값싼 동정이나 베푸는 척하면서 같은 동포를 2등 국민 취급하는 천민자본주의 근성 때문이겠지. 이런 못난 천민근성을 우리 민족이 극복하지 못한다면 고토회복은 고사하고 통일조차도 요원한 일이 될게야. 이 얼마나 한심스런 일이란 말인가.”

배 교수의 말이 끝나자 우린 모두 또다시 침묵하고 있었고 분위기는 어색하게 변해가고 있었다. 그때 창우가 테이프 하나를 골라 카오디오에 꽂았는데, 어제 북한식당에서 들어 익숙한 경쾌한 음률의 북한음악이 차안에 울려 퍼졌다.

차를 타고 여기까지 오는 동안 배 교수와는 단 한마디도 하지 않던 창우가 나를 돕기 위해 작심한 듯 말문을 열었다.

“아버지, 아버지는 모든 잘못을 한국 사람들에게만 돌리시는데 아까 아주머니건만 해도 그게 어디 한국 사람들 잘못입니까? 터무니없이 바가지 씌우는 그 아주머니가 잘못되었지. 그리고 아버지, 요즘 연변에 오는 한국 사람들은 다 괜찮은 사람들이에요. 한 10년 전에 일부 한국 사람들이 연변에서 저지른 짓거리들을 생각하시는 모양인데요. 지금은 그런 일 없어요. 제발 생각 좀 바꾸세요.”

한국 사람이라면 모두가 천민자본주의에 물든 이중인격자쯤으로 바라보는 배 교수의 편견을 깨야만 은하와 나와의 관계도 진전이 있을 것이다. 방금 창우가 한 말은 나를 돕기 위해 꺼낸 말 같았지만 창우의 평소 생각이 그렇겠다는 생각도 들었다.

부자지간의 대화를 듣고 있던 최 씨가 끼어들며 말했다.

“그래 배 교수. 윤 선생 같은 분은 믿음성이 가는 정직한 사람 같은데 윤 선생 보는 데서 자꾸 그러면 분위기가 이상해지잖아. 인제 마음 풀고 좋은 이야기나 하면서 가자구.”

자기 말이라면 무조건 편들어 주던 최 씨마저도 거들고 나섰으니 배 교수도 어쩔 수 없다는 듯 나의 어깨를 두드리며 미안한 표정을 지었다. 이때 최 씨가 은하에게 금옥수수를 하나 더 달라고 하자 차안은 모처럼 만에 웃음소리로 가득 찼다. 게다가 경쾌한 음악까지 흘러나오자 어느새 분위기는 화기애애하여 졌다.

배 교수가 나를 바라보며 다시 말문을 열었다.

"윤 선생, 오해 마시오. 다 그렇다는 건 아니니깐. 그렇지만 우리 민족의 중심역할을 해야 하는 건 분명 한국이지 않소. 통일을 주도해야할 한국 사람들이 돈 좀 있다고 동포를 우습게 알고 동포들 눈에 피눈물이나 흘리게 하는 그런 천민자본주의 정신 상태로는 통일을 주도할 수 없단 말입니다. 말이야 바른말이지, 지금의 북한사람들이 한국주도의 통일에 동의하겠어요? 미국이나 일본 유럽에도 우리 동포들이 많이 있다지만 중국에 사는 우리 조선족들과 러시아에 있는 고려인들 그리고 탈북자들과는 그 대응하는 방식이 다르잖소.

그래서는 자존심하나로 버티고 있는 북한사람들의 동의를 구하기가 쉽지 않단 말이지. 한국에서는 동남아에서 돈 벌러 온 외국인 노동자들과 우리 조선족들을 똑같이 취급한다면서요? 그래서 내가 천민자본주의라고 말하는 겁니다. 동포 귀중한 것을 알아야지 어떻게 된 게 매사에 돈으로만 사람을 평가하려고 하니, 그게 바로 천민자본주의 근성이 아니고 뭐란 말입니까?"

배 교수의 말이 끝나자 또다시 분위기가 냉랭해졌다. 모두들 말은 안 하지만 배 교수의 고집불통에 고개를 내젖는 표정들이다. 창우가 왜 아버지와 사사건건 대립하는지 나로서도 알만했다. 원만한 사회생활을 할 수 있는 보통의 사람은 아닐 거라는 생각까지 들기 시작했다. 그런데 어제 집안유적지를 가면서 배 교수가 했던 말들이 떠오르는 순간, 그의 말은 이 시점에서 우리 한국 사람들이 반드시 새겨들어야 하는 귀중한 말이라는 생각이 들기 시작했다.

소련을 비롯한 동구권이 다 무너진 마당에 세계로부터 고립되어 있는 북한이 자력으로 버티기에는 그 한계가 있는 것이다. 낡은 체제경쟁은 이미 결론이 난 마당에 자국민을 먹일 식량마저 부족하여 중국과 한국의 원조에 의지하는 북한으로서는 다만 버티고 있을 뿐이라고 말하지 않았던가. 문제는 우리가 어떻게 북한 동포들을 포용할 수 있느냐는 것인데 배 교수의 충고는 우리가 천민자본주의의 못난 근성들을 떨쳐버리지 못하는 한 결코 북의 동포들이 동의하는 평화통일을 주도할 수 없다는 말이었다.

나는 배 교수와 창우의 이야기를 모두 절충할 수 있는 말을 해야겠다고 작심하고 나의 의견을 정리해 나갔다.

"교수님의 충고는 지당하십니다. 오늘날 한국이 재외동포들을 대하는 방식에 있어서 개선할 점이 있는 것 같습니다. 미국을 비롯한 서방세계에 거주하는 동포들과 중국이나 러시아에 거주하는 동포들을 대하는 방식에 있어 차별적인 인상을 주는 것 자체가 분명히 잘못된 것 같습니다. 한국 사람들의 의식전환이 문제인데, 배 과장님 말씀대로 점진적으로 개선되고 있다니 다행스럽게 생각합니다만 더 개선되어야 한다는 배 교수님의 말씀에도 전적으로 공감합니다."

내가 말을 꺼낸 효과가 있었던지 차안의 분위기는 조금 전보다 한결 부드러운 분위기로 반전되고 있었다. 이때 마침 휘파람이라는 경쾌한 북한가요가 울려나오자 모두들 들썩들썩하는 분위기로 바뀌었다. 최 씨가 볼륨을 조금 더 올리라고 하자 음악소리는 한층 더 커졌다. 배 교수만 여전히 심각한 얼굴을 하고 있을 뿐이었다.

창우도 은하도 지금 이 순간만큼은 같은 생각을 하고 있을 것이다. 배 교수의 저 무거운 침묵이 은하와 내 사이를 가로막고 있는 벽이라는 사실을…. 말끝마다 우리 민족의 중심은 한국이라고 하면서도 끝내 한국 사람들에 대한 깊은 불신이 뼛속에까지 사무쳐있는 저 거대한 벽을 도대체 어떻게 허물어야 하는지 나로서는 도무지 답이 나오지 않아 답답할 뿐이었다.

나와 배 교수는 역사적인 문제에 대한 인식의 차이는 거의 없다. 어제 집안시를 다녀오면서 그토록 많은 대화를 나누며 서로간의 마음에는 교류의 통로가 만들어졌다. 그럼에도 불구하고 은하와 나의 문제에 대해서만큼은 철옹성 그대로이다. 조금도 마음의 문을 열지 않는다.

어제 저녁 배 교수의 사무실에서 헤어질 때만 해도, 악착같이 은하를 데리고 사무실로 들어가지 않았는가. 이러한 그의 태도는 학문적 교감은 교감이고 한국 사람과는 어떻게든 엮이지 않겠다는 자신의 단호한 생각을 반증하는 것이지 않겠는가 말이다.

답답한 생각에 고개를 들고 하늘을 바라보았다. 한 무리의 철새 떼가 대장 새의 지휘를 받으며 어디론가 날아가고 있었다. 이맘때쯤이면 우리 고향마을에도 철새들이 날아오고 있을 텐데…. 갑자기 고향이 그리워졌다.

천지폭포 앞에서

테이프가 다 돌아갔는지 창우가 카오디오에서 테이프를 꺼내며 은하에게 무슨 음악이 듣고 싶으냐고 물었다. 핸드백 속을 뒤지던 은하가 70년대에 유행했던 컨츄리음악 모음집을 담은 테이프를 창우에게 건넸다.

평소 내가 컨츄리 음악을 즐겨듣는다는 사실을 은하가 알고 미리 준비해 놓았던 모양이다. 나는 은하가 이렇게까지 세심한 배려를 하고 여행을 준비하였다는 사실에 한편으로 가슴이 뿌듯했다.

경쾌한 리듬의 컨츄리음악을 듣고 있자니 기분 또한 날아갈듯이 상쾌하기만 했다. 북경에서 은하와 만날 때 난 항상 휴대용 카세트를 갖고 다니면서 컨츄리음악을 듣곤 했었는데 그 사실을 은하가 기억하고 있다가 준비해 둔 모양이었다.

맨 뒷자리에서 혼자 편안히 누워 휘파람까지 불며 장단을 맞추던 최 씨가 일어나며 점심을 먹고 가자고 제안한다. 시간을 보니 오후 한시를 넘기고 있었다. 창우가 백미러로 최 씨를 바라보며 말했다.

"아저씨, 많이 시장하시죠? 뒷자리에 혼자 누워계시니 편안하기는 하겠습니다만, 울림이 심해서 시장기가 빨리 느껴질 겁니다. 아저씨, 작년에 갔던 그 한정식 집 어떻습디까? 그쪽으로 모실까요?"

"창우 말대로 여기에 누워있으니까 가만히 있어도 소화가 되는 게 배고파 죽갔어. 조선족이 한다던 그 집 말이지? 거기도 좋고 아무데나 가자고."

근방에 우리 동포가 운영하는 한정식집이 있는 모양이었다. 잠시 후 차는 정원이 잘 가꾸어진 아담한 식당 앞에 도착했다. 최 씨가 화장실을 간다기에 벌써부터 소변을 참고 있었던 나도 함께 따라나섰다가 화장실에는 들어가지도 못하고 그만 돌아서고 말았다.

마을사람들이 공동으로 이용한다는 길거리에 있는 재래식 중국 화장실은 나지막한 칸막이만 있을 뿐 문도 없었다. 심지어는 정화조도 없어 오물들이 하천으로 그대로 흘러들고 있었는데 나는 눈치도 없이 하마터면 구역질을 할 뻔했다.

"선생님, 식당에 화장실이 있습니다. 거기를 이용하세요."

은하였다. 지켜보고 있던 은하가 안쓰러운 표정으로 식당 마당에 있는 화장실로 안내했다. 수세식은 아니었으나 다행히 깨끗한 우리네의 재래식 화장실이었다. 같은 재래식이라도 중국과 한국의 차이라는 생각이 들었고, 우리 문화의 우수성을 확인하는 것 같아 새삼 선조들에게 감사하고픈 마음이 들었다.

식당의 음식은 그런대로 깔끔한 편이었다. 창우로부터 들어보니 한국 관광객들이 주 고객이어서 단체 손님들을 많이 받는다고 했다. 우리가 들어갔을 때도 식당 안은 백두산을 여행하러 온 한국인들로 북적거렸다.

식사가 끝나고 은하가 녹차와 커피를 타와 일행들에게 한잔씩 나누어 주는 사이, 배 교수는 몇 무리의 단체 관광객들을 물끄러미 바라보고 있었다.

"우리 민족의 영산을 중국의 비자를 받아서 올라가야 하다니…. 우리 민족의 슬픔이야."

최 씨가 녹차를 마시면서 배 교수의 말을 거들었다.

"그러게 말이야. 북한에서 바로 올라가면 비용이고 시간이고 다 절약할 수 있을 텐데 뭐하는 수고들인지 모르겠어."

그렇게 말하고는 담배를 꺼내 배 교수에게도 한 대를 건네면서 담배에 불을 붙여주었다. 창우와 나도 담배를 피울 요량으로 마당으로 나왔다. 내가 권하는 국산 담배를 받아든 창우는 정원에 흐드러지게 피어있는 코스모스를 만지작거리고 있는 은하가 귀엽다는 듯 쳐다보았다. 은하를 한참이나 바라보던 창우가 내게로 고개를 돌리며 말했다.

"윤 선생, 우리 아버지라는 분 알고 보면 참 불쌍한 분이지요. 자신이 무슨 역사적 사명을 타고 이 땅에 태어났다고 대학을 박차고 나와서는 저 고생을 하시는지 나로서는 도대체 모르겠단 말입니다. 벌써 몇 년 되었죠. 동북공정 프로젝트가 시작되던 해가 한일월드컵을 하던 해였으니까 아마 2002년도였을 거요. 북경에 있는 변강사지연구중심에서 주도했다지만 동북3성의 성위원회가 지원을 했으니 사실상 중앙정부와 지방정부의 합작품이라고 봐야합니다. 사실 내가 말을 안 해서 그렇지 나도 동북공정에 대해서는 알만큼은 아는 편이오.

그런데 아버지가 학생들을 선동하며 동북공정의 음모가 어떻다느니 하면서 반대운동을 하셨지. 지역신문에도 고구려사 왜곡의 부당성을 알린다며 여러 번 기고도 하지 않았겠소. 연변조선족 지식인들을 규합해서는 간도 땅 찾기 운동을 벌이자며 선동까지 하고 다녔으니 당에서나 공안에서 가만 있었겠어요. 난리가 났지. 하마터면 나도 출당조치를 당할 뻔했으니 아버지는 대학에 남아있기가 힘들었죠. 그때를 생각하면 지금도 등골이 오싹합니다.”

가슴이 답답하던지 창우는 나에게 담배를 더 달라는 시늉을 했다. 내가 하나를 더 꺼내 불을 붙여 주자 그는 한 모금을 깊게 빨아들이더니 허공을 향해 길게 내어뿜고는 하던 이야기를 계속했다.

“고등학교 때 정말 어렵게 공산당에 입당했더니만 그날로 아버지가 집을 나가라고 하더군. 그렇게 해서 아버지와 대판 싸우고 집을 나온 후로 우린 정말 거의 원수지간처럼 지냈어요. 그래도 어쩌겠소? 날 낳아준 아버진데. 요즘 들어선 기력이 빠진 아버지를 지켜보면서 측은한 생각이 들지 않겠소.”

창우가 하는 이야기를 먼발치에서 듣고 있던 은하가 색깔별로 꺾은 코스모스 꽃잎 중에서 유독 노란색 코스모스를 내게 건네며 향기가 좋으니 맡아보라고 내 코앞으로 바짝 들이대었다. 나는 코스모스의 향내보다는 오히려 은하의 향기가 더 좋았다. 은하가 오빠를 바라보며 말했다.

“이젠 오빠가 아버지를 좀 이해해 주세요. 여태 재가도 안하시고 엄마

없이 우릴 키우시느라 고생도 많이 하셨는데 너무 불쌍하시잖아요. 전 이제 아버지가 하시는 일을 조금은 이해할 수 있을 것 같아요. 힘들고 고달픈 길이지만 평생을 올곧은 민족사학자로 살아오신 분이지 않습니까. 학자로서의 양심을 지키시기 위해 고난의 길을 자처하시는 거라고 생각해요.”

창우는 나를 바라보며 살며시 웃었다. 그 웃음은 동생이 대견하다는 의미였다. 그는 은하의 등을 두세 차례 가볍게 다독거린 후 말했다.

“오빠는 다른 욕심은 없어. 단지 우리식구들이 행복했으면 하는 거지. 아버지도 이젠 힘든 길을 그만 가셨으면 좋겠어. 그리고 무엇보다도 난 우리 은하가 행복했으면 하는 마음이야. 윤 선생, 내 말 알겠죠?”

정원 가득히 흔들거리는 형형색색의 코스모스들이 일제히 귀를 쫑긋거리며 우리들의 대화를 엿듣고 있는 듯 했다. 은하와 나의 사랑을 기원해주려는지 그들의 향기를 실바람에 실어 뿌려주면서….

어느새 그 지긋지긋하던 비포장도로도 끝이 나고 차는 이제 광활한 벌판을 시원하게 가로지른 국도 위를 거침없이 내달리고 있었다. 너무 무료하게 길을 달리는 것 같아 배 교수의 말벗이나 되어 줄 겸 해서 배 교수를 바라보며 말문을 열었다.

“교수님, 고구려를 위시한 우리 민족의 고대사를 중국사에 편입시키는 이른바 동북공정에 대해서 고구려를 계승하고 있다는 북한이 침묵하는 것은 대체 무슨 사정이겠습니까?”

배 교수가 내 쪽으로 얼굴을 돌리며 말했다.

“사정이라면 오늘날의 북한 사정으로 볼 때 중국과 불편한 관계를 초래할 게 틀림없는 고구려사 왜곡문제를 거론할 만큼의 여유가 없다고 봐야겠지. 내부의 경제적인 사정으로 보아도 그렇고 국방상의 사정으로 보아도 그렇고, 모든 것이 역사문제를 거론할 만큼 한가롭지 않다는 얘기 아니겠어요? 일전에 내가 잘 아는 북한 학자가 연변대학에 세미나 차 왔을 때 중국의 동북공정에 대해서 북한에서는 어떻게 생각하고 있는지 물어본 적이 있었어요. 그랬더니 그렇잖아도 한국학자들과 협의를 했다는 거야. 독도문제에 대해서는 북한이 좀 세게 나갈 테니 중국한테는 한국이 도맡아서 대응을 해달라고 말이지. 무슨 말인가 하면 북한도 중국의 의도를 다 알고 있다는 거요. 다 알면서도 대놓고 대응을 못하는 그들의 속사정을 달리 표현한 말이지 않겠어요?”

이 말을 듣고 있던 창우가 무심결에 내뱉은 말은 참으로 의미심장했다.

“북한의 생명줄을 쥐고 있는 건 중국이라고 봐야 됩니다. 식량도 식량이지만 원유공급만 중단해버리면 북한은 그야말로 암흑천지가 돼버린단 말입니다. 흑룡강성 대경유전에서 출발한 대북송유관이 평안북도 봉화화학공장까지 모두 지하로 매설돼 있단 말입니다. 이 송유관을 통해서 북한에서 사용되는 원유의 90퍼센트를 중국이 무상으로 공급하고 있는데, 이것만 중단시켜버리면 모든 게 올 스톱이지요. 탱크는 석유 없이 움직여집니까? 북한 내 산업시설의 가동률이 현재도 30퍼센트 밖에 안 된단 말입니다. 그런데 그 나마의 그 공장들마저도 모두 멈추어야 한다는 말입니다.

전에 대포동미사일 사건이 터졌을 때 원유를 공급하는 파이프라인에 갑자기 문제가 생겼단 말입니다. 평소의 절반 이하로 원유공급이 줄어

들었지요, 그런 일들이 우연처럼 보이지만, 천만에요. 목숨 줄을 누가 쥐고 있는지를 보여줌으로써 경고의 메시지를 보냈던 겁니다. 이런 형편에 북한이 중국을 상대로 역사논쟁을 벌여요? 어림도 없는 소리죠. 북한의 사정이 그렇게 한가롭지가 않습니다.”

역시 북한사정에 대해서는 창우만한 전문가도 없을 것이다. 북한과 국경을 접하고 있는 길림성에서 대북한 무역의 실무를 관장하다보니 한 달에 한두 번은 북한으로 직접 들어간다고 하지 않던가. 북한 고위층에 친분이 두터운 사람들도 있다 보니 누구보다도 북한사정에 정통한 사람이다.

이러한 자신의 직책 때문인지 그는 동북공정과 관련된 문제라던가 예민한 정치문제에 대해서는 극도로 말을 아끼고 있었다. 하지만 부득이 그의 태도를 밝힐 때에는 언제나 중국 측의 입장에서 발언을 했고, 그 때문에 배 교수와는 의견대립이 심했던 것이었다.

“교수님께서 하신 말씀 중에는 발해를 비롯한 우리 민족의 북방사에 대해서는 오히려 북한이 주도한 측면이 많다고 하셨는데, 북한 정권의 정통성을 북방사에서 찾으려는 이유도 그중의 하나라고 볼 수 있겠습니까?”

배 교수가 차창으로 불어오는 바람 때문에 흐트러진 머리를 바로하며 내 질문에 답하기 시작했다.

“60, 70년대에 북한은 고조선과 고구려를 계승했다고 하면서 정권의 정통성을 주장했지요. 이렇게 되니까 당시 한국은 삼국통일을 이룩한 신라를 강조하면서 거기서 통일의 기백을 찾으려 했단 말입니다. 이러다보니 한국에서는 우리 민족의 북방사를 자연히 소홀히 다루게 되었고 사대주의와 친일잔재의 산물인 반도사관으로 그 역사관이 축소되어갔다고 봅니다.

94년 당시 북한에서는 고난의 행군시절이었지 않았습니까? 북한은 식량난과 경제난으로 인민들이 굶어죽던 그 시절에도 단군릉을 완성했어요. 그만큼 그들은 정권의 정통성을 우리 민족의 북방 역사에서 찾으려고 했단 말입니다. 그런데 전번 한일 월드컵 때 보니까 요즘 한국청년들의 기상도 대단합디다. 붉은악마 응원단이 치우천왕(蚩尤天王)을 자신들의 상징물로 들고 나온걸 봤는데 그 기상이 훌륭하잖아요?"

이 말에 은하가 뒤를 돌아보며 치우천왕에 대해 아버지에게 물었고 배 교수는 착한 학생에게 강의하는 교수처럼 차근차근 설명해 주었다.

"환단고기(桓檀古記)에 나오는 내용인데 우리 민족은 환인이 다스렸던 환국에서 환웅이 세웠던 배달국으로 이어지고 단군이 세운 고조선으로 다시 이어졌단 말이야. 치우천왕은 배달국의 제14대 천왕으로 그 용맹이 얼마나 대단했던지 중국의 조상인 황제(黃帝)와도 많은 전쟁을 치러서 엄청난 공포감을 심어주었던 인물이야.

비록 황제와의 마지막 전투에서 패해 죽게 되지만, 한나라의 고조 유방은 전쟁에 나갈 때마다 치우천왕의 사당에 제사를 올렸을 정도로 중국 신화에서도 전쟁의 신이자 군신으로 묘사되는 인물이지. 그런데 월드컵 때 한국의 젊은 아이들이 치우천왕을 그린 대형 걸개그림을 들고 나왔더란 말이야. 난 그때 눈물이 핑 돌더구먼. 얼마나 대견스러운 일이야."

창우는 웬만한 신호등은 아예 무시하면서 차를 몰았다. 계기판을 보니 속도계는 시속 150키로를 유지하고 있었다. 그렇게 달려오기를 두어 시간, 드디어 길림성 백산시에 들어섰다는 안내 표지판이 차창 밖으로 스쳐 지나갔다.

"백산시에서 1박을 하고 내일 아침에 백두산을 올라갑니다. 작년에 왔던 그 호텔로 모시겠습니다."

창우가 작년에 왔던 그 호텔로 모시겠다고 하자 최 씨가 벌떡 일어나며 말했다.

"작년에 왔던 그 호텔 말이지? 좋지, 좋고말고. 참, 은하는 처음 가보겠구나. 배 교수, 우리 간만에 백두산 도라지 술 한잔하자고."

최 씨는 벌써부터 신이 난 어린아이마냥 콧노래까지 흥얼거렸다. 창우가 아버지와 최 씨를 모시고 작년에 백두산을 여행한 적이 있었다고 했다. 그때 은하는 북경에 있어서 함께 오지 못했다고 한다. 중국에서 살아가는 우리 동포들 간에도 신구세대간의 갈등이야 왜 없을까마는 그래도 창우의 마음속에는 아버지에 대한 극진한 그 무엇이 자리하고 있음을 알 수 있었다.

전방에 장백산이라는 큰 팻말이 보이는 걸로 보아서 여기서 부터가 백두산으로 들어서는 길인 모양이다. 우거진 숲 뒤로 계곡물이 흐르는 경관 좋은 자리마다 호텔들이 여기저기 들어서 있었다. 다소 한적한 자리에 위치한 고풍스런 호텔마당에 차는 정차했다.

개량한복 차림에 콧수염이 잘 어울려 한눈에도 제법 멋을 아는 사람으로 보이는 우리 또래의 남자가 차에서 내리는 창우를 알아보고는 반갑게 인사했다. 뒤따라 내리는 배 교수와 최 씨도 알아보고는 다가와서 허리를 깊숙이 구부리며 정중히 인사했다. 인사말투에 일본 억양이 약간 섞여 있었지만 우리 동포가 틀림없어 보였다.

창우는 이 사람에게 나와 은하를 소개했다.

"이 사장님, 이쪽은 내 동생 은하, 그리고 여기는 한국에서 연구원으로 계시는 윤 선생입니다. 이분은 이 호텔의 주인이신데 일본의 조총련 계열의 우리 동포 사업가이십니다. 나와는 호형호제하는 사이로 이곳에 올 때마다 이 사장님의 신세를 많이 지고 있습니다. 자, 인사하세요."

그러자 이 사장이라는 사람이 내게 허리를 깊숙이 구부리며 악수를 청한 후 창우를 돌아보면서 말했다.

"배 과장님, 신세라뇨. 신세는 오히려 제 쪽에서 지고 있습니다. 그런 말씀 마세요. 두 분, 반갑습니다. 저는 이정태라고 합니다. 편하게 지내다 가십시오. 우선 안으로 드셔서 여장부터 푸시지요."

그의 안내로 2층 객실로 올라갔다. 관광객들이 많이 몰리는 최고의 성수기라 할 수 있는 가을의 주말, 그것도 빨라야 그젯밤 우리가 헤어진 후에야 예약을 할 수 있었을 터인데도 2층 맨 왼쪽부터 나란히 마련된 세 개의 객실을 비워두었다.

방에 들어가 보니 이집에서도 전망이 제일 좋아 보이는 객실이었다. 이것만으로도 창우와 이 사장과의 각별한 관계를 짐작할 만 했다. 온돌방인 맨 왼쪽 방은 배 교수와 최 씨가 함께 사용하기로 하고, 다음 방은 은하가, 그리고 그 다음 방에는 창우와 내가 여장을 풀었다.

"윤 선생, 피곤하실 텐데 샤워부터 하시죠."

"아닙니다. 전 자기 전에 씻을 테니 배 과장님부터 먼저 씻으세요."

"그러시겠어요? 그럼 주변경치가 일품이니 은하와 같이 산책이나 다녀오세요. 여섯시 경에 식사를 준비해 놓았으니 그때까지만 오시면 됩니다. 참, 단단히 챙겨 입고 나가시는 게 좋을 겁니다."

창우의 이 말이 아니더라도 주변경치를 구경하며 산책을 해야겠다는 생각을 하고 있었는데, 은하와 함께 산책을 다녀오라는 창우의 배려까지 있고 하여 나는 들뜬 마음으로 밖으로 나갈 준비를 했다.

처음부터 간편한 등산복차림이었으므로 나는 속옷 몇 가지뿐인 작은 가방 하나만 남겨두고 밖으로 나오면서도 단단히 챙겨 입으라는 창우의 말에 혹시나 해서 준비해 온 겨울외투까지 끼어 입었다. 나오면서 은하를 부를까도 싶었지만 배 교수의 눈치를 의식해야 하는 내 처지로서는 혼자만 내려올 수밖에 없었다.

여기서 부터가 백두산이란 말인가! 비록 천지는 보이지 않았지만 백두산의 자락인 것만큼은 틀림없다. 우거진 숲길을 따라 위로 나있는 길을 천천히 걷다보니 그야말로 대자연의 온갖 숨소리가 들려왔다.

나무소리, 새소리, 다람쥐소리, 계곡으로 흐르는 물소리 그리고 백두산이 살아 숨 쉬는 장엄한 소리가 들려왔다. 오색찬란한 각종 천연색깔로 치장한 가을 백두산자락의 풍경은 그 자체만으로도 나를 황홀한 감동에 빠져들게 하기에 충분했다. 나는 가슴이 벅차고 눈이 부시어서 제대로 바라볼 수가 없었다.

이때 향기가 풍겨왔다. 흙의 향기, 나무의 향기, 산의 향기, 그리고 또 다른 향기, 평소 나만이 느낄 수 있는 그녀의 향기가 서서히 내 쪽으로 다가오고 있었다.

"선생님, 혼자 걸으시니까 재미가 있으십니까?"

날 따라 잡느라 빠른 걸음으로 걸어왔던 모양이다. 은하의 콧잔등에는 몇 방울의 땀이 배어있고 얼굴에는 볼그스레한 홍조가 피어 있었다.

"은하 생각하고 있었지. 은하 생각하며 걸으니 재미가 있네."

"농담도 잘하십니다. 오빠가 가보라고 일러주어서 여기로 와 봤습니다. 걸어가시는 모습이 영락없는 선생님 모습이어서 한눈에도 알아볼 수 있었습니다."

우리 둘은 누가 먼저랄 것도 없이 너무나도 자연스럽게 손을 맞잡았고 은하도 머리를 내 어깨에 살며시 기댄 채 따라 걸었다.

"저 위에 있는 계곡이 유명한 장백폭포입니다."

족히 1킬로는 더 가야 할 곳인데도 그곳으로부터 울려나오는 물소리가 우렁차게 나의 귓전을 때리기 시작했다. 우리는 계속 그쪽으로 발걸음을 옮겼다.

"은하 오빠가 우리 사이를 많이 도와줘서 정말 다행이야. 오빠 마저 우리를 반대했다면 정말이지 난감했을 텐데 말이야."

홍조 띤 볼에 싱그러운 표정까지 더한 얼굴을 한 은하가 날 수줍게 바라보며 말했다.

"오빠가 선생님을 잘 보신 것 같습니다. 사회활동을 폭넓게 하다 보니 대인관계도 풍부하고 여러 곳을 다니다보니 세상 물정에도 밝아서인지 사람 보는 안목과 판단이 빠른 편입니다. 사실은 제가 연변을 떠나 북경을 가게 된 것도 넓은 세상에서 살아보라는 오빠의 권유가 컸었습니다.

관광회사도 오빠가 주선해주었고 북경생활을 하면서도 편리를 많이 봐주었습니다. 오빠는 현실주의자이기 때문에 제가 뚜렷한 미래도 없이 그냥그냥 사는 것을 원치 않는다 했습니다. 여기 연변에서는 제가 그렇게 살 수밖에 없다고 판단한 것 같습니다."

드문드문 우리를 앞질러가는 관광객들이 있었지만 늦은 시간 때문인지 내려오는 사람들이 더 많았다. 그들이 지나가며 대화하는 말을 통해서도 한국 관광객들이 많음을 알 수 있었다.

아직 폭포는 저 멀리 있는데도 폭포수에서 튕겨 나오는 물방울이 날아와 은하의 얼굴에 한두 방울 묻었다. 그것이 재미있는지 은하는 두 팔을 하늘로 뻗으며 폭포수에서 튕겨 나오는 물방울을 온몸으로 맞이하고 있었다. 마치 아버지의 높디높은 벽으로 인해 쌓인 모든 근심을 털어내려는 모습이었다.

폭포에 가까이 다가갔을 때는 옷을 적실정도로 장백폭포의 위력은 대단했다. 폭포수 주변에서 이를 지켜보는 사람들은 누구나 할 것 없이 이 장엄한 광경 앞에서 탄성을 지르고 있었다.

오늘날 중국인들은 장백폭포라 부르지만 우리 민족은 옛날부터 용이 승천하는 모습을 닮았다 해서 비룡폭포로 부르기도 했고, 천지폭포, 백두폭포로도 불렀던 바로 그 폭포다. 백두산인가? 장백산인가? 우린 백두산이라 부르고 중국인들은 장백산이라 부른다. 영산이라 하여 우리 민족이나 중국인들이 모두 숭배하는 산, 과연 이산은 누구의 산이란 말인가?

현재는 북한과 중국이 백두산의 맨 꼭대기 천지의 중앙을 가로질러 이 영산을 두 동강낸 채 국경으로 삼고 있다. 나 또한 지금 중국 땅을 밟은 관광객의 신분으로 이곳에 있는 것이다.

고조선 이래로 고구려 발해가 이 대륙을 지배하고 있을 때 그 중심에는 언제나 백두산이 있었고, 그 때부터 백두산은 우리 민족의 정신적인 지주로 우뚝 서 있었다. 어쩌다가 우리 민족의 영산이 이처럼 두 토막이 난 채 그 절반을 이민족에게 빼앗기고 말았을까. 못난 후손들에 의해 허리가 잘리어진 이 가슴 아픈 현실을 장엄한 백두산은 과연 어떻게 받아들이고 있을까.

어느덧 어둠이 깔리고 있었다. 폭포수 주변의 그 많던 사람들도 하나 둘 빠져나가고 이젠 우리 둘과 몇몇만 남게 되었다. 나는 두 손으로 그녀의 얼굴을 만지다가 돌연 와락 끌어안았다. 이제 내 귀에는 폭포수의 우렁찬 소리조차 들리지 않았고 은하의 심장소리만이 가슴을 타고 나에게 전달되고 있을 뿐이었다. 내 품에 안긴 은하도 내 허리를 꼭 감싸며 힘을 주고 있었다. 어느 사이에 우린 그렇게 하나가 되어가고 있었다.

내 가슴에 파묻힌 그녀의 얼굴에서 뜨거운 감촉이 느껴진다. 작은 소리지만 흐느끼는 소리도 들린다. 굳이 물어보지 않아도, 굳이 말하지 않아도 난 알 수 있을 것 같았다. 이 행복한 순간이 영원하기를 바라는 간절한 소망이리라. 날 참 많이 사랑한다고 순수한 연변처녀의 방식으로 표현하고 있는 것이리라. 내가 사랑하는 여인은 나에 대한 사랑을 이렇듯 고루한 방식으로 표현하고 있었다.

백두산 공정

내려 올 때는 올라 갈 때보다 보폭을 넓게 했다. 은하와 내가 식사시간에 나란히 늦게 나타난 것을 배 교수가 보게 된다면 아무래도 자리가 불편할 수 있기 때문이었다.

호텔 마당에는 투숙객들을 위한 통돼지 바비큐가 준비되고 있었는데 다행히 창우만 자리를 잡고 앉아 있을 뿐, 배 교수와 최 씨는 아직 보이지 않았다. 고기를 굽는 요리시설 옆에서 분주히 움직이는 종업원들에게 이것저것을 지시하고 있던 이 사장이 우리를 발견하고는 처음 볼 때와 마찬가지로 허리를 깊이 숙이며 인사를 했다.

"윤 선생님, 은하씨, 어서 오십시오. 산책 다녀오시는 모양입니다. 경치구경 많이 하셨습니까? 여기로 앉으시지요."

"예, 이 사장님. 천지폭포를 구경하고 왔습니다. 정말 대단한 장관이

더군요. 감탄이 절로 나왔습니다."

창우가 특유의 미소 띤 얼굴로 짓궂은 말을 하며 은하를 놀려댔다.

"그래 데이트는 잘하셨소? 오호라, 우리 은하 얼굴이 빨개지는 걸 보니 어디서 뽀뽀라도 하고 온 모양이네."

"오빠, 남들이 듣겠습니다. 무슨 그런 망측한 농담을 다하십니까? 우린 그저 폭포만 구경하고 왔습니다."

창우의 넉살 좋은 농담에 은하가 과민반응을 일으키자 창우는 재미있다는 듯 더 큰소리로 웃으며 손가락으로 은하얼굴을 가리키며 놀려댔다.

"역시 온천수는 백두산 온천수가 최고야. 창우야, 뭣이 그리 재미있네? 얘기 좀 해보라우. 혼자만 웃지 말고 말 좀 해보라우."

때마침 최 씨가 목에 수건을 걸친 채 창우 옆자리에 앉으며 큰소리로 창우가 웃는 이야기의 정체를 말해달라고 졸라댔다.

창우는 최 씨를 바라보며 한바탕 씩 웃었다. 그리고는 불에 달구어져 기름을 뚝뚝 흘리며 돌아가는 통돼지 쪽으로 그의 시선을 돌리며 말했다.

"하하하, 아저씨. 저 통돼지의 얼굴이 재미있지 않습니까? 자세히 보세요."

"뭐가? 난 모르겠는데…."

그러자 창우는 한바탕 더 신나게 소리 내어 웃었고 최 씨는 표정 없이 달구어진 통돼지를 유심히 살펴보더니 재미있는 이유를 모르겠다는 듯 고개만 갸우뚱거렸다. 옆에서 이 광경을 지켜보던 이 사장이 창우를 따라 웃자 은하와 나도 창우의 재치에 고마워하며 함께 웃어 주었다.

이때 배 교수도 온천을 했던지 뽀얗게 둔갑된 얼굴로 최 씨 옆자리로 다가 왔다. 나와 은하가 일어나서 예를 표하자 배 교수가 손으로 같이 앉자는 사인을 했다. 종업원들이 완두콩이 섞인 밥 한 대접에 시래기 국 깍두기 김치 양파와 반찬들을 날랐고, 이 사장이 직접 뒷다리부위의 통돼지바비큐를 가져와 테이블 위에서 숭덩숭덩 칼로 잘랐다. 최 씨가 고기를 썰고 있는 이 사장을 바라보며 말했다.

"이 사장님, 작년에 먹던 백두산 도라지 주 있지요? 부탁드립니다. 셋이 먹다 둘이 죽어도 모를 도라지 주 생각에 잠 못 이루는 밤도 많았다우."

차안에서부터 노래를 부르며 찾던 그 술을 최 씨가 입맛을 다셔가며 간사스런 말투로 주문하고 있었는데 그 모습이 얼마나 우스웠던지 모두의 폭소를 자아내게 했다. 돼지고기를 자르고 있던 이 사장도 함께 웃었다.

"밤새 드셔도 될 만큼 많이 담아놓았으니 조금만 기다려주십시오."

최 씨가 그토록 찾는 도라지 주가 도대체 무슨 맛인지 나도 은근히 기대를 하고 있었는데 창우가 옆에서 부연설명을 해 주었다.

"윤 선생, 이집 도라지 주가 맛이 있는 것은 백두산에서 직접 캔 자연산 도라지로 술을 담는데 한 일 년 쯤 묵혀서 귀한 손님들한테만 내놓지요. 다른 집에서는 이집 술맛을 감히 흉내도 못내요. 최 씨 아저씨가 작년에 한번 맛을 보고는 껌뻑 가셨지요. 통돼지 바비큐하고는 한마디로 찰떡궁합입니다. 돼지고기하고 같이 마시면 아무리 마셔도 다음날 머리 아픈 게 없어요. 좀 있다 우리 한잔합시다. 맛이 죽여요, 죽여."

고기를 다 썰은 이 사장이 잠시 후 주방을 다녀오더니 큰 술병 하나를 가지고 왔다.

"자 백두산 도라지 주가 왔습니다. 우리 집에 오신 귀한 손님들이시니 제가 한잔씩 따라드리죠. 배 교수님부터 그리고 최 씨 아저씨, 다음은 한국에서 오신 윤 선생님, 그리고 존경하는 우리 배 과장님, 에… 그리고… 또 아름다운 은하씨도 한 잔 하시고요."

이 사장이 은하 이야기를 할 때는 나를 흘긋흘긋 보면서 내 눈치를 살피며 말했다. 아마도 나와 은하 사이를 약혼자 정도로 오해하고 있는 눈치였다. 그가 조심스럽게 따르는 도라지 주는 소주 댓 병 크기의 투명한 유리항아리에 담긴 술이었는데, 그 안에는 엄청나게 큰 백색도라지 서너 뿌리가 마치 인삼인 냥 도도한 자태를 뽐내며 들어 앉아 있었다.

이 사장이 건배 제의를 했고 모두는 잔을 부딪친 후 함께 마셨다. 나도 한잔을 들이켰다. 그러자 진한 도라지 향기가 코끝을 자극하면서 깊은 맛이 은은히 몸속으로 퍼져 들어갔다.

술에 관한 한은 웬만큼은 그 맛을 진단할 정도는 된다고 자부하며 살아온 나 였지만 단 한잔만으로도 평상시에 맛볼 수 없는 귀한 술이라는 것을 단번에 알아 볼 수 있었다. 산삼도 인삼도 아닌 도라지로 이토록 깊은 맛을 우려내는 술을 만들 수 있다는 사실에 나는 새삼 놀라지 않을 수 없었다.

하늘에는 잘려나간 엄지손톱 모양의 초승달만 저 홀로 외로이 떠있어 자욱이 깔린 어둠을 감당하기가 벅차보였다. 그런데 마당 여기저기에 설치돼있는 둥근 공 모양의 흰색 가로등이 주변을 환하게 밝히고 있어 초승달의 부족분을 능히 감당하고 있었다.

두 빛의 조화가 우리 일행과 몇몇 팀들의 통돼지바비큐 파티의 운치를 더해주고 있었다. 하지만 어디를 둘러봐도 중국산 맥주 아니면 포도주만 보일뿐 백두산 도라지주는 우리 테이블 말고는 없었다.

어느덧 밥 한 대접이 동이 났다. 본격적으로 술과 고기를 먹기에 앞서 시래기 국에 밥 몇 술씩을 말아서 먹는 것이 몸에 좋다는 최 씨의 제의를 모두가 따라서 했던 것이다. 구수한 된장국 맛은 내가 지금까지 먹어 본 국 중 최고의 맛이었다.

주변정리를 끝낸 이 사장이 이제 막 구운 돼지고기 한 접시를 더 들고 왔다.

"배 과장님, 오늘은 저도 한잔해야겠습니다."

창우가 이 사장을 자신의 옆자리로 앉으라며 말했다.

"그래요 이 사장님, 이쪽으로 앉으세요. 자 한잔 받으시죠."

이 사장이 창우의 옆자리에 앉았고 창우가 따르는 도라지 주 한잔을 받으며 모두에게 또다시 건배를 제의했다.

"여기 계신 모든 분들이 백두산의 정기를 듬뿍 받아 가시기를 기원합니다. 모두의 건강을 위하여!"

"위하여!"

바비큐파티를 시작한지 두 시간을 조금 넘겼을 때 주변을 둘러보니 우리 일행들 말고는 다들 객실로 들어갔는지 아무도 보이지 않았다. 호텔이 백두산 자락의 계곡 가에 위치한 관계로 야외에서의 바비큐 파티를 장시간 지속하기에는 어려웠던 모양이다.

나는 아까 폭포를 갈 때부터 창우의 권유로 옷을 단단히 챙겨 입었던 터였다. 그렇지 않았더라면 추워서 오들오들 떨어야 했을 것이다. 배 교수와 최 씨는 은하가 가지고 나온 두꺼운 옷을 하나씩 입고 나서 계속

자리를 지켰다.

창우와 이 사장은 이런 추위에 익숙해져 있는지 그냥 얇은 셔츠차림 그대로였다. 우리들 역시도 도라지 주의 술기운에다 바로 옆에서 통돼지를 굽는 열기로 인해 춥다는 생각보다는 만찬을 즐기기에 차라리 적당하다는 생각이 들었다.

창우가 따라 주었던 술잔을 단번에 비웠던 이 사장이 이번에는 최 씨가 따라준 술잔마저도 다 비운 후, 뭔가 고민이 있는 듯 심각한 표정으로 창우를 바라보았다. 이내 그 고민을 털어놓을 태세다.

한참을 망설이던 이 사장이 드디어 입을 열었다.

"배 과장님도 잘 알고 계시겠습니다만 우리 호텔을 포함하여 북문 쪽에 있는 다섯 개의 조선인들이 운영하는 호텔업자들에게 길림성의 장백산보호개발구 관리위원회에서 철거통지문을 보내왔습니다. 계약기간도 아직 32년이나 남았는데 뜬금없이 나가라고 하니 도대체 무슨 얘긴지 모르겠습니다. 그것도 연말까지 자진철거를 하지 않을 경우는 철거비고 뭐고 한 푼도 없이 강제철거를 시키겠다고 하니…. 협상도 한 번 없이 이렇게 막무가내로 나오니 도대체 무슨 협박을 당하는 기분입니다."

이렇게 엄청난 내용의 말을 하면서도 이 사장은 부드러운 일본 억양으로 다정다감한 표정을 지어가며 말했는데, 그의 태도를 보면 이 사장이 평소 얼마나 침착한 인품인지를 알 수 있을 것 같았다. 이 말을 들은 창우가 이 사장을 바라보며 조심스럽게 말문을 열었다.

"저도 알고는 있습니다만 걱정이 많으시겠습니다. 백두산의 관리권한이 조선족자치주에서 길림성으로 이관되었기 때문에 제가 특별히 도와드리기도 그렇고…. 어쨌든 이 문제는 나중에 저하고 조용히 따로 얘기를 하도록 합시다. 사실은 저도 이 사장님과 협의할 내용도 있고 하니 말입니다."

창우의 말이 끝나기가 무섭게 최 씨는 이게 무슨 소리냐며 특유의 호들갑을 떨며 말했다.

"장사가 좀 될 만하니 중국 사람들이 직접 운영할 욕심이 생긴 게 아니네? 이 사장, 절대로 만만하게 물러서면 안 됩니다. 나중에 그만둘 때 그만두더라도 일단은 무조건 못 나간다고 세게 나가야 됩니다. 그래야 나중에 보상이라도 충분이 받을 것 아닙니까?"

배 교수가 그만하라는 의미 있는 눈짓을 보내지 않았더라면 최 씨의 호들갑은 한동안 계속되었을 것이다. 배 교수의 눈짓 한 번으로 최 씨의 호들갑은 일단 진정되었다. 이 사장이 이번에는 최 씨를 바라보며 말했다.

"예, 지금까지 투자한 비용에 대한 보상은 해주겠다고 합니다만, 백두산을 세계자연문화유산에 등재하겠다는 것과 우리호텔이 무슨 연관이 있는지 저희들로서는 도무지 이해가 되지 않습니다. 서문 쪽이나 남문 쪽의 중국인들이 운영하는 호텔은 그대로 놔두고 북문 쪽의 우리 조선인들이 운영하는 호텔만 철거를 하겠다고 하니 더 이해할 수가 없습니다."

이 사장이 말을 마친 후에도 고개를 가로저으면서 길림성 정부의 태도에 도무지 이해할 수 없다는 표정을 짓고 있자, 최 씨가 또 나서려 했지만 이번에도 배 교수가 제지시켰다. 술잔을 만지작거리고 있던 창우가 단 번에 술잔을 비운 후 이 사장의 말을 받았다.

"길림성 정부의 목적은 백두산을 친환경적으로 개발하여 유네스코에

세계자연문화유산으로 등재하겠다는 것입니다만, 이 사장님으로선 참
으로 답답하시겠습니다. 그 동안 고생하시다가 이제야 자리를 잡을 만
한데 말입니다."

창우는 길림성의 분명한 의도와 향후 계획까지도 알고 있는 듯 했지
만, 그 또한 길림성 조선족자치주의 고위공무원 신분으로서 길림성이
내세운 명분 이상의 말은 할 수 없는 상황임을 직감할 수 있었다.

이때 잠자코 듣고 있던 배 교수가 도저히 한마디 안하고는 안 되겠던
지 화난 표정으로 두꺼운 검정색 뿔테안경을 벗더니 드디어 말문을 열
기 시작했다.

"뻔한 의도를 가지고 무슨 말들이 그리도 많아. 친환경개발이니 세계
자연문화유산이니 쇼들을 하고 있으면 그 좀스런 발상을 우리가 모를
것 같아?"

창우가 배 교수를 정색한 표정으로 빤히 쳐다보며 말했다.

"아버지, 또 뭐가 뻔한 의도라는 겁니까? 제발 아버진 잘 모르시면서
함부로 말씀 좀 하지 마세요. 아버지가 말씀하실 때마다 제가 가슴이 벌
렁거려 죽겠어요. 제발 제 부탁 좀 들어주세요."

창우의 이 말이 끝나기가 무섭게 배 교수가 자리에서 벌떡 일어나며
탁자를 손바닥으로 내리치면서 고함을 질렀다. 은하는 얼굴이 새하얗게
변해서 어쩔 줄 몰라 하며 두 사람을 번갈아 쳐다보고 있었다.

"뭣이 어쩌고 어째? 그래 이놈아, 너 말 한번 잘했다. 뭣이 내가 쥐뿔
도 모른다고? 그래, 누가 쥐뿔도 모르는지 한번 확인해보자, 이놈아!"

배 교수의 갑작스런 격노한 행동에 분위기는 순식간에 얼어붙었다.
배 교수는 자리에 앉으며 이 사장에게 물었다.

"이 사장, 여기 북문일대에서 호텔업을 하시는 분들이 모두 우리 동포들 아닙니까?"

이 사장은 자신 때문에 분위기가 살벌하게 변해버렸다고 자책을 하는지 몸 둘 바를 몰라 하며 배 교수의 질문에 겨우겨우 대답했다.

"네, 네, 맞습니다. 모두가 따지고 보면 우리 조선동포들이 운영하고 있습니다. 철거통지를 받은 다섯 개 호텔 중 네 개는 한국 분들이 운영하고 있고 그리고 하나는 제가 운영하고 있습니다. 여기 호텔은 몇 해 전만 해도 한국관광객이 손님의 대부분이었으니까요. 조선 사람들 말고는 호텔을 운영할 엄두를 못 냈습니다. 요 몇 년 사이 중국관광객이 많이 늘긴 했습니다만…."

배 교수가 다시 책상을 내리치며 창우를 노려봤다.

"그러니까 내가 이 작자들 하는 짓이 좀스럽다는 겁니다. 백산시 홈페이지에 백두산개발에 대한 목적을 뭐라고 해놨는지 아십니까? 고조선 고구려 발해문제와 간도문제를 해결하기 위해서라고 버젓이 적어놓았어요. 한번 확인해보세요. 이것이 무슨 말인가 하면 정치적인 음모가 있다는 겁니다. 황산만 해도 1990년에 유네스코에 등재가 됐어요. 그런데 황산 맨 꼭대기에 버젓이 호텔이 서있어요. 세계자연문화유산하고 호텔하고는 아무런 관련이 없다는 겁니다."

배 교수의 말을 듣고 있던 창우가 도저히 못참겠다는 표정으로 이 사장을 바라보며 말했다.

"이 사장님, 지금 우리 아버지는 완전히 소설을 쓰고 있어요. 일고의 가치도 없는 이야기입니다. 그것도 완전한 오버 픽션이니까 하나도 들을 말이 없습니다. 귀담아 듣지 마십시오. 걱정은 되시겠지만 어쨌든 우리 아버지가 생각하는 그런 의도로 진행되는 일은 아니니까 절대로 다른 오해는 하지 마시고요. 이 문제는 나중에 따로 나하고 조용히 애기를 합시다."

배 교수와 창우의 말을 다 들은 이 사장의 얼굴은 절망적인 표정으로 가득했다.

"배 교수님 말씀대로라면 저로서는 그야말로 절망뿐입니다. 보상이 문제가 아니라 백두산을 떠나서는 도무지 살 수가 없을 것 같은데 정말이지 난감하기 짝이 없습니다. 배 과장님께서 절 좀 도와주십시오."

창우는 아버지와 대립하는 것도 이제는 지겹다는 표정으로 여전히 배 교수와는 얼굴을 돌린 채 내게 술잔을 권하며 한잔하자고 했다. 창우와 내가 술잔을 부딪치는 순간 은하도 조금 남은 자신의 술잔을 부딪치며 함께 건배를 했다.

최 씨가 두 손을 턱에 기댄 자세로 꾸벅꾸벅 졸고 있는 모습을 본 배 교수가 최 씨를 데리고 올라 가야겠다며 일으켜 세웠고, 은하도 피곤할 테니 같이 올라가자고 해서 은하도 배 교수를 따라 객실로 먼저 올라갔다.

마칠 때가 되었는지 주변을 정리하느라 종업원들이 분주하게 움직이자 무심결에 나도 자리에서 일어났다. 이 사장은 괜찮다며 더 있어도 된다고 했지만 먼저 올라가서 온천물에 여독을 풀고 싶다고 말하며 객실로 올라왔다.

객실 창밖은 옥외 조명등 하나만이 창우와 이 사장의 주변을 밝히고 있었고 이들이 나누는 긴밀한 대화를 단풍으로 물든 늙은 나무들이 심각한 표정으로 엿듣고 있었다. 어쩌면 지금부터 그들 둘이 나누게 되는

긴밀한 이야기는 여기로 출장 온 창우의 진짜 목적이 아닌가 생각해 보
았다.

　백두산 온천물이 펄펄 쏟아지는 욕조에 한참 동안 내 몸을 맡기니 그
간의 피로가 물밀듯이 씻겨 나가고 있었다. 뽀송뽀송한 침대 시트위에
내 지친 몸을 누인 후 옆방에서 자고 있을 은하를 생각하니 천지폭포에
서 은하와 포옹했던 그 감촉이 느껴진다. 어느 사이에 나는 백두산의 따
듯한 품속에 안겨 곤한 잠에 나른히 빠져들어 갔다.

백두산 천지

　다음 날 햇살마저 뽀송뽀송한 감촉이 느껴지는 화창한 아침, 나는 백두산의 온갖 살아있는 생명체들이 어서 일어나라고 깨우는 소리에 눈을 떴다.

　창우는 간밤에 늦게 들어왔던지 옆 침대에서 입은 옷 그대로 엎드려 자고 있었는데 몸에선 아직도 술 냄새가 진동하고 있었다. 나는 간단하게 샤워를 한 후 밖으로 나왔다.

　배 교수는 등산복차림으로 호텔 주변을 한가로이 거닐고 있고 최 씨는 그 나름대로의 운동을 독특하게 하고 있었다. 아마도 자신이 개발한 맨손 체조의 일종인 모양이었다. 그는 연신 두 손을 올렸다 내렸다하면서 동시에 허리를 숙였다 폈다하는 단순한 동작을 반복하고 있었다.

　은하는 빨간 점퍼 주머니에 두 손을 넣은 채로 두 다리를 모았다 폈다

하며 하늘을 향해 뛰고 있는 모습이 마치 한 마리의 귀여운 토끼가 뛰놀고 있는 모습이었다. 들켜서 부끄럽다는 듯 그녀는 수줍은 얼굴이 되어 얼른 고개를 돌렸다. 나는 은하에게 다가가고 싶었지만, 그녀의 옆에 배 교수가 있어 이러지도 저러지도 못한 채 머뭇거리고 있었다. 이때 최 씨가 특유의 밉지 않은 표정으로 나를 바라보더니 먼저 인사말을 건넸다.

"윤 선생, 온천물에 몸 좀 풀었어요? 물이 반질반질한 게 다른데 하고는 다르지 않아요? 창우는 아직 안 일어났나 봅니다."

나는 은하를 쳐다보고 있다가 화들짝 놀라 얼른 고개를 돌리고 표정을 고치며 그의 말에 대답했다.

"아, 예…. 편히 주무셨습니까? 배 과장님은 늦게 들어온 것 같아서 깨우지 않았습니다."

최 씨는 하던 운동을 이제는 그만 끝내려는지 옆에 있는 나무벤치에 앉았고 목에 걸친 수건으로 얼굴을 닦으며 말했다.

"밥 먹을 때가 다됐는데 깨워야 되지 않나?"

주변을 혼자 거닐던 배 교수가 하늘을 쳐다보며 탄식하듯 혼잣말로 중얼거리고 있었다.

"이거, 큰일이네. 드디어 백두산공정이 시작되었어."

배 교수는 자신만이 알아들을 수 있도록 작은 소리로 말했지만 난 갑자기 어제 일이 생각나서 하마터면 웃음보를 터트릴 뻔했다. 어제 산골 마을에서 천 원짜리 커피를 먹고 차를 타려할 때 내게 보여 준 그의 기이한 행동이 떠올랐기 때문이었다. 배 교수는 땅의 소리를 들어보라며 납작 엎드리고는 자신의 귀를 바짝 땅바닥에 갖다 댔었다. 배 교수 말이라면 항상 귀를 쫑긋거리고 있던 최 씨는 이 말마저 듣고 말았다.

"뭐가 큰일 났어? 공정이 어쨌다고?"

"이 한심한 친구야. 동북공정의 마각이 백두산에서 그 이빨을 드러내보이기 시작했단 말이야."

그 제서야 최 씨도 배 교수가 또 동북공정 이야기를 하나보다 생각했던지 이제는 아주 지겹다는 표정을 지으며 기어이 한마디 하고 말았다.

"그놈의 동북공정이 이번에는 이빨을 드러냈어? 거참 고얀 놈일세."

최 씨의 걸쭉한 입담에 나는 더 이상 참을 수 없어서 박장대소를 하고 말았는데 은하도 얼마나 웃었으면 쪼그려 앉은 자세에서 일어나지를 못하고 있었다. 배 교수도 어이가 없는지 멀건 표정이 되어서 그를 바라보고 있었다.

이때 창우가 내려왔다. 그는 방금 샤워를 끝냈는지 머리를 털면서 슬리퍼를 신은채로 우리 쪽으로 왔다. 두 눈은 아직도 붉게 충혈되어 있었다. 필경은 어제밤 우리가 올라온 뒤에도 한참을 더 이 사장과 이야기를 나누었던 모양이다. 창우는 우리를 데리고 식당으로 향했다.

식당에는 이 사장이 직접 산나물국으로 아침상을 차리고 있었다. 그의 얼굴에서도 창우만큼은 아니지만 어젯밤 주독의 피로가 완연해보였다. 나도 어제 꽤 많은 술을 마셨는데 신기하게도 뜨거운 산나물국을 조금 마시자 주독이 모두 풀리는 기분이 들었다.

시원한 해장국으로 간단한 아침식사를 마친 후 우리들은 이 사장과 작별을 고했다. 이 사장의 표정에는 앞날에 대한 감당하기 힘든 걱정들이 서려있었다. 그러면서도 이 사장은 요 며칠 동안은 안개 때문에 천지를 본 손님들이 없었지만 우리 보고는 꼭 맑은 천지를 보게 될 것이라며 기분 좋은 덕담을 해주었다.

창우의 사륜구동 지프차는 백두산의 정상인 천지를 향해 곧장 출발했다. 잘 포장된 도로였지만 경사가 급하여 사륜구동이 아니면 올라갈 수 없을 것 같았다. 우리들 앞에 올라가는 차들도 모두가 사륜구동 형태의 SUV 차량들뿐이다.

올라가는 동안 나는 아무 말도 할 수가 없었다. 그저 산에 대한 경건한 마음만이 치밀어 올라올 뿐이었다. 반쯤 열어놓은 차창을 통해 불어오는 백두산의 정기를 긴 숨을 내쉬고 들이마시기를 반복하면서 온몸으로 맞아들였다. 내 심신을 이 거대한 산에 맡기고 싶었다. 이 와중에서도 배 교수의 탄식은 계속되었다.

"윤 선생, 백두산정계비도 만주사변 때 일본이 다 뽑아 없애버린 마당에 토문강의 흔적마저 지워버린다면 그야말로 동위토문(東爲土門)은 사라지고 마는 겁니다. 그렇게 되면 현재의 동쪽국경인 두만강을 고착화시키는 그야말로 동위두문(東爲豆門)이 되고 마는 것인데, 도대체 우리 땅 간도의 고토는 어떻게 회복한단 말입니까. 답답한 노릇입니다. 답답한 노릇이에요."

참으로 징그럽기까지 한 배 교수의 이 같은 집착을 대하면서 난 '이분이야말로 진정한 민족주의자의 피가 흐르고 있구나.'라는 생각을 하게 되었다. 남들이 볼 때는 기이한 행동이나 하는 사람으로 보이겠지만 온통 그의 머릿속은 민족에 대한 걱정 하나만으로 가득 차 있었다.

이때 나의 영원한 스승이신 서 교수님이 생각났다. 동북아역사재단이 진통 끝에 출범하고 나서 전체 연구원들을 대상으로 특강하던 날, 서 교수님은 연구원들의 손을 일일이 잡으며 역사를 잃어버린 민족은 미래가 없다고 말씀하셨다. 중국의 동북공정에 맞서는 우리의 각오를 제2의 나

당전쟁에 임하는 각오로 싸워야한다고 말씀하시던 그분의 모습이 옆 자리에 앉아 있는 배 교수의 모습과 오버랩 되었다.

난 지금까지 그분만큼 우리 민족을 사랑하고 우리 민족의 미래를 걱정하는 사람을 만나 본 적이 없었다. 우리 민족의 혼을 지키고자 했던 그분의 고매한 인품 앞에서 난 언제나 숙연해졌고 그분처럼 살겠노라고 다짐하지 않았던가.

그런데 지금 이 순간 난 지금 여기 백두산 자락에서 서 교수님 못지않은 민족의식과 고토회복에 대한 열정을 갖고 있는 또 다른 한 분을 대하고 있는 것이다. 지금 배 교수는 은하의 아버지로서가 아니라 민족의 운명을 진실로 염려하는 한 사람의 스승으로서 내 가슴을 울리고 있었던 것이다.

지프차가 높이 올라갈수록 나무들이 점차 작아지더니 이내 나무들은 사라졌고 그 끝이 하얗게 말라가는 야생초들만이 가을바람에 흩날리면서 우리를 환영하고 있었다. 이윽고 완만한 자리 한편에 십여 대의 다른 지프차들 사이로 우리 차도 멈춰 섰다. 여기서부터는 걸어서 올라가는 길이라 한다. 천지를 향해 걸어가는 동안 매섭게 휘몰아치는 바람 앞에 선 너나 할 것 없이 모두가 몸을 가누기가 힘들었다. 최 씨가 추위를 이기려는 듯 양팔을 낀 채로 올라가며 말했다.

"배 교수, 천지를 볼 수 있을까? 호텔에서 출발할 때 이 사장은 안개 때문에 요 며칠 사이에 천지를 본 사람이 없었다고 했는데 천지가 안보이면 어쩌지? 작년에도 못 보았지? 오늘만큼은 우리가 운이 좋아야 하는데 말이야."

최 씨가 천지를 목전에 두고서 조급증을 내고 있었지만 배 교수는 오히려 느긋하게 말했다.

"모든 게 다 백두산의 뜻인 게지. 백두산을 영산이라고 하지 않던가. 보여주시면 감사하게 보는 것이고 보여주지 않으시면 하는 수 없는 게지."

어떤 광경이 펼쳐질까? 모두가 그런 생각에 가슴을 설레며 서로 앞다투어 먼저 가려고 걸음이 빨라졌다. 우리들 모두는 헉헉대며 드디어 정상에 도달했다.

백두산의 정상에서 아래를 내려다 본 순간, 우리들 모두는 벅찬 감동으로 잠시 할 말을 잊었디. 실오라기 하나 걸치시 않은 너무도 맑은 천지가 한눈에 들어왔던 것이다. 시퍼런 물이 백두산의 최고봉에 담겨져 있었다. 최 씨의 말대로 운이 좋았을까? 아니면 배 교수의 말대로 백두산의 뜻이었을까? 우리들은 물안개 한 점 없는 너무도 깨끗한 천지를 보게 되는 행운을 잡은 것이었다.

밝은 햇살을 반사시키면서 온 천지를 금빛 은빛으로 물들이고 있는 천지의 장관을 그 어떤 말로 표현해야 할까? 나는 너무나도 벅찬 감동에 잠시 가슴을 움켜잡았다. 은하도 자신의 앞에 펼쳐진 이 장엄한 순간의 감동을 만끽하려는 듯 휘날리는 머리칼을 그대로 둔 채 말없이 서 있었다. 잠시 후 옆자리에 내가 서있는 것을 보고는 그 영롱한 눈동자로 나를 빤히 쳐다보며 미소 지었다.

천지(天池)! 하늘의 연못이란 뜻으로 천 년 전 대규모의 화산폭발로 만들어진 호수다. 당시의 폭발이 얼마나 강력했던지 웅덩이의 깊이는 천 미터에 달하고, 터져나간 봉우리의 잔해들은 오늘날 동해 건너 일본에서까지 발견되고 있다고 한다.

당시 거란에 의해 영토의 많은 부분을 빼앗긴 발해의 유민들이 여기 백두산을 중심으로 발해의 부흥운동을 강력하게 벌이고 있었지만, 역설적이게도 백두산의 화산폭발로 인해서 발해는 완전히 멸망하고 말았다.

배 교수가 내 옆으로 다가와 천지를 오른손으로 가리키며 감격어린 목소리로 말했다.

"보시오, 여기가 바로 우리 민족의 혼이 일어섰던 곳이에요. 민족의 뿌리가 반만년을 내려뻗은 우리 민족의 출발지가 바로 여기입니다. 저 천지가 담고 있는 물은 우리 민족의 정신을 담고 있어요. 여기가 바로 우리 민족의 영산 백두산 천지란 말입니다."

세찬 바람 때문에 큰소리로 말하지 않으면 잘 들리지 않았으므로 그는 큰 소리로 고함치듯 말했다. 얼마나 추웠던지 그의 입 양 옆에는 침 덩어리가 보기 흉하게 뭉쳐져 있었지만 그의 외침은 계속되었다.

"윤 선생, 여기 천지를 가로질러 저쪽 반대편 60퍼센트는 북한령이고, 이쪽으로 그 나머지가 중국 령입니다. 이 경계는 1962년 김일성과 주은래 간에 벌였던 조중변계조약을 통해 확정되었어요. 이 얼마나 통탄할 일입니까."

배 교수의 설명은 이러했다.

이 회담은 오늘날까지도 철저하게 비밀에 부쳐지고 있는데, 1909년 청일 간에 맺었던 간도협약으로 천지의 대부분이 중국에 할당되었던 것을 조중변계조약을 통해 그나마 천지의 절반이라도 되찾아왔다는 것이다.

1712년 조청간의 국경회담으로 양국이 결정한 국경은 '동위토문 서위압록' 이라 하여 동쪽으로는 토문강을 경계로 삼는다는 것이어서 북간도 땅 일대가 분명한 우리의 영토로 확정되었다.

그런데 당시 김일성은 이 부분을 망각한 채 천지를 가로지르는 국경 획정에 합의함으로써 우리 민족에 큰 죄를 지었다는 것이다. 다만 동쪽의 국경을 중국 측의 주장대로 두만강으로 확정하는 대신 천지에서 두만강으로 흐르는 네 개의 지류 중 최상류의 지류를 경계로 삼았던 것은 그나마 소득이라면 소득이었다.

최 하류부터 석두수, 홍단수, 석을수, 홍토수 중 간도협약시 석을수를 경계로 삼았던 것을 최상류의 홍토수로 그 경계를 정함으로써 천지의 60퍼센트 가량이 북한령이 되었다.

어쨌든 중국은 간도협약으로 획정된 국경보다는 뒤로 후퇴하는 결과를 가져왔는데, 이것은 당시 중국내 소수민족과 주변의 약소국들에게 우호적인 입장을 보였던 주은래의 덕을 본 것이라 한다. 이로 인해 주은래는 문화혁명 때 홍위병들로부터 국토를 팔아먹은 매국노로 몰려 큰 곤욕을 치르기도 했다는 것이다.

배 교수는 또다시 울분에 가까운 외침을 계속하고 있었다.

"북한이 해방 후에 잘 만 했더라면 이 천지를 포함해서 북간도 땅의 일부인 연변만이라도 되돌려 받을 수 있는 기회가 있었단 말입니다. 왜 그 기회를 못 살렸는지 도대체가 이해할 수 없어요."

이 이야기는 나로서도 처음 듣는 이야기인지라 귀가 번쩍 뜨였고 배 교수의 다음 이야기를 기다렸다.

"해방 이전까지 간도 땅에는 일본의 괴뢰정권인 만주국이 있었단 말입니다. 당시 일본군을 쫓아내고 이 땅을 점령했던 군대는 소련군이었어요. 중국은 국공내전이 한창인 때라 여기에 신경 쓸 겨를이 없었지.

1948년 2월에 소련 중공 북한이 평양에서 체결했던 문서가 있어요. 이 문서에 따르면 동북지방의 일부를 3개 한인자치구로 확정하고 이를 장차 북한에 귀속시킨다고 합의했던 말입니다. 북한은 애초에 길림성의 대부분을 차지하는 4개현을 돌려 달라고 했지만 최종적으로 합의를 보기로는 오늘날의 길림성 동부에 있는 연변조선족자치주에 해당하는 3개현을 돌려받기로 3국이 합의를 봤던 것이지요. 그런데 이게 6.25전쟁이 터지는 바람에 유야무야 되어버렸어요. 전쟁 후에라도 왜 못 돌려받았는지 난 도무지 이해할 수 없단 말입니다. 이것을 보더라도 김일성은 우리 민족에게 용서받지 못할 죄를 지은 겁니다. 합의까지 해놓고서 왜 못 돌려받았느냐는 말입니다. 연변조선족자치주의 면적이 한반도의 사분의 일이나 됩니다. 이 땅만이라도 그때 회복했었어야 되었단 말입니다. 북한이 너무도 잘못한 겁니다."

울분에 찬 그의 말을 들으면서는 나까지도 화가 치밀고 있었다. 분노에 찬 배 교수의 눈가에는 두꺼운 뿔테안경이 하얗게 서리가 맺히면서 굵은 물방울이 뚝뚝 떨어지고 있었다. 천지를 가로질러 백두산이 양분된 우리 민족의 현실이 서글펐을 것이다. 백두산이 양분됨으로써 우리 민족의 고토인 간도 땅을 잃어버렸고, 잃어버린 간도 땅을 되찾아야하는 민족적인 과업은 시급한데도 양분된 조국은 무기력하기만 한 현실이 서글펐을 것이다. 잃어버린 우리 민족의 땅, 간도 땅에서 중국인으로 살아가야 하는 서글픈 현실을 고집불통의 민족사학자로서는 감당하기 어려웠을 것이다.

잠시 후 배 교수는 갑자기 미친 사람처럼 만세를 부르며 외치기 시작했다.

“백두산은 우리 민족의 영산이다. 간도도 우리 민족의 땅이다.”

어느새 최 씨도 함께 만세를 부르며 따라 외치기 시작했다.

“백두산은 우리 민족의 영산이다. 간도도 우리 민족의 땅이다.”

순간, 주변에 있던 모든 사람들의 시선이 우리 쪽으로 집중되었다. 그들은 저 사람들이 도대체 무슨 말을 하나 하는 표정으로 멀뚱한 얼굴들이 되어서 우리들을 쳐다 볼 뿐이었다. 그들이 수군거리자 갑자기 분위기가 썰렁해졌다. 창우는 싸늘한 눈빛으로 아버지와 최 씨를 바라보다가 이러한 돌출행동에서 어서 빨리 벗어나고 싶었던지 나와 은하의 팔을 잡아끌었다.

창우가 고개를 절레절레 흔들며 기가 막힌다는 표정으로 나를 보며 말했다.

“우와! 졌습니다, 졌어요. 오늘부로 우리 아버지한테 완전히 두 손 다 들었어요. 이건 뭐 물가에 내놓은 어린애도 아니고 어디 불안해서 살 수가 있겠습니까. 윤 선생, 이제 내 마음을 좀 아시겠습니까? 은하도 이 말도 안 되는 상황을 똑똑히 봤으니까 오빠 심정을 좀 이해해줘라. 도대체 내가 어떻게 해야 되갔나? 완전히 돌지 않고서야 어떻게 저런 행동을 하느냐는 말이다.”

창우가 흥분한 채 거침없는 독설을 퍼붓고 있을 때 은하는 말없이 반대방향으로 돌아서서는 손수건으로 눈가를 닦고 있었다. 어깨가 떨리는 것으로 보아 울고 있는 것이 분명했다. 나는 은하를 진정시켜 주고 싶었지만 창우가 그런 여동생을 사정없이 윽박질렀다.

“바보처럼 울기는 왜 울어. 그만 됐으니 울지 마!”

그렇게 말하고는 그의 손수건으로 은하의 얼굴을 닦아준 뒤 어깨를 토닥거려 주었다.

"자, 사진이나 찍읍시다. 은하도 돌아 서서 윤 선생하고 다정하게 서 봐."

창우는 미리 준비한 카메라로 사진을 찍어주겠다며 우리더러 다정하게 포즈를 취하라 했고 난 스스럼없이 오른손으로 은하의 허리를 살짝 잡은 자세로 포즈를 취했다. 창우는 언제 그렇게 불같이 화를 냈나 싶게 다시 천연덕스러운 모습으로 돌아와 있었다. 이런 그의 모습에서 평소 그의 처세술을 읽을 수 있을 것 같았다.

"햐, 제법 자세가 나오는 게 어제오늘 맞춰 본 자세가 아닙니다. 윤 선생, 솔직히 고백해 봐요. 우리 은하하고 포옹 몇 번 해 봤어요?"

이 말에 은하가 내 뒤에 숨으며 부끄럽게 웃어보였고 나도 뒤통수가 가려웠다. 어제 천지폭포 앞에서 포옹한 것을 들켜버린 어린아이처럼 우린 그렇게 순진한 표정이 되어 있었다. 창우는 연신 벙긋벙긋 웃고 있을 뿐이었다. 창우는 장소를 옮겨가며 계속 다양한 포즈를 주문했고 은하는 쑥스러워 하면서도 내가 유도하는 대로 잘 따라주었다.

아버지도 사진을 찍어 드리자는 은하의 말에 창우는 시큰둥해하면서 우리를 남기고 곧장 차가 있는 곳으로 내려갔다. 둘만의 오붓한 시간을 주어야겠다고 생각을 했던지 15분쯤 뒤에 내려오라고 하고는 말이다.

바위에 가려 사람들은 잘 보이지 않았지만 천지가 한눈에도 잘 보이는 곳에 우린 서로 손을 맞잡고 함께 앉았다. 이때 사랑스런 은하의 향기가 천지의 세찬 바람을 타고 내게로 밀려왔다. 이 향기에 취해 내 몸은 서서히 뜨거워지고 있었다. 이 여인에게서만 느낄 수 있는 이 냄새, 도대체 이 냄새의 정체를 알 수는 없었지만 은하의 향기는 나를 언제나

무력한 존재로 만들어 버렸다.

머리를 내 어깨에 기댄 채 천지를 바라보고 있던 은하의 눈가에선 또다시 이슬이 몇 방울 맺혀있었다. 그것은 눈물이었다. 그 눈물은 이 행복이 오랫동안 이어지기를 바라는 은하의 간절한 마음이었다. 손수건으로 그녀의 눈가를 닦아줄 때 그녀가 살짝 미소 지으며 내 가슴을 파고들었다. 나는 더욱 힘주어 그녀를 끌어안는 것으로 그녀의 간절한 기도에 응답 했다.

비록 이 천지는 절반으로 갈리어서 우리 민족과 중국의 국경을 이루고 있지만 은하와 나의 사랑은 영원토록 단절되지 않을 것이고, 이 아름다운 사랑을 끝까지 지키겠노라고 다짐해 보았다.

창우와의 약속시간에 맞추어 천지를 내려갔다. 내려오면서도 배 교수가 혹시라도 먼저 내려와 은하와 단둘이서 다정히 내려오는 장면을 보게 된다면 어쩌나하고 걱정했지만 다행히 어제처럼 배 교수는 차가 있는 곳에 도착해 있지 않았다. 참 기분 좋은 우연이었다. 오늘도 어제와 마찬가지로 민망한 상황이 벌어질 것 같아 걱정을 했지만 그런 일은 역시나 일어나지 않았다. 백두산의 신령스런 기운이 우리를 보호하는 것 같아 기분이 좋았다.

추운 날씨로 얼굴색이 분홍빛으로 변해버린 은하를 서둘러 차에 태운 후 저 아래로 펼쳐진 백두산의 장관을 제대로 감상하기 위해서 나는 홀로 언덕배기의 끝자락에 올라섰다. 백두산의 정기를 온몸으로 느끼고 싶었다. 조용히 눈을 감은 채 양팔을 활짝 펼쳐보았다.

미래에 동북아역사의 중심에 서는 위대한 통일한국이 건설되었을 때 잃어버린 우리 민족의 고토를 회복하는데 큰 힘이 될 수 있도록 지금부터 착실하게 준비해야 한다. 그러기 위해서 온몸으로 백두산의 정기를 받아들이자. 이 정기를 바탕으로 우리 민족의 자랑스러운 역사를 온전하게 지켜내는 동북아역사재단의 씩씩한 연구원이 되리라 맹세했다.

소천지에서 떠온 물의 의미

차를 타고 내려오는 내내 심각한 표정을 하고 있던 배 교수가 말문을 열었다.

"소천지에 들렀다 가자."

운전석 위의 백미러를 통해 배 교수의 얼굴을 쳐다보며 창우가 퉁명스럽게 말했다.

"아버지, 천지에서 그만큼 하셨으면 됐지, 소천지까지 가서 또 무슨 해괴한 행동을 하시려고 그럽니까? 그냥 바로 내려가서 식사나 하고 출발해요."

배 교수도 창우와는 시선을 마주치고 싶지 않은지 시야를 차창 밖으로 돌린 채 무표정한 소리로 대꾸했다.

"밥이야 한 끼 굶어도 되고 좀 늦게 먹으면 어떠냐. 내 소천지에서 물한 컵 먹고 싶어서 그러니 들렀다 가!"

아버지의 막무가내 식 태도에 창우도 체념한 듯 백두산을 다 내려올 즈음, 결국 소천지 쪽으로 차를 돌렸다. 매표소 입구의 적당한 자리에 주차한 후 일행은 걸어서 소천지를 향했다. 소천지라면 작은 천지를 말하는 것일 터, 숲길을 따라 이십 분 정도 걸어가자 제법 큰못이 나타났다. 백두산 천지에서 내려오는 물길로 아래에 만들어진 못이라 하여 소천지라 부른다는데 거기에는 차갑고 맑은 천지의 물이 가득 고여 있었다.

배 교수는 이 천지의 물을 마심으로써 그의 가슴에 응어리진 갈증을 해소하고 싶었을 것이다. 배 교수를 필두로 우린 모두 천지 물을 한 바가지씩 마셨다. 시원한 물맛도 물맛이지만 천지에서 흘러내리는 물을 마셨다는 생각에 그 뒷맛이 의미심장하게 느껴졌다. 소천지 옆 암석에 파인 작은 동굴에는 신을 모시는 작은 사당이 있었는데 최 씨가 소천지에서 담아온 물 한 컵을 올려놓고 한참 동안이나 뭔가를 열심히 빌고 있었다.

은하가 하는 말이었다.

"아저씨, 조선이 통일돼 달라고 빌었습니까?"

무릎을 꿇고서 어찌나 정성들여 빌고 있던지 일어서며 돌아서는 최 씨에게 은하가 농담을 건넸던 것이다.

"통일은 무슨? 내가 통일되게 해 달라고 빌면 통일이 되나? 우리 하나 밖에 없는 딸년 잘 먹고 잘 살게 해 달라고 빌었지."

최 씨의 이 말은 우리들 모두를 잠시 숙연하게 만들었다. 항상 허허! 하면서 사람 좋은 모습을 하고 있었지만 그 마음 한 구석에는 불우한 딸의 처지를 헤아리는 애틋한 마음이 자리 잡고 있었던 것이다.

우리들이 몇 장의 사진을 찍기 위해 여기저기를 옮겨 다니는 사이에 배 교수와 최 씨는 차에서부터 들고 온 큰 플라스틱 통에 소천지의 물을 담고 있었다. 최 씨는 혼자서 차가 있는 곳까지 무거운 물통을 힘들게 들고 가면서도 길가에 돌무덤이 보이자 기어이 작은 돌 하나를 정성들여 올려놓고는 합장을 한 채 기도하는 것을 잊지 않았다. 다시 물통을 들고 가는 최 씨가 힘들어 하는 것 같아 내가 대신 들어주겠다고 했지만 그는 이것도 고행이라며 한사코 사양했다.

최 씨는 백두산 산신령의 기운을 모신 소천지 물 한 그릇을 모시고 새벽마다 정성을 들이면 효험이 있다고 하면서 자신이 힘들게 물을 받아 가는 이유를 내게 설명해 주었다. 알고 보니 최 씨는 신심이 깊은 천도교인이라고 했다. 그는 모든 만물에는 한울님의 신령스런 기운이 내재돼 있기 때문에 언제 어디서나 항시 기도한다고 했다.

천지에서 서식하는 유일한 어종이라는 산천어를 횟감삼아 소천지 인근의 식당에서 늦은 점심을 해결했다. 그리고 곧장 연길로 향했는데 창우는 뭐가 그리도 급한지 올 때처럼 중간에 간간히 들리는 일도 없이 논스톱으로 비포장도로를 무서운 속도로 달려댔다. 배 교수는 언제나처럼 하염없는 표정으로 창밖만 바라보고 있었고, 최 씨는 그의 전용침대칸에서 올 때와 같이 아예 대놓고 코를 골고 있었다.

은하는 백두산 올 때 틀었던 그 컨츄리 송 테이프를 틀었다. 나의 무료함을 달래 줄 생각이었을 것이다. 그러자 배 교수가 은하에게 음악의 볼륨을 조금만 줄이라고 부탁했다. 아마도 무언가를 생각하는 데 방해가 되었던 모양이었다.

백두산을 출발한 후 단 한 번의 정차 없이 세 시간도 더 달렸다. 그제야 창우는 길가 상점 앞 마당에 차를 세운 후 담배를 사기 위해 가게로 들어갔다. 창우를 기다리는 동안 나도 차에서 내려 담배를 피우고 있었다.

인근의 또 다른 가게 앞에서 개량한복을 곱게 차려입고 손님을 맞이하고 있는 한 무리의 조선처녀들이 눈에 들어왔다. 북한에서 직영하는 각종 토산품을 파는 가게라고 하는데 그 가격이 대단히 비싸다는 은하의 말에 나는 들어가 볼 엄두는 못 내고 그냥 그들만을 지켜보고 있었다.

이때 북한 아가씨들이 내게로 다가오더니 사지 않아도 좋으니 그냥 구경이나 한 번 해보라며 말을 거는 것이 아닌가. 나는 거절하기도 민망해서 은하를 데리고 가게 안으로 들어가 보았다. 내가 한국 사람인 것을 알아본 북한 아가씨들이 북한산 인삼, 우황청심환, 술, 공예품 따위를 보여주면서 물건을 사달라고 거의 애원하다시피 하고 있었다.

순간 나는 착잡한 생각이 들었다. 이들이 창우가 말하던 외화벌이 아가씨들이 아닌가. 북한에서도 당성이 철저한 인텔리들만이 파견된다는 미모의 아가씨들이지만, 이곳에서는 물건하나를 팔기위해서 혈안이 된 그저 측은한 생각이 드는 아가씨들일 뿐이었다. 단순히 구경삼아 들어왔지만 도저히 빈손으로 나갈 수가 없었다.

대체로 가격이 비쌌지만 그래도 그 중 우황청심환이 만만할 것 같아 가격을 물어 보았다. 그러자 계산대에 서있던 아가씨는 가격을 말해주기 전에 북한산 우황청심환의 효능에 대해서 한참 설명하기 시작했다. 약의 효능을 장황하게 설명하던 아가씨가 여섯 알이 든 포장세트 하나

를 뜯더니 거기서 한 알을 꺼내 반으로 쪼개어 은하와 내게 먹어보라고
한다.

너무나도 순식간에 일어난 일이라 말리고 말고 할 틈도 없었다. 그녀
는 그런 후에야 가격을 말해 주었는데 6알 한 세트에 우리 돈으로 무려
20만원이라고 했다. 이 말에 은하가 놀라는 표정을 짓더니 내 팔을 잡
아끌며 그냥 나가자고 보챘다. 그런데 이 아가씨가 애처로운 표정으로
날 바라보며 이미 포장을 뜯어버렸으니 어찌할 수가 없다고 떼를 쓰는
것이 아닌가. 어처구니가 없었지만 나는 이들이 안쓰럽다는 생각이 들
어 한 세트를 달라고 했다. 그제야 그녀는 안도하는 듯 새 것으로 하나
를 가지고 와서 내게 건네며 고맙다고 거듭하여 인사했다.

돌아서며 생각하니 기왕에 사는 것이라면 한 세트 가지고는 안 될 것
같았다. 고향에 계시는 어머니도 생각이 났고 서 교수님의 얼굴도 떠올
랐기 때문이다. 그래서 두 세트를 더 달라 했더니 아가씨가 아주 반색을
하면서 여러 번 고맙다고 인사를 했다. 그녀는 조금 전에 포장을 뜯어
다섯 알만 남은 청심환도 다시금 가지런히 포장한 후에 딤으로 잊어주
었다. 그러고는 하는 말이 가능하면 중국 돈보다는 한국 돈으로 계산을
해달라고 요구했다. 이 말에 중국 돈은 위폐가 많다는 창우의 이야기가
떠올라 나도 모르게 씁쓸한 웃음이 새어나왔다.

이렇게 해서 잠시 구경만 한다는 것이 60만원이나 지출하는 대형 사
고를 치고 말았던 것이다. 상점을 나오려는데 수공예품으로 만든 머리
핀 하나가 눈에 띄었다. 은하의 머리에 꽂으면 예쁠 것 같아 그것을 하
나 더 사서 은하의 머리에 직접 꽂아주었다. 작은 머리핀 하나였지만 은
하는 너무나도 행복한 표정을 지었다.

차에 오른 후, 방금 산 우황청심환 한 세트를 배 교수와 함께 드시라며 최 씨에게 선물했더니 그는 호들갑을 떨면서 몇 번이고 고맙다며 인사를 해 댔다. 하지만 배 교수는 잘 먹겠다고 인사치례로 말하면서도 북한 직영가게에서 비싼 값으로 물건을 산 내 행동에 대해서는 못마땅해하는 표정이 역력했다. 북한 사람들이나 조선족 동포들에게 값싼 동정이나 베푸는 한국 사람들이 미워서였을까? 아니면 같은 동포이면서도 유독 한국 사람들에게만 바가지 씌우는 우리 동포들이 미워서였을까?

어쨌든 차는 다시 출발했고 한 동안 침묵하던 배 교수가 아까 천지에서 내게 하던 이야기를 정리하고 싶었던지 나를 향해 다시 포문을 열었다. 창우는 아버지가 무슨 말을 꺼내려하자 잔뜩 인상부터 찌푸리더니 차를 더욱 험하게 몰기 시작했다.

"윤 선생 보시오. 이천년간 팔레스타인들이 지배해온 땅에서 유대인들이 이스라엘을 건국할 때 그들이 내세운 명분이 뭐였는지 아시오? 이천년 전에는 자신들의 땅이었다는 것이지. 구약성서에 그렇게 쓰여 있다고 하면서 팔레스타인 사람들을 강제로 쫓아냈지 않았겠소. 그리고 일본만 하더라도 독도에 대한 영유권 주장을 끈질기게 하면서도 그 근원으로 내세우는 것이 고작 일제강점기에 불법적으로 일본 영토에 편입시킨 것을 근거로 삼고 있을 뿐이에요. 명백히 독도는 한국 땅이고 또한 우리가 실효적인 지배를 하고 있음에도 말입니다. 그에 비하면 간도 땅의 영유권에 대한 우리의 주장은 너무도 확실한 역사적 연고권과 국제법적인 논리를 가지고 있단 말이에요. 문제는 힘이에요, 힘. 우리 민족의 고토를 회복하기 위해서는 우리에게 힘이 있어야 합니다. 그러기 위해서는 우리 민족이 하나 되는 통일을 앞당겨야 합니다. 또한 통일을 앞

당기기 위해서는 동포 간에 믿음이 있어야 되고요. 그래서 한국 사람들이 정신 차려야 합니다. 돈 몇 푼 있다고 가난한 우리 중국 동포를 2등 동포 취급하는 그런 못난 천민자본주의 근성을 버려야 된다는 말입니다. 배고파서 탈북해 온 우리 북한 동포를 오히려 동남아 노동자보다도 더 천시하는 그런 정신 상태를 뜯어고치지 않고서 어떻게 한국이 통일을 주도할 수 있겠어요.”

배 교수는 창우가 어떤 행동을 하건 아예 개의치 않는다는 듯 마치 연설하듯이 오른손을 들어 온갖 제스처를 취하면서 열정적으로 말했다. 그의 말투 하나하나에는 그만이 가지는 독특한 힘이 서려있었다. 이제는 아예 자신의 안경까지 벗더니 그것을 오른손으로 흔들며 말하기 시작했다. 그 손동작이 어찌나 절도가 있고 목소리에 힘이 실려 있던지 나도 모르게 그의 연설에 집중할 수밖에 없었다.

말이 진행될수록 점점 더 흥분의 도가 세어지더니 자기도취에 휩싸이는 듯 말의 악센트가 강해지고 있었다. 그의 흥분상태로 봐서는 또다시 무슨 사고를 낼 것만 같아 우린 조마 조마한 마음에 숨소리조차 낼 수가 없었다.

“멀리 바라보면 앞날이 열리는 법이거늘 우리가 아직 그걸 깨닫지 못하고 있어요. 그때를 대비해서 우리 민족이 한 덩어리로 뭉쳐야 하거늘 그것을 깨닫지 못하고 있단 말입니다. 소련이 저렇게 산산이 분해되어 2등 국가로 전락할 줄 누가 알았겠소. 유고슬라비아는 또 어떻게 분해되었소. 모두가 민족 별로 갈라섰지 않았어요. 지금의 중국은 강력한 통일적 다민족국가를 유지하고 있지만, 앞으로 10년 후에는 어떤 일이 벌어질지 그 누가 장담할 수 있겠소? 중국의 통일적 다민족국가 체제가 붕괴되어 한족 외에 55개의 소수민족으로 갈라졌을 때, 우리는 연변에 조선족자치국가의 설립을 기대할 수도 있을 것이오. 간도 찾기 운동은 중국의 동북공정 음모에 대항하는 우리 민족의 소리 없는 전쟁이란 말이오.”

배 교수의 말이 여기에 까지 이르자 갑자기 끼익~ 하는 요란한 소리와 함께 차가 급정차를 했다. 창우가 뒤를 돌아보더니 맹수가 포효할 때 발산하던 그 눈빛으로 배 교수를 노려보면서 소리 질렀다.

“아버지 돌았어요?”

벽력같은 소리로 고함을 친 창우는 차에서 내리면서 차문을 발로 차 버리며 닫았다. 그리고 저쪽으로 한참을 걸어가더니 담배를 꺼내 입에 물었다. 모든 게 너무나도 순식간에 벌어진 상황이었다. 침대칸에 누워 있던 최 씨는 앞좌석에 머리를 부딪치며 바닥에 떨어졌다. 그는 연신 아야~ 소리를 내면서 주위를 두리번거리고 있었다.

은하도 많이 놀랐던지 얼굴이 창백하게 질려 있었다. 은하는 최 씨가 걱정되었던지 괜찮으시냐며 최 씨를 살펴보았다. 다행히 큰 부상은 없었다. 배 교수는 ‘나쁜 새끼’ 라는 험한 말을 한 후, 최 씨와 함께 차에서 내려 창우와는 반대편으로 가서 담배를 꺼냈다.

은하가 먼저 창우한테로 다가가기에 나도 무심결에 그의 옆으로 다가 갔다. 은하가 어렵게 입을 뗐다.

“오빠 심정을 모르는 것은 아니지만 선생님도 계시는데 꼭 그래야만 했어요? 왜들 그러시는지 정말 제가 어떻게 해야 할지를 모르겠네요. 오빠, 진정하고 계세요. 아버지한테 가볼 테니….”

은하는 소리 없이 눈물을 흘리며 아버지에게로 뛰어갔다. 창우는 먼

산만 바라본 채 내게 말했다.

"윤 선생, 미안합니다. 내가 성미가 좀 급해서 실례를 범했습니다. 용서 하시지요."

"……."

"거 참…. 우리 아버지 증세가 점점 더 심해지니 큰 걱정입니다. 여긴 한국이 아니라 엄연히 중국인데도 말입니다. 도대체 말을 가려서 하는 법이 없으니 보통 일이 아닙니다. 방금 아버지가 한 말이 얼마나 위험한 말인지 아십니까? 중국이라는 대용(大龍)의 역린(逆鱗)을 건드리는 말이란 말입니다."

창우는 이 상황을 용이라는 영물을 등장시켜서 설명하고 있었다. 용이라는 동물은 평소에는 그 큰 덩치만큼이나 순한 동물이지만 귀밑에 난 비늘인 역린을 건드리는 순간에는 누구든 물어 죽여 버리는 습성이 있다는데 창우는 지금 그 얘기를 하고 있는 것이었다.

자고이래로 용은 왕이라는 절대 권력에 비유되는 상상의 동물로 비유되어 왔다. 용의 역린을 건드린다는 말은 그 절대 권력에 도전하는 것으로 간주되었고 결코 넘지 말아야할 선을 의미했던 것이다. 창우의 눈은 피곤과 절망이 뒤범벅이 된 채 벌겋게 충혈 되어 있었다.

"내가 명색이 중국공산당의 당원입니다. 그렇기 때문에 오늘날 중국이라는 대용의 고민이 무엇인지, 그 생각이 무엇인지를 온몸으로 느끼며 살아가는 사람이란 말입니다. 중국 사람들의 마음속에는 중국이 이 세상의 중심이라는 중화제국주의가 자리 잡고 있습니다. 그렇기 때문에 일면만 보면 관대한 척 보이지만, 또 다른 면에서는 대단히 무서운 사람들입니다. 인구의 92퍼센트를 차지하고 있는 한족에게도 아킬레스건이 있단 말입니다. 그것은 바로 국토의 절반이상을 차지하고 있는 땅에서 살아가는 55개 소수민족이지요. 중국의 역사 속에서 한족(漢族)이 전국토를 통일하여 통치한 역사는 사실 알고 보면 그리 많지가 않습니다. 소수민족과의 치열한 투쟁의 역사라고 할 수 있죠. 그렇기 때문에 소수민족의 융화 단결은 오늘날 중국의 생존과 직결된 가장 중요한 문제라고 봐야 합니다. 서장자치구의 서남공정이나 신장자치구의 서북공정, 그리고 조선족자치주의 동북공정은 중국의 소수민족 중 요주의 대상으로 지목된 티베트와 위구르, 조선족을 특별 관리하기 위한 국가적 차원의 장기프로젝트란 말입니다. 1959년 3월에 티베트의 수도 라타에서 독립운동이 일어나자 중국은 그들을 무자비하게 진압하지 않았겠어요.

만약에 대만이 독립을 선언한다면 미국과의 전쟁이 무서워 중국이 주저한다고 보십니까? 천만에요. 핵전쟁이라도 불사할 겁니다. 한 개의 소수민족을 봐주게 되면 연쇄반응을 일으켜 55개 소수민족이 모두 분열돼 나갈게 분명한데, 중국이 가만있을 수 있겠습니까? 우리 아버지는 지금 용의 역린을 건드린 겁니다. 아버지도 죽고 나도 죽고 우리 조선족이 다 죽을 수 있어요. 나이를 드시면서 왜 저리도 철이 없어지는지 정말이지 괴롭습니다."

담배가 다 떨어졌는지 창우는 그의 오른손으로 담뱃갑을 찌그러뜨리고 있었다. 내 주머니에서 담배를 꺼내 한 대 건네주자, 담배를 잡은 그의 오른손이 떨리고 있었다. 불을 붙여주는 내 손도 덩달아 떨려오기 시작했다. 담배 한 모금을 가슴 깊숙이 들이 마시더니 이내 길게 내어뿜고는 다시 말했다.

"미안합니다. 선생 앞에서 내가 너무 소란을 떨었어요. 그러나 난 선생이 남 같지가 않아요. 우리 은하를 잘 보살펴줄 사람이라는 확신이 들기 때문에 한 식구 같은 생각이 듭니다. 그래서 내가 선생을 특별히 의식하지 않고 편하게 이야기하게 됩니다. 이해할 수 있죠? 내가 우리 아버지를 단속하는 건 한계가 있어요. 자식이 당신을 미워해서 하는 얘기로만 들으니 말입니다. 참 답답합니다."

"너무 마음 쓰지 마십시오. 교수님께서도 어떤 특별한 의도를 가지고 하신 말씀은 아닌 것 같으니 말입니다. 그래도 부자지간이지 않습니까? 두 분이 자주 말씀하시면서 하나하나 풀어나가도록 하시죠."

창우는 내가 마음에 든다며 내 어깨를 두드린 후 이제 그만 출발하자고 해서 다시 차에 올랐다. 차안에는 배 교수도 최 씨도 창우와는 시선을 교차하지 않으려는지 차창 밖만 멍하니 쳐다보며 어두운 표정들을 하고 있었다.

이때 은하가 아버지를 돌아보며 눈짓으로 뭔가를 채근했고 배 교수는 그제야 마지못해하는 얼굴로 시선을 중앙으로 모았다. 그리고 맥이 풀린 듯 한 목소리로 천천히 말했다.

"아까는 내 말 중에 실언이 있었다. 미안하게 됐어."

배 교수가 이 말을 느릿느릿하게 하는 동안 그 모습이 어찌나 안됐던지 가슴 한가운데서부터 찡한 그 무엇이 전해왔다. 은하가 창우를 바라보며 채근하듯이 말했다.

"오빠, 인제 마음을 좀 풀면 안 되겠습니까? 아버지가 이렇게 사과하시고 있지 않습니까?"

애타는 심정으로 은하가 사정하듯 말하자 창우는 뒤돌아보지도 않은 채 운전석의 백미러로 배 교수를 빤히 쳐다보며 정색한 표정으로 말했다.

"아버지가 미워서가 아닙니다. 그런 말씀 자꾸 하고 다니시면 아버지
뿐만 아니라 연변의 우리 조선족들도 무사하지 못할 수 있으니 하는 말
입니다. 더 이상은 길게 말하지 않겠습니다만, 차후로 한번만 더 이런
일이 있으면 앞으로 아버지는 제 장례식 때나 볼 수 있을 겁니다. 아시
겠죠?"

배 교수의 얼굴이 벌겋게 달아올랐다. 차안은 숨소리마저 들리지 않
는 살벌하면서도 적막한 분위기만이 가득했다. 그 누구도 감히 미동하
지 못한 채 장승처럼 굳어만 있었다. 차가 출발하면서 은하가 조수석의
차창을 반쯤 열고나서야 겨우 숨을 쉴 수 있었다.

차안에 산소가 공급되기 시작하자 긴장이 풀리면서 동맥의 피가 다시
흐르기 시작했다. 그리고 고개가 힘없이 쳐지면서 나도 모르게 졸음이
몰려왔다. 찻소리, 바람소리, 팽팽하게 감도는 차안의 긴장감을 모두 느
낄 수 있는 선잠이었지만, 그래도 잠이라는 마법은 시간을 초월하고 있
었다.

국도에 진입했는지 차는 부드럽게 달리는 느낌이 들었고, 또 얼마 후
연길시내에 들어왔는지 사람들의 떠드는 소리가 차창 밖에서 들리고 있
었지만 비몽사몽간에도 눈은 떠지지 않았다. 은하가 나를 흔들어 깨워
눈을 떠보니 배 교수의 사무실 앞이었다. 들어가셔서 편히 쉬시라는 내
인사말을 듣는 둥 마는 둥하며 배 교수는 휑하니 먼저 안으로 들어갔다.
최 씨는 소천지에서 떠온 물통을 힘겹게 들고 안으로 들어가면서도 잘
가라며 손까지 흔들어 주었다.

창우는 우릴 태운 채 백산호텔로 향했다. 차가 이동하는 십여 분 동안
에도 우린 아무 말이 없었다. 백산호텔 앞에서 차는 정차했고 우린 모두

차에서 내렸다. 창우는 내게 악수를 청하며 오늘 일은 미안하게 됐으니 마음 쓰지 말라고 했는데 그의 표정에선 무안해하는 기색이 역력했다.

창우가 먼저 차에 오른 뒤에도 은하는 또다시 금방이라도 눈물샘이 터질 것 같은 얼굴을 하고 있었다. 나를 똑바로 쳐다보지도 못한 채 내게 미안하다는 말을 몇 번이나 한 후에야 차에 올랐다. 난 사라져가는 그들을 힘없이 바라보았다. 무엇이 미안하다는 것인지, 은하가 나에게 미안해 할 것은 아무것도 없는데 말이다. 손을 흔드는 은하의 모습이 저만치 사라져가고 있었다.

중화제국주의자들의 음모

　길림성 청사건물의 지하3층에 위치한 회의실에서는 벌써 한 시간 가까이 회의가 진행 중이었다. 이곳은 처음부터 보안을 요하는 중요회의를 위하여 설계된 장소였다. 완벽한 방음시설에 2중의 출입문 앞에는 무장한 경비병이 좌우로 서서 삼엄한 경비를 서고 있었다.

　지금 이곳에서는 중국공산당 상무위원인 리하오쑤(李昊蘇) 총정치부 주임과 동북공정의 총본산인 변강사지연구중심(邊疆史地研究中心)을 직접 지휘하는 중국사회과학원의 허밍친(何應欽) 부원장을 비롯하여 아홉 명이 중요한 회의를 진행하고 있는 중이었다.

　리허오쑤 주임과 허밍친 부원장이 어제 서둘러 북경에서 출발하여 길림성 장춘으로 날아온 이유는 요즘 동북삼성, 그중 특히 길림성의 분위기가 심상치 않아서였다. 길림성에서는 중국의 강력한 경고에도 불구하고 저들 마음대로 핵실험을 강행한 북한의 최근 행태에 미온적인 태도를 보이고 있는 중국 지도부를 성토하는 분위기가 주민들 사이에서 급속히 퍼져나가고 있었다. 그러자 부랴부랴 중앙당 차원의 대책을 수립하고자 공산당 중앙위원회에서 리하오쑤 총정치부 주임을 파견한 것이다.

리 주임은 평소 동북삼성의 문제는 동북공정으로 풀어야 한다는 소신을 갖고 있었는데 이를 보여주기라도 하려는 듯 동북공정의 최고 책임자인 허밍친 부원장을 이곳까지 대동하였다.

이 자리에는 북한과 가상 가까운 길림성을 움직이는 핵임 인물들이 거의 다 참석하고 있었다. 여기에는 길림성의 4역이라는 우커핑(吳克平) 책임비서, 마초우준(馬草埈) 정치부장, 항리우(杭立武) 감찰부장, 인창칭(殷長青) 선전부장을 위시하여 선마오성(申武盛) 16집단군 참모부장, 그리고 왕징(王卿) 장백산천지회 회장과 그가 데리고 온 태자당의 촉망받는 중간간부인 훠치산이 참석했다. 이들이야말로 실제로 동북공정의 실무책임자들인 것이다.

회의는 시작부터 지역사회의 북한성토 분위기를 반영하듯 여기저기서 흥분된 목소리들이 튀어나오고 있었다. 넓은 회의실은 이들의 격앙된 목소리로 자못 분위기가 살벌하였다. 길림성의 1인자와 2인자가 연속으로 발언을 했다.

"핵실험 강행 25분전에야 노동당 중앙연락부를 통해서 그것도 전보로 우리 외교부에 통보를 했다고 하니 이것은 저들이 우리 중국을 얕보고 있다는 증거입니다. 단호하게 대처해야 합니다."

"이들은 아예 우리 길림성 따위는 상대를 하지도 않아요. 모든 문제를 북경측과만 협의하려 든다는 말입니다. 이번 기회에 아주 본 때를 보여 주어야 합니다. 16집단군 참모부장께서도 하실 말씀이 많으실 것 같은데….”

지목을 받은 선마오성 제16집단군 참모부장은 자리에서 일어나더니 탁자를 손으로 탁탁! 치면서 불만을 토로하기 시작했다. 그의 얼굴은 분노로 붉으락푸르락 했다.

“제가 가진 정보로는 중국공산당 중앙대외연락부에서 즉각 조선 노동당 중앙연락부에 연락을 취했으나, 북조선에서는 우리가 이미 중국정부를 존중해 준 것 만큼 우리나라의 주권도 존중해달라는 답변을 들었다 합니다. 이것은 그간의 중조 간 외교관행으로 볼 때 크게 벗어난 행위입니다. 이 때문에 16집단군 고위 장성들의 분노가 지금 하늘을 찌르고 있습니다. 이번만큼은 우리중국이 가만히 있으면 안 됩니다.”

방금 말을 마친 선 참모부장이 이중에서 제일 격한 발언을 쏟아내고 있는 데는 나름대로의 또 다른 이유가 있었다. 그는 오늘 회의실에 들어서자 아연 실색하지 않을 수 없었다. 리하오쑤 중앙당 총 정치부 주임이 북경으로부터 날아와서 소집한 회의라고 해서 사령관을 대신하여 참석하고 보니 거기에는 도저히 자기와 격이 맞지 않는 일개 건달패의 우두머리도 앉아 있질 않는가.

그는 회의 초반부터 속으로 씩씩대면서 분노를 삭이고 있는 중이었다. 도대체 나를 무시하지 않고서야 어떻게 이따위 회의를 소집할 수 있는가. 그래도 내가 명색이 별을 두 개씩이나 단 장성이 아닌가 말이다. 그것도 길림성 내에서는 군대 서열 상 다섯 손가락 안에 드는 자신을 어떻게 저따위 삼합회 건달패거리들의 우두머리와 한 자리에 앉혀 놓고

회의를 할 수 있는가. 그는 차마 이 같은 불만을 리 주임에게는 대 놓고 토로하지 못하고 대신 격한 발언으로 분을 삭이고 있는 중이었다.

다시 선마오성 참모부장이다.

"조만간 당군 연석회의를 소집해서 가장 강력한 불쾌감을 전달하는 수단을 모색해야 합니다. 북조선으로 무상지원하고 있는 원유 송유관을 폐쇄하는 것은 물론, 대북원조를 전면 중단하고 평양주재 중국대사를 즉각 소환해야 합니다. 후진타오 주석께서도 중국의 권고를 받아들이지 않은 북조선의 행동에 대해서 대단히 격노하셨다 합니다. 주석께 건의 해서 중조 국경 최전방에 배치된 제16집단군과 제64집단군의 병력을 추가로 더 증파해서 비상사태에 대비하도록 해야 합니다."

그러자 여기저기서 불만 섞인 목소리들이 걷잡을 수 없이 튀어나왔 다. 이들은 중앙당의 실세인 리하오쭈 총 정치부 주임이 참석한 것을 계 기로 그동안 토로하지 못했던 불만들을 한꺼번에 토해 낼 심산인 모양 이었다. 북한과는 국경을 맞대고 있었지만 모든 결정은 중앙당에서 해 버리니 자기들은 허수아비일 뿐이었다. 탈북자들과 같은 온갖 골치아픈 문제들만 잔뜩 떠안고 있는 신세들이었기 때문이었다.

"이번에 북조선은 우리 측의 거듭된 경고에도 불구하고 핵실험을 강 행함으로써 일본군국주의가 부활할 수 있는 빌미를 제공하고 말았습니 다. 핵무기를 가지고 싶어 안달이 난 일본 극우주의자들은 이번 사태에 쾌재를 부르고 있을 겁니다."

"그렇습니다. 일본이 핵무기를 개발한다면 이것은 곧바로 한국이나 대만의 핵무기개발로 이어질 것이고 이렇게 된다면 동북아지역에서 핵 개발 도미노현상이 벌어질 수 있습니다. 이것은 곧 동북아지역 전체가 핵전쟁 터로 변할 수도 있는 대단히 위중한 사태입니다.”

이번에는 마초우준 정치부장이 가세하고 나섰다. 자칫 계속하여 침묵을 지키다가는 리하오쑤 주임에게 점수를 딸 수 없을지도 모른다는 위기의식이 작동한 것이다.

“결론적으로는 김정일 위원장을 교체해야 합니다. 온갖 지원은 다 받으면서도 고개 숙일 줄 모르는 저 오만한 자주성을 꺾어 버려야 합니다. 고구려는 중국의 소수민족이었고 이미 오래 전 중국에 병합되어 사라졌습니다. 그런데도 고구려의 자주성을 계승한다면서 머리 꼿꼿이 세운 채 중국에 대들고 있는 저 오만방자한 민족정권이 문제입니다. 반드시 제거해야 됩니다. 그때를 대비해서 그동안 우리가 준비해 왔던 바를 차근차근 진행시켜 나가야 합니다.”

이때까지 청나라 전통복장의 옷소매 속에 양팔을 집어넣은 채 눈을 감고 이들의 발언을 듣고만 있던 허밍친 부원장이 눈을 번쩍 뜨면서 이들의 발언에 가세했다.

“지당하신 말씀입니다. 우리 중국 입장에서 바라 본 오늘날의 북조선 권력집단은 너무도 자주적입니다. 장차 동북공정의 완성을 위해서도 어느 시기에서는 북조선의 자주성을 꺾어야 합니다. 그래서 오늘 우리들이 좋은 의견을 구하자고 이렇게 모인 것 아니겠습니까.”

이번에는 홍일점인 40대 중반의 작달막한 키의 여성이 날카로운 눈매를 치켜뜨면서 허밍친 부원장을 노려보았다. 그녀는 길림성의 권력서열 4위에 있는 인창칭(殷長靑) 선전부장으로 자신의 출세를 위해서는 주변의 인물들을 닥치는 대로 잡아먹는다 하여 독거미라는 별명이 붙은 아주 냉정한 여성이었다.

"그 자주성의 핵심은 구체적으로 누구를 지칭하는 것입니까?"

그녀가 허밍친을 대면하기는 이번이 세 번째였지만 그녀야말로 허밍친 부원장에게 불만이 많은 사람이었다. 동북공정의 최전선은 길림성인데도 생전 보지도 못하고 듣지도 못하던 글쟁이가 북경에 버티고 앉아서 동북공정의 최고 책임자입네 하면서 지시하는 꼴이 도대체가 못마땅했기 때문이었다.

옛날에는 길림성 내에서 이루어지는 고구려, 발해의 유적지 조사도 모두 자신의 소관업무였었다. 그러던 것이 언제부턴가 변강사지연구중심이라는 이상한 조직이 생기면서 모두 가 다 북경으로 넘어가 버린 것이다. 따라서 흑룡강파건 장백산 천지회건 모두 자기 손바닥 안에서 놀았었는데 요즘은 그들조차도 자신을 우습게 알고 허밍친의 꼭두각시 노릇을 하고 있지 않는가 말이다.

그러나 허밍친은 노련하게도 마치 교수가 학생을 가르치듯 차분하게 자신의 주장을 피력해 나갔다. 과연 그에게서는 역사학계 최고권위자로서의 품위가 넘쳐났다. 그는 번쩍거리는 대머리를 꼿꼿이 든 채로 인창칭을 정면으로 쏘아보았다. 마치 너 같은 애송이는 내 적수가 아니라는 태도였다.

"짐작하시고 있는 그대로입니다. 북조선의 군부가 아니라 김정일 국방위원장입니다. 우리가 똑바로 직시해야 하는 것은 오늘날 북조선의 자주성은 김일성 주석으로부터 나온다는 사실입니다. 아직까지도 북조선의 주석이 김일성이라는 사실을 이해해야만 오늘날의 북조선을 똑바로 직시할 수가 있습니다. 김정일 위원장이 그 자리에 앉고 싶어도 앉을 수가 없는 것이 오늘날 북조선의 현실입니다. 그렇기 때문에 북조선의 통치기반을 김일성주석의 유훈통치라고 말하는 것입니다.”

그러나 인창칭도 지지 않았다. 그녀야말로 자신의 가계에 대한 자부심이 대단한 여인이었다. 그녀의 아버지는 팔로군 출신으로 마오쩌뚱과 대장정을 함께 한 중국공산당 창건의 핵심 인사였던 것이다.

“그런데 김일성이라는 약발이 과연 언제까지 갈 것 같습니까? 김정일의 아들 대와 그 손자 대에까지 이어질까요?”

“글쎄요, 장담하기는 어렵습니다만, 일반적인 상식으로 볼 때는 아마도 어려울 것 같습니다. 그렇기 때문에 이 시점에서 우리 중국은 만약 김일성주석의 아들이라는 김정일 위원장이 없는 북조선을 상상해 보고 그 다음 그림을 그려야 합니다. 그것은 곧 북조선사회가 정신적 구심체를 상실한 채 급속한 공항상태로 빠져든다는 것을 의미하기 때문입니다. 그렇게 되었을 때 북조선의 군부가 오늘날처럼 저들의 자주성을 행사할 수 있겠습니까? 아마 모르긴 해도 그들은 우리 중국에 협력하여 그들의 살길을 모색하기에 바쁠 것입니다. 어차피 북조선은 선군정치라는 미명 하에 군부가 권력의 전면에 서있는 구조이기 때문에 우리가 김 위원장이 없는 북조선을 중국에 우호적인 정권으로 만드는 것은 그렇게 어려운 문제가 아닙니다.”

허밍친 부원장은 자신의 방금 답변이 자신의 소관범위 밖이었다는 사실을 발언 중에 깨달은 모양이었다. 그는 황급히 머리를 한 번 쓰다듬으면서 자세를 바로잡더니 자신의 실수를 인정했다.

“답변을 하다 보니 제 소관업무가 아닌 정치문제까지 거론하게 되었군요. 이점 참으로 송구스럽게 생각합니다. 여러분이 잘 아시는 바 대로 저는 우리 중국 정부를 대표하여 동북공정을 역사, 문화적으로 마무리

짓는 책임을 떠맡은 사람입니다. 실수가 있었다면 너그러이 용서하여 주십시오.”

허밍친이 인창칭의 유도심문에 걸려서 쩔쩔매고 있는 것이 보기가 딱했던지 어색한 분위기를 반전시키고자 우커핑(吳克平) 길림성 책임비서가 나섰다. 자칫 길림성의 책임자들이 중앙당에 불만을 토로하고 북경에서 내려 온 인사들을 공격하는 태도로 비쳐져서는 곤란하기 때문이었다. 그는 다른 참석자들과는 달리 만면에 미소를 지어보이면서 분위기를 반전시키려고 애쓰고 있었다.

“바로 그렇습니다. 우리는 몇 년 전부터 북조선의 불편한 속내를 뻔히 알면서도 중조 국경선에 공안 대신 인민해방군을 대거 투입하여 국경수비를 강화하고 있었습니다. 명분은 탈북자 때문이라고 했지만 실상은 어느 시기에 급작스럽게 발생할 수 있는 북조선 내부의 급변사태에 대비한 조치였습니다. 우리 길림성은 동북삼성 중에서도 북조선과 직접 국경을 맞대고 있는 위수지역이기 때문에 항상 북조선의 일거수일투족에 신경을 곤두세우고 있습니다. 이 점을 리하오쑤 주임께서 각별히 참고하여 주시면 감사하겠습니다.”

그의 비굴하리만큼 부드러운 태도에 리하오쑤는 약간 고무된 모습이었다. 조금 전까지 길림성의 조무래기들이 중구난방 설쳐 댈 때는 영 심기가 불편했었는데 그래도 책임비서라는 자가 자신의 체면을 살려주니 이제는 자신이 이곳에 온 목적을 분명히 밝혀도 괜찮겠다는 판단을 한 것이었다.

그는 자신의 양복 상의를 탁탁! 털면서 일어나더니 좌중을 천천히 살펴 본 후 발언을 시작하였다. 오늘 회의에 참석한 사람들을 한사람 한 사람 쳐다보면서 자신의 위상을 과시하려는 심산이었다.

"에, 오늘 좋은 이야기들이 많이 있었습니다. 본인이 어제 급히 북경으로부터 날아 온 이유는 잘 아시겠지만 북조선과 제일 가까운 이곳 길림성의 분위기를 파악해 중앙당 차원에서 대책을 마련하고자 함이었습니다.

여러분들이 이미 잘 아시겠지만 북조선을 우리 중국에 편입시키는 문제는 무력으로 되는 일도 아니고 또 어느 날 갑자기 되는 일도 아니기 때문에 여기 동북공정을 관장하고 계시는 허밍친 부원장을 모시고 내려온 것입니다. 일부 과격한 발언들이 있었으나 국경을 접하고 있는 입장에서는 충분히 그럴 수 있다고 생각됩니다. 또 아까 인창칭 선전부장 동지께서 직접 지적하지는 않았습니다만, 국가문물국에서 주도하던 업무를 왜 구태여 변강사지연구중심이라는 별도 조직을 만들었느냐, 그 업무한계가 어디까지냐에 대한 불만이 있다는 점도 잘 압니다.

여기서 본인의 입장을 정리하면 그것이 곧 중앙당의 입장이기도 합니다만, 현 시점에서 중국은 한반도에서 여타의 위기적 상황이 초래되는 것도 반대합니다. 또 미국을 비롯한 전 세계가 눈을 부릅뜨고 있으므로 무력에 의한 북조선의 문제 해결은 불가능합니다.

그래서 그 문제를 역사적, 문화적, 정치적으로 해결해 나가자는 것이 바로 동북공정의 핵심입니다. 더 부연하여 설명한다면, 국가문물국처럼 방대한 업무를 다루는 부서를 갖고는 동북공정을 신속히 추진할 수가 없다는 점입니다. 좀 더 작은 조직으로 더 기민하게 움직이자는 것이 변강사지연구중심이며 여기에 손발이 되어주셔야 할 하부조직이 바로 장백산 천지회입니다. 그리고 이들을 뒤에서 지원해 주어야 할 책임이 길림성 당국자 여러분들에게 있는 것입니다. 바로 이런 이유 때문에 길림성의 최고 책임자들을 모신 자리에 비선조직의 대표를 함께 모이라고 한 것입니다. 앞으로는 변강사지연구중심의 정당성이나 허밍친 부원장의 활동에 대하여 이의를 제기해서는 안 될 것입니다."

그는 여기까지 말을 해 놓고 다시 천천히 좌중을 둘러보았다. 그는 오랜 관료생활을 통하여 천천히 낮은 목소리로 말하는 것이야말로 좌중을 압도하고 권위를 세우는 최선의 방법임을 터득하여 알고 있었던 것이다.

참석한 아홉 명의 인사들은 중국 공산당 상임위원인 리하오쑤(李昊蘇) 총 정치부 주임의 연설인지라 모두들 고개를 꼿꼿이 들고 그를 쳐다보면서 오로지 그의 말을 듣기만 할 뿐이었다. 한참을 뜸 들인 후 그는 다시 말을 이어 나갔다.

"여러분들도 나름대로의 정보는 갖고 있겠지만 우리들이 북경에서 파악한 바로는, 김 위원장의 최근 건강상태는 최악의 상태에 있습니다. 그는 고혈압과 심장병, 당뇨병 등 각종 성인병을 앓고 있습니다. 머지않은 시점에 김 위원장의 갑작스런 유고라는 예상치 못한 상황이 발생할 수도 있습니다.

만약 이러한 상황이 발생했을 때는 우리 중국이 가장 민첩하게 움직여야 합니다. 김 위원장의 갑작스런 유고로 인하여 미래에 대한 불안감에 쌓여있는 북조선의 군부를 적극 회유하여서 그들로 하여금 신속하게 친 중국정권을 수립하도록 조종해야 합니다."

이 대목에서 리하오쑤 주임은 우커핑(吳克平) 길림성 책임비서를 똑바로 바라보면서 회의실의 분위기를 더욱 긴장상태로 몰아 갔다. 이런 그의 행동은 철저한 계산에서 나온 것이었다. 나머지 참석자들은 모두 다 그의 부하들이기 때문이었다.

"여기서 우리가 유의해야 할 점이 두 가지가 있습니다. 하나는 처음에 우리가 북조선 인민들에게 다가갈 때는 우리의 속내를 철저히 숨기면서 다가가야 한다는 사실입니다. 지도자를 잃고 갈팡질팡하는 북조선을 변함없이 지원하는 유일한 국가는 오직 중국뿐이라는 사실을 인식시켜 주어야 한다는 것입니다. 이렇게 하자면 식량이라든가 생필품 그리고 원유공급을 전보다 더욱 확대하여 북조선인민들의 경계심을 풀게 한 다음, 북조선군부로 하여금 신속하게 친 중국정권수립을 하도록 뒤에서 배후조종해야 합니다. 이 일을 추진함에 있어서 중앙당의 지원이 필요하면 우커핑 책임비서는 언제든 나에게 보고하세요.

두 번째는 미국의 묵인을 받아내야 합니다. 실제로 미국이 우려하고 있는 것은 북조선의 대량살상 무기입니다. 핵무기라던가 대포동미사일, 생화학무기같은 대량살상무기를 우리 중국이 개입해서 즉각적으로 폐기시키는 방법으로 미국으로부터 친 중국정권의 수립을 묵인 받아야 합니다. 현실적으로 우리 중국 말고는 북조선의 핵무기를 신속하게 폐기시키는 것이 가능하지 않기 때문에 미국도 우리 측의 조치에 동의할 수밖에 없을 것입니다. 이 일은 우리 중앙당 차원에서 내가 직접 추진하겠습니다."

그는 잠시 손수건을 꺼내 이마에 흐르는 땀을 닦은 후 다시 발언을 계속해 나갔다. 실내에서는 에어컨 돌아가는 소리만이 들릴 뿐 사람들의 숨소리조차 들리지 않았다.

"이제 결론을 말씀드리겠습니다. 우리나라의 국가적인 프로젝트인 동북공정이 추구하는 종국적인 목표는 완전한 북조선의 흡수합병입니다. 그렇기 때문에 북조선의 인민들은 물론이고, 이해관계가 얽혀있는 국제 관계를 철저하게 활용해야 하는 것입니다.”

리 주임이 자신의 말을 여기까지 마치자 마치 기다리기라도 했다는 듯이 제16집단군의 선마오싱 참모부장이 손을 번쩍 들었다. 중앙당의 상무위원이 이미 더 이상의 반발은 허용하지 않겠다고 하였는데도 자신의 의견을 말하려 하는 그의 당돌한 태도에 모두들 걱정 반, 기대 반으로 그를 쳐다보고 있었다.

“한국이 가만히 보고만 있지는 않을 터인데 그 문제는 어떻게 대처해야 하는 겁니까?”

그러자 리하오쑤는 만면에 미소를 띤 채 여유롭게 답변하기 시작했다.

“단언합니다만 한국은 무시해도 된다고 봅니다. 우리 중국과 전쟁을 하면서까지 북조선을 지키려는 의지가 그들에게는 없는 것이 분명합니다. 또 현재의 한국 실정으로선 국론이 갈라져서 민첩하게 대처할 수도 없기 때문에 십중팔구는 우리 중국한테 당할 수밖에 없습니다. 이 싸움은 이미 우리 중국이 이긴 싸움이 분명하다고 확실하게 장담할 수 있습니다. 그것은 나의 개인의견이기 이전에 우리 중국 공산당 중앙당 차원의 공식의견임을 밝혀 둡니다.”

이 말에 허밍친 부원장은 흐뭇한 표정을 지으며 옆에 앉아있던 감찰부장을 바라보면서 고개를 끄덕였다. 자신의 존재를 이렇게 확실하게 부각시켜 주니 앞으로 길림성과 함께 일을 추진하기가 훨씬 더 수월하리라는 안도의 표정이었다. 이제 리하오쑤는 최종 결론을 꺼내기 이전에 우커핑을 지목하였다.

"우커핑 책임비서!"

"옛! 주임 동지."

"북조선에 친 중국 인맥을 최단 시일 내에 구축하시오."

"예? 아, 아, 예."

우커핑이 번들번들한 대머리에서 흘러내리는 땀을 닦으며 쩔쩔매자 리하오쑤는 다시 한 번 확실하게 못을 박았다.

"그것이 바로 내가 여기 내려온 이유요. 알아들으시겠소?"

"아, 네. 그렇게 하겠습니다."

"그럼 됐소. 거기에 필요한 예산은 내가 다 지원해 주겠소. 앞으로 일주일 단위로 나에게 보고하시오. 그리고 오늘 이 회의에 참석한 사람은 나를 포함하여 모두 아홉 명이오. 만약에 비밀이 새어나간다면 그 출처를 반드시 밝혀서 그 자를 최고형으로 처단하겠소. 여러분들 모두 아시겠소?"

리하오쑤의 질책은 참석자들을 긴장시키기에 충분했다. 오늘의 보안 유지가 실패로 끝난다면 모두가 총살형을 각오하라는 엄포였다.

리하오쑤와 허밍친을 제외한 일곱 명의 회의 참석자들은 회의실을 나가면서 모두가 맥이 빠진 모습들이었다. 애당초 북경에서 내려온 리하오쑤 주임의 의도는 접경지역의 책임자들에게 한가한 브리핑이나 받자고 온 게 아니었다. 그것도 모르고 무려 두 시간 가까이를 중구난방 떠들어 댔으니 얼마나 한심하게 비쳐졌을까. 회의실을 나가면서 그들은 과연 중앙당의 상무위원은 아무나 하는 게 아니라는 사실을 실감했다.

어쨌든 이렇게 하여 길림성 중앙청사 지하 비밀 회의실에서 열린 두 시간짜리 보안회의는 모두 끝이 났다.

모두가 출근한 아침시간, 조선족자치주 대외무역사업부 북한담당 과장인 배창우는 목이 타는지 연신 물을 들이켜고 있었다. 어젯밤 자신의 아파트에서 마신 술이 문제였다. 40도짜리 백두산들쭉술 큰 병 하나를 혼자서 다비웠다지만 웬만해서는 이렇게까지 속이 쓰린 적이 없었다. 그런데 어제는 한국에서 온 윤 선생과 이야기 중에 자꾸만 갈증이 생겨서 평소 잘 먹지 않던 맥주까지 몇 병 섞었더니 속에서 전쟁이 일어난 것이었다.

이때 책상에 놓인 식통선화기가 요란하게 울려대기 시작했다. 보안이나 당과 관련된 사업이 있을 때만 울리는 비상전화였기 때문에 그는 긴장된 자세로 신속하게 수화기를 들었다.

"예, 대외무역사업부 북조선담당과장 배창우입니다."

"나 감찰부장이네. 자네 지금 당장 이리로 뛰어 와."

"예, 지금 즉시 찾아뵙겠습니다."

길림성 내에서 공산당 서열 제3위인 감찰부장의 긴급호출이었으므로 그는 잠시도 머뭇거릴 새 없이 그 즉시로 공항을 향하여 차를 몰았다. 연변조선족자치주 청사에서 400키로나 떨어진 장춘에 있는 길림성정무 청사를 가기 위해서는 비행기로도 50분이나 걸리는 거리였다.

장춘공항에 내리자마자 택시를 타고 쏜살같이 정무청사에 도착한 창우는 방금 출발한 엘리베이터를 기다릴 여유가 없어 7층에 있는 감찰부장실까지 계단으로 뛰어올라 갔다. 창우가 땀을 뻘뻘 흘리며 문을 열고 들어서자 비서실장이 그의 몰골에 어이가 없다는 표정을 지어보였다.

그는 짜증난다는 눈빛으로 창우를 잠시 노려보더니 대기실에서 기다리라고 턱짓으로 옆방을 가리켰다. 창우는 마치 죄인처럼 슬금슬금 옆방의 문을 열고 들어갔다. 다섯 평 정도의 대기실에는 검정색 소파와 테이블 외에 화분이 몇 개 있을 뿐이었다. 그는 창가에 서서 창문을 통해 들어오는 늦가을의 찬바람을 맞으며 땀으로 흠뻑 젖은 옷을 말렸다.

감찰부장의 호출이라니 이번에는 대체 무슨 일일까? 지난달에도 아버지 문제로 감찰부장으로부터 불호령을 받지 않았던가. 그나마 당으로부터 주의처분을 받는 선에서 마무리되었기에 망정이니 하마터면 출당 조치를 당할 뻔 했었다. 금년에만 벌써 세 번째로 불려왔으니 창우의 심장은 바짝 타들어가고 있었다. 소파에 앉아 있기도 거북하여 그는 연신 방안을 왔다 갔다하면서 옆방의 비서실에서 나는 소리에 온 신경을 곤두세우고 있었다.

창우가 정무청사에 당도한지도 한 시간을 넘기고 있었다. 창문의 틈새로 불어오는 바람 때문에 땀에 젖은 얼굴이며 옷이 어느 사이에 깨끗이 말라있었다. 담배 한 대를 더 피운 후에야 비서실장이 들어와 창우를 감찰부장실로 안내해 들어갔다. 항리우 감찰부장이 소파에 앉아서 창우를 기다리고 있었다.

"많이 기다렸나? 솔직히 말하면 자네가 연길에서 근무 중이라는 사실을 내 깜박 잊고 있었지 뭔가. 정무청사에서 같이 근무하는 걸로 착각을 해서 회의 전에 보자고 했던 것인데 말이야. 미안하게 됐네."

"괜찮습니다. 불러주신 것만으로도 영광입니다."

이 때 단정한 용모의 비서 아가씨가 차를 내어왔다. 감찰부장은 창우에게 차를 마시자고 권하면서도 매서운 눈빛으로 창우를 응시하고 있었다.

"배 과장 자네가 아마 고등학교 2학년 때 처음으로 당에 입당했을 거야. 그때부터 내가 관심을 가지고 쭉 지켜봐 왔으니 자네의 당에 대한 충성도는 내가 잘 알고 있지. 그래서 말인데, 이번에 자네가 당을 위해서 큰일을 한번 해주었으면 해서 내 이렇게 자네를 보자고 했네."

무슨 말인지 창우는 도통 갈피를 잡을 수가 없었다. 그렇다면 나에게 책임추궁을 하려고 호출한 게 아니었나? 항리우(杭立武) 감찰부장은 계속해서 창우를 회유하고 있었다.

"지금부터 내가 하는 이야기는 보안등급이 제1급 기밀에 해당하기 때문에 어느 누구에게노 발설해서는 안 된다는 섬 넝심하고 들어주게나. 자네가 무덤으로 들어가는 그 시간까지 말일세. 잘 알겠지만, 발설하는 순간 자네는 당의 준엄한 문책을 받게 될 걸세. 당원으로서 국가와 당을 위해 지켜야하는 비밀 준수 의무를 기억하고 있겠지?"

창우의 표정이 얼어붙었다. 아직 무슨 일인지는 알 수 없으나 온갖 불길한 생각들이 엄습하고 있었다.

"예, 기억하고 있습니다."

창우는 감찰부장의 눈빛을 보는 순간 지금부터 감찰부장이 하고자 하는 이야기에 예사롭지 않은 임무가 포함되어 있음을 직감할 수 있었다. 도대체 무슨 이야기이기에 이다지도 뜸을 들일까?

"창피한 이야기지만, 이번에 우린 북조선에서 핵실험을 하기 25분전에야 그 사실을 알게 되었다네. 그것도 북경의 중앙당을 통해서 들은 정보라네."

"……"

"벌써 몇 년이 지난 이야기네만 사실상 중국의 북조선 내 첩보망이 일

망타진되는 우리로서는 참으로 치욕적인 사건이 발생한 적이 있었어. 우리 쪽 국경지역 국가안전국 책임자가 북조선 정보당국에 30만 달러에 매수된 사건이 있었거든. 이 사건을 계기로 해서 우리가 구축해놓은 북조선 첩보망이 하루 밤 새 완전히 와해 돼 버렸지. 그 후로는 북조선에 대한 우리 쪽 첩보망이 완전히 공백상태였다고 할 수 있지.”

“…….”

감찰부장은 창우의 눈동자만 뚫어지게 바라보며 말하고 있었다. 이 때문에 창우는 눈이 피곤했지만 한시도 한눈을 팔수가 없었다. 그저 침묵하면서 감찰부장의 눈동자와 입만 번갈아 바라볼 뿐이었다.

“작년에 제16집단군 포병여단에 소속된 인민해방군 병사가 새벽에 국경을 넘어온 북조선군인 다섯 명에게 몽둥이로 맞아서 살해된 사건이 있었어. 이때 우리 인민해방군이 발칵 뒤집혔지. 베이징 주재 북조선대사를 소환해서 강력하게 항의하고 해방군 병사를 살해한 북조선군인의 신병을 넘겨줄 것을 강력히 요구했었단 말이야.

그런데 북조선이 이를 거부하면서 중조간의 관계가 상당한 수준으로 악화돼 왔던 것이 사실이야. 이 일이 있은 후로는 북조선에 우리 쪽의 정보라인을 새롭게 구축할 엄두를 못 내고 있었던 것이 작금의 현실이란 말일세. 그러니 이번의 핵실험 사건 같은 일이 발생한 것이고 말이야.”

감찰부장의 말이 끝나자 창우는 매우 놀라는 억지표정을 짓고 있었지만 속으로는 여전히 이런 이야기를 왜 자신에게 하는지 이해하지 못하고 있었다.

“그런 일이 있었군요. 저는 까마득히 모르고 있었습니다. 그런데 저에게 하달하실 지시사항이 있다는 것은 무슨 말씀이신지…."

이 말에 감찰부장이 창우를 전체적으로 찬찬히 훑어보기 시작했다.

"내가 알기로 자네는 수시로 북조선을 드나들고 있는 것으로 알고 있네만, 그쪽 관료들 중에는 터놓고 지내는 지인들도 꽤 있다지?"

이제야 창우는 감찰부장의 의도를 파악 할 수 있었다. 북조선에 있는 자신의 친구들을 이용해서 중국의 대 북조선정보망을 만들라고 요구한다는 사실을 말이다. 그러나 창우는 그것이 얼마나 위험한 일인지 잘 알고 있었다. 북조선에 있는 친구들과는 창우가 오랫동안 조선족자치주의 대북교역 실무를 판장하넌서 신의를 바낭으로 맺어진 사이였다.

추호라도 그들을 위험에 빠뜨리게 할 수는 없었다. 만약 발각되는 경우 북조선의 친구들은 십중팔구 총살형을 당하거나 정치범 수용소 행이 분명하기 때문에 그들을 이러한 일에 끌어들일 수는 없는 문제였다. 그러나 감찰부장은 그런 창우의 마음은 아랑곳 하지 않고 자기의 의견만을 일방적으로 내비치고 있었다.

"자네가 그 역할을 맡아주었으면 하네. 비록 자네는 조선족 출신이지만 촉망받는 중국 공산당의 당원으로서, 당이 자네를 믿고 하달하는 명령인 만큼 국가와 당을 위해 결코 사양하는 일은 없으리라 믿네만…."

이때 창우는 정신을 바짝 차려야 한다고 생각했다. 지금 이 순간을 현명하게 대처하지 못한다면 지금까지 당이나 직장에서 쌓아온 그의 업적도 한순간에 무너져버릴 것이다. 그 보다도 북조선의 친구들 수십 명을 죽음으로 몰아넣을 수도 있는 일이 아닌가. 그는 감찰부장을 똑바로 바라보며 단호하게 말했다.

"부장님, 당원으로서 주어진 소명은 최선을 다해야겠으나 저의 처지가 이 임무를 감당하기에는 벅차다는 점을 솔직히 말씀드려야 할 것 같군요. 무역사업차 북조선을 수시로 드나드는 것은 사실이지만 공무 외에는 어느 누구와도 사적으로 편한 대화 한 번 나눠보지 못한 처지기 때문에 제가 이 임무를 감당하기에는 어려움이 있을 것 같습니다. 그쪽 사람들이 워낙 경계심이 많다보니 저와는 속마음을 터놓고 지내지도 않습니다. 실상이 그러하오니 이점 널리 헤아려 주십시오."

창우의 이 말에 별안간 감찰부장의 인상이 적의를 지닌 사람처럼 변하고 있었다. 감찰부장은 땅딸한 그의 체구를 벌떡 일으키더니 창우에게 손가락질을 하면서 소리쳤다. 그의 목소리에는 배신감 같은 분노가 섞여 있었다.

"자네, 지난달에도 당으로부터 주의처분을 받았었지? 자네 아버지 건으로 말이야. 지금 당에서는 자네를 눈여겨보고 있다는 사실을 명심해 주었으면 하네. 그러니 잔말 말고 무조건 당의 지시에 따르도록 하게. 필요하면 자금은 얼마든지 지원할 테니 당의 기대에 어긋나지 않도록 최선을 다해주기 바라네. 내 말 알아듣겠나?"

창우는 감찰부장이 이렇게까지 나오는 이상, 부장 앞에서 더는 거절하기도 어려운 형편이 되고 말았다. 그래서 일단은 건성으로 하는 척 하면서 시간을 끌어보는 수밖에 없다고 판단했다. 부장이 창우를 노려보면서 다시 말했다.

"목표는 코드 완, 김정일 위원장일세. 그에 관련된 모든 정보를 수집해서 수시로 나에게 보고해 주게. 내 말 알겠나?"

감찰부장은 창우에게 일방적인 명령을 하고 있었고 창우는 지금 그 자신에게는 어떠한 선택권도 없다는 사실을 잘 알고 있었다.

"알겠습니다, 노력은 해보겠습니다만 큰 기대는 말아주십시오. 솔직히 말해서 제 처지로 볼 때 그 정도의 정보를 접한다는 것은 거의 불가능에 가깝습니다. 그렇더라도 혹여 정보꺼리라도 접하게 되면 부장님께 곧장 보고 드리겠습니다."

창우의 이 말을 묵묵히 듣고 있던 감찰부장의 표정에서는 싸늘한 찬바람이 불고 있었다. 그의 오른 주먹에 굵은 실핏줄이 보일정도로 주먹을 꽉 쥐고 있었다. 그래도 항리우 부장은 산전수전 다 겪은 베테랑이었다. 그는 흥분된 상태에서도 한편으로는 창우를 달래는 노련함도 보였다.

"물론 당에서 하는 일이니 그렇게 엉성하게야 하겠나. 자네 말고도 여러 명의 정보원을 활용할 계획이니까 너무 큰 부담은 느끼지 말란 말일세. 자, 그리고 이건…."

그는 탁자서랍을 열더니 두툼한 봉투하나를 꺼내며 앞으로 내밀었다. 어림잡아도 상당한 액수의 돈이었다.

"자네 활동비로 주는 것이니 부담 없이 쓰도록 해."

이 상황에서 창우는 태도를 분명히 하지 않으면 큰일 날 것 같다는 생각이 들었다.

"부장님, 국가와 당을 위한 일입니다. 공작금이 꼭 필요하다면 그때 가서 제가 말씀드리겠습니다. 그동안 당에서 제게 베풀어준 은혜를 보아서도 소소한 사업에 필요한 자금은 제 사비로 얼마든지 마련할 수 있습니다. 그래서 이 돈은 지금 받을 수가 없으니 널리 양해해 주시기 바랍니다."

감찰부장은 창우의 방금 이 태도가 의미하는 바를 충분히 이해하고

있었다. 창우의 눈동자를 뚫어지게 응시하던 감찰부장이 표가 나도록
미간을 찌푸렸다. 못마땅하다는 표정이었다. 지금 그의 눈빛을 보아서
는 창우를 믿지 못하는 눈치가 분명했다. 창우도 그것을 느끼고 있었지
만 어쩔수가 없었다. 그는 그저 어서 빨리 이 자리를 벗어나고만 싶을
뿐이었다.

東工
北程
23

연변을 떠나던 날

　오늘은 6박 7일간의 연변출장을 마치고 서울로 돌아가는 날이다. 연길공항에서 오후 한시에 출발하는 비행기로 예약되어 있었으므로 아침 일찍 배 교수를 찾아뵙고 인사를 드릴 계획이었다. 그런 후 단 몇 시간만이라도 은하와 둘이서 시간을 보내야겠다는 생각으로 서둘러 여행 가방을 정리하고 있었다. 이때 은하로부터 아침식사를 함께 하자며 아버지의 사무실로 오라는 연락이 왔다.

　백산호텔의 정문을 나서는데 문득 호텔 로비에 걸려있던 중국의 작은 거인 등소평의 초상화가 머릿 속에 떠올랐다. 그는 마치 인자한 시골 아저씨처럼 온화하게 미소를 짓고 있었다. 등소평의 얼굴과 함께 서 교수님의 얼굴도 떠 올랐다. 연변으로 출장 오기전 서 교수님을 찾아뵈었을 때 교수님께서는 내게 이런 말씀을 하셨다.

"윤 군, 역사도 힘이 있어야만 지킬 수 있다는 사실을 한 시도 망각해서는 안되네. 티베트나 위구르를 보게. 자신들의 역사를 중화제국주의에 다 빼앗겨버린 채 이젠 그들의 정신마저도 중국 속으로 사라지고 있는 것이 작금의 현실 아닌가 말일세. 한 번 역사를 잃어버린 민족은 다시는 자신들의 정체성을 회복할 수 없는 법일세."

나는 지금 호텔 앞 마당에 서서 구름 한 점 없는 맑은 가을 하늘을 올려다보며 다시 한 번 그 말씀의 의미를 곰곰이 되새겨 보았다.

중화제국주의의 마각은 우리 민족의 북방사에만 한정된 것이 아니라 장차는 한반도의 북부에까지 그 마각을 뻗치려 한다. 이것은 한가로운 역사논쟁이 아니라 영토전쟁인 것이다. 과거의 역사전쟁을 통해서 그나마의 우리영토마저 빼앗기느냐, 아니면 오히려 과거의 우리 민족 북방영토를 되찾을 수 있느냐 하는 치열한 영토전쟁은 이미 벌어졌다.

슬기롭게 대처하여 이 전쟁에서 이기는 민족은 현재의 영토를 지킬 수 있고 또 잃어버린 옛 영토마저 회복할 수 있겠지만, 이 전쟁에서 패하는 민족은 현재의 영토조차도 빼앗기고 말 것이다. 그 옛날 고구려의 우리 선조들은 슬기롭게 대처하지 못하여 그 많던 북방지역의 영토를 모조리 중국에 빼앗기고 말았다.

천삼백 년이 지난 오늘날 우리 후손들이 또다시 어리석게 대처한다면 우리는 고구려사마저 잃게 될 것이고 영원히 우리 민족의 고토를 회복하지 못할 수도 있을 것이다. 어디 그 뿐이겠는가. 실질적으로 지배하고 있는 반도 땅마저도 그 절반 이상을 중국에 빼앗길 수도 있음이다. 정신을 바짝 차려야 한다.

생각이 여기에까지 미치자 지금까지 온화하게만 생각되었던 등소평

영감의 얼굴이 결코 온화스럽게 보이지 않았다. 그렇다. 우리 민족은 등소평의 온화한 미소 뒤에 숨어있는 중화제국주의자들의 음모를 꿰뚫어 보고 이 전쟁에서 반드시 승리해야 한다.

그러기 위해서는 우리 민족의 지혜와 슬기가 그 어느 때보다도 필요할 것이고 이를 바탕으로 남과 북이 힘을 합쳐야 한다. 우리 민족의 통일만이, 그것도 우리 민족의 평화적인 통일만이 중국의 동북공정을 이길 수 있는 유일한 방법임을 다시 한 번 자각하면서 지난 며칠 동안 정든 백산호텔을 떠났다.

은하가 문밖에까지 나와서 내가 탄 택시가 도착하기를 기다리고 있었다. 바람결에 흩날리는 은하의 머리칼을 살며시 쓸어 올려준 뒤 함께 안으로 들어갔다. 이미 차려진 밥상에는 배 교수와 최 씨가 나란히 앉아서 기다리고 있었다.

"윤 선생, 오늘 한국으로 돌아가신다면서요. 그동안 정도 많이 들었는데 이거 섭섭해서 어쩝니까. 여기로 어서 앉아요."

배 교수는 덤덤히 앉아 있을 뿐 별말이 없었으나 붙임성이 좋은 최 씨가 반갑게 나를 맞이해 주었다. 그런 그가 여간 고맙지 않았다. 마치 시골 고향의 친척 아저씨 같다는 느낌이 들었다.

"교수님과 아저씨께 신세 많이 지고 떠나게 됐습니다. 그동안 고마웠습니다."

그래도 배 교수는 아무 말이 없었다. 국은 시원하게 끓인 북어 국이었다. 어제 단동과 삼합을 다녀온 후 밤늦게까지 창우 아파트에서 과음했던 나를 위해서 은하가 속풀이 하라고 준비한 모양이었다. 식사 후 배 교수는 오늘도 백두산 야생녹차를 소천지에서 담아온 물로 우려낸 후 한잔씩 따라 주었다. 이윽고 무거운 그의 말문이 열렸다.

"오늘 가신다고요? 어떻게 오신 목적은 달성 하셨는지요?"

나는 차를 마시다말고 대답했다.

"교수님께서 귀중한 말씀을 많이 해주셔서 큰 도움이 되었습니다. 그동안 제가 모르고 있던 부분들에 대한 가르침이 컸습니다."

"그렇게 말씀하시면 내가 부끄럽지요. 아무데서나 생각 없이 불쑥불쑥 내뱉는 내 말이 무슨 도움이 되었겠소."

이렇듯 배 교수가 의기소침해서 말하는 이유는 백두산에서 돌아오는 길에 창우와의 다툼을 염두에 두었기 때문일 것이다. 그는 마시던 찻잔을 내려놓으며 축 처진 어깨를 한 채로 힘겹게 말을 계속했다.

"며칠 전 북한의 핵실험으로 인해서 우리 민족에 미칠 국제정세가 결코 간단치 않을 겁니다. 윤 선생께서 한국에 돌아가시거든 하실 일이 많을 거라 생각됩니다. 난 우리 민족의 저력을 믿는 사람이기 때문에 이어려운 시기를 잘 이겨내리라 믿어요. 내말 무슨 뜻인지 잘 아시겠죠?"

배 교수의 얼굴은 지친 표정이 역력했지만 민족을 생각하는 그의 마음에선 대쪽 같은 선비의 얼이 묻어나고 있었다.

"잘 알겠습니다. 우리 민족이 반만년의 역사를 이어오면서 외세의 무수한 침입을 잘 이겨내었듯이 이번에도 그리 될 것이라 믿고 있습니다. 우리 젊은 사람들이 열심히 잘하겠습니다."

"윤 선생이 존경한다는 학자 분이 서 교수님이라고 했죠? 연변에 오실 일이 있으면 날 한번 꼭 만나고 가시라고 말씀 좀 전해주시오. 그 분과 술 한 잔 하고 싶다는 생각이 들어서 하는 말이오."

이제야 배 교수의 얼굴에 가득했던 어두운 그림자가 사라지면서 그의 표정이 다소 밝아지고 있었다.

"예, 교수님 꼭 그렇게 전하겠습니다. 서 교수님과 교수님은 생각이 같으시니 서로 하실 말씀들이 많을 것 같습니다."

설거지를 마친 은하가 방의 구석자리에 무릎을 꿇고 앉은 채 가만히 우리들의 이야기를 듣고 있었다.

"선생, 우리 민족의 위기를 극복하는 방법은 통일밖에는 없습니다. 그런데 그 통일은 남과 북 사람들의 마음이 먼저 통일되어야 합니다. 그래야만 평화통일을 이룰 수 있어요."

이렇게 말하는 배 교수의 얼굴에선 어두운 기색이라고는 온데간데 없이 사라졌고 황소같이 큰 그의 눈에선 예전처럼 광채가 나고 있었다.

"저 역시도 교수님과 같은 생각입니다. 교수님 말씀대로 우리 민족이 중국의 동북공정을 이겨내기 위해서는 남과 북이 진정으로 마음의 벽을 허물고 통일을 이루어내야 된다고 생각합니다. 그렇게 되었을 때 잃어버렸던 우리 민족의 북방고토를 회복할 수 있는 힘도 생길 수 있을 것이라고 봅니다."

배 교수는 내말에 적극적으로 공감한다는 듯 내가 말하는 동안 내내 고개를 끄덕이더니 내 잔에 다시 녹차를 채워주었다.

"선생, 언제까지라도 이 차의 향기를 잊지 마세요. 백두산의 정신입니다. 우리 민족의 중심은 서울이 아니에요. 협소한 반도사관을 하루속히 떨쳐내야 합니다. 우리 민족의 중심은 백두산이에요. 백두산을 중심으로 이 드넓은 간도 땅이 모두 우리 민족의 활동무대였어요. 그럼요. 우리 민족의 고토를 되찾아야지요. 그러기 위해서는 우리 민족의 북방 역사를 지켜내야 합니다. 고조선 고구려 발해의 역사를 온전하게 지켜내야 합니다. 이 일은 윤 선생 같은 젊은 사학자들의 몫이에요. 서 교수나 나 같은 늙은이들이야 이제 뒤에서 돕기밖에 더하겠어요? 지금 중국은 다급하게 움직이고 있어요. 우리 동포들에게 3관 교육이라는 사상교육까지 시키고 있는 실정이에요.”

이때 최 씨가 배 교수의 말을 제지시키며 자신이 말을 하겠다고 끼어들었다. 최 씨는 왼손을 펴더니 오른손으로 뭔가를 적어가는 손동작을 하면서 얘기하기 시작했다.

“지난주에도 내가 사상교육을 받고 왔는데 그것이 뭔고 하면 말입니다. 중국이 너희조국이다. 이남이나 이북이 너희 조국이 아니다. 법적으로 이렇게 규정되어 있다는 것을 똑똑히 알아라. 이것이 조국관이고, 민족관이라는 것은 무엇이고 하니 말입니다. 너희 조선족은 소수민족이다. 중국에 사는 55개 소수민족 가운데 한 개의 소수민족이다.

그 다음에 역사관은, 너희들이 가지고 있는 역사는 변방에 사는 소수민족의 역사로써 중국의 역사 가운데 하나다. 이런 것을 정확히 수립해야한다. 뭐 이런 교육인데 여기 사는 조선족들은 수시로 이런 교육을 받는단 말입니다.”

최 씨가 의기양양한 표정으로 말을 마치자 배 교수가 다시 말을 이어받았다.

“선생, 중국은 우리 민족의 통일을 결단코 용인하지 않으려 할 겁니다. 왜 그러냐하면 한반도의 통일이후를 우려하기 때문이겠죠. 통일이 되면 북한과 남한 조선족사회 간의 교류가 확대될 것이고, 이 북간도지역 전체가 한민족의 영향권 하에 놓일 수 있단 말입니다. 그렇게 되면 간도라는 지역과 한반도라는 지역의 경계선 개념이 모호해지게 되어 있어요. 당연히 그렇게 됩니다."

배 교수의 설명은 계속 이어졌다. 그에 따르면 통일 이후 북간도지역의 조선족들은 한민족의 벨트에 포함될 수밖에 없다고 했다. 그렇게 되었을 때 중국 동북지역사회에 대한 한민족의 영향력이 커질 수밖에 없고 중국 조선족들을 동요시켜 이들의 이탈을 초래할 수 있다는 것이다.

실제로 내가 알기로도 2004년 8월에 이 같은 내용의 기사가 뉴욕타임스에 실리기도 했었다.

한반도가 통일될 경우 중국동북지역에 살고 있는 200만의 조선족들이 통일한국을 지지하게 될 수도 있으며 중국은 바로 이 같은 상황을 두려워하고 있다는 것이다. 한국국적을 회복하고자하는 조선족들을 중국정부가 엄하게 처벌하기 시작한 것도 한국과 조선족사회의 연계를 우려해서란 시각이 많다.

2003년부터 중국이 조선족들에게 이른바 3관 교육이라고 불리는 사상교육을 시작한 것도 그렇다. 또한 고구려를 비롯한 동북지역의 역사를 중국에 편입시킴으로써 한반도와 연결된 조선족의 역사적인 뿌리를 부정하려는 역사왜곡작업도 모두다 조선족의 정체성문제와 연관돼있다는 것이다.

배 교수가 또다시 부릅뜬 황소 눈을 하여 나를 매섭게 쏘아보았다.

"동북공정을 국가적인 사업으로 추진하는 중국도 그만한 이유가 있어요. 그리고 그에 대항해 싸워야하는 우리 민족도 그만한 이유가 있고요. 중국은 55개의 소수민족이 있지만 모국을 가진 소수민족은 조선족 밖에는 없다는 말입니다. 그것도 국경을 접하고 있고 과거 역사적인 연고권도 가지고 있기 때문에 그들은 우리 민족의 통일을 결단코 원하지 않는 겁니다.

자칫하면 북간도일대의 영토를 다 빼앗길 수도 있고, 또 자칫하면 55개 소수민족 전체에게 독립의 의지를 불러일으켜 중국이 산산조각이 날 수도 있다는 겁니다. 그렇기 때문에 중국은 필사적으로 우리 민족의 영구분단 내지는 북한의 흡수를 도모하려 드는 것이지요. 중국으로서도 국가의 존망이 걸린 문제이기 때문에 필사적일 수밖에 없겠지요.

머지않은 시점에 통일을 이룰 수 있는 절호의 기회가 찾아올 겁니다. 반드시 그렇게 될 거에요. 우리 민족이 어리석어 이 기회를 잡지 못한다면 우리 민족은 그야말로 영원히 한민족(韓民族)이 되는 겁니다. 예맥족(濊貊族)의 영토였던 삼팔선이북의 반도 땅과 간도지역의 모든 북방영토는 고스란히 중국 속으로 영원히 사라지고 말거에요. 틀림없이 그렇게 될 겁니다.”

말을 마친 배 교수의 눈가에서는 또다시 이슬방울들이 맺히고 있었다. 국내성에서 보았던 그 눈물, 백두산 천지에서 보았던 그 눈물을 나는 지금 또다시 보고 있는 것이다. 듣고 있던 최 씨도, 은하마저도 눈가에 눈물이 맺히기 시작했다. 나 역시도 짠한 감동이 몰려오면서 주머니에서 손수건을 꺼내 눈가를 비비고 있었고, 그렇게 우린 모두 침묵한 채 한동안을 앉아있었다.

은하가 자리에서 일어나 창문을 열은 후에야 방안의 팽팽한 긴장감은 조금씩 사라져갔다. 잠시 후 배 교수는 미리 준비한 대나무통이 담긴 보자기를 나에게 건넸다.

"선생, 백두산에서 따온 녹차 잎입니다. 우리 민족의 정신과 혼이 담긴 물건이에요. 한국으로 돌아가시거든 동북아역사재단의 연구원들과 함께 나누어 드세요. 이걸 드시고 힘들을 내어서 중국의 동북공정을 반드시 극복해 주셔야 합니다. 명심하세요. 머지않은 가까운 날에 통일의 기회가 반드시 온다는 사실을 말입니다. 그때를 위해 한국 사람들이 조금만 더 양보하고 인내해주세요. 그래야만 통일을 이룰 수 있습니다. 그래야만 중국을 이길 수 있어요. 부탁합니다, 윤 선생."

배 교수의 간절한 당부 말이 이어지는 동안 최 씨는 나와 은하를 번갈이 쳐디보면시 인타까운 표징을 짓고 있었나. 그는 우리를 사이를 눈치채고 있었던 것 같다. 곧 헤어질 시간이 다가오고 있는데도 배 교수가 완고하게 반대하고 있다는 사실 때문에 마음이 편치 않은 듯 했다.

최 씨가 우리 사이를 어떻게든 배 교수에게 인정받게 해주고 싶었던지, 구석자리에 앉아있던 은하를 부르며 내 옆의 빈자리에 앉아 같이 차 한 잔을 하자고 했다. 그런데 은하가 자리에서 일어나 내 옆에 앉으려는 그 순간에, 배 교수는 날보고 바쁠 텐데 그만 일어나라고 하지 않는가. 분위기는 삽시간에 또다시 싸늘해졌다.

방금까지 지극히 우호적으로 나를 대했던 태도와는 또 다른 배 교수를 보는 것 같았다. 동북공정은 동북공정이고 은하와 내 문제는 또 다른 별개의 문제로써 아직까지는 추호도 허락할 의사가 없다는 메시지였던 셈이다. 이제 떠나는 자리에서 마저도 배 교수는 그 자신의 장벽을 허물 뜻이 전혀 없었던 것이다.

최 씨가 아직 비행기 시간도 남아있는데 좀 더 있다가 일어나도 되지 않느냐고 말했지만, 배 교수는 지그시 눈을 감은 채 어서 일어나라는 듯

이 아무 말이 없었다. 나는 자리에서 일어날 수밖에 없었고 배 교수와 최 씨를 향해 큰절을 올렸다.

그들도 앉은채 함께 나에게 맞절을 한 후 사무실 밖까지 따라 나와 주었다. 난 두 사람에게 허리를 숙여 다시 한 번 인사한 후 은하가 대기시켜 놓은 택시에 올랐다. 이때까지도 배 교수의 얼굴에는 어떤 표정의 변화도 없었다.

배 교수의 눈치를 살피며 머뭇거리는 은하가 안 돼 보였던지 최 씨가 눈짓으로 함께 타라고 했다. 그래도 은하가 아버지를 의식하며 머뭇거리고 있자 최 씨가 은하의 어깨를 밀면서 택시에 타게 했다. 이를 묵인하려는지 아니면 외면하려는지 배 교수는 사무실 안으로 말없이 들어가 버렸다.

택시 안에서 은하는 그녀의 가방 속에서 예쁜 뚜껑이 달린 손바닥만 한 녹차 잔을 꺼내더니 아버지가 싸 준 보자기 속에 가지런히 함께 싸고 있었다. 아마도 은하가 평소 소중하게 간직했던 물건인 모양이었다.

"선생님, 이 잔은 제가 북경에서부터 사용하던 잔입니다. 이 잔으로 차를 드시면서 은하 생각 많이 해주시기 바랍니다. 그때마다 저도 선생님 생각하고 있겠습니다."

"……."

나는 아무 말 없이 은하의 어깨에 내손을 올려 놓았다. 공항으로 가는 길가에는 일주일 전처럼 아직도 코스모스가 한가로이 흔들리고 있었다. 연길공항에서 은하를 만난 후 함께 걸었던 그 길이었기에 난 차를 세웠다.

우린 코스모스 잎들이 흩날리는 공항 길을 따라 다정히 손을 맞잡은 채 얼마간을 걸었다. 배 교수에게는 아직 알리지 않았지만 사실은 어젯밤 우린 창우 집에서 결혼을 약속했었다. 난 지금 감개가 무량하다. 일주일 전 이 길을 걸을 때는 막 싹트기 시작하던 풋사랑이었는데, 지금 돌아가는 이 길은 그 사랑이 꽃을 피워서 코스모스들의 축하를 받고 있다니.

"은하는 앞으로 뭐 하면서 지낼 거야?"

은하는 고개를 숙인 채 걸으며 내 물음에 답했다.

"아버지는 당분간 당신하시는 일을 도와달라고 하시지만 오빠가 싫어히기 때문에 아버지 하시는 일에 제가 개입하기는 어려울 것 같습니다. 그저 아버지 식사나 신경 쓰고 수발정도만 들어 줄 생각입니다. 언니가 조카 형철이하고 형철이 친구들 공부를 봐주는 초등학생 과외 아르바이트를 권하기에 그럴까 생각중입니다."

오늘 배 교수의 태도로 봐서는 얼마나 더 많은 시간을 기다려야 하는지도 알 수 없는 상황이다. 통일을 이루기 위해선 남과 북의 사람들이 진정으로 마음의 문을 열고서 그 벽을 허물어야 한다고 말하면서도 정작 배 교수 본인은 내게는 도무지 마음의 문을 열지 않는다.

답답한 마음에 은하와 함께 걷고 있는 이 길에서의 내 발걸음이 무겁게만 느껴졌다. 늦가을이어서 인지 길가의 코스모스들도 절반은 꽃씨를 머금고 있었다. 지금 생각해보니 난 어릴 때부터 흐드러지게 핀 코스모스 꽃길을 유난히도 좋아했었다.

초등학교시절에는 해마다 가을 이맘때면 코스모스 꽃씨를 봉지 가득 받아 두었다가 이듬해 봄이면 학교에서부터 집까지 길가의 양쪽에 코스모스 씨를 뿌리며 길을 걸었던 기억이 난다. 마을 사람들은 이러한 사실을 모른 채 그저 자연스럽게 코스모스 꽃길이 조성된 줄을 알았겠지만 한동안 우리 마을 사람들은 코스모스 꽃길을 걷는 즐거움을 함께 누렸었다.

아마도 그때부터 난 동시를 짓기 시작하며 가을이라는 계절을 사랑했던 것 같았다. 요즘도 가을이면 습작시를 긁적이기 위해 상상의 나래를 펼치는 버릇이 있는데 이런 버릇이 생긴 것도 그때부터란 생각이 든다.

길을 걷다말고 은하의 어깨에 내 두 손을 올린 후 은하의 눈을 자세히 응시했다. 은하도 미소 머금은 두 눈으로 내 눈을 또렷이 올려다보았다. 그녀의 풋풋한 향기가 길가의 활짝 핀 코스모스 향기와 더불어 내 뇌리 속에 전달되었다.

"얼마 걸리지는 않을 거야. 오빠가 아버지의 승낙을 받아내면 모든 사람들의 축복 속에 우린 결혼하는 거야. 한국으로 돌아가면 나도 어머니한테 은하 이야기를 해서 은하를 맞이할 준비를 하고 있을 게."

이윽고 은하는 두 손으로 내 허리를 감싸고는 얼굴을 내 가슴에 파묻었다. 그녀의 뜨거운 눈물로 내 앞 가슴은 어느 사이에 젖어 버렸다. 나의 볼에서도 눈물 몇 방울이 주르륵 흘러 내렸다.

"그저 기다리고 있겠습니다. 이제부터는 선생님 생각만 하면서 살겠습니다."

은하는 오늘도 언제나처럼 청바지차림이다. 오늘은 내가 사 준 머리핀으로 목 부위까지 오는 그녀의 머리를 단정히 감싸고 있었는데, 길가의 노란색 코스모스 꽃을 하나 꺾어 은하의 머리핀 위에 꽂아주었다. 머리에 꽂아 준 꽃이 길가에 떨어지자 은하는 그것을 다시 주워서 향기를 맡으며 긴 한숨을 내쉬었다. 답답하기도 하겠지.

은하와 단둘이 걸어가는 이 행복한 시간도 저 멀리서 공항건물이 보이기 시작하면서 아쉬움과 함께 끝나가고 있었다. 고향에 계시는 어머니가 은하를 보신다면 얼마나 기뻐하실까. 마흔 넘은 아들이 장가도 못 가고 혼자 지내는 것이 못내 속상하셨던 어머니셨기에 기뻐하실 모습이 두 눈에 선했다.

어머니는 날마다 새벽이면 어김없이 정안수를 떠 놓고 기도하신다. 소원은 오직 하나뿐이시다. 아들이 참한 규수를 만나 결혼하는 소망. 어서 은하를 한국으로 데리고 가 고향에 계시는 어머니를 모시고 단란한 가정을 꾸리아겠는네 배 교수의 서 벽이 너부노 단단한 것이 답답할 따름이다.

어느새 공항에 다다랐다. 우린 공항청사 현관문에서 가까운 광장에 마련된 벤치에 앉았다. 처음 공항에 내리던 날 하염없이 은하를 기다리던 그 자리였다. 출국수속을 밟기 위해서는 두 시간 전에는 들어가야 하니 이제 남은 시간은 십여 분뿐이다. 은하가 자판기에서 커피 두 잔을 빼오는 사이에 나는 담배 한대를 입에 물었다. 연변에 도착하던 날 은하를 기다리며 하염없이 서있던 그 자리에서 이제는 결혼을 약속한 사이가 되어 잠깐 동안의 이별을 아쉬워하며 은하와 단둘이서 앉아있는 것이다.

마흔 둘이라는 적지 않은 나이 동안 내 인생에서는 이렇게 떨리는 사랑을 해본 적이 없었다. 그런데 그 이유를 이제는 알 것 같았다. 그것은 은하라는 아름다운 여인을 만나기 위한 기나긴 여정이었다는 것을. 천생연분이란 이런 걸 두고 하는 말인가 보다. 은하의 채취에서 향기를 맡을 수 있다는 것, 이것이 바로 은하가 나의 천생연분이라는 증거일 것이다. 은하는 머리를 내 어깨에 기댄 채 내가 꺾어준 노란 코스모스 꽃을 콧등에 비비며 향기를 맡고 있었다.

이제는 헤어져야할 시간이다. 한 동안은 은하의 향기를 맡지 못할 것 같아 은하 모르게 그녀의 향기를 깊이 음미해 보았다. 그런 후 자리에서 일어났다.

"이제 들어가 봐야 하겠어. 은하도 이제 그만 돌아가."

이렇게 말하자 은하는 더욱 내 팔을 힘주어 잡았다.

"선생님 출국장으로 들어가시는 것까지 보고 가겠습니다."

은하는 작별의 아쉬움 때문인지 떨리는 목소리로 말했다. 공항 안으로 따라 들어오면서 내 손을 잡은 은하의 손에서는 경련이 일어나고 있었다.

등신불상의 미소

국제선출국장에서 출국수속을 밟기 위해 왼손에는 여권과 비자를 들고 오른손으로는 여행 가방을 끌며 출국심사대에서 내 차례를 기다리며 줄을 서 있었다.

슬픈 모습으로 손을 흔들던 은하의 애처로운 영상이 떠올라서 가슴 한가운데가 짠하게 시려오는 것이 영 마음이 편치가 않았다. 그런데 심사대 건너편에서 내가 있는 쪽을 감시하고 있는 듯한 눈초리들이 있어 자꾸만 신경이 거슬렸다. 짙은 선글라스와 흰색 이어폰을 꼽고 있어 공안으로 보이는 두 명의 검정색 양복 입은 사내들이 매서운 표정으로 연신 이쪽을 힐끔거리고 있었다.

내 차례가 되었다. 여권과 비자를 건네주자 컴퓨터에 내 이름을 입력하던 심사원이 내 얼굴을 유심히 쳐다보더니 심사대 바로 밑으로 손이

갔다. 아마도 무슨 비상 호출 버튼을 누른 모양이었다. 그 순간 건너편에 있던 두 명의 검정색 양복 입은 사내들이 신속히 내 쪽으로 다가오더니 잠시 확인할 게 있다고 하면서 다짜고짜 내 양팔을 하나씩 잡고 끌고 가는 것이 아닌가.

그들의 손에 이끌리어 엘리베이터를 타고 도착한 곳은 공항건물의 지하주차장이었다. 나는 강력하게 저항해 보았지만 두 명의 완력을 당할 수가 없었다. 잠시 후 미리 대기하고 있던 검정색 승용차가 끼익~ 하는 요란한 타이어 소리를 내며 우리 앞에 도착하자 두 사내는 강제로 차 뒷좌석에 나를 밀쳐 넣었다.

내 가방을 앞자리 조수석에 집어 던지는 것을 신호로 우리들을 태운 검정색 승용차는 어디론가 급히 출발했다. 차에 타서도 두 사내는 나의 양팔을 힘껏 끼고 있어 더 이상의 저항은 의미가 없어 보였다.

대신 나는 도대체 무슨 일이냐고 따졌다.

"선생님을 모시고 오라는 분이 계십니다."

"이것 보시오. 난 지금 비행기를 타야 한단 말이오. 도대체 당신들 정체가 뭡니까?"

그들은 더 이상 아무 말이 없었다. 차는 비포장도로를 따라 30분가량을 달려와 한 사찰에 도착했다. 내 왼쪽에 앉아있던 사내가 먼저 내린 후 나보고도 내리라며 자신의 왼손을 차문에 걸친 채 문을 열어 주었다. 그때 그 사내의 왼 손목에 산 모양의 파란색 문신이 드러났다.

두 사내가 나의 양팔을 부여잡은 채 데리고 간 곳은 대웅전이었다. 그곳에는 흰색 중절모자에 상하의조차도 모두 흰색 정장차림의 중년신사 한 명이 불상을 바라보면서 앉아있었다. 그러고 보니 대웅전 입구에 벗어놓은 구두도 흰색이었던것 같았다. 팔짱 낀 채 다소 거만한 자세로 앉아있는 모양새가 절에 불공을 드리러 온 사람은 분명 아니었다.

그런데 이 자의 무릎 앞에서 모락모락 연기가 피어 올라오고 있어 향이 타고 있구나 생각하고 있었는데 냄새가 고약하여 자세히 보니 향을 담은 그릇에서 담배가 타고 있었다. 그는 무례하게도 대웅전에서 담배를 피우고 있었던 것이다.

대낮인데도 드넓은 대웅전 안은 다소 어두워보였다. 이 자가 담배만 피우지 않는다면 진한 향냄새와 달랑 양초 두 개만 켜놓은 대웅전은 엎드려 기도하기에는 더없이 적당한 분위기인 것 같았다. 그런데 불상을 자세히 들여다보니 한국에서 보았던 여느 불상들과는 그 느낌이 달랐다. 어딘지 모르게 우울한 느낌이 드는 모습의 불상이었다.

이때, 느릿하지만 저음의 중압감이 느껴지는 목소리가 들렸다. 목소리로 보아 아마도 그의 나이는 50대 쯤 되었을 것 같았다.

"윤 선생, 오신다고 고생 많았습니다."

그가 불상을 정면으로 바라보고 있는 그 자세에서 말하고 있었기 때문에 난 말하는 사람의 얼굴을 바라볼 수가 없었다. 내 양팔을 잡고 있던 두 사내가 나를 중년신사의 3미터 쯤 후방에 앉힌 후 내 양쪽 옆으로 조금씩 간격을 두고 섰다.

"뉘 신지요? 나는 영문도 모른 채 이곳에 붙들려 왔습니다만…."

"선생, 저 불상이 바로 등신불이오."

"……."

등신불이라는 말에 난 아무 말도 할 수가 없었다. 그저 충격적인 눈으로 등신불상을 자세히 바라볼 수밖에 없었다. 중년신사는 끝까지 나에게 얼굴을 보여주지 않으려는지 미동도 하지 않는 고정된 자세로 불상만 바라보면서 말을 이어나갔다. 그의 말 사이사이에 땡그렁~ 땡그렁~ 하는 풍경소리가 마치 장단처럼 들려왔다. 그 소리에 위안이 되었을까. 불안했던 나의 마음은 어느 새 많이 진정되어 있었다.

"저 등신불상은 산 사람이 자청하여 자신의 몸에 금물을 붓게 하여서 불상이 되었다고 합니다. 가장 원초적인 고행을 위해서 스스로 불상이 되었다하는데, 저 표정을 보세요. 살아있는 사람 같지 않습니까? 인위적으로 만든 조각품들과는 어딘지 모르게 그 차원이 다른 묵직한 기운이 느껴지지 않느냐는 말입니다. 저 등신불상의 실제 인물이 신라 사람이었다고 합니다. 영험하다고 소문이 나서 이 근방에서는 신으로 받들어지고 있습니다. 저 등신불상에게 기도를 하면 어떤 소원도 다 이루어진다고 하는데 실제로도 그럴 것 같지 않습니까?"

불상을 바라보고 있으니 나도 모르게 눈물이 날 것 같은 깊은 슬픔이 느껴졌었는데 이제야 그 이유를 알 것 같았다. 가장 원초적인 고행을 위해서 자신의 살아있는 육신을 펄펄 끓는 금물로 뒤집어썼다는 말 속에서 그 슬픈 표정의 의미가 숨겨져 있었던 것이다.

"선생, 오늘 떠나신다고요?"

이 말뜻은 나에 대해서 이미 많은 것을 알고 있다는 의미가 함축된 표현이었다.

"네 한국으로 떠나는 비행기를 타기 위해 공항에 있었습니다."

"선생, 너무 걱정 마시오. 선생을 해칠 의사는 없소. 단지 경고를 하기 위해서 잠시 모시고 왔을 뿐이오. 또 비행기 시간에 너무 연연해하지 마시오. 선생이 탑승하기 전까지는 비행기는 출발하지 못 할 것이오. 우리들이 공항 당국에 이미 다 조치해 놓았소."

나는 한편으로는 안도가 되면서도 또 한편으로는 경고라는 말에 긴장할 수밖에 없었다.

"저 등신불 말입니다. 우리 중국인들은 저렇게 못합니다. 산 사람이 자청해서 등신불상이 된다는 것은 아무나 할 수 있는 일이 아니지 않습니까? 그런걸 보면 당신 민족은 우리 중국인에게는 없는 독한구석이 있어요."

"……."

"고구러가 ㅗ랬어요. 역사적으로 우리 중국 입장에서 바라 본 고구려라는 존재는 정말로 징글징글한 족속들이었어요. 고분고분한 구석이라고는 하나도 없이 대가리 빳빳하게 쳐들고 싸우려고만 들었으니 야만족도 그런 야만족이 없었지요."

나는 듣기가 불편했지만 괜스레 시빗거리를 만들어 해칠 의사가 없다는 이 자의 생각에 다른 영향을 끼쳐서는 안 되겠다 싶어 조용히 듣고만 있었다. 속히 이들의 용무를 끝내게 하여 빨리 한국으로 돌아가고 싶다는 생각뿐이었다.

"선생, 우린 선생의 일거수일투족을 관찰하고 있었어요. 한국의 동북아역사재단이 우리나라의 동북공정에 대항하는 한국 정부산하 조직이라면서요? 그런데 말입니다, 선생. 우린 우리의 일을 하려는 거예요. 당신들이 간섭할 일이 아니란 말입니다. 이 문제를 경고해 주기 위해서 선생을 모신 겁니다."

나의 머리에서는 식은땀이 한두 방울 맺히기 시작했다. 맞은편 높은 곳에서 내려다보고 있는 저 고통스런 표정의 등신불상이 내 마음과 잘 어울리고 있었다. 벌써 10분은 지난 것 같은데 도대체 이 절에는 아무도 찾아오지 않는 것인가? 아니면 이들이 모두 통제를 하고 있는 것일까? 나는 초조해지기 시작했다.

"무슨 말씀이신지…."

"들어서 아시겠지만 북한이 우리의 거듭된 경고에도 불구하고 핵실험을 강행했어요. 이 지구상에서 오직 유일하게 저들을 지켜주고 도와주는 우리의 경고를 무시했으니 앞으로 우리도 우리식으로 대응하게 될 겁니다. 이 상황에서 아무런 관련성이 없는 한국이 필요이상으로 개입하게 된다면 동북아의 평화에 대단히 우려스런 사태가 발생할 수도 있어요. 선생, 당신들이 간도라고 부르는 우리나라 동북삼성지역의 영토문제에 필요 이상의 간섭을 중단하시오. 이것은 우리 조직을 대표한 나의 경고요. 그리고 우리나라가 북한에 대해 가지고 있는 관심에 대해서도 필요이상의 관심을 꺼 주시오."

그는 잠시 숨을 고른 뒤 하던 협박을 다시 계속해 나갔다.

"그리고 이것은 참으로 가정하기 싫은 상상이오만…. 만약 일이 잘못된다면 죽는 사람은 당신 한 사람만이 아닐 것이오. 가족은 누구에게나 중요한 법이오. 당신에게도 두 명의 여인이 있는 것으로 아오. 한 사람은 부산에 그리고 또 한 사람은 여기에…. 그러니 행동거지 하나하나를 아주 신중하게 하란 말이오. 우리 장백산천지회는 한 두 명 정도 죽여서 처리하는 일은 손바닥을 뒤집는 것만큼이나 쉽게 할 수 있소. 그것이 한국이건 중국이건 관계없소. 신체를 보전하고 싶거든 내 말 깊이 명심하는 게 좋을 것이외다. 선생, 이제 안녕히 돌아가시오. 우리 아이들이 공항까지 잘 모셔다 드리리다."

아, 드디어 그의 입에서 자신들의 본색을 밝히는 말이 튀어 나왔다. 그 말을 듣자 나의 이마에서는 한두 방울씩 맺히기 시작했던 땀이 주르 륵 흘러내렸다. 조금 전까지만 해도 평상심을 유지하고 있었는데 어느 사이에 온몸이 축축하게 젖어있었다.

그런 나의 양팔을 두 사내가 강제로 낀 채로 곧장 대웅전 밖으로 끌고 나왔다. 끌려나오면서 신라 사람이었다는 등신불상을 되돌아보았다. 불 상은 오히려 나를 걱정하는 표정으로 안타깝게 내려다보고 있었다.

공항에 다시 도착했을 때 비행기의 출발시간은 겨우 15분 정도가 남 아 있었다. 두 명의 괴한들은 일사천리로 출국소속을 마치게 한 후 나를 브릿지 안에까지 데리고 왔다. 그들은 비행기 문 바로 앞에서 나에게 인 천행 비행기 표를 건네며 본의 아니게 실례가 많았다고 사과했다.

비행기에 오른 후로도 일그러져 있던 등신불상의 고통스러워하는 모 습이 눈앞에 아른거려서 쉽사리 가슴을 진정시킬 수 없었다. 내가 언제 어떤 행동을 하건 나의 행동을 은하와 어머니까지 연계시켜서 협박하는 수법은 정말 노련한 폭력조직의 수법이었다.

별안간 두 시간 전에 헤어졌던 은하의 슬픈 얼굴이 떠올랐다. 아, 그 순진한 은하에게 무슨 일이 일어난다면…. 나를 태운 비행기가 수직으 로 상승하는 동안 그 불길한 생각 때문이었던지 나의 두 손은 의자를 바 짝 쥐고 있었는데 얼마나 힘껏 쥐었던지 손에서는 진땀이 나고 있었다.

물밀듯 몰려오는 공포감을 이기기 위해 두 눈을 힘껏 감고 있었지만 공포감은 쉽사리 사라지지 않았다. 얼마 후 악몽 같았던 순간이 지나가 고 비행기가 수평을 유지하자 이륙하는 동안 긴장되었던 나의 모든 감각기관들이 서서히 안도감을 되찾으며 다시 평정심을 회복하고 있었다.

상공을 한 바퀴 돌고 있는 비행기의 창문을 통해 본 연변의 시가지 풍경은 마치 정들었던 나의 고향을 떠올리게 했다. 우리 민족의 고토이기도 하지만 내가 사랑하는 여인, 우리 은하가 살고 있는 곳이기에 더욱 더 그렇게 느껴지는 지도 모르겠다.

한 동안 나의 머릿속에서는 중국의 동북공정을 온 몸으로 저지해야 한다며 고함치는 배 교수의 모습, 눈물이 그렁그렁한 은하의 얼굴, 그리고 주름살투성이의 어머니가 환하게 미소 짓는 모습이 계속 교차하면서 나타났다가 사라지곤 했다.

슬픈 소식

또다시 나는 캄캄한 절벽 위를 조금씩 기어 올라가고 있었다. 이렇게 죽을힘을 다해 용을 쓰고 있지만 하루에 단 한 발짝 올라서는 데에도 땀은 비 오듯 쏟아지고 현기증이 나서 몇 시간을 그냥 선채로 쉬어야 한다.

얼마나 지났을까. 까마득한 하늘에서 가느다란 빛줄기 하나가 보이기 시작한다. 어느 순간 내 머리를 쓰다듬는 손길을 느낄 수 있었다. 서 교수님의 손길이 뼈만 앙상하게 남은 내 얼굴과 손을 만지작거리고 있었다.

"아이고 이 사람아. 이제 그만 털고 일어나야지. 벌써 두 달째 이러고 있으면 어쩌나, 이 무심한 사람아."

서 교수님의 눈가에 맺힌 뜨거운 눈물을 난 교수님의 손길로 느낄 수 있었다. 내 오른손을 꼭 부여잡고 계시는 교수님의 양손에서 뜨거운 열기가 전류를 타고 내 손과 가슴으로 전해지고 있었다.

"내가 일전에 자네한테 연초에 세미나 참석차 북경에 다녀온다고 말했었지. 그래서 이번에 가게 되었네. 내 돌아오는 길에 연변에 들러 볼 생각이야. 배 교수란 양반도 한번 만나보고 또 은하라고 했지? 자네가 색시로 점찍어두었다는 처자 말이야. 내 꼭 만나보고 돌아오겠네. 갔다 올 때까지 우리 조금만 더 힘을 내어 보자고. 그래서 자리를 털고 일어나야지. 자네 나하고 약속하는 거야, 응?"

서 교수님이 내 손을 힘껏 부여잡아주신 이후로 희미하게만 느껴졌던 내 심장의 박동소리가 조금씩 생기를 되찾아가고 있었다.

북경에서의 세미나 일정을 모두 마치고 서 교수가 연길공항에 도착했을 때는 1월 초순으로 동장군이 제법 맹위를 떨치고 있을 때였다. 하루 종일 펑펑 쏟아지는 흰 눈은 어느 사이에 온 연길시내를 새하얗게 뒤덮었다. 서 교수는 택시를 타고 연길시장 내의 허름한 상가밀집지역 한 편에 자리 잡은 최 씨 부동산중개소를 찾았다. 썰렁한 느낌의 부동산사무실에는 한동안 사람의 흔적이 없었던 듯 적막감마저 감돌았다.

이때 어디선가 방문 열리는 소리가 들리더니 저 안쪽에서부터 사람의 인기척이 들리기 시작했다.

"뉘시오?"

"죄송합니다만 사람을 찾으러 왔습니다."

서 교수가 방금 인기척이 들렸던 안쪽의 내실을 걸어가며 말하고 있었지만, 최 씨는 나와 보지도 않고 얼굴만 내어밀며 이 낯선 방문자를 멀거니 쳐다 볼뿐이었다.

"여기가 혹시 배 교수라는 분이 사시는 데가 맞는지요?"

배 교수를 찾아왔다는 말에 최 씨가 경계의 눈빛을 하며 서 교수를 위아래로 훑어보고는 퉁명스럽게 말했다.

"배 교수는 왜 찾으시오?"

"아하, 제가 바로 찾아온 모양입니다 그려. 저는 한국에서 왔습니다."

한국에서 왔다는 말에 최 씨는 그 제서야 경계하던 마음을 다소간 풀고는 서 교수를 방으로 들어오라고 했고, 냉방에 그냥 앉히기가 안됐던지 서둘러 장롱에서 방석을 내이왔다.

"한국에서 오셨다고요? 우리 배 교수를 만나시려고요?"

"예 그렇습니다. 그런데 배 교수님은…."

배 교수를 찾는다는 말에 최 씨가 주머니에서 손수건을 꺼내더니 눈가 주위를 닦기 시작했다. 그런 후 웬만큼은 마음정리가 되었던지 서 교수를 바라보며 말했다.

"우리 배 교수 그 사람, 두 달 전에 이 세상을 버렸습니다. 날 남겨두고 자기 혼자만 저 세상으로 가버렸단 말입니다."

이 말을 하면서 최 씨는 억누르고 있었던 자신의 감정을 더 이상은 주체할 수가 없었던지 손수건으로 눈을 가린 채 아예 어깨를 들썩이며 오열하기 시작했다. 그제야 서 교수는 벽에 영정 사진이 걸려 있음을 발견했다. 배 교수의 모습은 사진으로 처음 대하지만 과연 민족사학자다운 꼬장꼬장한 기운이 느껴졌다.

"갑자기 무슨 사고라도 있었습니까?"

이제는 좀 진정이 되었던지 최 씨가 영정사진을 바라보며 대꾸했다.

"예, 사고가 있었지요. 그 놈들이 우리 착한 배 교수를 해쳤지요. 생전 남에게 해코지한번 안 해 본 착한 우리 배 교수를 그 불한당 같은 놈들이 해쳤단 말입니다."

배 교수가 테러로 숨졌다는 말에 서 교수는 짐짓 놀라고 있었다. 윤 팀장도 이 무렵 사고를 당하지 않았던가. 두 사고 사이에는 우연이라고만 말할 수 없는 어떤 연관성이 있음을 서 교수는 본능적으로 느낄 수 있었다.

"누가 이런 짓을 했단 말입니까? 도대체 누가요?"

최 씨가 담뱃갑에서 담배 한대를 슬쩍 밀어 올리더니 서 교수에게 권했지만 서 교수가 사양하자 자신의 입에 물고는 일회용 라이터로 불을 붙였다. 그는 배 교수의 영정사진을 바라보며 허공으로 연기를 쏘아 올리더니 쓴웃음을 지어 보였다.

"전부터 우리 배 교수를 못살게 굴던 작자들이 있었어요. '중국인으로 살기 싫으면 중국 땅을 떠나라' 고 하면서 거칠게 협박을 일삼던 자들이 있었지요. 그 작자들한테 당한 게 분명합니다. 그놈들한테 납치되어서 심장에 총을 맞았습니다. 총을 맞았다고요. 이런 천하의 죽일 놈들."

"그래, 범인은 잡았습니까?"

이 말에 최 씨가 또다시 허탈하게 쓴웃음을 지으며 말했다.

"모르시는 말씀입니다. 다 한통속인데 그 놈들을 누가 어떻게 잡아요? 아무도 못 잡습니다. 누구를 원망하겠어요? 이 땅에서 살아가는 우리가 죄인인거죠. 그런데 우리 배 교수와는 어떻게 되시는지…."

그 제서야 서 교수는 자신의 신분을 설명하기 시작했다.

"혹시 2년 전에 여기를 방문했던 윤 팀장을 기억하십니까?"

"윤 팀장이라면? 한국에서 여기로 출장 왔던 무슨 연구원이라고 하던 윤 선생을 두고 하는 말입니까?"

"예, 맞습니다. 그 윤 팀장이 내 제자가 됩니다. 중국가게 되면 꼭 한 번 들러서 배 교수님과 약주 한잔하면서 교류해보라는 당부가 있어 들렀는데…. 세상에 어떻게 이런 안타까운 일이 있는지…. 뭐라고 위로의 말씀을 드려야할지 모르겠습니다. 그런데 따님이 있는 걸로 압니다만…."

"네, 있지요. 은하가 있지요. 내가 왜 진작 그 생각을 못했는지 모르겠네. 은하에게 연락해 볼 데니 짐깐만 기나려 주세요."

그러면서 최 씨는 자신의 오래된 구형 휴대폰으로 은하에게 전화를 했다.

"은하야, 한국에서 손님이 오셨어. 어서 와 봐라. 그래 빨리 와."

은하가 올 때까지 차라도 대접하겠다며 최 씨가 부엌으로 간 사이 서 교수는 방의 구석구석을 살펴보았다. 제법 큰 앉은뱅이 나무책상 위에 가지런히 놓여있는 중국아이들의 역사교과서며 고구려유적지에 대한 관광안내 책자들, 그리고 동북공정과 관련된 신문기사를 스크랩한 여러 권의 자료 철들….

그 중에서도 영정사진 바로 밑에 떡하니 붙어있는 동북삼성지방의 큰 지도가 인상적이었다. 백두산으로부터 시작되어 토문강 송화강 흑룡강을 따라 붉은색 붓글씨로 영토표시를 한 후 파란색 글씨로 '고토회복지역' 이라고 써놓았다. 갈기갈기 찢어졌던 지도를 다시 조각조각 찾아서 붙인 듯 스카치 테이프가 누더기로 붙어 있었다.

서 교수는 배 교수란 사람을 한 번도 만나 본 적은 없었지만 이 척박한 간도 땅을 지키며 끈질긴 생명력을 유지하고 있는 우리 민족의 전형을 보는 것 같아 가슴 한 가운데가 찡한 기분이 들었다. 그나저나 윤 팀장이 사랑하는 은하라는 처자가 지금 온다고 하지 않는가. 그는 윤 팀장의 소식을 어떻게 전해야할지 난감할 뿐이었다. 최 씨가 작은 찻상에 녹차를 준비하여 들고 들어왔을 때 뒤이어서 은하가 방안으로 들어오고 있었다.

뛰어왔던지 그녀의 얼굴에는 땀방울이 맺혀있었고, 최 씨가 은하를 서 교수에게 인사시키기가 무엇한지 안쓰러운 표정으로 은하를 한 번 바라보았다.

"인사 올려라. 한국에서 오신 윤 선생의 스승님이시란다."

목까지 내려오는 머리를 머리핀으로 단정하게 묶은 모습이 한 눈에 보아도 매우 조신한 처자였다. 결코 어울리지 않을 것 같은 청바지가 오히려 조화를 이루는 차림새다. 은하가 다소곳한 몸동작으로 서 교수에게 큰절로 인사했다.

"이렇게까지 안 해도 되는데….."

서 교수도 앉은 자리에서 함께 허리를 굽히며 인사를 마주했다.

"오늘 이렇게 고운 아가씨를 만나고 보니 우리 윤 팀장이 가지고 있던 애틋한 마음을 알 수 있을 것 같군요. 만나서 반갑습니다, 은하씨."

예의바르게 무릎 꿇은 자세로 은하가 서 교수와 최 씨에게 녹차를 얌전하게 따라 올렸다. 최 씨가 은하의 눈치를 살피면서 서 교수에게 물었다.

"그런데 윤 선생 그 양반은 잘 있죠? 2년 전에 그렇게 한국으로 돌아간 뒤로 난 이내 우리 은하 데리러 올 줄 알았는데 지금까지 감감무소식이니 원…. 사람 그렇게 안 봤는데….”

최 씨의 이 말에 서 교수는 난감했던지 묵묵부답으로 천장만 바라보고 있었고 은하가 무안한 표정으로 최 씨를 제지하듯 말했다.

“아저씨는 사정도 모르시면서….”

잠시 후 은하가 서 교수를 걱정스런 표정으로 바라보면서 조심스럽게 말했다.

“그런데 윤 선생님은 무고하게 잘 계시는지요? 바쁘셨던지 몇 달째 답신이 없으셔서….”

서 교수는 팔짱을 낀 채로 앞 벽의 고토회복지역이라는 글씨만 멍하니 바라보며 말없이 앉아있기만 했다. 이 모습에 어떤 불길한 생각이 들었던지 은하가 불안한 표정으로 다시 조심스럽게 물었다.

“교수님, 우리 윤 선생님은 무탈하게 잘 계시겠지요?”

그 제서야 서 교수도 그간의 사정 이야기를 해주려는지 은하를 동정 어린 눈빛으로 바라보았다. 그는 잠시 하공을 응시하더니 이내 결심했다는 듯 말을 꺼냈다.

“은하씨, 놀라지 말고 들어주세요.”

이 말에 은하는 벌써부터 눈물보따리가 터지기 직전의 표정으로 변해버렸다. 은하가 한 무릎 앞으로 다가 앉으며 배 교수에게 간절한 시선을 보냈다. 어서 빨리 이야기 해 달라는 표정이었다.

“두어 달 전에 사고가 있었어요.”

서 교수가 여기까지만 말하고 또다시 앞 벽에 붙어있는 고토회복지역이라는 글씨를 응시하고 있을 때, 두 사람은 깜짝 놀라는 표정으로 서로의 얼굴을 쳐다보았다. 그런데 은하는 이미 어떤 불길한 소식을 알아차린 듯 고개를 숙인 채 말없이 눈물을 흘리기 시작했다.

최 씨가 서 교수한테 다그치듯 말했다.

"윤 선생한테 사고가 있었다는 말입니까? 무슨 사고요? 많이 다쳤습니까?"

"예, 지금 병원에 있습니다."

"많이, 많이 다쳤습니까?"

은하가 간절히 매달리듯 서 교수에게 또다시 다가앉으며 묻자 서 교수가 애처로운 표정으로 은하의 손을 꼭 쥐더니 사고 소식을 알려 주었다.

"아직 의식이 없어요. 은하씨 미안합니다."

순간 은하가 부엌으로 뛰쳐나가더니 얼굴을 수건에 파묻고는 소리를 죽여가면서 울음을 터트리고 말았다. 십여 분을 그렇게 울 때까지도 아무도 제지하지 않았다. 울고 싶을 땐 실컷 울도록 내버려두는 것이 평상심을 회복하는데 오히려 도움이 된다는 사실을 두 사람은 인생의 경험을 통해서 알고 있었기 때문이었다.

다음날 아침 서 교수는 어젯밤부터 묵고 있던 백산호텔에 여행 가방은 그대로 둔 채로 간편한 복장으로 나섰다. 서 교수가 호텔 앞마당을 거닐며 이런 저런 생각에 빠져 있을 때 창우가 운전하는 4륜구동 7인용 승합차가 은하와 최 씨를 태우고 호텔주차장에 도착했다.

"반갑습니다, 배창우라고 합니다. 제가 백두산까지 모시겠습니다. 옆으로 타시죠."

서 교수는 지금 이들과 함께 백두산천지를 향해 달려가고 있는 중이

다. 사실 서 교수는 아직 은하에게는 말하지 않았지만 은하만 동의한다
면 은하를 한국으로 데리고 가 윤 팀장을 만나게 해줄 작정으로 있었다.
비록 의식은 없지만 사랑하는 연인이 와 있다는것을 느끼게 되면 기적
이라도 일어나지 않을까 기대하면서 말이다

그래서 서 교수는 어제 저녁 호텔로 돌아오자마자 국정원의 곽 과장
에게 전화해서 은하의 한국체류 비자발급을 도와달라고 협조를 요청해
둔 터였다. 서 교수는 곽 과장의 설명을 듣고서야 알게 된 사실이었지
만, 미국이나 유럽, 일본에 체류하는 해외동포들은 한국인과 거의 같은
권리를 누리는 재외동포 비자인 F4비자를 발급받는다는 것이다. 하지
만 중국이나 러시아에 거주하는 우리 동포들은 F4비자를 발급받을 수
가 없다고 한다. 그나마 중국동포들은 2007년부터 시행되고 있는 무연
고동포 방문취업비자인 H2비자를 발급받는 것이 한국으로 들어올 수
있는 현실적인 방안이라 했다. 그래서 곽 과장은 윤 팀장이 입원해있는
병원 측과 협의해서 은하를 윤 팀장의 전담간병인으로 등록하는 조건으
로 H2비자를 만들어 보겠다고 말했던 것이다.

다섯 시간을 달려가는 동안에도 모두는 아무 말 없이 먼 산만 바라보
고 있었다. 서 교수는 지금 달려가고 있는 이 길이 결코 편하게 생각되
지 않았다. 지금 이 땅은 불법적인 간도협약으로 인해서 잠시 소유권을
잃어버린 최근 100년간을 제외하고는 반만년 동안 일관되게 우리 민족
의 땅이었다.

하지만 지금은 중국인으로 살기 싫으면 이 땅을 떠나라고 우리 동포
들을 겁박하고 있는 실정이고, 이에 저항할 경우 배 교수처럼 처참한 최
후를 맞이하는 동토의 땅이 되어가고 있었던 것이다. 민족 사학자의 한

명인 서 교수에게는 지금 이러한 암울한 현실이 배 교수만큼이나 감당하기 힘든 서글픔으로 다가오고 있었던 것이다.

백두산 천지에 도착하여 창우가 준비해 온 작은 제사상 위에 술과 간단한 제사음식을 차리고 모두는 함께 절을 하기 시작했다. 비록 구름에 가려서 이 장엄한 천지를 한눈에 바라볼 수는 없었지만 천지에 녹아든 배 교수의 영혼을 기리는 예식은 마치 그 옛날 고구려 때 제사장이 하늘에 제사지내듯 엄숙하고도 장엄한 모습이었다.

세차게 불어오는 찬바람이 마치 백두산의 기운이라도 되는 양, 이를 무방비로 맞으면서도 어느 누구 하나 움츠리는 기색 하나없이 모두들 배 교수의 영혼과 교감하고 있었다. 한마디의 말도 없이 각기 그들의 방식대로 배 교수와 가슴으로 대화하고 있었던 것이다.

창우는 자기 대신 아버지가 돌아가셨다는 자책감 때문인지 말똥 같은 눈물을 흘리고 있었고, 은하는 세찬 바람 때문에 홍조 띤 빨간 얼굴이 되었지만 아버지를 몹시도 그리워하는 표정으로 천지에 덮힌 구름을 하염없이 바라보고 있었다. 최 씨는 연거푸 술잔을 들어 술을 천지에 뿌려주고 있었는데 그는 슬픔을 억누르려는 듯 입술을 깨물고 있었다.

서 교수가 다시 한 번 큰절을 하더니 술잔을 천천히 들어 천지를 향해 술을 힘껏 던지며 외쳤다.

"교수님, 고구려의 웅장한 기상으로 다시 부활하시어 백척간두에 선 우리 민족을 지켜주소서."

그러기를 얼마 후 정말 기적 같은 일이 일어났다. 천지를 뒤덮은 새하얀 구름들이 서서히 물러나더니 그 사이로 배 교수가 고개를 끄덕이며 여유롭게 미소 짓고 있는 장면이 나타난 것이었다. 서 교수는 비록 환영이었지만 같은 이상을 가진 동료 사학자를 지금 이 천지에서 만나고 있었다.

　나는 저 위 까마득히 높은 곳에서부터 가물가물하게 비추고 있는 한 줄기의 빛을 향해 오늘도 힘겹게 조금씩 조금씩 올라가고 있다, 심장의 박동소리는 전보다는 다소간 힘차졌다지만 그 외의 모든 기능은 여전히 정지돼 있다. 의식이 떠나버린 내 육체는 단지 아무 생각없는 고깃덩이에 불과하다. 그런데 희미하게나마 나의 자의식이 내 육체로 다시금 되돌아오고 있는 것이 느껴진다,

　다시 시작이다. 저 가느다란 빛을 향해서 한 발 또 한 발 전진하고 있다. 이때 내심장의 박동소리가 마치 정상을 회복한 것처럼 힘차게 뛰는 것이 느껴진다. 조금씩이지만 뇌혈류에도 피가 흐르기 시작했고 희미하지만 의식을 되찾고 있는 것 같다.

　순간, 내 손가락이 톡하고 튀었다. 몹시도 그리워하던 그 냄새, 그 향기가 내 폐 속으로, 내 심장 속으로, 나의 모든 감각 속으로 퍼지고 있었다. 상쾌한 자연의 향기, 청명한 가을날 높은 산에서만 간혹 맡을 수 있던 단 일점도 가공되지 않은 천연상태 그대로의 향기가 나의 모든 감각기관을 자극하고 있었다.

　스트레스가 사라지는 기분이다. 나의 모든 감각기관으로 혈류가 힘차게 운항하는 기분이다, 산소호흡기가 필요 없을 정도로 호흡이 가능한 느낌이다. 내 맥박도 정상으로 힘차게 작동하는 느낌이다. 이제는 모든 것이 편안해졌다. 맑은 정신, 활기찬 육체, 한숨 푹자고 나면 자리를 털고 일어날 수도 있을 것 같다.

아침이 되어 불현듯 눈을 떴다. 창문을 통해 햇살이 들어오고 있다. 얼마나 오랜만에 느껴보는 햇살이던가. 다시 태어난 기분이다. 의사와 간호사들이 내게로 몰려와 요란법석을 떨고 있다. 너무 시끄러워서 정신이 하나도 없다. 햇살은 더욱 밝아지고 내 몸에도 열기가 느껴진다. 시끄러운 것이 다소 익숙해지려고 할 때 내 침대를 끌고 어디론 가로 가고 있다. 언뜻언뜻 뇌리 속에 기억된 기분 좋은 향기와 함께….

중환자실에서 2인용 일반병실로 내려온 것인데 사고를 당한지 5개월만이고, 은하가 내 간병인을 자청하여 지극정성으로 간호한지 3개월만이다. 4월초의 따스한 봄볕이 나의 온몸을 쪼이고 있었다.

내가 병원에 있는 동안 어머니는 날마다 내 옆을 지켜주셨다. 고향의 온갖 농사일을 내 팽개쳐 둔 채 어머니는 복받치는 눈물을 삼키시면서 그렇게 내 곁을 두 달 동안 지키셨다. 그러던 중 올 초에 서 교수님이 은하를 데리고 왔다. 사실 서 교수님도 처음에는 내 얼굴이나 한번 보여주려고 은하를 데리고 왔던 것이다.

국정원의 곽 과장이 은하의 비자를 빨리 만들기 위해서 편법으로 무연고동포 방문취업비자인 H2비자를 만들었고, 이때 은하를 내 전담 간병인으로 병원에 등록시켰다. 그런데 은하는 나를 보자마자 실제로 내 간병인을 자처하면서 지금껏 지극정성으로 나를 보살펴 주고 있는 것이다.

처음에는 어머니나 서 교수님도 은하의 그런 모습을 보고 며칠간만 저러다가 말겠지하고 생각했었다. 하지만 몇 주가 지나도 은하의 지극정성이 멈추지를 않자 두 분은 그제서야 은하의 진심을 알게 되었던 것이다. 어머니는 나를 은하에게 떠맡기다시피 하고 고향으로 내려가셨다. 그동안 집안의 농사일을 돌봐주던 사람에게 사정이 생기는 바람에 부득이 나를 더 이상 돌 볼 수가 없게 되었던 것이다.

서 교수님은 내 사고가 공상으로 처리되어 기본적인 병원비는 들지 않는다지만 기타 부수적으로 들어가는 잡다한 병원비도 만만찮은 실정인데 이것들을 모두 도맡아 처리하여 주고 계신다. 국정원의 곽 과장도 나에게 큰 도움을 주고 있었다. 그는 내 사고가 공상으로 처리되도록 힘써주었고 은하가 한국에 체류하면서 내 간병에만 신경 쓸 수 있도록 각종 행정적인 편의를 봐주고 있었다.

은하의 간병은 정말로 헌신적이었다. 그녀는 잠자리도, 식사도, 목욕까지도 모두 병원에서 해결하면서 나의 간병에만 모든 정성을 쏟으며 지냈다. 심지어는 나의 기저귀도 거리낌 없이 갈아주고 물수건으로 내 몸도 깨끗이 닦아주었다.

창밖에서 불어오는 바람의 냄새로 보아서는 계절이 초여름임을 알리고 있었다. 내가 사고를 당한지도 벌써 8개월째에 접어들었다.

창우는 오전에도 은하에게 전화하여 제발 이제 그만하고 돌아오라고 사정도 하고 나무라기도 했다. 정히 말을 듣지 않는다면 조만간에 자신이 한국으로 들어와 강제로라도 데리고 가겠다고 성화가 이만저만이 아니었던 것이다.

내게 점심을 먹여준 은하가 내입을 닦아주며 애처로운 표정으로 말하고 있었다.

"선생님, 이제부터 우리 재활치료를 해봤으면 합니다. 선생님은 잘 하실 수 있다고 생각합니다. 의사선생님께서도 힘들더라도 꼭해야 된다고 했습니다. 지금부터라도 시작하지 않으면 몸이 굳어져서 영원히 못 일어날 수 있다 했습니다. 선생님 힘들겠지만 우리 한번 해봐요."

이렇게 해서 이날부터 본격적인 재활치료가 시작되었다. 은하가 나를 침대에 똑바로 앉히기 위해서 나의 양어깨를 잡은 채 힘껏 당기고 있을 때 나도 안간힘을 다해 일어서려고 용을 써 보았다. 그런데 나의 이런 모습을 자신의 침대에 누운 채로 무기력하게 지켜보고 있던 창가 쪽의 환자가 용 써 봤자 소용없으니 제발 그만두라는 시선을 던지고 있었다.

웬일일까? 난 은하의 안쓰러운 집착에 협조하고 싶었다. 나를 위해서가 아니라 착한 저 여인을 도와주고 싶었다. 나를 일으켜 세우려는 저 눈물겨운 호소에 응답하고 싶었다. 은하가 피곤했던지 보조침대에 앉아서 내 침대에 얼굴을 엎드리고 잠시 눈을 붙이고 있을 때도 난 홀로 안간힘을 쓰고 있다. 두 팔을 침대바닥에 대고 나 홀로 일어서려고 몸부림을 치고 있다.

창가 쪽의 환자는 불안한 눈길로 나를 바라보고 있다. 혹여라도 내가 일어나 나가 버린다면 자신만 홀로 침대에 누워서 무의욕의 삶을 살아야한다는 심리적 부담감을 느끼고 있을지도 모른다.

매일 매일을 그렇게 몸을 비틀며 일어나려고 용을 쓰고 있었는데 어느 순간부터는 조금씩 팔에 힘이 붙기 시작했다. 은하는 어깨를 당기고 난 팔에 힘을 주면서 사력을 다해 몸부림치기를 한 달쯤 지난 어느 날 새벽이었다.

이날도 밤새 나 혼자 몸을 비틀며 일어나기 위해서 혈투를 벌이고 있었다. 침대에서 몸을 비틀고 있던 순간 갑자기 허리에 힘이 솟구치더니 나 홀로 일어나 앉을 수 있었다. 그때 이 모습을 밤새 지켜보고 있던 창가 쪽의 환자가 두려움에 떨면서 몸을 이리저리 뒤척였다.

이 소리에 은하가 깨어났다. 내가 떡하니 침대에 앉아있는 모습을 본 은하가 기쁨의 눈물을 흘리기 시작한다. 내 침대에 앉아 내 얼굴을 그녀의 가슴으로 파묻고는 소리 없는 눈물을 흘리고 있었다. 이 모습을 지켜보던 저쪽의 환자도 이제는 두려움보다는 부러움의 얼굴로 쳐다보면서 마음으로부터 축하해주고 있었다.

이날 오후, 난 처음으로 은하가 밀어주는 휠체어에 실려서 병원마당을 오가며 산책을 즐겼다. 마당에는 코스모스가 막 봉우리지고 있었는데 이제 머지않아 울긋불긋 빛깔도 곱게 피어닐 것 같았다. 은하가 코스모스 줄기를 하나 꺾어 내게 건네주며 냄새를 맡아보라 한다. 코스모스 특유의 쌉쌀한 냄새가 코를 찌르고 있었지만 그냥 이유도 없이 기분이 좋아지고 있었다.

"선생님, 기억나십니까? 연변에 오셨을 때 코스모스를 꺾어서 제 머리에 꽂아주지 않으셨습니까? 선생님, 어서 쾌차하셔서 그때처럼 제 머리에 코스모스를 꽂아주셔야 합니다."

어느 덧 초가을이 되었고 병원마당에는 코스모스가 흐드러지게 피었다. 은하가 제일 좋아하는 계절 가을이 온 것이다. 그동안 나는 은하의 도움으로 그야말로 눈물겨운 재활훈련을 하였고 어느덧 목발을 짚고 다닐 정도가 되었다.

아침을 먹자마자 우린 어제와 마찬가지로 흐드러지게 핀 코스모스 군락으로 나왔다. 나 홀로 목발을 짚으며 걷고 은하는 자기 머리에 코스모스 꽃잎을 꽂은 채로 먼저 걸어가고 있었다.

우리는 나무벤치에 앉았다. 은하가 내 눈을 지그시 바라보며 내 한 손을 자신의 양손으로 꼭 맞잡은 채 말했다.

"선생님, 사실 전 요즘이 무척 행복하답니다. 선생님과 이렇게 함께 있다는 것만으로도 얼마나 행복한지 모르겠습니다. 선생님은 그렇지가 않으십니까? 그런데 날마다 나 혼자만 이야기하고…. 에이, 하나도 재미없습니다. 행복하다는 말은 취소하겠습니다."

그러면서 이번에는 내 양손을 자신의 양손으로 더욱 힘주어 잡은 채 내 눈을 또렷하게 응시하면서 다시 말했다.

"선생님, 이제 몸은 걱정 없습니다. 문제는 선생님의 마음입니다. 이제부터는 그 마음을 일으켜 세우셔야 합니다. 불굴의 투혼으로 선생님의 몸을 일으켜 세웠듯이 이제부터는 선생님의 그 마음을 일으켜 세우도록 우리 힘껏 애써봅시다. 선생님은 하실 수가 있습니다. 선생님의 이 맑은 눈을 보면 전 알 수가 있답니다."

은하는 뭐라고 하면서 계속 말하고 있었지만 난 언제나처럼 아무런 말없이 은하의 말만 듣고 있었다.

그 사이 세월은 또 거침없이 흘러 다시 새 봄이 되었다. 그동안 재활운동을 열심히 한 덕택에 이제는 목발 없이도 걸을 수 있을 만큼 회복되었다. 병원에서도 이제 더 이상은 치료효과를 기대할 수 없다하므로 어머니와 서 교수님이 의논해서 퇴원을 결정했다. 어머니는 날 고향인 부산으로 데리고 갈 생각이셨는데, 마음으로야 은하도 함께 가주었으면 했지만 염치없는 생각이라 차마 말도 꺼내지 못하고 있었다.

서 교수님이 창우와 통화하여 은하 문제를 상의했지만 창우의 입장은 단호했다. 다음날로 즉시 한국으로 날아온 창우는 더 이상은 곤란하다며 강제적으로 은하를 데리고 연변으로 돌아가고 말았다. 언제 정상인으로 돌아올지도 모르는 사람에게 무작정 여동생을 맡겨 놓을 수는 없다는 것이었다. 오후의 한적한 시간, 난 고향마을 뒷 강에서 낚싯대를 드리우고 있다. 낚싯대만 있지 낚싯바늘도 없었고 풋대도 없었다. 단지 물결이 흘러가는 곳으로 눈동자를 따라가면서 무엇인가를 한없이 생각하고 있었다.

다시 가을이다. 우리 마을 길가를 따리 올칭힌 코스모스 군락들이 끝도 없이 흐드러지게 피어있다. 난 매일같이 아침부터 저녁까지 온종일 코스모스 길을 걷고 있다. 마치 누군가를 기다리는 사람처럼 끝도 없이 길게 늘어선 코스모스 길을 하루 종일 왔다 갔다 하고 있다.

한편 은하는 지난 봄에 창우의 손에 이끌려 연변으로 되돌아온 후 창우의 권유로 또다시 북경으로 갔다. 북경에서 전과 같이 한국인 관광객을 상대로 하는 관광가이드 생활을 하면서 시간을 보내고 있었다.

저녁이면 오늘 있었던 하루의 일과를 기록한 일기형식의 이메일을 매일같이 나에게 보내고 있으면서 말이다. 말미에는 어김없이 '선생님 무척 그립습니다'를 빠뜨리지 않는다. 사고가 난지 2년이 지나도록, 아직도 제정신을 회복하지 못했다면 포기할 만도 한데 은하는 아직 포기하지 않고 있었다. 꼭 회복될 거라는 믿음보다는 나에 대한 사랑을 포기하지 않고 있었던 것이다.

은하는 지금도 평생 내 병간호하면서 함께 살고싶은 마음은 한결같지만 오빠의 거센 반대를 물리칠 명분이 없었던 것이다. 애당초 나와는 결혼만 약속했을 뿐이지 정식으로 결혼한 사이도 아니었으니 말이다.

이렇게 무심한 시간은 또다시 2년을 더 흘러갔고 연말의 마지막 날 밤하늘을 은하는 처량하게 바라보고 있었다. 북경시내의 옥탑방 평상에서 밤하늘을 초롱초롱하게 수놓은 반짝이는 별들을 바라보면서 상념에 사로잡혀 있었다.

지금 은하가 바라보고 있는 이 별들은 6년 전 나와 함께 연길시내에서 바라보았던 그 별들 그대로일진데 별을 바라보는 사람의 마음이 달라서인지 그때와는 다른 별인것 같았다. 그때는 희망을 속삭이는 별이었는데 지금은 기약 없는 이별만 노래하고 있으니 말이다. 은하는 또다시 나에게 보낼 메일을 작성하고 있었다.

「선생님과 헤어진 지 2년하고도 8개월이 지났습니다. 고향에서 잘 지내고 계시겠지요. 오늘은 이 해의 마지막 날로 감회가 무척 새롭습니다. 내일이면 또 한해를 비출 새로운 태양이 떠오르겠지요.

한해의 마지막 태양이 오늘 이 세상에서 영원히 사라졌듯이 선생님을 괴롭히는 나쁜 기운들도 오늘의 마지막 태양과 함께 온전히 사라졌으면 좋겠습니다. 선생님, 힘내십시오! 비록 선생님 곁을 떠나있지만 마음으로는 항상 은하가 함께 하고 있습니다. 언제까지라도 함께 하겠습니다. 오늘도 선생님이 무척 그립습니다.」

이중하의 꿈

　여기는 백두산 자락의 백두산정계비 바로 옆, 1887년 조청(朝靑) 간의 공식적인 제2차 국경회담인 정해담판이 열리고 있었다. '東爲土門 西爲鴨綠(동위토문 서위압록)'이라는 정계비의 글귀가 선명하다.

　세찬 바람이 몰아치는 가운데 회색 천막 안에서는 탁자를 사이에 두고 양국의 협상대표들이 마주 앉았다. 건너편에는 원세개를 중심으로 청나라 협상대표들이 자리를 잡았고, 이쪽 편에는 토문감계사 이중하를 중심으로 조선 측 대표들이 자리를 잡았다.

　탁자 위에는 서슬이 시퍼런 칼 한 자루가 칼집에서 빼어진 채로 놓여 있었는데 그 광경 하나만으로도 회담에 임하는 이들 청나라 대표들의 무례한 태도를 엿보기에 충분했다. 칼에서 발산되는 살기로 인하여 회담장의 분위기는 살벌하기만 했다.

원세개가 이중하를 손가락질 하면서 매몰차게 호통치기 시작했다.

"2년 전의 을유회담이 바로 네놈의 쇠심줄보다도 질기다는 그 고집불통 때문에 결렬되었다는 것이 정히 사실이더냐?"

이중하를 노려보며 마치 잡아먹기라도 하겠다는 듯 핏대를 세우던 원세개가 옆에 세워져있는 백두산정계비를 가리키며 또다시 핏대를 세우기 시작했다.

"네놈이 저 정계비 상의 토씨 하나를 핑계 삼아서 송화강의 지류인 토문강이 동쪽의 경계라고 끝까지 고집부리는 바람에 협상이 결렬되었다는 것이 정녕 사실이렷다."

이중하도 밀리지 않겠다는 태도로 즉각 반격에 나섰다. 그의 눈빛은 한 치도 양보할 수 없다는 다부진 각오가 서려있었다.

"백두산정계비는 1712년 양국의 합의로 세운 국경비이거늘 이제 와서 귀측이 이를 부정한단 말이오?"

이 말에 분노한 원세개가 탁자를 두 손으로 탁! 하고 내리치며 벌떡 일어섰다.

"네 이놈, 토문강은 두만강의 만주 식 이름이라고 내 일러주었거늘, 그런데도 말귀를 알아듣지 못하고 이토록 생떼를 쓴단 말이냐?"

이중하도 원세개를 노려보며 자리를 박차고 일어났다.

"정작 생떼를 쓰는 건 우리가 아니라 바로 귀측인 것 같소이다. 토문강과 두만강이 엄연히 다른 강이거늘 대국이 대국답지 않게 어찌 그런 생떼를 쓴단 말입니까."

이때 원세개가 치밀어 오른 화를 더 이상은 참지 못하겠던지 탁자 위에 올려둔 그의 칼을 들어 이중하의 목에 들이대었다. 시퍼런 광채가 장막 안을 한 바퀴 휘돌았다.

"이런 건방진 놈. 임오군란과 갑신정변을 평정해주었던 그 공을 갚아야 되지 않겠느냐? 하룻강아지 범 무서운 줄 모르고 날뛴다더니, 무얼 알고나 까불어야지. 이 하룻강아지 같은 놈아."

사정이 이러함에도 불구하고 이중하는 오히려 그의 두 눈을 더욱 부릅뜬 채로 원세개를 노려보며 큰 소리로 외쳤다.

"내 목은 자를 수 있을지언정 우리의 국토는 단 한 치도 양보할 수 없소이다."

이때 칼을 잡은 원세개의 오른손이 부들부들 떨리고 있었다.

"네 정녕 죽고 싶더란 말이지. 오냐. 소원대로 오늘 이 자리에서 네놈을 단칼에 죽여주마!"

원세개는 칼을 높이 쳐들더니 이중하의 목을 겨냥하여 비스듬히 내려쳤다. 그런데도 이중하는 눈 하나 깜짝하지 않고 오히려 비웃듯이 큰 소리로 웃고 있었다. 순간 이중하의 상투만 탁자에 툭! 소리를 내고 떨어졌을 뿐이다.

이쯤 되자 원세개도 질렸다는 듯 칼을 탁자에 내려 꽂은 후 자리를 박차고 나가버렸다. 그러자 마치 백두산호랑이가 포효하듯이 이중하의 호탕한 웃음소리가 백두산의 온 천지를 뒤흔들었다.

'푸하하 하하, 와하하 하하!'

순간, 난 이 웃음소리에 번쩍하고 눈을 뜨고 자리에 앉았는데 온몸은 식은땀으로 축축히 젖어있었다. 그런데 바로 이 순간부터 내 머릿속에서 그동안 꽉 막혔던 혈류가 순환되기 시작했다. 온몸이 가벼워지면서 이제는 내가 나의 자의식을 느낄 수 있을 것 같았다. 달력을 보니 내가 어느 사이에 마흔아홉 살이 되어 있었다. 의식이 되돌아온 것이다. 나의 자아를 회복한 것이다. 내가 내 몸의 주인으로 다시금 되돌아온 것이다. 꿈인지 생시인지를 확인해보기 위해서 거울을 쳐다보며 내 두 손으로 얼굴을 세차게 때려 보았다. 그런데 사실이었다. 뺨에 얼얼한 느낌이 전해졌던 것이다.

난 두 손을 들어 감격에 겨운 나머지 힘차게 만세를 불렀다. 드디어 악몽 같았던 긴 동토의 겨울에서 벗어나 이제 희망찬 봄볕을 맞이하게 된 것이다. 세상에 다시 태어난 이 기쁜 순간을 온몸으로 받아들이면서 말이다.

내가 몸도 정신도 온전하게 되어 정상인으로 돌아오자 어머니는 내가 다시 태어난 기념으로 온 마을 사람들을 집으로 초대하여 큰 잔치를 벌였다. 소식을 들은 후배들의 주선으로 모교의 사물놀이와 전통춤 동아리가 총 출동되어 흥겨운 놀이판을 벌여주었다. 이 기적 같은 일을 축하해 주기 위해서 서 교수님과 재단의 동료들도 자리를 함께 했다.

백색의 긴 끈을 단 상모를 이리 저리 돌리며 재주를 부리는 상모잡이가 등장하자 흥을 주체하지 못한 동네 사람들이 다함께 일어나서 한바탕의 춤판이 벌어졌다. 마루에 앉아서 이 모습을 구경하고 계시던 어머니를 동네사람들이 마당으로 모시고 왔다. 어머니도 사양치 않으시고 덩실덩실 어깨춤을 추셨다. 나는 어머니가 춤을 추시는 광경을 지금껏 한 번도 본 기억이 없었다. 어머니의 흥겨운 모습을 보자 어찌된 일인지 나 역시도 사물놀이패의 장단에 맞춰 본능적으로 덩실거리며 어깨춤이 절로 나왔다.

우리나라 사람이라면 누구라도 우리 민족의 신명이 내재되어 있는가 보다. 어느새 서 교수님도 재단의 신 이사장님도 우리와 함께 어깨춤을 추고 계셨다. 새 생명을 얻게 된 나를 축하해 주기 위해서 어느 누구보다도 신명나게 춤을 추어 주셨다.

이사장님이 내 양손을 자신의 양손으로 뜨겁게 부여잡으며 말씀하셨다.

"윤 팀장, 이제는 다시 재단으로 복귀해야지? 자네가 해야 할일이 있지 않은가. 자네 자리는 지난 5년 동안 공석인 상태로 비워두었다네."

난 이사장님의 호의에 감사드린다고 말하며 잠시 어딘가를 다녀온 뒤에 정식으로 업무에 복귀하겠다고 약속했다. 나의 이 말에 모두는 이해하겠다는 표정들이다.

난 은하에게 사전연락도 없이 북경공항에 내렸다. 그녀를 놀라게 해줄 심산이었다. 서 교수님이 창우에게 전화해서 은하의 행방을 알아둔 상태였으므로 은하를 찾는 것은 어렵지 않았다.

1월의 공기가 제법 매서운데도 만리장성에 오르기 위해 케이블카를 기다리는 한국관광객들의 표정은 모두들 밝아보였다. 석양이 타오르면서 내가 쓰고 있는 짙은 선글라스 창을 검붉게 물들이고 있었다. 나는 마지막 순서로 케이블카에 올랐다. 단 두 명만 실은 케이블카가 고속으로 저 하늘 위 만리장성을 향해 내달렸다. 붉게 물든 석양이 장관을 이루며 내 가슴을 벅차오르게 만들었다.

이때 나는 옆에 앉은 여인을 다짜고짜 힘껏 끌어안았다. 여인은 내 품에서 빠져나가려고 필사적으로 저항했다. 내 눈에서 흘러내리는 눈물이 그녀의 얼굴을 적시자 비로소 그녀가 나를 바라보기 위해 얼굴을 들었다. 그리고 내 선글라스를 벗기더니 도무지 믿기지 않는 듯 내 얼굴을 어루만지면서 대성통곡을 해 댔다. 그녀는 격한 감정을 주체하지 못하며 큰소리를 내어 엉엉 울었다.

내가 다시 힘차게 껴안았을 때 그렇게 우리들을 태운 케이블카는 석양 속으로 깊숙이 깊숙이 사라지고 있었다.

새로 탄생한 정부는 다시금 대북포용정책을 추진하기 시작했다. 지난 5년간 꽁꽁 얼어붙었던 남북 간의 정세는 급속도로 화해분위기로 탈바꿈하고 있었다. 전국의 창고에서 썩어가고 있던 묵은 쌀 100만 톤을 육로로 철도로 해상으로 긴급지원하기 시작했고 금강산과 개성관광도 곧장 재개되었다.

재작년말 김 위원장의 갑작스런 죽음이 있었다지만 이미 1년 전부터 그의 셋째 아들을 중심으로 권력승계에 대비해왔던 북한으로선 예상과는 달리 별다른 동요 없이 포스트 김정일 시대를 착실하게 열어가고 있었다.

작년 봄에 있었던 로켓발사 실패사건은 틀림없는 악몽이었다. 김일성 주석 탄생100주년을 기념하여 야심차게 쏘아 올리려던 광명성3호 이벤트는 외신기자들이 지켜보는 가운데 채 2분 만에 국제적인 웃음거리로 전락하고 말았다. 이로써 로켓발사의 성공을 축포삼아 대대적으로 강성대국을 선포하려던 계획은 여지없이 무산되고 말았던 것이다. 그러나 북한은 생각보다는 차분한 방식으로 이 사건으로 인한 각종 후유증과 내외의 어려움을 잘 극복하면서 한층 안정된 국면을 유지하고 있었다.

새로 바뀐 남북의 지도자들이 제3차 남북정상회담을 8.15 광복절에 맞추어 서울에서 개최하기 위한 실무준비가 한창이다. 이번 정상회담에서는 통일의 기본조건에 대해서도 폭넓게 논의될 것이라 한다. 정상회담의 마지막 날 두 정상은 '세계인에게 고하는 대 한반도 민족선언'을 발표할 예정인데 그 초안 작성에 우리 동북아역사재단 연구2실의 제3팀이 깊숙이 관여했다.

초안의 전문은 이렇다.

「오늘 우리 남북의 두 정상은 전 세계인들 앞에 우리 민족의 문제에 대하여 다음과 같이 천명한다. 우리 민족은 최근 70년 동안 부득이한 사정이 있어 일시 나뉘어졌을 뿐 반만년을 같은 말과 글을 사용하며 함께 살아온 통합민족이기에 통일의 당위성을 민족의 숙원과제로 설정하고자 다음을 결의하는 바이다.

첫째, 향후 5년 내에 '통일한국'이라는 국호의 단일국가로서 유엔에 재가입하기로 결의한다. 이것은 평화적인 남북의 통일을 세계인들에게 알리는 신호가 될 것이고 내부적으로는 점진적인 통일의 조건을 만들어가는 밑거름이 될 것이다.

둘째, 이러한 조건을 내외적으로 성숙시키기 위해서 한반도의 비핵화가 실현되어야 함을 공감하고 6자회담의 가속화를 통한 비핵화의 실현을 유엔 재가입 전에 마무리할 것을 결의한다.

셋째, 유엔에서 활동하게 될 통일한국 정부의 제1차 과제는 100년 전 우리의 외교권을 불법적으로 침탈하여 청일 간에 불법적으로 체결된 간도협약의 무효화선언이다. 간도협약의 무효화선언과 아울러서 우리 민족적 차원에서 취해질 여러 후속조치들을 세계무대에서 당당하게 전개해 나갈 것이다.

넷째, 통일한국의 유엔재가입이 실현된 그로부터 향후 5년 내에 칠천만 우리 민족이 호혜평등의 원칙에 따라 단일국가로서의 완전한 통합을 실천할 것을 우리 칠천만 동포의 이름으로 전 세계인들 앞에 엄숙하게 천명하는 바이다.」

이 같은 민족선언이 남북 간의 물밑접촉으로 합의되기까지에는 여러 가지의 우여곡절들이 있었다. 가장 먼저 이 제안을 발의한 사람은 강직한 성품의 민족사학자이신 재단의 신 이사장님이셨다. 이사장님께서는 전부터 친분이 두터웠던 새로 취임한 대통령을 상대로 이러한 선언이 꼭 필요하다는 점을 끈질기게 설득한 결과 받아들여진 것이다.

또한 북한의 포스트 김 위원장이 한국 측의 이 같은 제안을 고심 끝에 전격 수락했던 것은 5년 전 아버지의 의식불명상태로 빚어졌던 중국의 북한침탈 계략을 이참에 근원적으로 차단할 필요가 있었기 때문이다. 그에게 남겨진 김 위원장의 마지막 유훈조차 중국을 거듭해서 경계하라는 경계의 말이었던 것이다.

"중국은 지금 우리와 가장 가까운 관계를 맺고 있는 듯 보이지만 장래에는 필시 가장 경계해야 할 나라가 될 것이다. 역사적으로 중국이 우리나라에 어려움을 강제해 온 사실을 가슴에 새기고 주의하라. 중국에 이용당하는 것을 적극 피하라."

이것은 평소 김 위원장이 그의 아들에게 강조해온 중국의 음모에 관한 이야기로써 북한을 저들의 동북 제4성으로 편입시키고자 하는 숨겨진 음모를 경계하라는 유훈이었다. 김 위원장은 동북공정의 최종목적지가 어디인지를 정확하게 간파하고 있었기에 숨을 거두는 마지막 순간까지도 이 같은 경계를 그의 아들에게 간곡하게 주지시키고자 했던 것이다.

특히 신 이사장님의 노력으로 남북의 사학자들이 공동으로 양 정부에 촉구하여 동시에 약속을 받아낸 내용은 가히 그분다운 노력의 산물이었다. 남북의 교육당국자들 간에는 금년 내에 역사교과서를 개편하기로 합의가 되었는데 우리 민족의 건국설화인 단군신화에 대한 풀이를 공히 동일한 내용으로 개편교과서에 싣기로 합의되었다.

이것은 우리 민족의 기원을 한예맥족(韓濊貊族)의 3개 부족으로 형성된 통합민족으로 규정하려는 취지였는데 우리 민족의 건국설화인 단군설화를 다음과 같이 해석했다.

태양토템을 지닌 한족(韓族)과, 곰 토템을 지닌 맥족(貊族), 그리고 호랑이 토템을 지닌 예족(濊族)이 고조선을 건국했다고 풀이하면서 태양과 밝음을 숭배하는 환웅계열은 한족을 상징하고, 그와 결혼하는 웅녀는 한족과 혼인동맹을 맺은 맥족을, 그리고 인간이 되지못한 호랑이는 예족을 상징한다고 공식적으로 풀이했던 것이다.

이는 중국의 동북공정이 새삼 혈통론을 들고 나와 한족 중심의 남한과 예맥족 중심의 북한을 구분 지으려는 의도가 있었던 차에 대단히 중요한 의미가 있었던 것이다. 지금 한반도는 그야말로 통일한국의 틀이 하나하나 갖추어지고 있는 대단히 희망적인 분위기라 할 수 있고 세계는 숨죽이며 한반도를 예의주시하고 있었다.

하지만 유독 중국만은 심기가 편치 않은 듯 초조한 기색을 감추지 못했다. 5년 전에 써먹었던 최후의 카드를 또 빼어들 태세다. 북한으로 지

원하는 원유송유관에 문제가 있다며 향후 한 달 동안은 원유의 지원이
어려울 것 같다는 비공식보도를 흘리면서 북한을 압박하고 있었다.

하지만 북한은 이번에도 어디 해 볼 테면 해보라는 식으로 버티고 있
었다. 이렇게 북한당국이 눈 하나 깜박거리지 않고 대담하게 나오니 오
히려 답답한 쪽은 중국이다. 중국에서는 한반도 특별대표를 급파하여
진의를 파악 한다고 유난을 떨고 있지만 포스트 김 위원장은 그와의 면
담일정조차 잡아주지 않고 있었다.

다시 일어선 고구려

東工
27
北程

은하와 신방을 꾸민지도 벌써 1년이 다 되어 간다. 지금쯤이면 신혼의 단꿈에서 깨어날 법도 한데 연말의 들뜬 분위기만큼이나 여전히 우린 신혼의 달콤함 속에 푹 빠져서 지내고 있었다.

결혼식만큼은 백두산천지에서 하고 싶다는 은하의 간곡한 청이 있어 우선 신방부터 꾸렸던 것이다. 내가 왜 은하의 마음을 모르겠는가. 그녀의 아버지가 잠들어있는 백두산 천지에서 아버지의 축복 속에 결혼식을 올리고 싶은 그녀의 마음을 잘 알기에 적절한 때를 기다리고 있었던 것이다.

나는 재단사무실의 내 책상에 앉아서 모닝커피를 마시며 조간신문을 읽고 있었다. 신문의 기사 내용 중에 내 시선을 끄는 기사가 있었다. 벌써 일주일째 중국에서 북한으로 보내는 원유송유관이 또다시 가동을 멈추었다는 기사였다.

갑자기 불길한 생각이 들어 곽 국장에게 직접 전화를 걸었다. 곽 과장은 그동안의 북한담당 업무에서 쌓은 공로를 인정받아 금년 초에 국정원 제4국의 국장으로 승진하였다.

"국장님, 신문기사를 보고 전화 드립니다. 파이프라인을 또 잠갔다는 기사가 사실입니까?"

"네, 사실입니다. 벌써 일주일째인데 우리도 지금 그 의도를 파악하고 있습니다. 우리 쪽 정보에 의하면 조만간에 중국정부에서 북한관련 중대발표를 할 모양이라 합니다."

"무슨 내용일까요? 송유관과 관련이 있을까요?"

"글쎄요…. 그건 그렇고 요즘 윤 팀장 신혼재미는 어떻습니까? 깨소금냄새가 여기까지 납니다. 그 나이에 부러워요 부러워, 하하하!"

"국장님, 그만 놀리십시오. 그런데 일주일째라면 북쪽의 고통이 꽤나 클 텐데 걱정입니다. 국정원에서 핫라인으로 한번 확인해 보시면 어떻겠습니까?"

"그렇잖아도 알아봤지요. 그랬더니 일없다는 겁니다. 그쪽 사람들 자존심이 어떻게나 센지 웬만해서는 본심을 드러내는 법이 없으니 말입니다. 지금으로서는 정확한 상황파악을 못하고 있습니다."

"예, 그렇군요. 그럼 파악되는 대로 연락 주십시오."

"그러죠. 은하씨에게 제가 안부 전하더라고 전해주십시오."

설 연휴라 모처럼 집에서 쉬고 있는데 곽 국장으로부터 만나자는 연락이 왔다. 전에 자주 만났던 파고다공원의 아름드리 느티나무 쪽으로 걸어가자 곽 국장은 여전히 짙은 선글라스를 쓰고 검정색 가죽장갑을 낀 채 뒷짐을 지고 서 있었다.

"쉬시는데 내가 윤 팀장 불러낸다고 은하씨가 날 원망했겠습니다."

내 쪽으로는 시선도 주지 않은 채 정면을 주시하며 하는 말이었다.

"실없는 농담 그만하시고 퍼떡 본론으로 들어가시죠."

"하하하, 그럽시다. 어제 저녁 일본 요미우리신문의 중국 주재원을 호텔에서 만났는데 그 친구가 좀 묘한 말을 하더란 말입니다. 3년 근무를 마치고 일본으로 돌아가는 길에 나와는 친분이 있어서 잠시 만나서 이런 저런 이야기를 나누다가 나온 이야기인데…."

난 곽 국장의 옆으로 바짝 붙으며 재촉하듯 말했다. 눈이 오려는지 하늘은 잔뜩 낮게 구름이 깔려 있었다.

"무슨 말씀인지 속 시원히 좀 말해 보십시오."

"그게 말입니다. 중국정부가 2014년 연말까지 북한을 중국의 동북 제4성으로 흡수 병합한다는 정책을 수립했다는 것이 중국정부 일각에서 흘러나오고 있다는 겁니다."

내가 오른손으로 턱에 난 수염을 만지작거리며 그를 빤히 쳐다보자 그가 나무벤치에 앉자고 하면서 다시 말했다.

"그래서 그 기자가 중국외교부의 지인에게 그 사실을 물어보니까 그 지인은 긍정도 부정도 하지 않는 NCND의 형태로 애매모호하게 답변을 하더라는 겁니다. 그리고 지금 일주일 째 북한으로 연결된 송유관의 밸브가 잠겨있는데 이것도 앞의 미확인 정책과 연관성이 있느냐고 물어보니까 그 질문에도 똑같이 NCND로 답변했다는 겁니다."

"그렇다면 이것은 틀림없는 사실임을 시인하는 말이겠습니다. 그렇죠?”

“잘 봤습니다. 윤 팀장의 짐작대로입니다.”

“저들의 음흉한 계략을 전 세계인들 앞에 공식적으로 공표하려고 하는 것이겠군요. 이건 전쟁선포입니다. 우리 민족에 대한 노골적인 전쟁선포가 분명합니다.”

며칠 뒤, 우리 정부에서는 통일부의 제1차관을 단장으로 하는 5인의 실무대표단이 구성되었는데 국정원에서는 곽 국장이 그리고 동북아역사재단을 대표해서는 내가 참여하게 되었다.

지금 우리는 극비리에 승용차로 개성공단을 지나 평양으로 들어서고 있었다. 5년 전에도 중국은 40일가량 송유관 밸브를 잠가서 북한의 굴복을 강요했었지만 북한은 강인한 정신력으로 이겨낸 적이 있었다. 지금도 마찬가지로 보였다. 도로를 지나면서 바라본 북한의 모습은 모든 문명의 시설들이 멈추어버린, 마치 100년 전 그 옛날로 돌아가 버린 느낌이었다.

소가 끄는 수레에 짐을 싣고 가는 늙은 농부의 모습은 차라리 한가롭기만 했다. 개성을 지나서 어느 작은 마을에 잠시 쉬어 갔었는데 거기서는 놀랍게도 얼음물을 깨고 여인네들이 빨래를 하고 있었다. 빨래방망이를 힘차게 내리치는 모습에서 그들의 강인한 생존력을 확인할 수 있었다.

보관중인 석유가 바닥을 드러내고 있었을 터인데도 국가가 유지되고 있다는 것이 신기할 뿐이었다.

고려호텔 앞의 중심거리에서도 가끔씩 연기를 내어뿜으며 달려가는 목탄차들 말고는 차량 한대를 볼 수가 없었다. 당연히 지하철도 멈추어 섰다는 듯이 지하철출입구를 통행하는 사람들의 모습도 보이지 않았다. 대다수의 시민들이 자전거를 타고 다니는지 건물 앞 4거리 근처에는 묶어 놓은 자전거들만 가득할 뿐이었다.

그럼에도도 불구하고 걸어가고 있는 시민들의 표정에서는 불안감이나 피곤함을 찾아볼 수가 없었다. 그들은 이미 이런 상황에 익숙해졌다는 듯이 밝은 표정을 하고 있어서 오히려 우리들 입장에서는 어떻게 그럴 수 있나 싶은 생각이 들 정도였다.

우리들이 타고 온 승용차는 평양 임흥동에 소재한 백화원초대소 앞에 당도했다. 입구에서는 북한 측 관계자들이 반갑게 우리를 맞이하여 곧바로 여장을 풀 수 있도록 3층의 숙소로 안내되었다.

다음 날 아침 2층의 소회의실로 안내된 우리들은 그 곳에서 미리 대기 중이던 북측관계자들과 머리를 맞대고 곧바로 실무 협의에 들어갔다. 내가 다짜고짜 바로 맞은편에 앉아있던 30대 중반의 북측 실무자에게 물어보았다.

"이쪽으로 오다가 시민들의 표정을 봤는데 별일이 없다는 듯 다들 밝은 표정들입디다. 힘들지 않으십니까?"

내 질문을 받으면서 오히려 그는 내 질문이 웃긴다는 표정을 하면서 대답했다.

"예, 우리는 일 없습니다. 농담이 아니라 진짜로 일 없습니다."

그러자 그 옆에 앉아있던 40대 중반쯤의 짧은 머리를 한 자가 맞장구를 치고 나왔다.

"그럼요, 까딱없습니다. 앞으로 10년은 아무 일 없습니다."

그들의 확신에 찬 대답을 듣고 보니 그럴 수도 있겠다는 생각이 들었다. 달리 생각해보면, 고작 200년 전만 거슬러가도 전 세계가 모두 이와 비슷한 환경이지 않았겠는가 말이다.

머리가 제법 희끗한 맞은 편의 중간에 앉은 이가 일어나서 자신들을 일일이 소개하기 시작했는데 자신이 북측 실무진의 책임자라고 하면서 노동당에 소속된 최 부장이라고 했다. 통일부의 김 차관이 우리 측 실무진의 소개를 마치자마자 북측의 최 부장이 대뜸 단도직입적으로 말했다.

"석유를 좀 보내줄 수 없갔습네까? 다른 건 귀측에서 부족하지 않게 지원해주니 까니 문제가 없단 말입니다. 그런데 석유는 전적으로 중국에만 의존하고 있다 보니까 달리 뾰쪽한 대책이 없지 않갔어요? 지금 중국이 우리의 약점을 최대한 찔러대고 있는 것인데 말입니다. 꼭 쓸데가 있는데 없어서 못쓰니 사실 죽을 맛은 죽을 맛입니다."

우리 측의 대표인 김 차관이 최 부장의 의중을 살피면서 조심스럽게 말했다.

"잘 아시겠지만 석유는 대단히 예민한 품목이라서 우리로서도 조심스러운 입장입니다. 우리도 전량 수입에 의존하고 있는 처지이기 때문에 귀측에 지원을 하더라도 신중할 수밖에 없는 입장을 이해해 주시기 바랍니다."

곽 국장이 최 부장을 주시하며 던지는 질문은 핵심을 찾아가고 있었다.

"군사용을 제외한 꼭 필요량을 구체적으로 정리해 줄 수 있겠습니까?"

　이때 곽 국장의 바로 맞은 편에 앉아있던 야무지게 생긴 자가 자신을 보위부에 소속된 박아무개 과장이라고 소개하며 퉁명스럽게 말했다.

　"이것 보시라요. 우리도 체면이 있고 공개할 수 없는 국가 정보라는 것이 있는 법인데 구체적으로 적시하라고 하는 건 좀 심하지 않습니까? 당신 국정원 소속이죠? 우리 통하는 사람들끼리 너무 그러지 맙시다."

　서로 마주 앉은 지가 얼마 되지도 않아 분위기가 후끈하게 달아오르고 있었다. 내가 말문을 열었다.

　"한국정부도 정치적으로 반대 세력을 설득해야하는 대단히 어려운 측면이 있습니다, 미국을 비롯한 국제사회도 의식해야합니다. 그 모든 것이 군사용으로 전용되지 않을까하는 우려가 있기 때문입니다. 이것을 귀측에서 불식시켜주어야 합니다. 국가의 유지를 위해서는 이러이러한 항목에 최소한 얼마만큼의 석유가 필요하다는 정리된 내용이 필요하다는 것입니다. 머지않은 시간에 서로 통일하기로 약속한 같은 동포라는 인도적 관점에서 지원하는 것이기 때문에 단 한 방울도 군사적 용도로 전용될 우려가 없다는 확인이 필요합니다."

　내 말을 불만이 가득한 얼굴로 듣고 있던 북측의 박 과장이 날 바라보며 빙긋이 웃으며 말했다.

　"쉽게 요약하자면 지원을 하더라도 수요처를 일일이 다 적어내라. 무슨 이런 호랑말코 같은 소리가 다 있습네까? 그래도 중국은 그런 것 저런 것 안 따지고 그냥 지원을 해주었는데 통일을 약속한 같은 동포지간에 좀 심하다는 생각이 들지 않습니까? 이럴 바에는 대체 여기까지 왜 온 겁네까?"

　이렇게 말하고는 자리를 박차고 나가버렸다. 일순간 분위기는 찬물을 끼얹은 듯 썰렁해져 버렸고 어쩔 수 없이 잠시 정회가 선언되었다.

밖으로 나온 양 실무단의 대표인 김 차관과 최 부장이 초대소의 잘 정비된 가로수를 따라 나란히 걸으며 대화를 나누고 있었다.

"차관 동지, 정말로 꼭 그렇게까지 하셔야 되갔습네까?"

"군사용으로 전용될 수 있다는 우려를 불식시키지 못한다면 국내 정치적 상황으로는 대통령께서도 일방적으로 밀어붙이기가 어려울 것 같습니다."

"사실 그것은 우리 측도 마찬가지입니다. 구체적인 수요처까지 알려준 사실이 알려진다면 군부의 반발이 우려되는 사항입니다. 이렇게 되면 중국의 노림수에 당하는 격이 되고 마는 꼴인데……."

김 차관이 담배 한대를 최 부장에게 권한 후 함께 피웠다. 그들은 잠시 담배 맛이 좋으니 어쩌니 하는 시시콜콜한 이야기로 열기를 식힌 후 다시 대화를 계속해 나갔다.

"그렇습니다. 북한군부의 반발을 유도하여 우리 젊은 지도자의 민족적인 자주의식을 이참에 흔들고자하는 것이 저들의 의도가 맞습니다. 그래야만 친 중국 군부세력이 득세할 수 있을테니까요."

젊은 지도자란 김정일의 뒤를 이어 새로 등장한 김정은을 지칭하는 말이었다. 길을 걷다말고 최 부장이 김 차관의 양손을 덥석 잡더니 사정조로 매달리기 시작했다.

"잘 알고 계시면서 어째 그러십니까. 그래도 우리보다야 남쪽사정이 좀 더 났지 않습니까. 우리를 좀 도와주시라요. 내 이렇게 부탁합니다."

김 차관도 최 부장의 양손을 다시 부여잡으며 간청하다시피 말했다.

"그래도 그쪽 지도자는 힘이라도 있지만 우리 대통령께서는 그야말로 사방이 반대세력으로 둘러싸여있어 명분이 분명하지 않으면 아무 것도 할 수 없는 처지입니다. 오히려 제 쪽에서 간청하겠습니다."

두 대표는 초대소를 한 바퀴 다 돌 때까지도 아무런 합의점도 찾지 못하고 있었다. 하지만 아까보다는 훨씬 서로의 입장을 이해하는 처지가 된 것은 그나마의 소득이라면 소득이었다. 식당에 마련된 저녁식사를 하면서도 양 실무진은 아무런 말도 없이 무거운 분위기속에서 그냥 식사만 하고 있었다.

식사를 마치고 차 한 잔을 하고 있을 때였다. 곽 국장이 서울에서 걸려온 전화를 받기위해 밖으로 나갔다온 후 우리 측 실무진은 긴급회의를 하기 위해 숙소로 돌아와 원탁을 중심으로 둘러앉았다.

"차관님, 큰일 났습니다. 어떻게 알았는지 국내 언론사 한 곳에서 우리가 지금 평양을 방문하고 있는 사실을 보도했다고 합니다."

이 말에 김 차관이 난감한 표정으로 곽 국장을 바라보았다.

"최대한 조심한다고 했습니다만 뭐 세상에 비밀은 없으니까요. 그래서요?"

"지금은 거의 모든 언론사가 속보형태로 보도하고 있다는데 군사용으로 전용될 수 있는 석유의 지원을 비판하는 기사들 일색이라고 합니다. 야당에서도 대변인 명의로 석유지원 반대 성명을 발표했다고 합니다. 우익단체들은 전국 각처에서 석유지원 반대 집회를 한다고들 아우성이고, 전반적으로 문제가 심각한 모양입니다. 차관님, 지금 북측의 분위기로 볼 때 우리의 요구사항을 들어줄 가능성이 없지 않겠습니까?"

이렇게 말하면서 곽 국장이 절망적인 표정으로 고개를 흔들며 김 차관을 또렷이 응시하고 있었다.

"내가 최 부장하고 얘기해봤는데 어렵겠다는 거예요. 그쪽도 군부의 반발이 예상되기 때문에 선택권이 별로 없는 모양입니다."

"마지막으로 이렇게 제안하면 어떻겠습니까?"

"말해보세요"

"북측의 경제규모가 우리의 20분의 1이니 석유사용량도 우리의 20분의 1로 먼저 가정을 해보는 겁니다. 거기다 군사용이 전체산업의 절반이상을 차지하니 다시 2분의 1로 계산하면 우리나라 전체사용량의 40분의 1로 유추할 수 있습니다. 북측에서 이 수치에 동의한다면 이 수치의 범위에서 실제로 얼마를 지원할지의 판단은 우리정부가 알아서 하겠다고 하면 어떨까요?"

곽 국장의 이 중재안에 대해서 김 차관이 고개를 좌우로 흔들면서 말했다.

"글쎄요, 북쪽도 북쪽이지만 우리 쪽의 반대여론을 고려해 볼 때 대북지원의 명분으로 삼기에는 아무래도 부족하다는 생각이 듭니다만……."

곽 국장이 재빨리 다음 말을 준비하고 있었다.

"북한에서는 우리가 지원하는 식량에 대해서는 최종소비처에 전달되는 전체의 과정을 투명하게 공개하고 있습니다. 석유도 마찬가지의 조건을 달면 어떨까요."

김 차관은 이번에도 '글쎄요' 라고 말하고 있었지만 그렇다고 딱히 다른 대안이 없었던 터라 곽 국장의 제안을 최후의 중재카드로 쓰기로 하고 모두는 2층의 회의실로 내려갔다.

북측의 박 과장이 먼저 포문을 열었다.

"우리 측의 결론은 이렇습니다. 민족 간에 인도적인 차원에서 지원을 하겠다면 우리를 믿고 조건 없이 지원을 해주시라요. 지원량은 남쪽의 형편대로 해주시면 되지 않갔습네까?"

곽 국장이 곧바로 박 과장의 말을 되받았다.

"다시 한 번 말합니다만, 우리가 지원한 석유가 귀측의 군사용으로 전용될 우려가 완전히 불식되어야만 지원이 가능합니다. 이것이 우리의 입장입니다. 그런데 귀측의 입장도 있고 하니 이렇게 하면 어떻겠습니까? 귀측의 자존심을 최대한 고려한 타협안으로 이해해주시기 바랍니다. 귀측이 필요로 하는 수요량을 우리가 유추하고 이것을 귀측이 동의하는 방식입니다. 예들 들어, 귀측의 경제규모가 우리의 20분의 1이고 군수용이 그 절반을 차지하니 우리 측 사용량의 40분의 1로 유추합니다. 이 수치에 동의하신다면 실제의 지원량은 우리가 알아서 결정하겠다는 것입니다."

이 말에 박 과장의 얼굴이 벌게지더니 고개를 오른쪽으로 빼딱하게 돌리며 정면의 곽 국장을 바라보면서 말했다.

"경제규모가 실제 그렇다 치더라도 자존심 상하게시리 우리보고 그 40분의 1이란 수치를 인정하라는 겁니까? 그리고 자꾸 군사용, 군사용 그러는데 우리 민족끼리 2023년까지 통일하기로 작년에 서울에서 합의하지 않았습니까? 북조선의 인민군대도 다 통일한국의 군대가 될 것인데 왜 그리도 남의 나라 군대 취급하는 겁니까? 또 인민군대도 석유가 있어야 땅크를 움직일 것 아닙니까. 땅크가 움직여야 우리나라를 먹어치우려는 뙤놈들 군대가 쳐들어올 때 우리나라를 지킬 수 있지 않겠습니까."

여기까지는 제법 인내심을 발휘하며 표정관리까지 하며 말하던 박 과장이 스스로의 말에 흥분을 했는지 갑자기 테이블을 손바닥으로 내리치면서 벌떡 일어났다. 그리고는 곽 국장을 향해 삿대질까지 하면서 입에 담지 못할 욕설을 해 댔다.

"조국통일과 동시에 우리 인민군대를 해산시킬 꼼수가 있지 않고서야 그따위 수작이 어드렇게 가능하갔나? 우리가 평화적인 통일한다고 했지 언제 흡수통일 당한다고 했네? 저 간나새끼 말하는 거 진짜로 기분 나쁘다이. 흡수통일 당할 바에야 확 불 싸질러 버리지 우리가 그렇게 호락호락 당할 것 같네, 이 간나새끼야!"

상황이 이쯤 되자 김 차관이 도저히 안 되겠다는 피곤한 표정으로 최 부장을 바라보며 말한다.

"도저히 이래서는 결론이 안 나겠습니다. 저희들의 국내사정도 있고 하니 일단은 돌아가겠습니다. 다만 귀측의 입장을 우리가 알게 됐고 우리의 입장은 귀측이 이해했으리라 믿습니다."

이렇게 하여 우리대표단 일행은 단 하룻밤을 지낸 후 숙소에 풀어두었던 여장을 다시 챙겨서 그날 저녁 칠흑 같은 어둠속을 밤새 달려 서울로 돌아오고 말았다.

평양을 다녀온 지도 한 달이 지났다. 북한은 지금 한 달반 이상을 석유 한 방울 공급받지 못한 채 이 엄동설한을 버텨내고 있었다. 적어도 대북석유지원 문제만큼은 우리 정부가 할 수 있는 일은 이제 아무 것도 없었다. 식량과 달리 석유는 군사 용도로의 전용가능성 때문에 미국을 비롯한 전 세계가 주시하고 있었고 국내여론도 결코 호의적이지 않았다.

그런데도 북한은 생각 이상으로 잘 견뎌내고 있었다. 마지막 비축유마저 동이나버려 그 많은 군수물자를 사용할 수 없게 된 군부가 불만을 토로할 법도 했지만 아직까지는 특이동향이 없었다.

이렇게 되자 중국도 조급증을 내며 초조해하기 시작했다. 진즉에 북한군부가 그들의 젊은 지도자에게 집단적인 항명을 선언하여 그 애송이를 1인 권력체제에서 밀어 냈어야만 했다. 그런 후 친 중국 군부세력으로 구성된 집단지도체제가 들어섰어야 했는데 이미 실기를 하고 말았던 것이다.

만약 친 중국 성향의 집단 지도체제가 출범했더라면 이들의 요청으로 중국은 대북송유관의 송유를 다시 재개하여 주민들을 다독일 수 있었을 것이며 이 분위기를 몰아 연말까지 북한을 중국의 동북 제4성으로 편입하는 절차도 무난하게 마무리될 수 있었을 것이다. 중화제국이 노리는 것이 바로 이것인데도 아직까지는 포스트 김 위원장의 권력체제가 흔들리고 있다는 징후는 그 어디에서도 찾아 볼 수 없었다.

여기는 북경시내 왕푸징(王府井) 근처의 고급 주택가다. 유난히 높은 담장으로 둘러쳐진 저택의 정원에서 차분하게 양손을 뒷짐진 채 홀로 북경의 휘영청 밝은 보름달을 바라보며 생각에 잠겨있던 이 저택의 주인이 혼잣말처럼 중얼거린다.

"이번에도 우리가 졌다는 말인가. 저 질긴 고구려의 숨통을 끊어놓기가 이토록 어렵다니…. 천삼백년전에 망했다 생각했던 고구려의 혼령들이 아직도 들끓고 있으니 이제는 우리가 포기를 해야 하나?"

평양의 밤하늘도 이제는 불빛들이 밝게 비추고 있었다. 지하철도 다시 신나게 달리기 시작했다. 한국전력의 노동자들이 밤낮으로 공사하여 북한전역으로 전기를 공급하기 시작했던 것이다.

그동안 한전에서 파견된 기술자들은 휴가도 상여금도 반납한 채 북한 각지의 수력발전소와 석탄을 사용하는 화력발전소를 집중적으로 점검하여 노후된 시설을 교체하는 작업을 해왔다.

특히 전기선의 전면적인 교체를 통해서 전력의 누전현상을 현저히 줄일 수 있었다. 또한 개성공단 발전소의 전력생산을 열 배로 키우는 공사도 마무리되어 북한전역으로 전력을 공급하는 심장역할을 수행할 수 있었던 것이다.

이제 중화제국이 시한으로 못 박은 2014년의 연말은 하루하루 다가오고 있는데 최근에 한국정부 일각에서는 중국을 의식한 조건부 한반도 통일론을 은근슬쩍 흘리고 있었다. 한국주도로 통일을 하더라도 미국일방의 외교정책이 아니라 독일처럼 주변4강국과 우호선린의 입장에서 균형감각을 갖춘 외교정책을 펼칠 것을 천명했던 것이다.

특히 통일 후에라도 부득이 미군이 주둔하게 된다 하더라도 동북아의 군사적 긴장을 조성할 우려가 있는 미군기지의 현 위치에서의 북쪽이동은 일절 불허할 것임을 천명하고 나섰다. 이것은 한반도의 통일시 우려되는 중국의 고민을 불식시키고자 하는 한국정부의 노련한 정책이었다.

8월15일 광복절을 맞이하여 중국외교부 한반도 특별대표가 평양을 방문했다. 북한의 젊은 지도자를 예방한 자리에서 중국의 특별대표는 내외신 기자들이 지켜보는 가운데 다음과 같이 발표했다.

"중국은 그 동안 한민족에 씻지 못할 상처를 안겨준 동북공정을 공식적으로 폐기할 것을 선언하고, 2013년 8월15일 한반도 대 선언에서 발표한 북과 남의 평화적인 통일을 적극 지지할 것을 내외에 천명합니다."

이 발표가 있은 바로 그 다음 날, 중국 공산당 기관지인 인민일보의 자매지 환구시보(環球時報)는 지난 8년간 동북공정을 주도했던 핵심 4인방이 전격 교체되었다는 기사를 보도했다. 그들은 리하오쑤(李昊蘇) 총정치부 주임, 북경군구 사령관 딩싱즈(丁生智) 상상, 당 중앙기율검사위원회 서기 장쥔닝(張軍永), 그리고 변강사지연구중심을 책임지도하며 실질적으로 동북공정을 진두지휘했던 사회과학원의 허밍친(何應欽) 부원장이었다.

이들이 지난 8년간 온갖 노력을 기울였음에도 불구하고 북한을 중국의 제4성으로 편입시키려는 이른 바 동북공정은 결국 폐기되기에 이른 것이었다. 반대로 말하자면 이들은 '고구려의 혼' 이라는 한민족 특유의 기백에 희생을 당한 꼴이 되었다.

그동안 중국 공산당 최고 정책결정자들 간에 동북공정 프로젝트를 계속 가지고 갈 것인가, 아니면 이쯤에서 폐기할 것인가를 놓고 몇 차례의 회동이 있었다. 여러 번의 격론이 오간 끝에 그들이 내린 결정은 폐기를 하는 것이 중국의 미래를 위해서 더 발전적이라는 결론이었다.

이미 세계 7대 경제대국으로 성장한 한국을 상대로 계속 북한 문제를 놓고 티격태격해 보았자 중국의 국익에 이로울 게 없다는 결론을 내린 것이다. 북한을 중국의 영토로 편입시킨다고 해 보았자 실제로 얻는 이

익은 별로 없고 오히려 유지하는데 엄청남 부담만을 안아야 한다는 의견이 상무위원들 사이에서도 지배적이었다. 이와같이 시진핑(習近平) 주석을 비롯하여 중국의 제5세대 지도자들은 북한의 전략적인 중요성에 대해서도 대단히 유연한 사고를 취하고 있었던 것이다.

또한 한국은 앞으로 2 ~ 3년 내에 프랑스와 영국을 제치고 세계 5위의 경제대국이 될 것이 확실시 되는데 그런 한국과 각을 세우고 대립하기 보다는 선린우호관계를 유지하는 게 여러 가지 면에서도 유익할 것이라는 실리적인 판단이 섰던 것이었다.

동북3성의 조선족들도 잘살고 부유한 통일한국을 바로 접경지역에 두다보면 자연스럽게 그들과 선의의 경쟁을 하게 될 것이고 그런 경쟁을 통하여 낙후된 생활수준을 끌어올릴 수 있을 것이란 계산도 작용했다. 그러자면 동북공정을 줄기차게 주장하는 급진과격파들을 제거할 수밖에 없었던 것이다. 이것이 이번에 리하오쑤 주임을 비롯한 극우주의자들을 정치 일선에서 밀어낸 결정적인 요인이었다.

지금 우리는 백두산을 오르고 있는 중이다. 어머니와 서 교수님 재단의 신 이사장님도 동행하신다. 우리들은 북측의 특별배려 덕분에 북한령으로 백두산 천지를 오르고 있었다.

천지에서 바라본 백두산은 언제나 그렇듯 그야말로 장관이다. 우리민족의 웅장한 기상이 온몸으로 느껴진다. 저 멀리서 천지를 오르고 있는 또 다른 이들이 시야에 들어오기 시작했다. 은하를 비롯해 창우 가족들 그리고 최 씨와 배 교수의 제자들인 성주와 기수, 경태가 중국령으로 천지를 올라왔다.

오늘따라 날씨가 더없이 맑아 천지에는 구름 한 점 보이지 않는다. 우리 모두는 한복을 차려입고 천지에 올랐는데 특히 은하의 한복 입은 자태는 마치 선녀가 사뿐히 걸어오는 듯 했다.

신 이사장님의 주례로 그동안 미뤄두었던 결혼식이 시작되었다. 북한령을 경계로 나를 비롯한 신랑 쪽 하객들이 나란히 섰고, 중국령을 경계로는 은하를 비롯한 신부 쪽 하객들이 나란히 섰다.

결혼식이 한창 무르익어 갈 즈음, 배 교수의 얼굴을 빼닮은 듯한 구름 한 조각이 저 깊은 천지에서 솟아올라 우리 쪽으로 다가왔다. 우리들 모두는 그 구름 속에서 만면에 함박웃음을 지으면서 우리를 힘차게 껴안는 배 교수의 환영을 보았다.

"끝"

　지금으로부터 6년 전, 중국의 동북공정을 처음 접한 후 그 충격은 오랫동안 나의 뇌리를 떠나지 않았다. 속된 말로 예사스런 놈이 아님을, 자칫 우리의 북방사는 물론이고 그 영토마저　빼앗을 수 있는 괴물 같은 놈임을 알게 된 것이다.

　일종의 사명감이었다. 전문가들의 대담을 곱씹으면서, 관련된 논문자료들도 뒤져보면서, 여러 포털사이트도 내왕하면서, 중국여행을 하며 겪었던 경험들과 빛바랜 사진첩을 뒤져보면서 이 엄청난 괴물을 조금씩 해부해 보았다.

　순전히 은하 때문이었다. 가끔 꿈속에서 은하가 나를 깨웠지만 한동안 잊어버리고 또 그렇게 지내다가 어느덧 6년이란 시간이 흐른 후에야 가까스로 마무리하게 되었다. 어쨌든 여기까지가 내 능력의 범위가 되겠지만 후회 없이 치열하게 쓴 것 같다. 내 이름 석 자가 독자들의 기억에 남는 작품이 되었으면 하는 소박한 바람이 있을 뿐이다.

　지면을 빌려 감사드리고 싶은 분이 계신다. 여러 가지로 부족한 원고를 아름다운 책으로 꾸며주신 행복우물의 최대석 사장님께 먼저 깊은 감사를 드린다. 또한 매주 산행 때마다 조언을 아끼지 않은 내 친구 이창우에게도 감사의 마음을 전한다.

석간신문을 읽다가 내 눈길이 머무르는 기사 한 줄이 보였다. 이른바 종북논란이다. 별안간 80년대의 치열했던 학창시절이 떠오른다. 사회에 나가서 어떻게 잘 먹고 잘 살 것인가를 고민하기보단 민주화와 통일, 굴곡진 민중의 삶 같은 대의에 온 정신을 빼앗겼던 그야말로 청춘이 피 끓던 시절이었다.

그런데 당시 판을 치던 외래의 민중사상은 왠지 우리 몸에 잘 맞지 않는 옷을 억지로 끼어 입히려는 어색한 모습으로만 보였고 그래서 고민이 많았던 시절이었다. 이때 몸에 잘 어울리는 우리민족의 민중사상을 김지하 김용옥선생의 영향으로 접하게 된 순간 우리들의 몸과 마음은 삽시간에 들불처럼 타올랐다. 당시 우리만화방을 거점삼아 동학사상연구회가 만들어졌고 나름으로는 그 시대를 치열하게 싸우며 보냈던 아름다운 기억이 있다.

일체의 편견 없이 우리민족의 현실과 미래를 똑바로 주시해보라. 도대체 종북이 무슨 말인가. 차라리 따듯한 햇볕, 우리민족 우리 동포간의 따듯한 온정주의가 옳지 않은가. 종미도 틀렸다. 남북대결도 틀렸다. 결단코 동족상잔의 비극을 되풀이 할 수는 없는 일이고, 주변 강대국들의 갖은 방해가 있을지라도 기어이 우리민족은 평화적인 통일을 이루어내야 하니까 말이다. 이것만이 북조선자치구라는 꼼수를 염두에 둔 중국의 음모에 우리민족이 승리하는 길이고 또한 잠시 잃어버린 우리민족의 영원한 고토, 간도 땅을 회복하는 길이 될 것이다.

지난 일요일 동아리 친구들인 위규태 양우석 이창우 부부와 함께 승학산에 올라 막걸리 잔을 기울이며 25년도 훌쩍 지나버린 당시를 회상해보았다. 우리들의 깨달음이 옳았었다고. 우리민족의 문제는 우리민족의 정신과 사상으로 해결하되 그 중심은 워싱턴이나 북경이 아닌, 서울이나 평양도 아닌, 우리민족의 영원한 중심 백두산 천지가 되어야 한다고 말이다.

그래서 동학(東學)이다. 그래서 인내천(人乃天)이다. 북한 동포를, 중국 동포를, 리시아 동포를 하늘처럼 보시는 행위, 아니 하늘은 아니더라도 최소한 같은 동포로서 차별 없이 대하는 따뜻한 온정주의, 따뜻한 햇볕 주의가 백번이라도 만 번이라도 옳지 않겠는가 말이다.

문득, 배부른 돼지로 살기보다는 차라리 배고픈 소크라테스로 살고 싶다는 어느 성현의 말씀이 생각났다. 이 책은 그렇게 배고픈 소크라테스로 살고 싶은 분들을 위하여 쓰여 진 책이다.

중국의 동북공정이라는 만행에 함께 분개하고 우리 민족의 중심이 백두산 천지라는 사실에 동의하는 분들이 있다면, 그런 분들이 단 몇 명이 되었건 그분들과 언제 조용히 만나 함께 막걸리 잔을 기울이고 싶다.

– 2012년 8월 부산에서 김경도

古土回復地域全圖

(자료제공 : 간도회복추진위원회)
Cafe.naver.com/coreagando.cafe

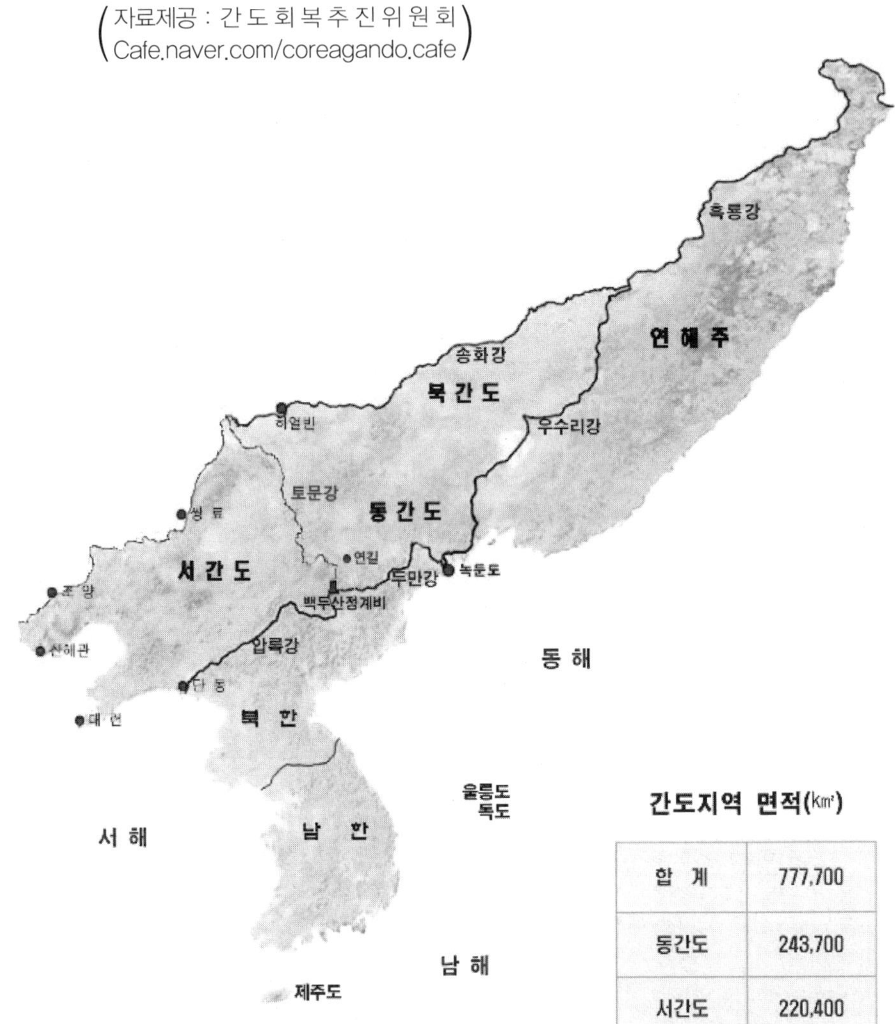

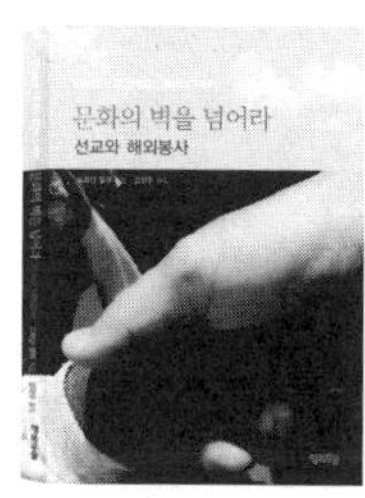

문화의 벽을 넘어라
선교와 해외봉사

드와인 엘머 지음 / 김창주 옮김 / 326쪽 / 13,000원

이 책은 선교나 해외봉사에서 필요한 지혜를
가르쳐 줄 뿐만아니라 국제사업 분야에서도
활용될 수 있는 통찰력을 제공한다.

죽음 이후의 삶

| 개정판 |

타임지가 선정한 '세계를 움직인 100인' 중 한 명이자,
영혼문제의 대가인 디팩 초프라가 우리들에게 들려주는
삶과 죽음 이야기, 그리고 그 이후의 영혼여행 이야기.
프린스턴, UC 버클리, NASA등 전 세계의 유명 대학과
연구소의 석학들이 밝혀보려는 죽음 이후의 세계는 과연
어떤 것인가?

디팩 초프라 지음 / 정경란 옮김 / 신국판 / 339쪽 / 14,000원

여의도 스티브잡스의 성공10계명
트위터 100만 대군의 신화

국내 트위처 인구가 모두 190만 명이던 2010년 10월,
단일부로서는 최초로 무려 100만 팔로워라는 엄청난
대기록을 수립한 하나대투증권 박인규 부장의
성공비결 공개

박인규 지음 / 신국판 208쪽 / 13,000원

부부치유학

임종천 지음 / 336쪽 / 14,000원

건강한 가정을 꿈꾸는 사람들이라면 반드시 읽어야 할, 부부갈등의 예방과 치료를 위한 종합처방전.

"가정치유사역 전문가 임종천 목사가 문제가정에 선물하는 부부예절지침서"

4차원의 세계

유광호 저 | 신국판 288페이지 | 정가 13,000원

누가 구름을 사라지게 하고 비를 멈추게 하는가? 양자물리학과 양자생물학을 파고 들어서 마침내 밝혀낸 4차원, 그 신비의 세계!

삶, 죽음, 전생, 환생, 빙의 … 자, 이제 우리 모두 4차원의 세계로 흥미진진한 여행을 떠나보자.

가난이 선물한 행복

다니엘 최 지음 / 반양장 368쪽 / 11,000원

이 책은 한국판 〈채털리부인의 사랑〉이다.

두 명의 나를 통하여 들어보는 한 가정의 몰락과 좌절 – 그 가슴 아픈 이야기. 그리고 끈질긴 노력 끝에 마침내 재기에 성공하는 통쾌한 반전드라마!

나는 자랑스런 흉부외과 의사다

김응수 지음 / 280쪽 / 12,000원

한전의료재단 한일병원 김응수 원장의 흉부외과 이야기. 삶과 죽음이 교차하는 응급실, 그 긴박한 순간에 적나라하게 드러나는 환자, 환자가족, 그리고 의료진들의 생생하고도 가슴 뭉클한 이야기들.

굿바이 내 사랑 스프라이트

마크 레빈 지음 / 김소향 옮김 / 고급 양장본 / 260쪽 / 9,500원

몸의 여러 질병에도 불구하고 주인에게 기쁨과 위안을 주려는 스프라이트의 노력, 안락사를 시켜야 할지를 두고 고민하는 가족들의 착잡한 심정, 스프라이트를 떠나보내면서 가족들이 흘리는 눈물, 주위 사람들이 보내주는 위로의 편지들...

우리는 왜 여기에 있는가?

유광호 지음 / 신국판 312쪽 / 올 컬러 / 15,000원

우리의 몸은 137억년 우주의 신비를 고스란히 간직하고 있는 기적, 그 자체이다.

우리가 품는 모든 생각은 그 즉시 온 우주에 공명된다.
이러한 공명(共鳴)의 원리를 이용하면 어떠한 육체의 질병이라도 치료할 수 있다. 이것이 대자연의 법칙이다.

모세의 코드

제임스 타이먼 지음 / 다니엘 최 옮김 / 208쪽 / 올 컬러 / 12,000원

3,500년간 감추어졌던 비밀이
이제 세상에 공개된다.

〈시크릿〉에서 시작된 끌어당김의 법칙은
〈모세의 코드〉로 완성된다.

악마의 계교

데이비드 벌린스키 지음 / 현승희 옮김 / 양장 254쪽 / 16,500원

무신론의 과학적 위장
– 신은 만들어지지 않았다!

이 책은 무신론 과학자들의 억지 주장 속에 숨겨져 있는 허구들을 낱낱이 들추어낸다. 그리고 그들의 공격으로 인해 고통당하고 있는 수백만의 믿는 사람들에게 자신감을 갖게 해 준다.

슬픔이 밀려올때

컬크 니일리 지음 / 지인성 옮김 / 240쪽 / 12,000원

이제 막 결혼하여 행복한 가정을 이루며 살아가고 있는 아들과 며느리의 삶을 지켜보는 것은 노 목사 부부의 크나 큰 기쁨이었다. 그러던 어느 날 아들의 갑작스런 죽음은 그들 가정에 엄청난 충격을 몰고 오는데…